Ein Meer aus Tinte und Gold

Foto Traci Chee © Topher Simon Photography

Traci Chee studierte Literatur und Kreatives Schreiben in Santa Cruz und San Francisco. Sie liebt Buchkunst, Kunstbücher und Gedichte, versucht sich aber auch im Klavierspielen und der Eiermalerei. Mit ihrem blitzschnellen Hund lebt sie in Kalifornien. »Ein Meer aus Tinte und Gold« ist ihr Jugendbuchdebüt.

TRACI CHEE

EIN MEER AUS TINTE UND GOLD

Aus dem Englischen von Sylke Hachmeister

CARLSEN

Von Traci Chee außerdem im Carlsen Verlag erschienen:
Ein Schatz aus Papier und Magie

Für Mom,
die es immer gewusst hat.

MIX
Papier aus verantwortungsvollen Quellen
FSC® C083411
FSC
www.fsc.org

Veröffentlicht im Carlsen Verlag
Mai 2018

Originalverlag: G. P. Putman's Sons, an imprint of Penguin Random House LLC
Originaltitel: The Reader

Aus dem Englischen von Sylke Hachmeister
Umschlagfotografien: shutterstock.com © Inna Ogando / Subbotina Anna /
Ella Hanochi / zayats-and-zayats; Arcangel © Joana Kruse
Umschlaggestaltung: formlabor
Bilder im Innenteil: Fotolia © dule964/schankz/Deyan Georglev/nito/siloto
Map copyright © 2016 by Ian Schoenherr
Corporate Design Taschenbuch: bell étage
ISBN 978-3-551-31728-5

KELANNA
NORDREICH
ZUM ÖSTLICHEN RAND
ZUM WESTLICHEN RAND
ZUM EWIGEN EIS
Nordmeer
Nordmeer
Ozean von Kandaran
Ozean von Riperin
Ozean von Chaigon
Inneres Meer
Meer von Anarran
Südmeer
Siametmeer
Gorman
Skythische Berge
Shinjai
Ken
Alissar
Ritterwall
Das Herzland
Der Hohe Grat
Corabel
Land der Corabelli
Straße von Callid
Jahara
DELIENE
LIKKARO
Hye
Qin
Umlaan
Shaovinh
Umlari
Ephygische Bucht
Serakeens Flotte
Cai
Vrithi
Karak
Brandaal
Anarra
Jihon
Chaigon
Inneres Meer von Chaigon
Maserin
Akapé
Bucht von Zhuelin
Mae
EVERIKA
Felsen des toten Mannes
Epigloss
Parana
Epidram
Kambaliberge
Kimba
Oloin
Die Wolkensäulen
Paradiesinseln
Danivar
Kelebrandt
Vesper
Kibanas Tränen
Die zerbrochene Krone
Bucht von Tsumasai
Schlagarmbucht
Yarame
Kibana
Oronte
Die Schwesterinseln und ihre Verwandten
Die verlorene Perle
ROKU
Braska
OXSZINI
Ian Schoenherr © 2016

Hallo.

Wenn du diese Worte liest, dann weißt du
vielleicht, dass du alles lesen musst. Und
vielleicht weißt du auch, dass du ganz
genau lesen musst. Denn zwischen den
Zeilen liegt ein Zauber und ein Hauch
Hexerei.
Und wenn du einmal weißt, wie man
Zeichen im Rauch erkennt
und die Geheimnisse des Meeres lüftet,
dann begreifst du auch, was Lesen bedeutet.
Dies ist ein Buch. Du bist der Leser.
Sieh genau hin. Hier ist Magie am Werk.

DAS BUCH

Es war einmal und es wird eines Tages sein. So fangen alle Geschichten an.

Es war einmal eine Welt namens Kelanna, eine wundervolle und schreckliche Welt aus Wasser, Schiffen und Magie. Die Menschen in Kelanna waren in vielerlei Hinsicht wie du – sie redeten und arbeiteten, liebten und starben –, doch in einem entscheidenden Punkt waren sie anders: Sie konnten nicht lesen. Sie hatten nie ein Alphabet entwickelt oder Rechtschreibregeln festgelegt, niemals Geschichten in Stein gemeißelt. Sie bewahrten die Geschichten mit ihren Stimmen und Körpern, wiederholten sie so oft, bis sie ein Teil ihrer selbst wurden – Legenden, so lebendig wie ihre Zungen und Lungen und Herzen.

Manche Geschichten wurden über Königreiche und Ozeane hinweg von Mund zu Mund weitergegeben, während andere für immer in Vergessenheit gerieten. Nicht alle Legenden waren beliebt. Viele wurden nur innerhalb einer Familie oder einer kleinen Gemeinschaft von Gläubigen flüsternd am Leben erhalten.

Eine dieser seltenen Geschichten handelte von einem geheimnisvollen Ding namens Buch, das den Schlüssel zu dem größten Zauber barg, den Kelanna je gekannt hatte. Manche sagten, es enthalte Zaubersprüche, mit denen man Salz in Gold und Männer in Ratten verwandeln könne. Andere behaupteten, mit viel Übung und ein wenig Mühe könne man lernen, das Wetter zu beherrschen … oder sogar eine Armee zu erschaffen. In ihren Einzelheiten wichen die Berichte voneinander ab, doch in einem Punkt stimmten alle überein: Nur wenige konnten von der Macht des Buchs Gebrauch machen. Manche sagten, es gebe einen Geheimbund, der sich genau darauf vorbereite, sich Generation um Generation plage, das Buch studiere, es kopiere und Wissen ernte wie Weizen, als könnte man allein von Worten und gefügigen Absätzen leben. Jahrelang horteten sie die Sätze und den Zauber und wurden dadurch mit jedem Tag stärker.

Doch mit Büchern verhält es sich eigenartig. Sie haben die Macht, uns einzufangen, zu verführen und im besten Fall sogar zu verändern. Doch letzten Endes sind Bücher – selbst die magischen – nur Gegenstände, die von Papier, Leim und Faden zusammengehalten werden. Diese grundlegende Wahrheit wurde von den Lesern vergessen: wie bedroht das Buch eigentlich war.

Durch Feuer.

Durch Nässe.

Durch den Lauf der Zeit.

Und durch Diebstahl.

ar es in Sefias Besitz.

hren trug sie alles, was sie hatte, auf dem Rücken: kzeuge, die sie brauchte, um zu jagen, zu kochen aufzuschlagen. Und ganz unten, mittlerweile hern im Leder, das Einzige, was ihr von ihren n war – ein schweres Andenken daran, dass sie gewesen und jetzt fort waren. Sie umklammerte es Rucksacks noch fester.

über die Schulter in den dichten Dschungel. nicht«, sagte sie. »Du bist noch nie allein in die «

ber nicht mitkommen.«

warten. Fünf Tagesreisen von hier ist ein Dorf. o gefährlich.«

st es doch nur für dich. Mich kennt niemand.« Kinn. »Ich gehe in die Stadt, verkaufe die Waren Mittag zurück. Wenn wir die Felle nicht mehr chleppen müssen, sind wir doppelt so schnell.« nge, ihr scharfer Blick huschte von den Schatten den roten Flecken, die auf dem Weg aufleuch- n schüttelte sie den Kopf. »Mach schnell«, sagte tig Zeit mit Feilschen vergeuden. Wir brauchen uf eine Fähre zu steigen, die uns aus Oxszini n, spielt keine Rolle.«

Es kam nicht alle Tage vor, dass sie eine Aus- mit Nin gewann. Sie nahm ihr den Stapel Pelze «, sagte sie.

r Stirn zog Nin an dem roten Tuch, mit dem

1. KAPITEL

EIN DIEBSTAHL UND SEINE FOLGEN

Rotröcke waren auf der Straße. Auf dem Kiesweg, der durch den dichten Dschungel führte, wimmelte es von Menschen, und die Soldaten aus Oxszini ritten hoch über dem Fußgängerstrom wie adelige Herren in einer Parade: die edlen roten Jacken makellos, blitzblank die schwarzen Stiefel. Die Schwerter und Gewehre an ihren Hüften funkelten im grauen Morgenlicht.

Alle rechtschaffenen Bürger wären über ihren Anblick erfreut gewesen.

»Das ist nicht gut«, knurrte Nin und verlagerte das Gewicht der vielen Felle in ihren Armen. »Gar nicht gut. Ich dachte, in einer so kleinen Stadt wie dieser könnten wir unbemerkt bleiben, aber da habe ich mich wohl getäuscht.«

Sefia kauerte neben ihr im Unterholz und beobachtete die Leute mit ihren Körben oder klappernden Wagen, die mit Säcken für die Babys ausgelegt waren. Eltern riefen mahnend ihre dreckverschmierten Kinder zurück, sobald sie sich zu weit entfernten. In ihren verschlissenen Kleidern hätten Sefia und Nin sich leicht unter das Volk mischen konnen, waren da nicht die Rotröcke gewesen.

»Kommen die unseretwegen her?«, fragte Sefia. »Ich hätte nicht gedacht, dass sich die Neuigkeit so schnell verbreitet.«

»So etwas spricht sich schnell herum, wenn man ein derart hübsches Gesicht hat wie ich, Mädchen.«

Sefia kicherte. Nin hätte ihre Großmutter sein können – sie war kräftig, hatte verfilzte Haare und eine Haut wie gegerbtes Leder. Schönheit war nicht das, was sie auszeichnete.

Nein, Nin war eine Meisterin des Verbrechens und hatte magische Hände. Äußerlich war nichts Besonderes an ihnen, aber sie konnte mit dem Hauch einer Berührung ein Armband von der Hand einer Frau gleiten lassen. Schlösser öffnete sie mit einer unmerklichen Bewegung ihrer Finger. Um Nin wirklich zu sehen, musste man ihren Händen bei der Arbeit zuschauen. Ansonsten erinnerte sie in ihrem Reisemantel aus Bärenfell eher an einen Lehmhügel: braun und trocken, als könnte sie in der feuchten Luft des Regenwaldes jederzeit zerbröckeln.

Seit sie aus ihrer Heimat Delienne geflohen waren, dem nördlichsten von Kelannas fünf Inselreichen, waren sie von einem Land zum anderen gezogen und hatten sich von dem ernährt, was die Wildnis hergab. Doch in den härtesten Wintern, wenn es nicht viel zu sammeln und noch weniger zu jagen gab, hatte Nin Sefia beigebracht Schlösser zu knacken, Leute zu beklauen und sogar ganze Schinkenkeulen zu stehlen, ohne dass jemand etwas merkte.

Sechs Jahre lang waren sie nicht erwischt worden.

Sefia die Haare zurückgebunden hatte. »Sorge sichert uns das Überleben, Mädchen«, sagte sie.

»Mir passiert schon nichts.«

»Ach, dir passiert schon nichts? Sechzig Jahre bin ich auf der Welt, und mir ist noch nichts passiert. Wie kommt das wohl?«

Sefia verdrehte die Augen. »Weil du vorsichtig bist.«

Nin nickte und verschränkte die Arme. So war sie ganz die alte mürrische Nin. Sefia lächelte und gab ihr einen flüchtigen Kuss auf die Wange. »Danke, Tante Nin«, sagte sie. »Diesmal werde ich dich nicht enttäuschen.«

Nin verzog das Gesicht und wischte sich mit dem Handrücken über die Wange. »Ich weiß. Verkauf die Felle und komm auf schnellstem Weg zurück. Es braut sich ein Sturm zusammen und ich will weiter, bevor er losbricht.«

»Ja, Tante. Du kannst dich auf mich verlassen.« Als Sefia sich umdrehte, sah sie auf. Die Wolken zogen schnell über den Himmel. Nin wusste immer, wann der Regen kam. Sie sagte, das liege an der Kälte in ihren Knochen.

Schwankend ging Sefia davon, die Felle in ihren schlanken Armen. Sie war fast am Waldrand angelangt, als Nins schroffe Stimme noch einmal zu ihr drang. Ein warnender Unterton lag darin: »Und vergiss nicht, Mädchen. Da draußen gibt es Schlimmeres als die Rotröcke.«

Sefia blickte nicht zurück, als sie aus ihrer Deckung heraustrat und sich unter die Leute auf dem Weg mischte, aber bei Nins Worten schauderte sie unwillkürlich. Wegen Nins Diebstählen mussten sie sich vor der Obrigkeit verstecken, doch das war nicht der eigentliche Grund für ihr Nomadenleben.

Sefia wusste nicht viel darüber, doch im Lauf der Jahre hatte sie sich zusammengereimt, dass ihre Eltern auf der Flucht gewesen waren. Und dass sie alles Menschenmögliche getan hatten, um Sefia von einem namenlosen, gesichtslosen Feind fernzuhalten.

Es hatte nicht gereicht.

Und jetzt konnte sie sich nur schützen, indem sie ständig weiterzog und unerkannt blieb. Wenn keiner wusste, wo sie war und was sie bei sich hatte, würde man sie auch nicht finden.

Sefia zog den Rucksack höher, das Gewicht stieß ihr ins Kreuz, und schon verschmolz sie mit der Menge.

Als sie am Stadtrand ankam, schmerzten ihre Arme. Sie wankte am Hafen vorbei, wo ein paar kleine Fischerboote und Handelsschiffe an den windschiefen Piers vertäut waren. Hinter der Bucht lagen die Marineschiffe von Oxszini vor Anker, blutrot und gewaltig, die Decks mit Kanonen gespickt.

Noch vor fünf Jahren hätte eine Handvoll Patrouillenboote ausgereicht. Doch jetzt befanden sie sich im Krieg mit Everika, dem kürzlich vereinten Steinkönigreich, und die Handels- und Reisebeschränkungen waren verschärft worden. Sefia und Nin konnten nicht mehr zu den umkämpften Ufern von Everika reisen. Sogar im Inneren Meer zwischen den beiden Königreichen waren die Gefechte in vollem Gang und blutrünstige Freibeuter trieben ihr Unwesen. Für die gewöhnlichen Bürger bedeuteten die Wachschiffe vielleicht Schutz. Doch für Sefia, die nie gewöhnlich gewesen war, glichen sie Gefängniswärtern, die sie an der Flucht hinderten.

Am Rand des Marktplatzes blieb sie stehen und verschaffte

sich einen Überblick. Sie hielt nach Gassen Ausschau, durch die sie notfalls schnell verschwinden könnte. Um den Marktplatz herum waren Läden, die man leicht an den Wappen über der Tür erkennen konnte: ein Hackebeil und ein Schwein für den Metzger, ein Amboss für den Schmied, zwei gekreuzte Holzschaufeln für den Bäcker. Doch die meisten zog es zu den überdachten Ständen in der Mitte des Platzes. An Markttagen kamen fahrende Händler und Bauern aus dem Umkreis herbei und verkauften alles von Stoffballen über parfümierte Seifen bis zu Bindfadenrollen.

Sefia zwängte sich zwischen Verkäufern hindurch, die Mangos und Passionsfrüchte feilboten, Kaffeesäcke und silberne Fische. In der Menge der Marktbesucher erspähte sie Armbänder, die nur lose verschlossen waren, und prall mit Münzen gefüllte Jackentaschen. Doch jetzt war keine Zeit zum Stehlen.

Sie kam am Nachrichtenstand vorbei. Ein Mitglied der Nachrichtengilde, eine Frau mit Schildmütze und braunen Armbinden, begrüßte sie mit den neuesten Meldungen über die Unruhen: »Wieder ein Handelsschiff vor der likkarinischen Küste an Serakeen verloren! Königin verordnet zusätzlichen Geleitschutz der Marine für Botschafter auf dem Weg nach Likkaro!« In der Sammeldose zu ihren Füßen machten die Kupfermünzen *plink! plink!*

Sefia lief es eiskalt den Rücken hinunter. Während sich im Süden Everika und Oxszini bekriegten, hatte das glutheiße Wüstenkönigreich Likkaro seine eigenen Probleme: Serakeen, die Plage des Ostens, und seine Flotte brutaler Piraten. Serakeen hielt das Meer rund um die arme Insel in Schrecken. Er plünderte Küstenstädte und erpresste andere, griff Händler und Versorgungsschiffe an, die einem Königreich zu Hilfe kamen – einem Königreich, das seit Generationen von keinem König mehr regiert wurde. Als Sefia mit Nin vor über einem Jahr Likkaro verlassen hatte, waren sie nur mit knapper Not einem von Serakeens Kriegsschiffen entkommen. Sie erinnerte sich noch gut an die Feuerstöße aus den Kanonen, die Wasserexplosionen zu beiden Seiten des Schiffs.

Während sie sich auf dem Weg zur Fellhändlerin durch ein Gewühl aus Arbeitshemden und alten Hosen, langen Baumwollkleidern und spitzen Rockschößen kämpfte, stach ihr blitzartig etwas Goldenes ins Auge: ein Lichtschein, der sich unter den Stiefelabsätzen der Menschenmenge kräuselte, nicht größer als eine Pfütze. Sefia lächelte. Wenn sie zu genau hinsah, würde der goldene Schimmer verschwinden, also begnügte sie sich mit dem Wissen, dass er da war.

Ihre Mutter hatte ihr immer gesagt, die Welt berge eine versteckte Energie, ein *Licht*, das direkt unter der Oberfläche brodelte. Es war immer da und tanzte unsichtbar um sie herum, und hin und wieder quoll es heraus wie Wasser aus einem Riss in der Erde – ein goldenes Leuchten, sichtbar nur für jene, die besonders empfänglich dafür waren.

Wie ihre Mutter. Ihre schöne Mutter, deren kupferfarbene Haut sich im Sommer bronzen färbte. Von ihr hatte Sefia die schlanke Gestalt geerbt, die außergewöhnliche Anmut, und den Sinn dafür, dass es auf der Welt auch Dinge geben musste, die man nicht fassen konnte.

Als Sefia Nin einmal darauf angesprochen hatte, war ihre Tante still und missmutig geworden. Einen ganzen Tag lang hatte sie ihr jegliche Antwort und sogar oberflächliche Unterhaltung verweigert.

Danach hatte Sefia es nie wieder erwähnt, doch das änderte nichts daran, dass sie es sah.

Als die kleine Lichtpfütze wieder verebbte, stellte sich ihr ein Mann in den Weg: widerspenstige schwarze, grau melierte Haare, ein Buckel, der durch einen übergroßen Pullover noch betont wurde. Sie schaute noch einmal hin.

Doch er war es nicht. Die Kopfform stimmte nicht. Die Größe auch nicht. Er hatte weder ihre geraden Brauen noch ihre tropfenförmigen Augen, dunkel wie Onyx. Alles war falsch. Nie im Leben war er es.

Ihr Vater war seit sechs Jahren tot, ihre Mutter seit zehn Jahren, doch das änderte nichts daran, dass sie die beiden in völlig fremden Menschen sah. Es änderte nichts daran, dass sich ihr Herz schmerzlich zusammenzog, wenn sie sich wieder einmal ihres Verlusts bewusst wurde.

Sie schüttelte den Kopf und blinzelte schnell, als sie zum Stand der Fellhändlerin kam. Dort wühlte gerade eine gehetzt wirkende Frau mit einer Hand in den Chinchilla-Pelzen, während sie mit der anderen ihren Sohn festhielt. Der kleine Junge weinte, sie packte ihn so fest, dass ihre Finger sich in seine rosige Haut gruben.

»Ich hab dir doch gesagt, du sollst in meiner Nähe bleiben! Sonst schnappen dich die Impressoren!« Sie schüttelte ihn so fest am Arm, dass sein ganzer Körper schwankte.

Die Fellhändlerin, eine unscheinbare Frau mit spindeldürren

Armen, beugte sich über den Stand und griff nach einem Stapel Fuchsfellen. »Diese Woche soll ja schon wieder ein Junge verschwunden sein, ein Stück die Küste runter«, flüsterte sie und schaute schnell zur Seite, um sicherzugehen, dass niemand lauschte. Sefia, die einigermaßen von den Fellen auf ihren Armen verdeckt war, tat so, als interessiere sie sich brennend für die Gewürztütchen am Nachbarstand. Auf jedem Tütchen war eine Zeichnung von den getrockneten Kräutern darin: Kreuzkümmel, Koriander, Fenchel, Kurkuma …

»Hörst du?« Die Stimme der Mutter wurde schrill. »Das hier ist Impressoren-Gebiet!«

Sefias Puls ging schneller. *Impressoren.* Schon das Wort klang unheilvoll. In den letzten Jahren hatten Nin und sie immer mal wieder etwas über sie gehört. Angeblich verschwanden in ganz Kelanna Jungen, zu viele, als dass es allesamt Ausreißer hätten sein können. Es ging das Gerücht, dass Jungen zu Killern ausgebildet würden. Es hieß, man könne sie an dem Brandmal erkennen, das wie ein Band um ihren Hals verlief. Das war das Erste, was die Impressoren mit ihnen machten – sie brandmarkten die Jungen mit einer glühenden Zange und verpassten ihnen dieses Zeichen.

Beim Gedanken an die Impressoren zog Sefia die Schultern hoch. Ihr wurde auf einmal bewusst, wie schutzlos sie in dieser Menschenmenge war, unter all den fremden Flüsterern. Sie schaute sich kurz um und sah etwas Rotes und Goldenes aufleuchten. Rotröcke. Sie kamen in ihre Richtung.

Kaum war die Frau mit dem kleinen Jungen weg, warf Sefia Nins Felle auf den Tresen. Während die Fellhändlerin sie der

Reihe nach betrachtete, trat Sefia nervös auf der Stelle und ließ den Blick durch die wirbelnde Menge schweifen. Immer wieder fasste sie nach hinten, um sich zu vergewissern, dass das geheimnisvolle viereckige Ding noch in ihrem Rucksack war.

Plötzlich tippte ihr jemand auf die Schulter. Sefia erschrak und drehte sich um.

Zwei Rotröcke standen hinter ihr.

»Hast du diese Frau gesehen?«, fragte der eine.

Der andere hielt ein vergilbtes Blatt Papier hoch, das sich an den Rändern wellte. Eine verblichene Skizze. Die Gesichtszüge der Gesuchten waren undeutlich und verwischt, aber die hängenden Schultern und der verfilzte Bärenfellmantel waren unverkennbar.

Es war ein Gefühl, als hätte jemand sie in dunkles Wasser gestoßen. »Nein«, sagte sie schwach. »Wer ist das?«

Der erste Rotrock zuckte die Achseln und ging zum Gewürzstand. »Haben Sie diese Frau gesehen?«

Der andere Rotrock grinste einfältig. »Du kannst sie gar nicht mehr kennen, du bist zu jung. Vor dreißig Jahren war sie die berüchtigtste Diebin der fünf Inseln. Man nannte sie die Schlosserin. Ein paar Orte weiter meinte jemand, sie sei gesehen worden. Aber wahrscheinlich ist sie schon lange tot. Mach dir keine Sorgen.«

Sefia schluckte und nickte. Sie kannte das Gesicht. Die Rotröcke verschwanden wieder in der Menge.

Die Schlosserin.

Nins alter Spitzname.

Beim ersten Preis, den die Fellhändlerin ihr nannte, schlug

sie ein und steckte die Goldmünzen in die Geldbörse zu dem Rutilquarz und den letzten paar Rubinen von einer Kette, die sie in Likkaro gestohlen hatte. Ob das reichte? Es musste reichen.

Sie packte die Geldbörse wieder weg, strich noch einmal über ihren Rucksack und stürzte sich dann in die Menge. Sie hatte es so eilig, die Stadt wieder zu verlassen, dass sie die anderen Marktbesucher mit den Ellbogen beiseitedrängelte.

Kaum hatte sie den Dschungel erreicht, rannte sie los, stürmte durch das Gestrüpp, blieb an Zweigen hängen, war zu langsam und ungeschickt durch das Gewicht auf ihrem Rücken.

Stammte das Knacken im Laub von ihren eigenen Schritten oder war ihr jemand auf den Fersen?

Sie riskierte einen Blick über die Schulter, machte sich schon auf das Knirschen von Leder gefasst, auf das Tappen von Schritten.

Sie rannte schneller, der harte kantige Gegenstand schlug ihr schmerzhaft ins Kreuz. Der Wald um sie herum wurde heiß und feucht.

So etwas spricht sich schnell herum. Sie musste zu Nin. Wenn die Rotröcke wussten, dass Nin in Oxszini war, dann wussten es womöglich noch andere.

Das Lager war nur noch zwanzig Meter entfernt, als es plötzlich, ohne Vorwarnung, ganz still wurde. Die Vögel hörten auf zu singen. Die Moskitos hörten auf zu summen. Sogar der Wind hörte auf zu wispern. Sefia erstarrte, alle Sinne geschärft, ihr Atem so laut wie eine Säge im reglosen Unterholz. Sie bekam eine Gänsehaut.

Dann war da dieser Geruch. Nicht der faulige Geruch von

Abwasser, sondern ein sauberer Geruch, wie Kupfer. Ein Geruch, den sie schmecken konnte. Der ihre Fingerspitzen zum Kribbeln brachte.

Ein Geruch, den sie kannte.

Durch die Bäume hindurch hörte sie Nins Stimme, leise und wachsam, dieselbe Stimme, mit der sie sprach, wenn sie einem großen Wild entgegentrat, Klauen und Zähne bereit zum Angriff. »Habt ihr mich also endlich gefunden.«

2. KAPITEL

SCHLIMMER ALS DIE ROTRÖCKE

Sefia duckte sich in den Farn. Sie zitterte so heftig, dass die Blätter bebten. Der Gestank nach verbrannter Erde und Kupfer ging ihr durch Mark und Bein.

Sie hörte ein Lachen, es klang wie zerriebenes Glas. »Als wir erfuhren, dass ein paar Rotröcke dich im Urwald von Oxszini fast erwischt hätten, konnte ich es kaum glauben. Aber hier bist du nun.«

Wir. Sefia krallte die Finger in die Erde. Sie hatte Recht gehabt. Jemand – eine Gruppe von Jemanden – hatte sie tatsächlich gesucht. Und gefunden.

Und sie war schuld.

Sie zog sich mit den Ellbogen über die Erde. Spinnweben verfingen sich in ihrem Haar. Dornen stachen ihr in die Haut. Sie biss die Zähne zusammen und kroch weiter, Stückchen für Stückchen auf das Lager zu.

»Meine ganze Lehrzeit hindurch habe ich nach dir gesucht.

Ich war mir nicht mal sicher, ob du wirklich so schwer zu kriegen bist, wie alle sagten …«

»Komm mal zur Sache, ja?«, unterbrach Nin die Stimme.

Ein kleiner gedämpfter Schlag ließ Sefia zusammenfahren. Mit weit aufgerissenen Augen lag sie im Gebüsch. Doch durch die breiten Blätter konnte sie nichts sehen.

»… oder ob du tot bist.«

Nach einer Weile grunzte Nin: »Immer noch gesund und munter.«

»Bis jetzt.«

Nein. Sefia kroch weiter durch das Gebüsch. Nicht schon wieder.

Ohne auf die Dornen einer verwucherten Rattanpalme zu achten, lehnte sie sich an einen morschen Baumstamm, der mit Moos und Bromelien bewachsen war. Zweige verfingen sich in ihrer Kleidung, doch durch die stachligen Blätter und toten Ranken hindurch konnte sie einigermaßen erkennen, was auf der Lichtung passierte.

Nin kniete auf dem Boden und fasste sich vorsichtig an den Kopf. Blut rann an ihrer Hand herunter und tropfte ihr vom Handgelenk.

Eine Frau mit Kapuze stand vor ihr. Sie war ganz in Schwarz gekleidet und sah aus wie ein Schatten, der aus dem Dickicht hervorgetreten war, dunkel und grausam. Ihre rechte Hand ruhte am Griff eines gebogenen Schwerts.

An der Blätterwand vorbei konnte Sefia zwei Pferde ausmachen, die an den Bäumen festgebunden waren. Zwei Pferde. Es musste also noch jemand auf der Lichtung sein.

»Durchsuch sie«, sagte ein Mann mit einer Stimme so trocken und brüchig wie Knochen.

Sefia schauderte.

Die Frau in Schwarz kniete sich vor Nins Rucksack und kippte den Inhalt aus. Nins sämtliche Besitztümer fielen mit lautem Geklapper auf den Waldboden: die Töpfe und Messer, das Zelt und das Beil, das zusammenklappbare Fernrohr aus Messing. Sefia zuckte zusammen. Rattanstacheln streiften ihre Wange.

Sie blutete, doch sie merkte es kaum. Die Angst lief ihr eiskalt über den Rücken. Jetzt konnte sie die Frau sehen. Der Feind hatte ein Gesicht: hässliche Spülwasseraugen, die Haut wie eine Kraterlandschaft, ein paar schlaffe Haarsträhnen um die Wangen.

Hatte diese Frau auch Sefias Vater umgebracht?

»Es ist nicht hier«, sagte Nin.

Es. Instinktiv fasste Sefia an den Rucksack. Durch das Leder drückten sich die harten Metallecken des seltsamen Gegenstands in ihre Handfläche. Sie wollten es also wirklich haben.

Die Frau durchwühlte Nins Sachen, warf die geflickten Hemden und handgeschnitzten Utensilien so nachlässig beiseite, dass es Sefia wehtat.

Schließlich richtete die Frau sich auf. Der metallische Gestank wurde noch schlimmer, bis die Luft davon schwirrte.

Die Frau stürzte sich auf Nin. »Wo ist es?«

Nin sah sie wütend an, beugte sich vor und spuckte auf die Erde.

Die Frau schlug ihr mit dem Handrücken ins Gesicht. Sefia

musste sich auf die Zunge beißen, um nicht laut zu weinen. Nins Lippe platzte auf. Blut sammelte sich zwischen ihren Zähnen.

Nin reckte das Kinn vor und spuckte noch einmal auf den Boden. »Da braucht es schon mehr, um mich zum Reden zu bringen.«

Die Frau in Schwarz lachte bellend. »Du wirst reden. Wenn wir mit dir fertig sind, wirst du singen. Du hast doch gesehen, was wir mit ihm gemacht haben, oder?«

Ihr Vater. Sefia kämpfte gegen die Erinnerung an. Abgetrennte Gliedmaßen. Verunstaltete Hände. All das, was kein Kind sehen sollte. Was niemand jemals sehen sollte. Nin hatte den Leichnam nicht gesehen. Sie hatte Sefia im Wald versteckt, nachdem die schluchzend und verdreckt an Nins Tür aufgetaucht war.

Aber Sefia hatte ihn gesehen.

Sie wusste, wozu sie im Stande waren.

Nin sagte nichts.

Der Mann sprach wieder, seine Worte waren wie Eis: »Los, wir verschwinden. Es ist nicht hier.«

»Hab ich euch doch schon gesagt«, grummelte Nin. »Für jemanden, der so mächtig sein soll, seid ihr nicht besonders helle, was? Kein Wunder, dass ihr so lange gebraucht habt, um mich zu finden.«

»Meinst du, das spielt eine Rolle? Meinst du, das kann uns aufhalten?« Wieder schlug die Frau auf sie ein. »Wir sind das Rad, das den Himmel in Bewegung setzt. Wir werden niemals aufgeben.«

Die Frau schlug Nin mit der Faust auf die welke Haut.

Sefia zuckte zusammen. Ein Zweig knackte unter ihr. Sie hielt die Luft an.

Die Frau schlug unbeirrt weiter zu, doch Nin erstarrte. Ganz kurz traf ihr Blick Sefias, eine stumme Warnung, sich nicht vom Fleck zu rühren. Sich ruhig zu verhalten.

Beim nächsten Schlag sank Nin in sich zusammen. Das Gesicht im Dreck, der Körper geschwollen und verwundet.

Halt sie auf, sagte Sefia zu sich selbst. Sie könnte hingehen und ihnen den Rucksack geben. Ihnen geben, was sie haben wollten.

Doch die Angst lähmte sie.

Ein Leichnam ohne Gliedmaßen. Der widerliche Metallgeruch.

Sie hatte gesehen, was mit ihrem Vater passiert war.

Rechts von ihr bewegte sich etwas. Schritte im toten Laub. Sefia wurde kalt. Der Mann kam auf sie zu, wie ein Raubtier durchkämmte er das Unterholz. Sie konnte ihn immer noch nicht sehen, aber die Spitzen der Farne neigten sich dort, wo er entlangging, und ließen die anderen Gräser erzittern. Er kam näher.

Der Metallgeruch brannte ihr in der Nase.

»Warte mal«, keuchte Nin.

Der Mann blieb stehen.

Die Frau in Schwarz hielt inne.

Langsam rappelte Nin sich auf. Blut und Spucke rannen ihr vom Kinn. Sie wischte sie weg und sah die Frau mit zusammengekniffenen Augen an. »Wenn du mir wirklich etwas anhaben willst, musst du mich schon auf der guten Seite erwischen«, sagte sie und tippte auf die andere Wange.

Die Frau in Schwarz packte Nins Hand und drehte sie herum.

Nin brach zusammen.

Ihr Handgelenk knackte.

Beinahe wäre Sefia aus ihrem Versteck herausgesprungen, doch Nin schaute sie wieder an. *Bleib, wo du bist. Sei still.*

»Das reicht«, sagte der Mann.

Die Frau in Schwarz sah wütend in seine Richtung, doch sie packte Nin am Mantelkragen und zog sie hoch. Die Pferde am Rand der Lichtung stampften mit den Hufen und bliesen leise durch die Nüstern.

Jetzt, dachte Sefia. *Ehe es zu spät ist.*

Aber sie konnte sich nicht rühren. Es ging einfach nicht.

Sie fesselten Nin die Hände und stiegen auf die Pferde. Nin schnaubte leicht, als sie gezwungen wurde, es ihnen gleichzutun. Obwohl Dornen sie in Hände und Arme stachen, schob Sefia die stachligen Blätter beiseite. So konnte sie Nin sehen, wie sie mit geschwollenen Augen zu ihr herschaute.

Nin.

Die Einzige, die von ihrer Familie noch übrig war.

Dann waren sie weg. Sie verschwanden zwischen den Zweigen, die sich hinter ihnen schlossen, als wären sie nie da gewesen.

Während das Trappeln der Pferde verklang, löste sich der Kupfergeruch auf wie Nebel. Zurück blieb der altbekannte Metallgeschmack in Sefias Kehle.

Ihr Atem ging keuchend. Sie zog sich über den Baumstamm

und taumelte auf die Lichtung. Dort sank sie inmitten von Nins Sachen zu Boden. Ein Schluchzen brach aus ihr heraus und erfasste ihren ganzen Körper.

Sechs Jahre auf der Flucht vor diesen Leuten. Ein Leben im Verborgenen. Und jetzt hatten sie sie doch gefunden.

Sefia sammelte Nins Sachen ein – ein übergroßes Hemd, das Fernrohr, die Sammlung von Dietrichen –, als könnte sie sich jetzt, da Nin fort war, an diesen Dingen festhalten.

Aber natürlich konnte sie das nicht.

Sie öffnete das Lederetui mit den Dietrichen, fuhr mit den Fingern über die Metallspitzen von Nins wichtigstem Werkzeug. Tränen verschleierten ihr den Blick.

Ihre Mutter und ihr Vater waren tot. Und jetzt hatten sie ihr auch Nin genommen. Um sie zu schlagen und zu foltern und wer weiß was noch.

Nein. Sefia knetete das Leder in den Händen. *Noch nicht.*

Ihr kamen die Worte der Frau wieder in den Sinn, sie schnitten sich wie Glasscherben in ihre Gedanken: *Wir werden niemals aufgeben.*

Nicht ehe sie alles zerstört hatten, was sie je geliebt hatte.

Nicht ehe sie alles verwüstet hatten, was ihnen im Weg stand.

Sefias Hände brannten, als müsste alles, was sie berührte, in Flammen aufgehen.

Sie würden nicht aufgeben? Sefia aber ebenso wenig.

Sie steckte die Dietriche ein, stopfte ein Bündel mit Nins Sachen in ihren Rucksack und schulterte ihn. Mit schmalen Augen verfolgte sie die Spur der Hufabdrücke in der weichen Erde und machte sich auf in den Dschungel.

Sie waren schneller, aber Sefia war unermüdlich. Sie folgte den Spuren meilenweit durch den Regenwald, über umgestürzte Baumstämme und durch Bäche, verwachsenes Dornendickicht und abgestandene Pfützen voller summender Moskitos. Genau wie Nin es vorhergesagt hatte, entluden sich am Nachmittag Wassermassen über den Regenwald, es tropfte vom Laubdach, bis alles durchnässt war. Grimmig zog Sefia ihren Regenumhang über sich und den Rucksack und blinzelte in den Regen.

Je länger sie sich durch den strömenden Regen schleppte, desto schwieriger wurde es, den Spuren der Pferde zu folgen. Aber ihre Feinde gaben nicht auf, also würde sie auch nicht aufgeben. Sie lief immer weiter und suchte im verblassenden Licht nach halbmondförmigen Pfützen und zerbrochenen Zweigen.

Es regnete immer weiter, aber sie gab nicht auf.

Es wurde immer dunkler, aber sie gab nicht auf.

Bis sie am Rand eines tosendes Bachs, der vom Regen angeschwollen war, ausrutschte. Sie rutschte das matschige Ufer hinab, suchte Halt an losen Wurzeln, die ihr aus den Händen glitten, und landete im Wasser. Wieder und wieder überschlug sie sich in der dunklen Kälte. Immer wieder zwang die Strömung sie unter Wasser, doch jedes Mal kam sie wieder hoch, schnappte nach Luft, schlug mit Armen und Beinen nach den Stromschnellen und versuchte ans Ufer zu gelangen.

Mit eisernem Willen und letzter Kraft schaffte sie es ans andere Ufer. Zitternd und schwankend zog sie sich aus dem Bach. Der Regen prasselte ihr aufs Gesicht, während sie keuchend im Dunkeln lag. Wie weit war sie gekommen? Sie musste jetzt viele Meilen stromabwärts sein.

Sie rappelte sich auf und biss die Zähne zusammen, als ein Schmerz ihren Knöchel durchzuckte. Also kniete sie sich wieder hin und fuhr mit tauben Fingern über das geschwollene Gelenk. Es war nicht gebrochen. Immerhin. Sie strich über den Rucksack und vergewisserte sich, dass der Inhalt unversehrt war, dann humpelte sie weg vom Wasser, um das kleine Zelt aufzubauen.

Der Regen ließ nicht nach. Er schlug auf das Zelt, als sie den Rucksack hineinschleppte und ihn auf Nins Seite ablegte – auch wenn sie sich nicht einreden konnte, das durchweichte Bündel wäre ihre Tante. Sefias zahlreiche Schnitte und Prellungen schmerzten, als sie sich aus ihren nassen Sachen schälte und unter die Decke krabbelte. Sie schlang die Hände um die Knie und rollte sich zu einer Kugel zusammen.

Mit tränenlosen Augen starrte sie in die Dunkelheit.

»Nin«, flüsterte sie.

3. KAPITEL

DAS HAUS AUF DEM HÜGEL ÜBER DEM MEER

Jeden Morgen wurde das Haus auf dem Hügel für einige Stunden zu einer runden Insel, die vom Dorf unten abgeschnitten war und im kalten Nebel schwebte. Dort gab es nichts als Vögel, Luft und einen endlosen, unwirklich weißen Ozean.

Stunden bevor er ermordet wurde, stieg Sefias Vater mit ihr den nebligen Hügel hinab und brachte sie zur Werkstatt der Schmiedin. So machte er es jeden Morgen seit vier Jahren – seit ihre Mutter gestorben war. Hand in Hand liefen sie über die Wiese, und ihr Vater wandte den Kopf wie ein Hirsch, der über seine kleine Herde wacht. Zum Abschied tippte er ihr immer einmal leicht ans Kinn. Dann ging er zurück zum Haus auf dem Hügel, hütete die Tiere, reparierte die Zäune oder beobachtete den Ozean durch das Teleskop.

Sefia liebte die Werkstatt. Genau genommen war es keine richtige Werkstatt, nur der hintere Raum im Haus der Schmiedin, mit Lehmfußboden und geschwärzten Wänden, an denen

Haken, Zangen und Hunderte von Schlössern und Schlüsseln hingen.

Manchmal fuhr sie mit den Fingern über die Schlüssel, so dass sie klimperten und klirrten, bis eine schrille Melodie aus Metallgeräuschen den kleinen Raum erfüllte. Manchmal, so wie heute, sah sie auch nur den starken Händen der Schmiedin bei der Arbeit zu.

»Tante Nin«, sagte sie und tippte der Tante auf die Schulter. »Bringst du mir das bei?«

»Was«, sagte Nin mit ihrer Reibeisenstimme.

Sefia legte die Hände auf den hohen Tresen. »Schlösser knacken.«

»Ich knacke kein Schloss, ich repariere es.«

»Aber machst du's?«

»Ob ich was mache.«

»Es mir *beibringen.*« Quengeln beherrschte sie mit ihren neun Jahren perfekt.

Nin sah nicht von ihrer Arbeit auf. »Wenn du größer bist.«

Sefia lachte. Nins schroffe Art machte ihr nichts aus, sie kannte sie schon ihr Leben lang. Als ihre Eltern das Haus auf dem Hügel gebaut hatten, war Nin ihnen eine große Hilfe gewesen. Sie hatte alle Türen und Fenster mit Schlössern versehen, und auf Bitten der Eltern hin hatte sie noch drei zusätzliche Geheimtüren eingebaut.

Die erste Tür war in der Mauer neben der Feuerstelle versteckt. Sie ließ sich mit dem Schürhaken öffnen, und dahinter verbarg sich eine Geheimtreppe, die zu Sefias Zimmer im Keller führte. Es war ein kleiner Raum für ihr Bett und ihre Sachen.

Sefia durfte nichts davon im Haus herumliegen lassen, obwohl ohnehin niemand zu Besuch kam, der etwas hätte bemerken können. Wenn man zum Fenster hereinschaute, sah es so aus, als hätte das Haus auf dem Hügel nur zwei Bewohner.

Jetzt sah es so aus, als ob nur ein Witwer darin wohne.

Sie blieben so weit wie möglich für sich, zogen Gemüse, hielten Hühner, Schweine und Ziegen und sogar ein paar Schafe. Nur wenn es nötig war, gingen sie den Hügel ins Dorf hinab.

Eine einzige Person durfte außer der kleinen Familie das Haus betreten, und das war Nin.

Sefia vermutete schon lange, dass in ihrer Familie irgendetwas anders war. Die Geheimnistuerei, das zurückgezogene Leben – jemand war hinter ihren Eltern her. Sie wusste nicht, warum, aber sie stellte sich eine düstere Gestalt mit roten Augen und spitzen Zähnen vor, einen schrecklichen Bösewicht, der mit Eisenhunden direkt aus ihren Albträumen stieg und sie jagte.

Manchmal sah sie ihre Eltern als Helden. Als Hüter irgendwelcher Geheimnisse. Ihre Mutter stolz und zierlich, das schwarze Haar tief im Nacken zu einem Knoten gebunden, auf der Brust ein silberner Stern wie bei einem Sheriff. Ihr Vater mit einem Haarschopf, der an eine Schuhbürste starr vor Schuhcreme erinnerte, die Ärmel bis zu den Ellbogen hochgekrempelt, die leuchtend weiße Narbe an der Schläfe.

Manchmal, wenn sie schreiend in ihrem Kellerzimmer aufwachte, war sie sich ganz sicher, dass jemand in ihr Haus eindrang, um sie zu holen.

»Wenn du's mir beibringst, kann ich dann jedes Schloss auf der Welt knacken?«, fragte Sefia.

»Nur wenn du sehr gut bist.«

»Bist du sehr gut?«

Nin sah nicht auf. »Frag nicht so dumm«, sagte sie.

Sefia kniff die Augen zusammen. »Das dachte ich mir. Papa hat gesagt, so haben er und Mama dich kennengelernt. Weil du die Beste warst.«

»Soso, das hat er gesagt.«

»Ja. Er hat gesagt, du hast ihnen geholfen. Er sagt, ohne dich wäre er nicht mehr hier.«

»Tja … Ich wäre ohne die beiden auch nicht mehr hier.«

Sefia nickte. Ihre Eltern mussten einst in Gefangenschaft gewesen sein, in Eisenkäfigen über lodernden Feuern, während ihre Feinde um sie herum quasselten und plapperten. Bestimmt hatte Nin sie mit ihrem feinen Werkzeug und ihren Zauberhänden befreit, und dann waren sie alle zusammen in den Sonnenuntergang gelaufen.

Lächelnd legte Sefia den Kopf auf die verschränkten Arme und schaute Nins Händen schweigend bei der Arbeit zu, und der kleine Raum füllte sich mit dem Klick und Klack von Metallzähnen.

Normalerweise hätte Nin eine Mittagspause gemacht und Sefia zurück zum Haus auf dem Hügel gebracht, aber an diesem Tag mussten Pferde beschlagen, Achsen erneuert und alle möglichen Schlösser, Scharniere und Riegel repariert werden. Deshalb schickte Nin Sefia schnell zur Hintertür hinaus und gab ihr mit auf den Weg, sich leise zu verhalten und gut aufzupassen.

»Und geh schnurstracks nach Hause, sonst reißt dein Vater mir den Kopf ab!«, fügte sie hinzu und verpasste Sefia einen leichten Schubs.

Sefia freute sich über die unverhoffte Freiheit und hüpfte hinaus in den Nebel. Erst kicherte sie leise und rannte auf die Schatten der Fässer und Schubkarren zu; sie stellte sich vor, sie wären Monster, die aus dem Nebel hervorkämen. Doch sie war es gewohnt, immer auf der Hut zu sein, und so trödelte sie nicht lange.

Während sie das Dorf hinter sich ließ und den Hügel zu ihrem Haus erklomm, wurde der Nebel immer dichter. Aus dem Augenwinkel erhaschte sie hier und dort goldene Lichtwirbel auf dem taunassen Hügel, aber sobald sie genauer hinsah, lösten sie sich in graue Nebelstreifen auf. Sefias Schritte wurden langsamer und verhaltener. Ihre Schuhe und Schienbeine waren feucht vom hohen Gras, ihre Zehen wurden nass.

Eine Brise wirbelte den Nebel auf und ein schwacher Kupfergeruch drang ihr in die Nase. Sefia unterdrückte ein Husten und fröstelte im Nebel. Der Geruch umschlang sie wie etwas Lebendiges.

Kurz darauf verschwand er wieder – so schnell, dass sie sich fragte, ob sie ihn sich bloß eingebildet hätte. Doch als sie den süßen Duft des Grases einatmete, schmeckte sie Metall in der Kehle und wusste, dass es echt gewesen war. Sie schauderte.

Es schien Stunden zu dauern, bis sie den Hügel erklommen hatte, aber schließlich erreichte sie den Gipfel; er erhob sich aus dem Nebel, der am Fundament des einsamen Steinhauses leckte, und Sefia stieg die Treppe zur Haustür hinauf. Der Himmel über ihr war von einem verstörenden leeren Blau.

Sefia holte den Schlüssel heraus – ihr Vater schloss immer ab –, doch als sie die schwere Holztür berührte, öffnete sie sich leise in ihren gut geölten Scharnieren.

Man sagt, dass die Angst in der Magengrube sitzt. Sefia aber spürte ein Gefühl von *Auflösung*, als würde der Nebel zerreißen, sich verziehen und nur sie zurücklassen, nackt und schutzlos in einer endlosen Leere.

Während sie auf Zehenspitzen ins Haus ging, schienen sogar die Wände dünner zu werden. Balken und Bretter verschwanden, fielen mit blechernem Geklapper in Stücke. Ihre Splitter übersäten den Holzfußboden, die zertrümmerten Stühle, die zerbrochenen Vasen und Lampen. Es sah aus, als hätte ein Wirbelsturm das Haus verwüstet. Nichts war mehr an seinem Platz. Bilder waren aus den Rahmen geschnitten, das Teleskop ihres Vaters stand nicht mehr am Ostfenster. Mit jedem Schritt durch die Trümmer merkte sie, wie still das Haus war, wie reglos. Es war, als würden die Möbel zerfallen, die Seidenfäden in den Teppichen zerfasern und zu Staub werden, bis alles im Haus – die Kupfertöpfe auf dem Küchenfußboden, die Flickendecke auf der zerfetzten Matratze ihrer Eltern, der umgeworfene Esstisch – die Substanz verlor. Als sie im Hinterzimmer angelangt war, schien es oben auf dem Hügel nur noch Sefia zu geben … und den Leichnam ihres Vaters.

Ohne genau hinzusehen, wusste sie, dass er es war. Sie konnte nicht genau hinsehen. Sie erkannte ihn an den Pantoffeln aus Schaffell, am Schnitt seiner Hose, an dem übergroßen abgenutzten Pullover. Sie erkannte ihn, ohne sein Gesicht zu sehen, denn [redacted]

Ihr Vater.

Sie taumelte rückwärts, ihre Eingeweide wie Brei. Es war so schwindelerregend kalt, dass sie nicht atmen konnte. Sie schnappte nach Luft, aber es kam kein Ton raus und keine Luft rein.

Ihr *Vater.*

Sie taumelte zum Kamin, um die Geheimtür aufzumachen. Ein leises Klicken und die Steinplatte öffnete sich. Sefia ging hinein, machte die Tür hinter sich zu und stieg die steile Treppe hinab in ihr Zimmer. Es war unbemerkt und unberührt geblieben, wie ihre Eltern es geplant hatten. Hier unten gab es keine Fenster, deshalb tastete sie sich an den Stühlen und Spielsachen entlang, die einmal so vertraut gewesen waren – und jetzt so viele Möglichkeiten boten, sich Zehen und Schienbeine zu stoßen.

Doch sie hatte sich jahrelang auf diesen Tag vorbereitet. Als ihre Mutter noch lebte, waren sie die einzelnen Schritte immer wieder durchgegangen. Und als ihre Mutter starb, ließ ihr Vater sie üben, üben, üben. An manchen Tagen ging Sefia die Schritte so oft durch, dass sie nachts davon träumte. Sie war so darauf trainiert worden, dass sie die Schritte jetzt automatisch in die Tat umsetzte.

Blind tastete sie nach dem Knauf auf dem Bettpfosten und

schraubte ihn ab. Darin lag ein Schlüssel, leuchtend silbern in Form einer Blume. Man hätte ihn auch für ein Kinderspielzeug halten können, doch damit ließ sich die zweite Geheimtür öffnen, die in der Nordwand.

Sefia schloss auf und krabbelte hinein. Sie zog die Tür hinter sich zu und saß jetzt in einer Kammer, kaum größer als ein Reisekoffer. Und da weinte sie. Sie weinte, bis ihr der Kopf wehtat und helle Flecken vor ihren Augen zuckten. Sie weinte laut in der Hoffnung, jemand möge sie hören, und leise, weil sie genau das fürchtete. Sie weinte, bis sie den verstümmelten Körper über ihr fast vergessen hatte. Und als es ihr wieder einfiel, weinte sie aufs Neue.

Schließlich verlor sie das Bewusstsein. Als sie wieder erwachte, schienen Stunden vergangen zu sein. Ihre Augen waren fast zugeschwollen und ihre Nase war verstopft. Sefia unterdrückte ein Schluchzen, streckte ihre Glieder, die vom harten Boden schmerzten, und presste die Hände an die Steinmauer.

Für die dritte Tür gab es keinen Schlüssel. Nin hatte sie so konstruiert, dass sie sich öffnete, wenn man in einer bestimmten Reihenfolge gegen die Steine in der Wand drückte. Auch das hatten Sefias Eltern zwar mit ihr geübt, aber immer im warmen Lampenschein ihres Zimmers. *Flüchte dich in die kleine Kammer und warte, bis deine Eltern kommen.* Das war der Plan gewesen. Sie hatten immer gewusst, dass man sie letzten Endes finden würde. Aber sie hatten gedacht, einer von ihnen würde überleben.

Sefia erinnerte sich an die Reihenfolge; ihre Hände ertasteten die richtigen Flusssteine an ihren Konturen – der erste oben links in der Ecke, der zweite, der wie eine Eule geformt war, der dritte wie eine Hütte, dann ein Halbmond, zwei Mäuse nebeneinander und schließlich ein zotteliger Büffel mit einem einzigen Hornstummel. Als sie die Steine berührte, verschoben sie sich mit einem Klicken. Doch was dann geschah, hatten ihre Eltern nie erwähnt, sie hatten sie nicht gewarnt oder sie darauf vorbereitet. Und dabei war es vielleicht das Wichtigste von allem.

Als sich die kleine Tür öffnete, fiel etwas aus der Ritze – ein schweres rechteckiges Etwas, das in weiches Leder gehüllt war. Offenbar war es dort festgeklemmt gewesen, hatte in der Türschwelle gesteckt.

Sefia fuhr mit den Fingern darüber und presste es an die Brust. All die Jahre, die sie für ihre Flucht geübt hatte, war es ihr nie aufgefallen.

Sie überlegte, ob sie es zurücklassen sollte. Es war so sperrig und schwer in ihren dünnen Armen. Sie bereute, dass sie nichts aus dem Haus mitgenommen hatte. Den Silberring ihrer Mutter mit dem winzigen Geheimfach, den bemalten Handspiegel, einen alten Pullover ihres Vaters – was auch immer. Aber das hatten sie ihr nicht beigebracht. Sie hatten ihr nie gesagt, dass sie vielleicht gerne ein Andenken mitnehmen würde. Und jetzt war dieses Ding alles, was sie hatte.

Sie umklammerte es so fest, bis die Ecken sich in ihre Hände und ihre Wange gruben, und schließlich nahm sie es mit.

Sie musste sich auf Händen und Knien fortbewegen. Der Tunnel hatte bröckelnde Lehmwände und war an manchen Stellen so eng, dass sie nicht mal krabbeln konnte – sie musste sich auf den Bauch legen und vorwärtsschlängeln, wobei sie sich mit den

Fingern weiterzog und mit den Ellbogen und den Zehenspitzen schob. Hunderte Meter glitt sie durch die namenlose Dunkelheit, eine Dunkelheit, die man fast greifen konnte, schwärzer als die Nacht, schwärzer als im Wandschrank mit geschlossenen Türen, schwärzer als mit geschlossenen Augen unter der Bettdecke.

Sie wusste nicht, wie weit sie schon gekommen war und was noch vor ihr lag. Umgeben von Dunkelheit und mit nichts als dem Geräusch ihres Körpers gab ihr gerade die Greifbarkeit des rechteckigen Dings, das sie im Tunnel vor sich herschob, die Gewissheit, dass sie noch lebte – und nicht in der Welt über ihr mit ihrem Vater umgekommen war.

Schließlich endete der Tunnel abrupt an einer hölzernen Falltür. Sefia kauerte sich darunter und machte sich an dem zersplitterten Rahmen zu schaffen. Mit letzter Kraft drückte sie gegen die Tür und öffnete sie.

Sie kam in einem Brombeergestrüpp heraus, die letzten verschrumpelten Beeren des Sommers hingen noch an den Zweigen. Sie zog sich durch die Luke, das rechteckige Ding an die Seite gepresst.

Es war Abend. Der Nebel hatte sich aufgelöst und die kühle Luft war klar, die Schatten grün und blau. Sie rieb sich die Arme. Der ganze Nachmittag war vergangen, aufgesaugt vom dunklen Tunnel. Sefia kauerte sich kurz in das tiefe Dickicht, wo sie in Sicherheit war, zerkratzt und schmutzig.

Ihre Eltern hatten ihr drei Anweisungen gegeben: Öffne die Geheimtüren. Kriech durch den Tunnel. Geh zu Nin. Die ersten beiden Aufgaben hatte sie erfüllt, und wenn sie die letzte hinter sich hätte, wäre nichts mehr von ihren Eltern übrig. Nur noch das merkwürdige Ding in ihren Armen.

So leise wie möglich schloss Sefia die Falltür und stand auf. Sie kannte das Dickicht in- und auswendig. Ihr Vater hatte sie immer zum Beerenpflücken mit hierhergenommen, und wenn ihre Körbe gefüllt waren, brachten sie einen davon Nin. Er hatte behauptet, diese Beeren seien die süßesten der Welt, doch jetzt begriff sie, dass er das Ganze nur gemacht hatte, damit sie sich den Weg merkte.

Beim Gedanken an ihren Vater fing sie wieder an zu weinen. Sie umfasste das ledergebundene Ding, als wäre es eine Decke, ein Stofftier oder ein Schild. Dann stolperte sie aus dem Gebüsch und rannte durch die Dämmerung, duckte sich unter Zweigen, in denen ihre Haare sich verfingen. Dürre Äste schlugen ihr ins Gesicht und an die Arme. Gräben taten sich unter ihr auf. Doch obwohl sie weinte und stolperte, obwohl ihre Beine schwach waren und ihr Körper zitterte, gab sie nicht auf.

Als Sefia endlich an Nins Hintertür ankam, war sie fast bewusstlos vor Kummer und blind vor Tränen. Sie fiel in Nins Arme, als stürzte sie von einer Klippe.

Undeutlich hörte sie Nin sagen: »Jetzt ist es passiert, oder? Es tut mir leid, Mädchen. Ich hätte dabei sein sollen. Ich hätte dich nach Hause bringen sollen.«

Sefia hatte alles so gemacht, wie man es ihr beigebracht hatte. Sie war durch die Geheimtüren gegangen und durch den Tunnel. Sie war zu Nin gelaufen. Und jetzt hatte sie weniger Angst vor dem leeren, zerstörten Körper ihres Vaters als vor der Stille, der undurchdringlichen Stille der Toten. Nie wieder ein beruhigendes Wort, kein vertrautes Grummeln, wenn sie die Wange auf den Bauch ihres Vaters legte. Kein Niesen, kein Husten, kein Knirschen müder Gelenke, keines dieser alltäglichen Geräusche des Lebens. Sie hatte alles so gemacht, wie man es ihr beigebracht hatte. Und jetzt gab es keine weiteren Anweisungen, kein Wort drang mehr von den Lippen ihres Vaters in das leuchtende Prisma der lebendigen Welt. Er war tot. Für immer fort.

4. KAPITEL

DIES IST EIN BUCH

Als Sefia am nächsten Morgen erwachte, hatte der Regen immer noch nicht nachgelassen, und trübes Licht erfüllte das kleine Zelt. Während sie dort lag und auf die fleckige Wand aus Stoff starrte, hätte sie schwören können, dass sie aus dem Augenwinkel eine Bewegung wahrnahm. Nin, die sich unter dem Kleiderberg regte. Oder dort, Nin, die am Zelt vorbeiging. Aber es war nur das Wasser, das aus ihren vollgesogenen Sachen tropfte, nur ein Schatten, der auf das Zelt fiel. Nin war fort. Wie eine Anziehpuppe war sie aus der Welt herausgeschnitten worden, auch wenn Sefia immer noch die Umrisse ihrer Silhouette sah, die leeren Echos der Worte hörte, die sie hätte sagen sollen.

Mit schmerzendem Knöchel setzte Sefia sich auf und starrte auf die reglosen Klappen am Zelteingang, während die Erinnerung an den gestrigen Tag zurückkam. Der Metallgeruch. Das pockennarbige Gesicht der Frau in Schwarz. Das Knacken von Nins Knochen.

Bis zuletzt hatte Nin sie beschützt und Sefia hatte nichts unternommen, um sie zu retten.

Sie strich die nassen Haare aus dem Gesicht und holte ihre Habseligkeiten aus dem Rucksack. Die legte sie dann in ordentlichen Stapeln vor sich, bis ihre Hände auf etwas Flaches, Festes stießen.

Das war es.

Das, was sie unbedingt haben wollten.

Sechs Jahre verwahrte sie es nun schon, und obwohl sie oft daran dachte, hatte sie es erst ein einziges Mal herausgenommen.

Sie war neun gewesen. Zwei Tage zuvor hatte sie das Haus auf dem Hügel zusammen mit Nin verlassen. Nin war auf der Jagd, und da hatte Sefia es aus dem Rucksack geholt. Ein schweres kastenförmiges Ding mit dunklen Einkerbungen an den Rändern, wo einmal Filigranarbeiten und Edelsteine gewesen waren, doch das meiste davon war schon vor langer Zeit abgerissen worden. Gold fand sich nur noch an den beschlagenen Ecken und den beiden angelaufenen Schnallen, mit denen es verschlossen war. Sefia war kurz davor, die Schnallen zu öffnen, als Nin zurückkam.

»Was tust du da?«, herrschte Nin sie an. Ein totes Kaninchen baumelte von ihrer Hand.

Sefia erstarrte und sah sie schuldbewusst an. »Was ist das?«

Nin starrte das Ding an, als wäre es eine Bärenfalle mit Metallzähnen. »Ich hab nie gefragt«, sagte sie. »Pack das weg. Ich will nichts damit zu tun haben.«

»Aber Tante Nin, es gehörte doch …«

»Ich bin nicht deine Eltern.« Nin wandte ihr den Rücken zu und zog dem Kaninchen das Fell ab. Während das Reißen von Haut und Sehnen zu hören war, sagte sie über die Schulter: »Wenn ich es noch einmal sehe, werfe ich es mit dem Brennholz ins Feuer.« Ihre Worte klangen kalt und endgültig.

Seitdem hatte Sefia es nicht mehr angeschaut, doch immer wenn sie ihren Rucksack auspackte, berührte sie es. Seine Form war ihren Händen so vertraut, dass sie es jederzeit wiedererkannt hätte.

Sie hatte die ganze Zeit Recht gehabt: Sie besaß etwas, was ihre Feinde haben wollten, und die würden alles tun, um es zu bekommen.

Die Erinnerungen bohrten sich wieder in ihre Brust.

Ihr Vater.

Ihre Tante.

Sefia grub die Finger in das Leder. Durch Tränen der Wut starrte sie auf das rechteckige Ding in ihrem Schoß.

Das satte braune Leder glänzte wie lackiertes Holz. In der Mitte war eine Art Emblem, ein Kreis mit vier Linien, ähnlich den Wappen, die in der Stadt über den Läden prangten:

Das Emblem war mit einem Stempel in das Leder eingebrannt, die Linien waren dunkel und klar. Ein Hinweis. Während sie das Symbol betrachtete, überlegte sie, was es wohl darstellen sollte.

Einen Dreizack.

Eine aufgehende Sonne.

Einen Helm.

Sie hielt den Kasten schräg und betrachtete die goldenen Schnallen am Leder. Was auch immer sich in dem Ding verbarg, musste wichtig sein. Und gefährlich.

Sie dachte an die gefährlichsten Gegenstände, die ihr einfielen: Pistolen, Messer, Gift, magische Objekte wie der Donnergong oder das lange Teleskop, mit dem man durch Wände schauen konnte; verfluchte Gegenstände wie der Henker oder die Diamanten der Lady Delune.

Vielleicht verriet es ihr auch, wo sie zu finden waren – die Leute, die Nin mitgenommen hatten. Und wenn es ihr gelang Nin zu retten, wenn sie rechtzeitig bei ihr war, dann konnte sie damit vielleicht wieder gutmachen, dass sie nichts unternommen hatte, um Nins Entführung zu verhindern.

Hoffentlich.

Sefia öffnete die Schnallen und klappte den Deckel auf.

In dem Kasten war Papier. Nur Papier, makellos und glatt wie Eis. Sie blätterte es durch, drehte jede Seite um und wieder um. Sie hatte Bilder erwartet, doch sie sah nur Muster, Reihe um Reihe, wie schwarze Spitzenbänder.

Soll das alles sein?

Panisch blätterte sie durch die Seiten, suchte nach Hinweisen, blätterte immer hastiger weiter, bis sie lauter kleine Schnitte in den Fingerkuppen hatte und die Ecken der Blätter blutverschmiert waren. Schließlich sah sie ein, dass sie noch so lange blättern konnte, ohne je an den Anfang oder das Ende zu gelangen. Es erschien immer noch mehr unter ihren verzweifelten Fingern.

Sie knallte den Kasten zu und warf ihn weg. Ihre Hände brannten.

Papier. Das wollten sie also unbedingt haben. Eine schier unendliche Menge Papier, das schon, aber doch nur Papier, übersät mit Zeichen, die aussahen wie Trümmer nach einer Explosion.

Vorsichtig hob sie den Deckel wieder an. Mit der Fingerspitze fuhr sie über die seltsamen Zeichen: gerade Linien wie Spuren eines Käfers in einem Baumstamm, wie Blutspritzer, wie Vogelschwärme am weißen Himmel. Jedes der winzigen Zeichen hatte eine vollkommene Form, mit Fähnchen und kleinen Schwänzen am Ende aller Striche, die an unsichtbaren Schnüren hingen wie Klammern an der Wäscheleine. Doch es waren keine Zunftzeichen oder Wappen und sie ergaben auch keine Bilder wie die Kacheln in einem Mosaik.

Sie wiederholten sich. Manche Zeichen tauchten auf einer einzigen Seite immer wieder auf. Es gab sogar ganze Muster aus mehreren Zeichen, die sich wiederholten, manchmal zehn oder dreißig Mal.

Andere standen nur zu zweit, von den übrigen getrennt wie Zelte auf winterlichen Hängen oder Laternenmasten auf weißen Straßen.

Sefia erstarrte.

Solche Zeichen hatte sie schon mal gesehen.

Als sie klein war, hatte sie knallbunte Holzklötze gehabt, die an den Seiten mit Symbolen und einfachen Bildern verziert waren. Darin waren solche Zeichen eingeritzt gewesen. Sie hatte einen ganzen Satz Holzklötze gehabt.

Ein Mungo.

Eine Artischocke.

Ein Ring.

Stundenlang hatte sie in der Küche gesessen und auf dem Tisch Karawanen gebaut, während ihre Mutter auf der Anrichte Gemüse schnippelte oder Hühnchen zerlegte, das Messer schnell und sicher auf dem Schneidebrett, die braunen Hände mit blassen Narben bedeckt. Immer wieder sah sie aus dem Fenster und hielt nach Sefias Vater Ausschau, dann wandte sie sich wieder zu Sefia, schob die Klötze über den Tisch – die Schlange, den Elch, die Feder – und sang mit ihrer weichen Stimme: »Ess-eh-eff-ih-ah.«

»Esseh effih ah«, wiederholte Sefia und lachte.

»Ja.« Ihre Mutter strich ihr mit dem Finger über die Wange. »Sefia, meine kleine Sefia.«

Sefia blinzelte die Tränen weg und berührte das Zeichen, als könnte sie es auf ihre Haut drücken.

»Ess«, flüsterte sie.

Das Symbol hatte eine Bedeutung und einen Klang, als wäre es aus der wirklichen Welt gepflückt und zwischen dem Papier gepresst worden wie eine seltsame dunkle Blume. Und der Klang war wie ein Stich oder das Zischen von Wasser auf Kohle.

Sie rieb sich über das Gesicht. Ihre Mutter hatte ihr beigebracht die Symbole zu entziffern, bevor das Fieber kam, der schreckliche Husten und die blutigen Taschentücher. Bevor ihre Mutter immer weniger und weniger wurde.

Am Tag nach dem Tod ihrer Mutter hatte ihr Vater die Holzklötze verbrannt. Sie erinnerte sich, wie er vor dem Kamin kauerte und ihr Spielzeug in die Flammen warf.

»Nein, Papa!« Sie versuchte ihn aufzuhalten, aber er packte sie und nahm sie fest in die Arme.

»Es ist zu gefährlich. Du hättest das nicht lernen dürfen«, murmelte er in ihr dunkles Haar. »Es ist zu gefährlich.«

Sefia wimmerte und weinte um ihre Mutter.

»Mami ist tot.« Ihr Vater strich ihr übers Haar. »Sie ist tot, Sefia. Jetzt gibt es nur noch uns beide.«

Sie schmiegte ihre Wange an seinen Pullover und sah zu, wie sich die Farbe kräuselte, während das Feuer die Klötze verschlang.

»Wir sind ein Team, du und ich«, sagte er. »Wir stehen das hier gemeinsam durch, egal was kommt.«

Sein Schluchzen vermischte sich mit ihrem und sie umarmte ihn noch fester, als wollte sie ihn nie mehr loslassen.

Auch jetzt weinte Sefia wieder, ihre Tränen verschmierten die Tinte. Sie tupfte das Papier mit dem Ärmel trocken.

Diese merkwürdigen Symbole waren *Wörter.* Das Papier war voll davon. Waren das Botschaften? Magie? Irgendeine uralte Weisheit, die nur ihren Eltern anvertraut worden war?

Warum hatte ihr Vater ihr nicht beigebracht, die Zeichen zu entziffern?

Warum hatte er ihr nichts gegeben, womit sie hätte weiterlernen können?

Sie kniff die Augen zusammen und vergrub die aufgerissenen Fingerspitzen in den Handflächen.

Es *war* gefährlich. Damit hatte er Recht gehabt.

Sie wollten es haben und sie würden nicht ruhen, bis sie es bekamen. Sie hatten ihren Vater gefunden. Sie hatten Nin gefunden. Und früher oder später würden sie auch Sefia finden. Niemand war vor ihnen sicher.

Es sei denn, man könnte sie aufhalten.

Sefia klappte den Deckel zu und verschloss die Schnallen. Sie würde es gegen sie einsetzen, wenn sie konnte, aber es durfte ihnen niemals in die Hände fallen.

All die Jahre war immer jemand da gewesen, der sie beschützt hatte, doch nun war sie ganz auf sich allein gestellt. Und sie waren immer noch da draußen. Mit Nin, falls sie noch nicht … Sefia strich über das  und fluchte, als die verletzten Fingerkuppen schmerzten. *Nein.* Nin brauchte sie jetzt. Ihre Stärke und Widerstandskraft, ihre Gerissenheit und Entschlossenheit.

Es gab nur einen Weg, sich vor denen zu schützen, die ihre Familie zerstört hatten.

Sie selbst musste sie aufhalten.

Am nächsten Tag, als ihr Knöchel nicht mehr ganz so wehtat, versuchte sie die Fährte wieder aufzunehmen, doch alles war vom Regen durchweicht. Und falls es im Dschungel irgendwelche Fußspuren gegeben hatte, so waren sie jetzt vernichtet. Obwohl Sefia Menschenmengen scheute, hielt sie in bewohnten Gegenden Ausschau nach Spuren der Frau in Schwarz und ihres geheimnisvollen Begleiters. Sie fragte in nahe gelegenen Dörfern und in Lagern im Wald nach ihnen.

Aber niemand hatte sie gesehen.

Niemand wusste etwas.

Es war, als wären sie vom Erdboden verschluckt und hätten nur eine Spur hinterlassen: den merkwürdigen Papierkasten mit dem Symbol auf dem Deckel.

Also zog sie sich in den dichten Dschungel von Oxszini zurück, um ihre Fähigkeiten zu trainieren und den Kasten zu untersuchen. Jede Jagd wurde jetzt zu einer Herausforderung, jeder Pfeil musste sein Ziel treffen. Sie übte sich im Messerwerfen und lernte aus Froschhaut Giftpfeile herzustellen. Sie pirschte sich an Tiere heran, die doppelt so groß waren wie sie selbst, und spürte Beute in der Dunkelheit auf.

Denn sie wusste, dass sie da draußen waren, die Leute, die ihren Vater und Nin gefunden hatten und die auch sie finden würden … wenn sie ihnen nicht zuvorkam.

Wochenlang schlich Sefia durch das Hinterland von Oxszini, grübelte über dem Papier und untersuchte es von allen Seiten. Sie schlief jetzt immer in den Bäumen, in einer Hängematte aus Kordeln. Wenn sie den merkwürdigen Kasten herausholte, hatte sie das Gefühl, als spähte ihr jemand über die Schulter und suchte in den Zeilen nach Geheimnissen, genau wie sie.

Schon bald konnte sie die unterschiedlichen Zeichen so mühelos auseinanderhalten wie Tierspuren – den leeren Hauch vom O, das Murmeln vom M. Doch erst einen Monat später, in einer Nacht, in der ein runder Mond bleiches Licht auf das Laubdach warf und sie mit dem Kasten auf den Knien in der Hängematte lag, fing Sefia an zu lesen.

Eine einzige Zeile hatte ihren Blick gefesselt. Nur ein paar Zeichen, die zusammenhingen wie die Spur eines Wasserläufers, der plötzlich wegfliegen musste. Sie stachen heraus, weil sie allein dastanden; die anderen Zeichen marschierten immer weiter über das Papier, aber diese waren von Weiß umgeben.

Sie beugte sich so nah heran, dass sie mit der Nase fast das Papier berührte und den breiigen Geruch einatmete. Mit gerunzelter Stirn rang sie um die richtigen Laute und zwang ihre Zunge zur Arbeit – der weiche Konsonant, das Zischen.

D I E S

Sie grinste und schlug mit der flachen Hand auf das Papier. Sie sagte es noch einmal und prägte sich die Zeichen ein. »Dies!« Das nächste Wort ging schneller:

I S T

Wie auch das folgende:

E I N

Vor dem letzten Wort hielt sie inne. Sie kämpfte mit den Einzelteilen, versuchte sie zusammenzufügen, einen Sinn darin zu erkennen.

»B-buh …«

Und dann war es plötzlich da, ganz klar, so wie Licht in einem Prisma bricht und sich in bunte Farbstreifen verwandelt:

B U C H .

Sie sagte es noch mal, diesmal etwas lauter: »Dies ist ein Buch.« Ihre Stimme klang verlegen und hallte unter den wispernden Bäumen, aber sie wiederholte es:

DIES IST EIN BUCH.

Als würde es wahr werden, indem sie es aussprach. Sie sagte es wieder und wieder, nicht ganz sicher, ob das letzte Wort irgendetwas bedeutete. Doch je öfter sie es aussprach, desto mehr Sinn ergab es. Es war ein *Buch*. Das seltsame rechteckige Ding hatte sich selbst einen Namen gegeben.

Es hatte einen Namen.

»Buch.« Sefia lächelte.

Einen Augenblick lang hatte sie das Gefühl, als wären die Zeichen heiß und leuchtend. Sefia bemerkte aus den Augenwinkeln einen goldenen Schimmer. Als sie blinzelte, wurde alles um sie herum von Licht erfüllt, in großen ineinander verschlungenen Kreisen wirbelte es um sie herum, hinauf in den Himmel und zu den Sternen. Sie hatte das Licht früher schon mal gesehen, doch jetzt erkannte sie, dass die ganze Welt voller kleiner goldener Flüsse war, Millionen Flüsse mit Abermillionen Lichtpartikeln, allesamt exakt und vollkommen und bedeutungsschwer.

Der Anblick ließ sie zurück in die Hängematte sinken. Das Buch glitt ihr aus den Händen.

Magie. Ihr war, als spähte sie an den Rändern der Sterne vorbei und sähe, was dahinter lag.

Sich selbst nahm sie undeutlich wahr, sie war immer noch in ihrem Körper, saß in der Hängematte, doch das überbordende

Licht gab ihr das Gefühl, sie könnte jeden Moment weggefegt werden und für immer in dem Meer aus Gold untergehen.

Es war beängstigend, so viel zu sehen. In Licht zu ertrinken. Sefia drehte sich der Magen um. Ihre Schläfen pochten. Sie hielt sich an den Rändern der Hängematte fest, als könnte sie sich auf diese Weise verankern und die Welt davon abhalten, sich so schnell im Kreis zu drehen.

Dann blinzelte sie und es war vorbei. Sie lag da, ganz benommen und keuchend, und versuchte sich auf die schwarze Form der Bäume zu konzentrieren, auf einen einzelnen Stern, damit sich nicht mehr alles drehte.

Was war das für eine Magie?

Wie waren ihre Eltern an das Buch gekommen? Und warum wollten ihre Feinde es haben?

Wusste Nin, wofür es gut war?

Die Fragen wirbelten um Sefia, und sie presste die Hände an den Kopf, damit das Pochen in ihrem Schädel aufhörte. Die Bäume kauerten sich dicht um sie herum.

Sie wiederholte die Worte:

DIES IST EIN BUCH.

Sie waren so klein. Schon auf diesem einen Blatt Papier waren noch Hunderte anderer Zeichen, Dutzende anderer Wörter – und auf dem nächsten Blatt waren noch mehr Zeichen und Wörter … und auf dem nächsten und übernächsten und überübernächsten.

Sefia dachte an ihre Vision, das schwindelerregende Gefühl,

dass alles riesengroß und miteinander verbunden war. Gab es Zeichen für jeden einzelnen Stern, für die Sandkörner am Strand? Für *Baum* und *Fels* und *Fluss*? Ob sie wohl so schön aussahen, wie sie klangen, hoch in die Luft aufragend?

Es war, als wäre sie die ganze Zeit ausgesperrt gewesen und hätte durch einen Türspalt den Blick auf eine magische Welt erhascht. Doch das Buch war der Schlüssel. Wenn sie herausbekam, wie man es benutzte, dann könnte sie die Tür öffnen und die Magie sehen – wirklich sehen –, die plätschernd und rastlos in unbekannten Flüssen lag, unter der Welt, die sie mit Ohren und Zunge und Fingerspitzen erlebte.

Und wenn sie erst einmal alle Zeichen und Wörter verstand, würde sie herausfinden, was das Symbol auf dem Buch bedeutete, warum ihre Familie zerstört worden war, wer das getan hatte – und wie sie die Schuldigen finden konnte.

5. KAPITEL

DER LEHRLING

Noch vor zwei Wochen, wenige Tage nach seinem vierzehnten Geburtstag, hätte Lon nie gedacht, dass sich sein Leben so dramatisch und so schnell verändern könnte.

Der Tag hatte mit dem üblichen Treiben am Südtor begonnen: Bauern und Kaufleute auf dem Weg zu den Terrassen von Corabel, Matrosen frisch von der See mit dem Geruch nach Salz und Missetaten. Viele von ihnen kamen regelmäßig und kannten seine Tricks, daher gab er sich keine große Mühe, sie an seinen Tisch zu locken.

Er schob die kleine Schale mit Kohlen näher zu sich heran, dann wieder zurück, ein Stück nach links und wieder nach rechts. Er hatte sich an die schwache Hoffnung geklammert, seine Eltern würden zu seinem Geburtstag zurückkehren und ihn auf eine wunderbare Reise in ein fernes Land mitnehmen. Dort könnte er eine Ausbildung bei einem großen Seher beginnen, nur um von einem Piraten entführt zu werden, der auf der verzweifelten Suche nach einem Heilmittel für seine wunderschöne, kranke Tochter war.

Doch seine Eltern waren schon seit sechs Monaten fort, zusammen mit einer Truppe anderer Akrobaten, Schauspieler und Straßenkünstler. Sie verdienten nicht genug, um einen Boten auszuschicken, und so hatte er keine Ahnung, wann sie zurückkommen würden. Er wusste noch nicht einmal, ob sie sich immer noch im Königreich Delienne aufhielten oder ob sie Richtung Süden zu den anderen Inseln gereist waren.

Seufzend sprenkelte Lon etwas Weihrauch über die Feuerschale. In dem süß duftenden Rauch, der sich von der Glut emporkringelte, fühlte es sich so an, als ziehe sein Leben an ihm vorbei: Tage, die zu Jahren wurden, einer so wie der andere. Tag für Tag würde er den Leuten am Stadttor die Zukunft voraussagen, bis er irgendwann keine Kraft mehr hätte, seinen Tisch hinaus auf die Straße zu tragen.

Als sich der Rauch auflöste, bemerkte er einen alten Mann in der Menge. Er hatte schulterlange Haare, ungekämmt und schon etwas grau. Sein Blick huschte von den tönernen Dächern und den schmiedeeisernen Balkonen zum Kopfsteinpflaster der Straße. Er machte den Anschein, als wäre er zum ersten Mal in Corabel. Man erkannte die Besucher der Hauptstadt von Delienne an ihren staunenden Blicken und daran, wie sie den Hals reckten, um das geschäftige Treiben der Stadt auf dem Hügel zu verfolgen.

Lon kniff die Augen zusammen und beobachtete den alten Mann. Seine Haut war dunkel und runzlig wie eine Walnussschale, auch wenn sein Gesicht und seine Hände wenig Schaden von der Sonne genommen hatten. Seine mächtigen Samtgewänder waren nicht dafür geeignet, sich in den bevölkerten Straßen fortzubewegen. Passanten traten ihm auf den Saum, und Lons Blick fiel auf seine weichen Pantoffeln, bei denen sich der obere Teil schon von den Sohlen löste.

Er arbeitet drinnen, dachte Lon, *aber heute hat er das Haus verlassen und nicht daran gedacht, sich umzuziehen.* War er in Eile gewesen? Oder in Gedanken? Und wenn er ein Besucher von Corabel war, warum sah er dann so aus, als hätte er soeben im Hausmantel die Wohnung verlassen?

»Hey, alter Mann!«, rief Lon. »Hierher!«

Blinzelnd schaute der Mann auf. Sein Blick war verschwommen.

Er trägt sonst bestimmt eine Brille. Lon stand auf und winkte ihn zu sich.

Der alte Mann zwängte sich durch die Handwagen und die Fischhändler, die gerade vom Meer kamen, stieß sich die Zehen an den Pflastersteinen und rempelte Matrosen auf Landgang an. Dankbar ließ er sich auf den Hocker sinken, den Lon ihm anbot, und tupfte sich mit dem Zipfel seines bestickten Ärmels die Stirn.

Lon grinste. Jetzt brauchte er den Mann nur noch ein bisschen anzustupsen, um seinen Namen zu erfahren – Erastis –, und dann noch ein bisschen, um ihm ein paar Kupfermünzen für die Vorhersage seiner Zukunft zu entlocken.

»Nimm ein wenig Weihrauch und sprenkele ihn über die Kohlen«, sagte Lon und ließ die Münzen in seine Tasche gleiten. »Dann kann ich im Rauch sehen, was die Zukunft für dich bereithält.«

Erastis gehorchte. Das Feuer knisterte, und durch den Rauch hindurch nahm Lon ihn genau in Augenschein. Er sah die Schwielen am Mittelfinger der rechten Hand, die Tintenflecken und das kleine Haar am bestickten Ärmel, die Krümmung seines Rückens und seiner Schultern, die dunklen Schatten unter den Augen, die kleine Delle auf dem Nasenrücken.

Erastis zuckte nicht mit der Wimper, als Lon ihm erklärte, dass er eine Brille trage und meist gebeugt über dem Tisch sitze und Feinheiten mit einem Zobelpinsel zeichne. Dass er nur selten das Haus verlasse, jetzt jedoch in einer wichtigen Sache unterwegs sei.

Der alte Mann lächelte, und dabei gruben sich noch mehr Falten in sein Gesicht. »Das könnte mir jeder Scharlatan erzählen. Ich habe gehört, *du* wärst etwas Besonderes.«

Lon stutzte. »Von wem?«

»Sag du's mir.«

Lon, der keine Herausforderung scheute, fuhr sich mit den Händen durch die dunklen Haare, so dass sie in alle Richtungen abstanden. Dann holte er tief Luft und schaute Erastis geradewegs in die haselnussbraunen Augen. Er spürte, wie seine Wahrnehmung sich veränderte. Die leuchtenden Farben und der lärmende Verkehr traten zurück und wurden überlagert von seinem Empfinden der Welt, das über das bloße Sehen, Hören und Riechen hinausging. Für gewöhnlich brauchte er seine Kunden nur genau zu beobachten und ein paar Bemerkungen fallenzulassen, dann erzählten sie ihm so gut wie alles, was sie hören wollten. Wenn nötig, hatte er aber immer diese Doppelbilder zur Hand. Er musste sich konzentrieren und sein Bewusstsein der physischen Welt auf die leuchtende darunter lenken. Davon wurde ihm jedes Mal übel, als hätte er zu viel Meerwasser geschluckt. Doch in harten Zeiten brachte ihm diese Gabe Geld und Essen ein, und er war ganz schön stolz darauf.

Manchmal reichte schon ein Detail eines Flickenärmels, um in diffusen Bildern seine Geschichte vor ihm auszubreiten: alte, fleckige Hände, die im flackernden Kerzenlicht nähten, ein Großvater auf dem Totenbett, eine Reise in die Hauptstadt, um sein Ableben in der Gedächtnishalle zu melden.

Studierte er die leere Fassung einer alten Brosche, so konnte er sehen, was mit dem fehlenden Stein passiert war: ein geiziger Herr, ein mitternächtlicher Diebstahl, ein Pfandleiher, Not leidende Kinder und übel riechende Medizin.

Lon blinzelte und seine Vision verdichtete sich. Goldbänder glitten über Kopf und Schultern des alten Mannes, flossen seine Arme und Hände hinab und behafteten sich dort mit Bedeutung.

Und da wusste er, weshalb Erastis gekommen war.

»Dies ist erst das dritte Mal in zehn Jahren, dass du deine Heimat verlässt. Jemand namens Edmon hat gesagt, es sei wichtig.« Lon fuhr sich überrascht mit der Hand über das Gesicht. »Er hat gesagt, ich sei wichtig. Er hat gesagt, du würdest mich treffen wollen. *Weil die Bibliothek schon zu lange ohne Lehrling ist.*«

Wieder blinzelte Lon und die Bilder verblassten. Das Licht erlosch, und er schwankte leicht, kämpfte gegen den Schwindel und die Übelkeit an. »Was ist das, eine Bibliothek? Woher weiß er überhaupt, wo ich bin?«

»Deine Gabe.« Erastis steckte die Haare hinter die Ohren und beugte sich vor. »Es gibt noch andere, die mit solchen Fähigkeiten wie deinen geboren werden. Sicher hast du schon von ihnen gehört: Seher. Zauberer. Schmiede magischer Waffen. Die meisten sagenhaften Persönlichkeiten heben sich durch eine besondere Fähigkeit von den anderen ab.«

Lon strahlte. »Wie der Mann, der so stark wie ein Ochse war? Oder der Juwelier, der die Diamanten von Lady Delune verflucht hat?«

»Das sind Stümper im Vergleich zu uns. Wir können dir beibringen, deine Gabe mit der Präzision eines Skalpells einzusetzen.«

»Wer seid ihr?«

»Wir sind eine Vereinigung von Lesern.« Erastis lächelte. »Leute wie du.«

Leser. Lon probierte das Wort auf der Zunge aus, auch wenn die Ehrfurcht in der Stimme des alten Mannes ihn davon abhielt, es laut auszusprechen.

»Sie wurde vor sehr vielen Jahren gegründet«, fuhr der alte Mann fort, »zu einer Zeit, an die kein Historiker sich erinnern kann, als jede Welle der Geschichte alles auslöschte, was davor gewesen war. Alles war Chaos und Dunkelheit, und in dieser Dunkelheit wurden wir das Licht und erhielten den Auftrag, die Bürger von Kelanna zu beschützen.«

Lon runzelte die Stirn. Seit die Blutfehde zwischen den Provinzen Ken und Alissar beendet war, stand es um Delienne ganz gut, doch tagtäglich hörte er Nachrichten vom Krieg in Everika, von Hunger und Zerstörung im Wüstenreich Likkaro. »Das gelingt euch aber nicht besonders gut, oder?«

»Na, versuch du mal eine ganze Welt vor sich selbst zu beschützen.«

»Ist das nicht der Grund, weshalb du gekommen bist?«

»Das stimmt.« Erastis lächelte entschuldigend. »Wir haben Großes mit dir vor.«

Er beschrieb die wundervollen magischen Wundertaten, die Lon vollbringen könnte, wenn er sich ihnen anschlösse. Sie würden durch Berge und über Meere ziehen, wie die Abenteurer und Gesetzlosen in seinen Tagträumen, in denen es von Segelschiffen und Kanonenfeuer nur so wimmelte. Ihre Taten würden der unruhigen Welt Frieden bringen und als Legende unter den Sternen weiterleben.

»Einen solchen Frieden hat es noch nie gegeben. Kein einziges Mal«, sagte Lon.

»Aber er wird kommen.«

»Woher weißt du das?«

»Wir haben das Buch.«

Lon wusste nicht, was ein Buch war, aber er spürte, wie sich sein Weg vor ihm gabelte: Der eine Weg führte zu dem Leben eines Straßenkünstlers, der gegen kärgliche Bezahlung die Zukunft zusammenreimte. Vielleicht würden seine Eltern ihn eines Tages mitnehmen. Vielleicht kamen sie auch nie zurück.

Der andere Weg führte ins Unbekannte, mit dem Versprechen von Macht und Gefahr und einer großen Bestimmung, wie er sie sich immer erträumt hatte … und er wusste, dass er herausfinden musste, worin diese Bestimmung lag.

Er verwendete seine wenigen Ersparnisse darauf, den Eltern

bei der Hauptpost eine Nachricht zu hinterlassen, und verließ in dieser Nacht zusammen mit Erastis die Stadt Corabel.

Am nächsten Tag begann er sein neues Leben als Bibliothekslehrling.

Die Bibliothek selbst war mehr, als Lon sich hätte erträumen können. Sie war in einen Berg hineingebaut und thronte über Gipfeln aus Granit und einem von alten Gletschern geformten Tal. Die Nordwand des Gebäudes bestand ganz aus Glas, und die Türen führten zu einem terrassenförmigen Gewächshaus, in dem sich das Licht in schillernden Farben brach.

Die Bibliothek hatte eine kuppelförmige Decke, bunte Glasfenster und Emporen, die von Bronzestatuen vergangener Bibliothekare bewacht wurden. An den Wänden und Marmorsäulen hingen elektrische Lampen, die den Raum großzügig mit goldenem Licht durchfluteten. Elektrizität! Sie begeisterte ihn mit ihrer rätselhaften Technik; die restliche Welt verwendete immer noch Kerzen und Petroleumlampen.

Ein lauter Knall riss Lon aus seinen Träumen und sofort war er hellwach. Erastis, der Meisterbibliothekar, klopfte mit einem langen Stock an die Tafel. Lon hatte natürlich Recht gehabt: Vom jahrelangen Brüten über den Handschriften war der Bibliothekar stark kurzsichtig geworden und er trug halbmondförmige Brillengläser auf der Nasenspitze. Lon wusste bereits, dass Erastis seine Schüler über die Gläser hinweg mit strengen Blicken strafte, wenn sie nicht gründlich lernten.

So wie jetzt.

»Dee«, sagte Erastis.

Lon sollte an seinen Buchstaben arbeiten, obwohl er das Alphabet schon auswendig konnte, bevor die erste Woche zu Ende war. Jetzt langweilten ihn diese Übungen.

»**D**ee«, wiederholte er gehorsam. Er stieß mit der Zunge an die Rückseite der Vorderzähne.

Langsam breitete sich ein schmales Lächeln auf Erastis' Gesicht aus. Er neigte den Kopf, als lauschte er Musik. »Wunderbar, und …?«

»**I**h.«

»**E**e.« Lons Aufmerksamkeit ließ wieder nach.

In der Mitte des Erdgeschosses befand sich ein Kreis aus fünf gebogenen Tischen. Sie waren mit Leselampen, Tintenfässern und kleinen Schubladen für Stifte ausgestattet, mit Leinentaschen für Schreibsand und Sandarak, Löschpapier, Bleistiften, Radiergummis, Vergrößerungsgläsern, Linealen – alles, was man zum Schreiben und Kopieren brauchte. Eine Treppe führte zu weiteren Tischen an den Wänden, wo karamellfarbene Holzregale bis hinauf zu den Balkonen ragten, auf denen Samtsofas standen und dahinter weitere Nischen mit Bücherregalen.

In diesem Raum gab es Tausende von Handschriften. Einige der ältesten mussten dringend restauriert werden, ihr Einband fiel auseinander, die Seiten hatten Schimmelflecken. Erastis verbrachte seine Nachmittage oft damit, rissige Seiten und lose Buchrücken zu reparieren, während die blinden Diener der Bibliothek die Regale abstaubten, ohne die Schriften selbst je zu berühren.

Alle Diener waren blind – zum Schutz der Wörter, wie Erastis sagte. Um sicherzustellen, dass die ihnen innewohnende Macht nicht in falsche Hände geriet.

Die Handschriften waren in Fragmente unterteilt. Texte, die von anderen, längst verstorbenen Bibliothekaren fein säuberlich Wort für Wort aus dem Buch kopiert worden waren; Kommentare, Interpretationen und Betrachtungen über die Bedeutung verschiedener Textstellen, Indizes und Anhänge und Folianten voller Definitionen, Etymologien und Querverweise. Die Meister und die fortgeschritteneren Lehrlinge nutzten die Bücher der Bibliothek, um ihre Studien zu betreiben, aus der Vergangenheit zu lernen und Pläne für die Zukunft zu schmieden. Aber Lon durfte sie erst erforschen, wenn der Meisterbibliothekar ihn für reif befand.

Erastis arbeitete jetzt an seinen eigenen Fragmenten, er kopierte Abschnitte aus dem Buch, die bisher noch niemand gelesen hatte. So wurde der Inhalt bewahrt für den Fall, dass das Buch verloren ginge – oder, noch schlimmer, zerstört würde. Abgesehen von den fehlenden Texten, die dem Großen Brand zum Opfer gefallen waren, konnte man in diesen Regalen eine unglaubliche Menge Informationen aus dem Buch finden: Aufzeichnungen von Adelslinien, Geschichten über den Krieg um die Provinzgrenzen, Prophezeiungen. Trotzdem nahm Erastis an, dass nur ein kleiner Teil des Buchs kopiert worden war.

»Vieles davon ist nutzlos«, sagte er einmal und fuhr gedankenlos mit dem Kalligrafiepinsel durch die Luft. »Ich habe seitenweise über die Geschichte eines einzigen Steins gelesen.«

»Wozu kopierst du es dann?«, hatte Lon gefragt.

Und der Bibliothekar antwortete: »Weil auch ein einziger Stein den Lauf eines Flusses verändern kann.« Und als Lon die Augen verdrehte, hatte er hinzugefügt: »Und weil es geschrieben steht.«

»Lon!« Erastis' Stimme ließ ihn aus seinen Gedanken hochfahren. Unter Erastis' unnachgiebigem Blick las er den letzten Buchstaben auf der Tafel.

»Ess.« Von allen Buchstaben mochte Lon das **S** am liebsten. Sein Klang passte zu seiner Form, wie das Rascheln von Schuppen im Sand. Er lächelte. »Dies«, sagte er. »Dies. Dies. Dies.«

Der Meister nickte beifällig. »Ich habe einen Monat lang das Alphabet geübt, bevor ich ein zusammenhängendes Wort erkennen konnte.«

Lon setzte sich eifrig auf. »Können wir dann jetzt etwas Spannenderes machen? Rajar und die anderen sind in der Illumination schon so viel weiter als ich.«

Buchmagie. Die Kunst, Wunder zu vollbringen. Die erste Stufe der Magie, das Sehen, hatte er schon erreicht, als der Meisterbibliothekar ihn gefunden hatte. Doch mit Illumination könnte er Größeres bewirken, als die Geschichten der Leute zu sehen – er könnte Gegenstände anheben, ohne sie zu berühren, Talismane herstellen, die ihren Träger stark oder unsichtbar machten, von einem Ort verschwinden und an einem anderen wiederauftauchen.

»Rajar und die anderen sind schon länger hier als du. Und hör nicht auf Rajar.« Erastis machte eine wegwerfende Geste. »Soldaten denken immer nur daran, was sie manövrieren, zerstören und erobern können. Deshalb sind sie auch bloß Soldaten.«

»Ja, aber wenigstens *tun* sie was«, sagte Lon.

Der Meisterbibliothekar sah ihn finster an.

»Und was ist eigentlich mit dem Tresor? **I**ch hab das Buch immer noch nicht gesehen.«

Erastis schaute verstohlen über die Schulter, so schnell, dass Lon sich nicht sicher war, ob er es wirklich gesehen hatte. »Wir sind die einzige Abteilung, die das Privileg hat, mit dem Buch zu arbeiten. Du wirst es zu sehen bekommen, wenn du so weit bist.«

Der Orden bestand aus fünf Abteilungen, jede mit einem Meister und einem Lehrling, und mit einem Direktor an der Spitze. Die Soldaten lernten Kampfstrategien in den Sandgärten. Jäger übten die Verfolgung in der Wildnis. Doch nur Lon würde eines Tages mit dem Buch arbeiten.

Er blickte an der Tafel vorbei zu der runden Eisentür, die in den Fels des Berges eingelassen war. Der Tresor hatte ein Fünf-Speichen-Rad, mit dem sich die Bolzen bewegen ließen, und zwei **S**chlösser auf jeder Seite des Griffs. Einen Schlüssel hatte der Meisterbibliothekar, er trug ihn an einer langen goldenen Kette um den Hals; den anderen hatte Direktor Edmon, der Leiter ihres Ordens. Niemand wusste, wo er ihn verwahrte. Wenn man beide Schlüssel hatte, musste man das Rad auf eine komplizierte Art und Weise drehen, damit die Tür sich öffnete.

Lon konnte es kaum erwarten, das Buch zu sehen. Erastis hatte es ihm in den schillerndsten Farben beschrieben, als bestünde das Buch nicht aus Papier und Faden, sondern aus Licht und Magie. Jeden Tag bat Lon den Meisterbibliothekar, seine Ausführungen zu wiederholen, bis er das Buch sogar mit geschlossenen Augen vor sich sah – vor allem mit geschlossenen Augen: die hauchdünnen Seiten, den braunen Ledereinband, die juwelenverzierten Schnallen und die feinen Goldarbeiten an den Ecken. Er schwor den anderen vier Lehrlingen, er kenne die Form der Fassungen und der funkelnden Edelsteine auf dem Einband. Und manchmal, wenn er nachts im Bett lag, könne er es sogar riechen: Moder, Gras, Säure, Vanille. Doch nicht einmal Rajar glaubte ihm.

»Keiner kann das Buch sehen, wenn es ihm gerade passt. Nicht mal Edmon«, erinnerte Erastis ihn. Er tippte wieder auf die Tafel. »Fahr fort.«

Lon seufzte und versuchte sich gerade hinzusetzen. »Ist«, las er und übersprang das Buchstabieren. »Ein. Buch. Dies ist ein Buch.« Er verdrehte die Augen. »Dies ist kein Buch. Es ist eine Tafel.«

»Meinst du?«

Lon öffnete den Mund, klappte ihn dann aber wieder zu. Verwundert legte er den Kopf schräg. Konnte eine **T**afel ein Buch sein? Konnte alles ein Buch sein, wenn man es zu lesen verstand?

»Noch mal.« Erastis hob den Stock.

Wieder holte Lon tief Luft und konzentrierte sich auf die Buchstaben. »Dee. Ih. Ee. Ess.«

Wenn alles ein Buch sein konnte, dann gab es unendlich viel zu lernen. Man musste nur die Zeichen erkennen. Glatte Flusssteine wie Buchstaben auf dem moosigen Grund. In den Sand gezeichnete Linien. Oder, auf einen umgestürzten Baumstamm geschrieben, verborgen von Zweigen und Erde: *Dies ist ein Buch.*

KÄPT'N LEES UND DIE STRÖMUNG DER ZUVERSICHT

Genau genommen gab es mehrere grüne Schiffe in Kelanna. Doch jeder, der auch nur ein bisschen Ahnung hatte, wusste, dass nur eines davon wirklich zählte. Seine Galionsfigur war ein Baum, der aus dem Rumpf zu wachsen schien, seine Äste wanden sich den stolzen Speer des Bugspriets empor, und es sah so aus, als würden die Blätter jeden Augenblick in beeindruckenden Spiralen von den Zweigen fliegen. Die Leute sagten, es sei der magische Baum aus dem geheimen Wald in Everika, wo die Bäume wandern konnten und mit der Fee flüsterten, die unter ihnen lebte.

Es hieß, dieses Schiff sei schneller als jedes andere im Inneren Meer, und nur die *Schwarze Schöne* im Südosten könne mit ihm mithalten. Doch jeder wusste, dass die *Strömung der Zuversicht* keine Rennen austrug. Sie hatte es mit Mahlströmen und Seeungeheuern aufgenommen, war in mehr Schlachten gewesen als sämtliche Schiffe zusammen, und hatte sie alle überlebt.

Wenn das Schiff in einem Hafen anlegte und die Matrosen ihre Abende in feuchten Spelunken verbrachte, wo es nach Bier und Schweiß roch, beugten sie sich verschwörerisch über die Tische und flüsterten Sachen wie: »Die *Strömung* wird uns den Weg weisen.« Trotz des Lärms schwollen die Worte bis unter die von Spinnweben behangene Decke des Wirtshauses. Sie sprachen in gedämpftem, ehrfurchtsvollem Ton von dem Schiff. »Die *Strömung* führt uns nie in die Irre.«

Andere sagten, nicht das Schiff sei bemerkenswert, sondern sein Kapitän. Kannek Lees war der Sohn eines Steinmetzen mit Fäusten wie Felsen. Und so wie sein Vater – ein außergewöhnlicher Mensch – zur Erde gehörte, gehörte Kannek Lees zum Wasser. Es hieß, Käpt'n Lees scharte die beste Besatzung in Kelanna um sich. Sie arbeiteten für ihn – sie hätten ihr Leben für ihn gegeben –, weil er für sie sorgte, sie zu Legenden machte und sie wie Brüder behandelte. Er war immer der Erste, der sich in Gefahr begab.

Wenn die *Strömung* im Hafen lag, kletterte er manchmal bei Sonnenuntergang auf den Hauptmast und stellte sich ins Krähennest. Während das Wasser golden und dunkel wurde, lauschte er dem Meer. Es hieß, das Wasser spreche zu ihm. Er kannte alle Naturhäfen und die schnellsten Strömungen. Er konnte einer Sturmbö ausweichen, selbst wenn sie darauf aus war ihn zu zerstören. Manche sagten, er könne am Muster der Wellen ablesen, woher sie kamen und wohin sie gingen.

Alle in Kelanna kannten Käpt'n Lees und sein Schiff. So war das eben. Man lebte unter Riesen und Monstern. Die Leute gaben Geschichten von Mund zu Mund weiter wie Küsse, oder wie Seuchen, bis sie die Straßen hinunterflossen, in den Rinnstein, in die Bäche und Flüsse bis hinab in den Ozean.

6. KAPITEL

DER JUNGE IN DER KISTE

Sefia blieb in Oxszini. Im folgenden Jahr durchstreifte sie das Waldkönigreich und suchte vergebens nach Spuren von Nin und ihren Entführern. Die **E**insamkeit machte sie stark. Sie lebte von dem, was sie sammeln, fangen und jagen konnte. Und wenn sie nicht gerade Schlingen baute, Hummerfallen flocht oder im Wald mit Pfeil und Bogen jagte, brachte sie sich das Lesen bei.

Am Anfang war sie nur langsam vorangekommen, Zeile für Zeile, bis es immer leichter wurde, die Buchstaben zu erkennen und die geläufigsten Wörter zu verstehen. Manchmal dauerte es immer noch Minuten, bis sie die Bedeutung der Wörter verstanden hatte. Sie kämpfte mit der Aussprache und prüfte den Klang jedes Wortes auf der Zungenspitze, bevor sie alle aneinanderreihte. Manche Abschnitte waren so voller verwirrender, komplizierter Wörter, dass sie sich über ihre Unfähigkeit ärgerte und sich zähneknirschend einfacheren Stellen zuwandte.

Sie übte, während sie auf Bäumen hockte, in vom Wind geformten Höhlen, mit Blick auf beeindruckende Wasserfälle, die durch die Berge rauschten. Und jedes Mal, wenn sie das Buch hervorholte, jedes Mal, wenn sie es aus der Hülle nahm, fuhr sie mit den Fingern über das Emblem, zeichnete die Vertiefungen nach.

Es half ihr, die heraufzubeschwören, die sie verloren hatte. **I**hre Mutter, deren Gesichtszüge verblassten wie Wasserfarben in der Sonne. Ihren Vater, steif und kalt wie Wachs. Und Nin, die sie durch das Laub ansah.

Es wurde für sie zu einem Ritual. Zwei gebogene Linien für ihre Eltern, eine für Nin. Die gerade Linie für sie selbst. Der Kreis für das, was sie zu tun hatte: lernen, wofür das Buch da war. Nin retten. Und, wenn sie es schaffte, ihre Feinde bezahlen lassen.

Doch das Buch gab ihr immer noch keine Antworten, und wie viel sie auch las, wie geschickt sie auch mit Pfeil und Bogen wurde, sie schien der Einlösung ihres Versprechens keinen Schritt näher zu kommen.

Dann eines Tages, ein paar Wochen vor ihrem sechzehnten Geburtstag, änderte sich alles.

Wie gewöhnlich lag Sefia dreißig Meter über dem Waldboden zusammengerollt in der Hängematte zwischen zwei Bäumen, das Laubdach über ihr wogte und knarrte. Bauschige Sahnewolken zogen über den blauen Himmel.

Sie hatte es sich mit dem Buch im Schoß gemütlich gemacht. Da war das Symbol, das sie anschaute wie ein dunkles Auge. Sie zeichnete seine Umrisse mit der Fingerspitze nach.

Antworten.

Vergeltung.

Rache.

Dann fuhr sie über die Ränder des Buchdeckels und schlug es dort auf, wo ihr ein schaufelförmiges Blatt als Lesezeichen diente. Die Seiten kräuselten sich unter ihren Händen und sie begann zu lesen.

Das Knacken von Zweigen ließ sie innehalten. Sie klappte das Buch zu und spähte durch die Äste. Da waren noch mehr Geräusche, Schritte im Unterholz, Keuchen, das Klappern von Schwertscheiden und Gewehrholstern. Sefia lauschte angestrengt. Dem Lärm nach zu urteilen zogen fünfzehn bis zwanzig Leute durch den Wald.

Kurz darauf tauchten sie unter ihr auf: schmutzige, verschwitzte Männer mit hängenden Schultern und gebeugtem Rücken. Sie trugen schwere Stiefel und stampften laut über den Boden. Einige der Männer führten magere Esel, die klapprige Wagen mit Vorräten zogen. Doch auf dem letzten Wagen war nur eine ramponierte Kiste mit einem Vorhängeschloss daran. An den Seiten waren Luftlöcher und auf der Rückseite war ein Zeichen eingebrannt, das Sefia überall erkannt hätte.

Sofort dachte sie an Bücher, mehr übereinandergestapelte Bücher, als sie sich je hätte vorstellen können, und zwischen ihren Deckeln Millionen und Abermillionen neuer Wörter, neuer Kombinationen.

Sie starrte auf das Buch in ihrem Schoß. Ein Jahr hielt sie nun schon nach dem Symbol Ausschau und jetzt war es nicht zwischen den Wörtern aufgetaucht, sondern in der Welt da draußen, so handfest wie die Kiste, in die es eingebrannt war.

Eine Kiste mit Luftlöchern.

Sefia stutzte. Bücher brauchten keine Luft. Sie erhaschte einen Blick auf die Kiste, ehe sie um die nächste Kurve verschwand.

N*in?*

Ihre Hand fuhr ans Messer und als die Schritte verklangen, nahm sie die Hängematte ab und packte ihre Sachen wieder in den Rucksack. Sie überprüfte ihren Bogen und den Köcher mit den rot gefiederten Pfeilen und kletterte den Stamm hinunter.

Nin.

Bevor sie den Männern Richtung Norden in den Dschungel folgte, grub sie die Hände in die Erde, kniff die Augen zusammen und schwor sich, dass sie diesmal nicht versagen würde.

Als sie endlich haltmachten, war die Sonne schon zwischen die Baumstämme gesunken und warf schräge gelbe Strahlen und Schattenstreifen in das Unterholz. Sefia kletterte schnell auf einen Baum, von wo aus sie das gesamte Lager überblicken konnte.

Der Wagen mit der Kiste stand am Rand der Lichtung. Die

Männer zündeten mehrere Feuer an und kochten sich ihr Abendessen, und dabei machten sie einen großen Bogen um den Wagen mit der Kiste. Während sie aßen, kaute Sefia ein paar Streifen Trockenfleisch. Das Gemurmel drang durch die Bäume zu ihr herauf und sie versuchte die Schwachstellen der Männer auszumachen.

Ein Mann blickte von der Flinte auf, die er polierte: »Ich sag euch, ich kann gar nicht genug davon kriegen. So hab ich noch nie wen kämpfen sehen. Der Kleine ist flink wie 'ne Katze.«

Sein Kumpel neben ihm nahm die Augenklappe ab und kratzte die Haut über der leeren Augenhöhle. »Und genauso fies.«

»Lass das.« Der Mann mit der Flinte verpasste seinem Kumpanen eine **B**ackpfeife. Der lachte bloß und setzte die Augenklappe wieder auf. »Du würdest an seiner Stelle auch kämpfen, was das Zeug hält.«

Der Einäugige stocherte sich mit einem Knochensplitter in den Zähnen herum. »Aber du musst dem mal ins Gesicht gucken. Weißt du, was ich meine? Wenn der kämpft, dann ist sein Gesicht so ...« Er schaute nervös zu der Kiste und nickte wieder. »Er ist wie eine Katze. So eine große, mit goldenen Augen.«

Sefia suchte das Lager ab, konnte jedoch niemanden sehen, auf den diese Beschreibung gepasst hätte. Die Enttäuschung traf sie schwer. Es war wahrscheinlich nicht Nin in der Kiste.

Etwas abseits, am Rand des Feuerscheins, saßen zwei Männer auf einem Stein. Im Gegensatz zu den anderen, die aßen und schwatzten, waren diese beiden wachsam und berechnend.

»Ein geborener Killer«, sagte der eine und strich sich über

den struppigen roten Bart. »Ich glaub, das war der Dritte, den er mit einem Genickbruch abgemurkst hat.« Seine Stimme war tief und rau vom Rauchen und in seinen Worten schwang eine solche Schadenfreude mit, dass es Sefia kalt über den Rücken lief.

Der zweite Mann grunzte und pulte an einem Stück Schorf an seinem fleischigen Arm. »Hauptsache, er hat gewonnen und wir haben die Moneten gekriegt.« Offenbar stand er im Rang über Rotbart. Sefia konnte seine Selbstzufriedenheit von ihrem Platz auf dem Ast aus beinahe riechen. Sie betrachtete ihn genauer: wässrig braune Augen, schütteres strohblondes Haar, die Haut gerötet vom Leben auf der Straße. Er war nicht groß, doch er hatte die bullige Statur eines Ringkämpfers. Keiner, dem man gern im Dunkeln begegnen würde.

Sefia packte das Messer fester, der kalte Griff in ihrer Hand gab ihr Zuversicht. Sie schaute zu der Kiste, die immer noch unbewacht am Rand der Lichtung stand. Die Luftlöcher starrten sie an wie Dutzende schwarzer Augen.

Impressoren. Das Wort rieselte über Sefias Rücken und kroch ihr bis in die Fingerspitzen, wo es zu Eis gefror. Jungen, die sie gefangen nahmen und zwangen, gegeneinander zu kämpfen. Die zu Killern gemacht wurden. Kalte Wut und Entsetzen packten Sefia. Was hatten die Impressoren mit dem Symbol auf der Kiste zu tun?

»**U**nd wir sind dem Käfig einen Schritt näher gekommen«, fügte der Anführer hinzu.

»Meinst du, wir begegnen Serakeen, Habicht?«, fragte Rotbart. »Ich hab gehört, Garula hat ihn gesehen, als sein Junge im Käfig gewonnen hat.«

Sefia bekam Gänsehaut. Serakeen, die Plage des Ostens. War er für die Entführungen, die Brandmale, die Morde verantwortlich? Das würde zu ihm passen, brutal, wie er war. Aber warum hier? Warum sollte er Impressoren dafür bezahlen, dass sie Jungen zu Mördern machten, wenn er doch schon genug Mörder auf seiner Flotte hatte?

Habicht schnippte das letzte bisschen Schorf auf die Erde und begutachtete blinzelnd die gerötete Haut darunter. »Ich hab gehört, der Kampfrichter dort zahlt mehr als irgendwo sonst in Kelanna. Nur darauf kommt's an.« Er stand abrupt auf und winkte einen seiner Männer zu sich.

Einer der größten trat aus der Gruppe hervor und trottete zu Habicht und Rotbart hinüber.

»Ja, Boss?«, sagte er. Dabei zog sich die Narbe auf seiner Unterlippe auseinander und wieder zusammen, so dass sein Gesicht schief aussah wie das eines Clowns.

»Räum den Kram da auf, Kumpel.« Habicht zeigte auf den Spieß und die herumliegenden Knochen. »Buddel alles ein. Weit weg von hier. Ich will nicht, dass heute Nacht die Aasfresser bei uns rumschnüffeln.«

Sefia oben im Baum biss die Zähne zusammen. Die Impressoren waren also Serakeens Lakaien. Wie viele Jungen hatte er sich schon geholt? Und wie viele waren bereits ums Leben gekommen?

Diese Männer hatten Nin nicht in ihrer Gewalt. Und Sefia bezweifelte, dass sie irgendetwas über das Buch wussten. Doch es gab eine Verbindung zwischen dem Buch und Serakeens Impressoren: das Symbol. Und sie musste herausfinden, was es damit auf sich hatte. Sie suchte in der Innentasche ihrer Weste nach Nins alten Dietrichen und dann wartete sie.

Ihr könnt euch heute Nacht auf mehr als nur Aasfresser gefasst machen.

Als die Feuer nur noch rot pulsierende Glut waren, schlüpften die Männer unter ihre Decken. Manche schnarchten, aber die meisten fielen in den tiefen, geräuschlosen Schlaf der Erschöpften.

Sefia schulterte ihren Rucksack und kletterte den Baum hinunter. Sie klappte ihr Messer auf und schlich sich an. Auf einem der Wagen am Rand der Lichtung saß der einsame Wachposten – ein junger rothaariger Impressor – an eine Seitenwand gelehnt.

Am Wagenrad verharrte sie und betrachtete seinen Hinterkopf. Das Messer wurde heiß in ihrer Hand. Sie konnte nicht riskieren, dass er die anderen alarmierte. Sie war im Vorteil. Ein Kinderspiel. Es würde ganz schnell gehen.

Trotzdem rührte sie sich nicht. Im Schein der Glut sah sie sein Gesicht von der Seite, den Flaum am Kinn, jede Haarsträhne erleuchtet. Er war selbst fast noch ein Kind.

Sein Kopf kippte vornüber. Leises Schnarchen war zu hören.

Sefia schluckte und ließ das Messer los. Sie nahm die Dietriche und kroch zu der Kiste.

Mit den Fingerspitzen strich sie über die gesplitterten Kanten und suchte nach dem schweren Vorhängeschloss. Sie grinste. Es war ein einfaches Schloss, so eines, wie man es bei jedem gewöhnlichen Schmied in Auftrag geben konnte. Und sie knackte Schlösser, seit sie neun war. Sie holte tief Luft und schaute noch einmal über die Lichtung, doch da regte sich nichts.

Dann fuhr sie über das Symbol auf der Kiste. Zwei Linien für ihre Eltern, eine für Nin. Eine für sie selbst und was sie als Nächstes zu tun hatte. Sie steckte die Dietriche einen nach dem anderen in das Schloss und machte sich an die Arbeit.

Nach ein paar Sekunden hatte sie das Schloss geöffnet. Mit einer Hand hob sie den Deckel an, mit der anderen nahm sie das Messer. Tief im Innern hoffte sie immer noch Nin zu finden oder wenigstens Bücher und Papierstapel. Doch sie war nicht überrascht, als ein übel zugerichteter Junge zum Vorschein kam. Er war mit frischen Wunden übersät – Schnitte und Prellungen an Armen und Beinen und auf dem nackten Rücken. Er spähte unter der Armbeuge hindurch, doch sie konnte nicht einschätzen, ob er Angst hatte oder angreifen wollte.

»Schscht«, murmelte sie und schaute verstohlen zu der schlafenden Wache. »Ich will dir helfen.«

Der Gestank war übel: eine Mischung aus Blut, Schweiß und Urin. Doch sie biss die Zähne zusammen und flüsterte, so freundlich sie konnte: »Komm mit.« Der Junge duckte sich, aber sie sagte es noch einmal, ohne das Messer loszulassen. »Bitte komm mit.«

Langsam kam er aus der Kiste gekrochen. Als das Licht auf ihn fiel, entdeckte sie noch mehr Wunden. Die Haut um seinen Hals war runzlig und weiß – eine Narbe wie ein Halsband.

Bei dem Anblick wurde sie von der Wahrnehmung der anderen Welt überwältigt. Blinzelnd taumelte sie rückwärts.

Wie Blitze zuckten die schwindelerregenden Bilder vor ihren Augen, genau wie in dem Moment, als sie lesen gelernt hatte. Der Junge war aus Fleisch und Blut, ja, aber gleichzeitig pulsierte er vor Licht. Kleine Lichtströme umkreisten ihn und schwollen zu einem Fluss an. Eine Sekunde lang hätte Sefia schwören können, dass sie Stürme sah, große tobende Donnerwolken und Blitze über ihrem Kopf. Da war Rauch. Heißes nasses Blut. Zähne. Fäuste und Füße.

Im nächsten Moment fühlte sich alles ganz klein und ruhig an. Nacht. Hundertfach gespiegelte Petroleumlampen. Eine Felsküste, an der sie entlangging. Schäumende Wellen, die sich an den Steinen brachen. Zwei Paar Hände, die sich im Dunkeln zärtlich erkundeten, sanft über Knöchel und Fingerspitzen strichen. Lächeln wie Sonnenflecken.

Dann war es weg.

Sefia blinzelte und suchte an der Kiste **H**alt, bohrte die Handballen in die zersplitterte Kante, als könnte der Schmerz sie von dem Aufruhr in ihrem Innern ablenken.

Übelkeit. Das immerhin war vertraut. Aber alles andere?

Sie hatte nichts Besonderes gemacht. Als sie die Narbe sah, hatte es sich angefühlt, als wäre ihr Sinn für die leuchtende Welt plötzlich übergeschäumt. Er war über sie hinweggebraust und hatte dabei Bilder und Geschichten offenbart … oder waren es echte Erinnerungen?

War das die Magie, die ihre Eltern vor ihren Feinden schützen wollten?

Was es auch war, sie wurde besser darin.

Der Junge war inzwischen aus der Kiste geklettert. Er war

größer als Sefia, vielleicht ein oder zwei Jahre älter. Mit aufgerissenen Augen sah er zu den Schatten und schlang unbeholfen die Arme um seinen Körper, als wüsste er nicht, wohin mit ihnen. Er trug nichts am Leib als eine zerrissene Hose. Vorsichtig bohrte er die nackten Zehen in den Boden. Er war so mager, dass die Knochen unter der Haut hervortraten, und er sah so verloren aus, wie er da stand und seine Ellbogen umfasste. Die Narben an seinem Hals leuchteten fast weiß im Mondlicht.

Was sie da gesehen hatte, war Wirklichkeit. Sie war sich ganz sicher. Irgendwie hatte sie in ihn hineingeblickt, wie wenn man eine tosende See durch ein Nadelöhr betrachtet. All diese Bilder, Gedanken und Gefühle waren ein Teil von ihm. Sie wusste, was er getan hatte – wozu sie ihn gezwungen hatten –, doch sie konnte nicht vergessen, wie zärtlich er diese anderen Hände berührt hatte. Sie wusste nicht, wessen Hände es waren, aber das spielte auch keine Rolle. Diese Ruhe und Wärme verscheuchten die Kopfschmerzen, die sich hinter ihren Augen ballten. Sefia klappte ihr Messer zu.

Doch sie konnte noch nicht gehen. Sie krabbelte in die Kiste, würgte, als sie das bisschen Stroh auf dem Boden durchforstete und die Wände nach Geheimverstecken abtastete. Da war nichts.

Sie schluckte.

Da war *nichts.*

Der Junge kam zögernd näher, er blickte immer noch um sich wie ein verlorenes Kind. Sefia stand auf, machte das Vorhängeschloss wieder zu und bedeutete ihm, dass sie verschwinden mussten.

Plötzlich packte er ihr Handgelenk. Sefia zog das Messer. Doch er wirkte überrascht, als ihm bewusst wurde, was er getan hatte, und ließ sie schnell wieder los. In seinem Blick lag ein entsetzter Ausdruck, als könnte er nicht fassen, dass das *seine* Hand war. Er ließ den Kopf hängen. Sie steckte das Messer weg.

Mit einem letzten sehnsüchtigen Blick zu der Kiste und dem Symbol darauf machte Sefia sich wieder auf in den Dschungel. Der Junge lief hinter ihr her, merkwürdig still, und zusammen stahlen sie sich in den Wald.

Stundenlang liefen sie, ohne ein Wort zu sagen, und suchten sich ihren Weg über Baumstämme und unter niedrigen Ästen. Sie gingen ganz langsam, unerträglich langsam für Sefia, und bei jedem Knacken, beim leisesten Rascheln zuckte sie zusammen. Aber sie konnte ihn nicht im Stich lassen.

Schon bald fing der Junge in der feuchten Nachtluft an zu zittern. Er beklagte sich nicht. Er klapperte nicht mal mit den Zähnen. Doch er zog die Schultern hoch und rieb sich über die Arme und Sefia wusste, dass er fror. Sie blieb stehen, zog die Decke aus dem Rucksack und reichte sie ihm, ohne ihn zu berühren. Misstrauisch sah er sie an, doch er rang sich ein Lächeln ab, nahm die Decke und schlang sie um die Schultern.

Sie gingen weiter. Noch ein oder zwei Mal hielt sie an und gab ihm Trockenfleisch und ein paar Schlucke aus ihrer Feldflasche, doch davon abgesehen gingen sie nahezu lautlos und schweigend nebeneinanderher. Sefia war froh, dass er kein Gespräch anfing. Sie wollte ihm nicht nahekommen. Alle, die ihr nahestanden, waren in Gefahr.

Es dämmerte schon fast, als sie schließlich Rast machten. Sie hatten Flüsse überquert und mehr als einmal ihre eigenen Spuren zurückverfolgt für den Fall, dass die Männer einen Fährtenleser dabeihatten. Sefia war erschöpft. Müde kletterte sie auf einen Baum und befestigte ihre Hängematte. Der Junge folgte ihr, er hatte offensichtlich Schmerzen, aber er schaffte es. Sefia zeigte auf die Hängematte, er legte sich hin und schlief sofort ein. Sie selbst setzte sich auf einen breiten Ast, lehnte sich an den Stamm und sicherte sich mit einem Seil, damit sie nicht hinunterfiel. Eine Weile versuchte sie Wache zu halten, sie hielt den Blick auf dem Boden und achtete auf Bewegungen. Doch schon bald dämmerte sie weg, mit gerunzelter Stirn und geballten Fäusten, während die Nacht langsam mit dem Morgengrauen verschmolz.

Als der Deckel geöffnet wurde und einen Streifen schmerzhaft helles Mondlicht hereinließ, verzog der Junge sich in die Ecke der Kiste und schützte sich vor dem Licht. Tagelang war er eingesperrt gewesen, war herumgeschubst, gestoßen und fallen gelassen worden. Wenn er den Himmel überhaupt einmal sah, dann nur durch die Löcher in den Seitenwänden der Kiste; alles andere war dunkel und eng und roch nach Blut und Exkrementen.

Er duckte sich. Jeder Hauch von Licht und Luft bedeutete, dass Angst und Schmerz bevorstanden. Angst und Schmerz würden bald kommen, es würde wehtun und jemand würde sterben. Als er die Bäume und den Waldboden sah, zog er den

Kopf ein. Das Mondlicht schien herein. Angst und Schmerz erwarteten ihn.

Stattdessen kam eine Stimme – *Schscht. Ich will dir helfen* – wie eine dunkle weiche Ranke in dem vernichtenden Licht. Wort für Wort reihte sich darauf, so sanft, dass Erinnerungen in ihm wach wurden, so tief vergraben, dass sie zu Träumen geworden waren: Komm mit. Eine dunkle Gestalt reichte ihm eine Hand und er zuckte zurück, aber die Worte waren immer noch da: *Bitte komm mit.*

Wie ein Tier kroch er aus der Kiste und auf die Worte zu, die wie zarte Schatten vor ihm flatterten. Er stand auf, blinzelte und sah sich um. Angst und Schmerz waren nicht da. Sie waren nicht da. Nur Kälte und diese Stimme. Doch er blieb auf der Hut. Denn sie würden kommen. Sie kamen immer. Und es würde wehtun und jemand würde sterben.

Mit dem Messer in einen Baumstamm eingeritzt, hoch über dem Waldboden: *Dies ist ein Buch.*

7. KAPITEL

ZUM TÖTEN GEBOREN

Über dem weiten Laubdach des Waldes von Oxszini zogen die Wolken am Himmel entlang. Mit jeder Woge wurden sie dunkler. Die Tiere der Nacht verkrochen sich in ihre Höhlen und die Vögel flatterten aufgeregt zwitschernd von Ast zu Ast. Bald würde der Regen kommen.

Erst weit nach Mittag erwachte Sefia. Das Seil, mit dem sie sich am Baum festgebunden hatte, schnitt ihr in die Taille und sie brauchte eine Weile, es aufzuknoten. Unterdessen betrachtete sie den Jungen, der immer noch genauso dalag, wie er eingeschlafen war. Seine Nase war krumm – vermutlich irgendwann mal gebrochen – und auf den gelblich braunen Wangen lag ein Hauch Sommersprossen. Er sah jetzt menschlicher aus, nicht mehr so sehr wie ein eingesperrtes Tier.

Sie dachte über ihre Vision in der letzten Nacht nach. Augenblicke aus einem ganz normalen Leben. Aus seinem Leben? Konnte sie mit dieser Magie in die Vergangenheit blicken? Waren ihre Eltern auch Seher gewesen? Hatte die Frau in Schwarz sie deshalb verfolgt?

Nein, korrigierte Sefia sich. Die Frau in Schwarz hatte *es* gesagt. Sie wollte das Buch.

Steckte sie mit Serakeen unter einer Decke?

So leise es ging, schnallte Sefia ihren Rucksack ab, aber der Junge schlug sofort die Augen auf und sah sie an. Seine Augen waren golden oder bernsteinfarben mit kupfer- und mahagonifarbenen Flecken. Er schien keine Angst zu haben.

Noch nie war sie einem gleichaltrigen Jungen so nah gewesen. Sie war *niemandem* so nah gewesen, seit Nin nicht mehr da war. Sie wandte den Blick von seiner nackten Haut und packte das Seil in den Rucksack. »Heute kannst du nach Hause gehen.«

Der Junge sagte nichts, er krabbelte nur vorsichtig aus der Hängematte. Dann schaute er sich um wie ein junges Tier, das die Welt zum ersten Mal sieht. Selbst die Blätter und das fahle Licht, das durch die Zweige fiel, schienen für ihn neu zu sein. Er rieb sich die Augen.

Wie Sefia bald feststellte, sprach der Junge kein Wort. Sie wusste nicht, ob er überhaupt sprechen konnte. Er sah ihr nur mit verhaltener Neugier zu, wie sie die Hängematte im Rucksack verstaute, und folgte ihr dann wortlos den Baum hinunter.

Seine Hilflosigkeit ging ihr schon bald auf die Nerven. Er stand nur da und wartete darauf, dass sie etwas machte. Sie musste ihm eine Blechtasse in die Hand drücken, damit er trank.

Während er langsam sein Frühstück aß, setzte sie sich mit verschränkten Armen ihm gegenüber und sah ihm zu. Die Haut um seinen Hals war rosig – dort, wo die Verbrennungen ungleichmäßig verheilt waren.

Auch sein rechter Arm war verbrannt. Sefia zählte fünfzehn Male von der Schulter bis zu den Ellbogen, parallel wie die Sprossen einer Leiter, fingerdick und so lang wie ihre Hand.

Sie fragte ihn nicht danach, aber sie fragte ihn nach dem Symbol. Sie malte es in die Erde: den Kreis mit den vier Linien.

Er schüttelte den Kopf.

»Dachte ich mir schon.« Sie wischte sich den Staub von den Händen und deutete nach Westen. »Einen Tagesmarsch entfernt in dieser Richtung liegt eine Stadt. Geh einfach immer weiter, dann kommst du hin. Irgendjemand bringt dich schon nach Hause.«

Gehorsam wandte sich der Junge in die Richtung, die sie ihm zeigte, dann drehte er sich mit fragendem Blick um.

»Ich werde ihnen folgen.« Sie zeigte auf das  auf dem Boden. »Vielleicht krieg ich doch noch irgendwas raus.«

Der Junge nickte, als würde er verstehen, also reichte sie ihm die Hälfte ihres Proviants – mehr als er für einen einzigen Tag brauchen würde. Dann schulterte sie den Rucksack und lief den Weg zurück, den sie gekommen waren. Sie war noch keine zehn Meter weit gegangen, als sie seine leisen Schritte hinter sich hörte. Sie drehte sich um und der Junge kam auf sie zu.

»Was ist?«

Er legte den Kopf schief und blinzelte.

Sie sah ihn böse an. »Du bist jetzt frei. Geh nach Hause.«

Um seine Mundwinkel zuckte es. Vielleicht war es der Ansatz eines Lächelns.

»Na los, lauf.« Sefia zögerte einen Moment. »Bevor der Regen kommt.«

Als er nicht antwortete, fluchte sie leise und ging weiter. Doch der Junge lief ihr wieder nach, er hielt ein paar Streifen Trockenfleisch fest in der Hand und sagte nichts.

Hin und wieder drehte Sefia sich um und guckte, ob er noch da war. Er war jedes Mal noch da.

»Geh weg«, sagte sie. »Was soll das?«

Der Junge sah sie nur an und steckte sich ein kleines Stück Fleisch in den Mund. Er kaute und starrte. Als sie weiterging, folgte er ihr.

Nach einer Stunde nahm Sefia ihm das Fleisch aus der Hand und steckte es wieder in den Rucksack. Sie reichte ihm ihre Wasserflasche und wartete, bis er getrunken hatte. Sie hatten an einem gewaltigen, mit Moos und Farn überwucherten Baumstamm haltgemacht. Er hatte beim Umfallen ein riesiges Loch in das Laubdach gerissen, so dass eine kleine Lichtung entstanden war. Der Himmel war jetzt dunkel und vollkommen bewölkt. Bald würde das Unwetter losbrechen. Sefia setzte sich auf den Baumstamm und stützte das Kinn in die Hände. Sie verloren Zeit. Es war schon Nachmittag. Unbeholfen stand der Junge da und hielt die Feldflasche fest.

»Wahrscheinlich suchen sie dich.« Sie nahm ihm die Flasche aus den Händen. »Du musst so weit wie möglich von ihnen wegkommen.« Sie scheuchte ihn fort und versuchte den traurigen Ausdruck in seinen Augen zu ignorieren. »Jetzt.«

Der Junge blickte auf seine nackten Füße.

»Du verstehst mich nicht.« Sie sprach jetzt lauter und wedelte vergeblich mit den Händen. »Ich kann mich nicht um dich kümmern!« Sie sprach zu laut. Sie lauschte nicht gut genug. Hinter ihr drückten sich Schritte in die Erde. »Es ist zu gefährlich.« Auch das Knirschen von Leder und die Stimmen der Männer hörte sie nicht. Ein letztes verzweifeltes Zischen: »Jetzt geh schon!«

Zwei Männer stolperten auf die Lichtung. Habichts Männer. Sefia erkannte den jungen Wachposten, dessen Haare jetzt auf einer Seite zerstrubbelt waren. Seine eine Wange war übel zugerichtet. Der andere Mann zog schon das Schwert.

Sefia sprang auf, nahm mit einer fließenden Bewegung den Bogen vom Rücken und spannte einen Pfeil ein. Der Wachposten schrie. Die Schwerter blitzten.

Sie ließ den Pfeil los.

Doch der Junge war schneller als sie alle. Wie ein goldener Blitz sprang er an Sefia vorbei, landete auf der Brust des zweiten Mannes und stieß ihn beiseite, so dass der Pfeil ihn an der Schulter traf anstatt ins Herz. Der Mann grunzte und bekam keine Luft, als der Junge sich auf ihn stürzte wie ein Jaguar auf seine Beute. Es gab einen kurzen Kampf mit Fäusten und Fingern. Dann packte der Junge den Kopf des Mannes und drehte ihn herum. Sefia hörte ein Knacken, es ging ihr durch Mark und Bein.

Der Wachposten ging ein paar Schritte rückwärts und wollte wegrennen, doch der Junge schnappte sich das Schwert des Mannes. Er stand auf. Das Schwert flog aus seinen Händen.

Alles ging ganz langsam.

Der Junge streckte den Arm aus, die leere Hand.

Der ungeschützte Rücken des Wachpostens.

Sefia blinzelte.

Die Fluglinie des Schwerts bestand aus strömendem Licht. Diesmal konnte sie es deutlicher erkennen: Tausende winzige Flecken, die durch die Luft wirbelten.

Die Hand des Jungen. Das Schwert. Der Rücken des Wachpostens.

Wieder blinzelte sie und die Lichtströme verschwanden. Die Zeit nahm ihr Tempo wieder auf.

Die Klinge durchbohrte den Rücken des Wachpostens. Der Bogen fiel ihr klappernd aus den Händen. Sie schaute sich nach dem Jungen um. Er stand nur da und starrte auf die beiden Männer.

Sie waren tot. Der Junge hatte sie getötet. Sie waren so schnell gestorben. Sefia hatte nicht gewusst, dass es so schnell ging.

So war es, jemandem das Leben zu nehmen?

Sie ballte die Fäuste, grub die Nägel in die Hände und fragte sich, ob es so gewesen war, als ihr Vater starb.

Nein. Ihre Hände zitterten. *Sie haben ihn extra langsam umgebracht. Das hat ganz anders ausgesehen als das hier.*

Die Erinnerung an seinen toten Körper brannte hinter ihren Augen.

Beim nächsten Mal würde sie schneller sein und den Feind selbst zur Strecke bringen.

Es fing an zu regnen. Die Tropfen prasselten auf das Laubdach und erfüllten den Wald mit dem Tosen des Wassers. Donner grollte wie Trommelschläge über den Himmel.

Binnen weniger Augenblicke waren Sefia und der Junge

durchnässt. Das Wasser rann ihnen über das Gesicht, sammelte sich zu Pfützen an ihren Füßen. Der Boden verwandelte sich in Matsch.

Langsam und schmerzhaft öffnete sie die Fäuste. Das waren nicht die Männer, hinter denen sie her war. Sie wollte die Frau in Schwarz. Sie wollte den Mann mit der Stimme wie Eis.

Und wenn Serakeen wirklich mit ihnen unter einer Decke steckte, dann wollte sie auch ihn.

Etwas berührte sie sanft am Ellbogen. Mit einem Zischen zog sie den Arm weg. Der Junge wich zurück und schaute auf seine Hand, als hätte er Sefia damit verbrannt.

Das Knacken eines Zweiges hallte wie ein Gewehrschuss durch den Wald. Ruckartig blickte sie sich um. Zwischen dem Donnergrollen erklangen Rufe.

»Patar!«

»Tambor!«

Der Junge hob ihren Bogen auf, nahm sie bei der Hand und führte sie zum nächsten Baum. Er kletterte auf den untersten Ast und zog sie hoch. Sie umklammerte die nasse Rinde. Das Klettern kam ihr so laut vor. Das Kratzen und Schaben. Ihre Hände fingen an zu bluten.

»Wo hast du gesteckt? Der Boss will, dass wir umkehren!«

Sefia und der Junge hatten keine Zeit, höher zu klettern. Ein paar Äste gaben ihnen Sichtschutz, doch Sefia musste die Beine anziehen, damit sie nicht zwischen den Blättern herabbaumelten. Das war kein gutes Versteck. Sefia wagte kaum zu atmen.

»Patar! Tambor!«

Zwei weitere von Habichts Männern tauchten auf der Lichtung auf. Der Flintenmann und der mit der Augenklappe. Einauge kniete neben dem ersten Toten nieder und betastete sein gebrochenes Genick. Der andere fiel mit der Flinte über der Schulter auf die Knie.

»Tot?«, fragte er.

»Tot.«

»Der Junge?«

»Wahrscheinlich. Aber er war nicht allein.« Einauge stand auf und zog Sefias Pfeil aus dem leblosen Körper, der Schaft glitzerte rot. Er blinzelte eine Träne aus seinem gesunden Auge. »Irgendeine Spur von ihnen?«

Der Flintenmann suchte den Rand der Lichtung ab. Für Sefia war es offensichtlich, wo sie gesessen hatten, wo die gebrochenen Äste und Zweige und aufgewühlten Stellen im Matsch ihren Weg markierten. Aber der Mann schaute in die Bäume, nicht auf den Boden.

Über ihnen zuckten Blitze, auf die beinahe unmittelbar Donner folgte. Der Regen wurde stärker. Die Äste fühlten sich glitschig unter Sefias Händen an.

Einauge zog das Gewehr aus dem Holster. Das Klacken des Hahns drang durch das Prasseln des Regens. »In welche Richtung sind sie gegangen?«, fragte er.

»Seh ich so aus, als ob ich das wüsste?« Der Flintenmann spuckte zur Seite aus und trat wütend gegen den Farn. Regentropfen fielen heraus. »Der Fährtenleser ist mit Habicht nach Südwesten gezogen.« Dann rief er: »Junge! Komm lieber zurück, sonst kannst du was erleben! Habicht ist stocksauer auf dich, weil du abgehauen bist!«

Die beiden Männer lauschten. Sefia kam es vor, als würden Stunden vergehen. *Nicht hochgucken. Nicht hochgucken. Nicht hochgucken.* Ihre Haut war glitschig. Ihre Arme und Beine fingen an zu zittern. Sie versuchte es zu unterdrücken, aber es wurde nur noch schlimmer. Ihre Ellbogen fühlten sich an, als würden sie jeden Moment nachgeben.

Der Flintenmann trat einen Schritt vor. Jetzt stand er fast genau unter ihnen.

Sefias Beine verkrampften sich. Ihre Arme bebten. Sie biss die Zähne zusammen und versuchte durchzuhalten.

Leise, ganz leise beugte sich der Junge von dem Ast über ihr herab und hielt ihre Beine fest. Sie fühlte sich leichter. Das Zittern hörte auf.

Der Flintenmann untersuchte die Leichen. »Sollen wir sie verfolgen?«

Unbehagliches Schweigen. Die Männer kauten auf ihren Backen. Sefia kam es vor, als könnte jeder ihrer Atemzüge die ganze Welt erschüttern. Der Regen peitschte herab.

Kurz darauf schüttelte Einauge den Kopf und trat einen Schritt zurück. »Vergiss es. Mir doch egal, was Habicht mit uns macht, wenn wir zurückkommen.«

Der Flintenmann durchbohrte den Wald mit seinen Blicken, als rechnete er damit, dass der Junge aus dem Unterholz gesprungen kam, sobald er wegsah. »Ja«, sagte er. »Ich setze den Fährtenleser auf sie an.«

Sefia stockte der Atem. Hoffnung flackerte in ihr auf.

Die Männer sahen sich noch einen Moment an, ehe sie die Waffen wegsteckten und aus langen Ästen eine Trage bauten.

Sie arbeiteten schnell und systematisch, und schon bald hatten sie die Toten auf die provisorische Trage gebahrt. Mit einem letzten nervösen Blick über die Lichtung legte Einauge den Pfeil und das Schwert auf die Trage neben die Toten, dann ging er mit dem Flintenmann zurück in den Wald.

Sefia löste sich aus dem Griff des Jungen und setzte sich bequemer auf die Äste. Doch sie sprach nicht und sie kletterte nicht hinunter.

Sie und der Junge harrten aus, während das Gewitter über sie hinwegfegte und noch mehr Regen brachte. Am späten Nachmittag, als der Wolkenbruch endlich nachließ und der Donner sich in ein fernes Echo verwandelt hatte, kletterten sie schlotternd vom Baum. Sefias Glieder wurden schlapp wie feuchte Lumpen. Sie sank auf die Knie. Der Schlamm war kalt und nass, doch wenigstens spürte sie wieder Boden unter den Füßen.

Der Junge stand neben ihr und schaute in den Wald, dorthin, wo Habichts Männer verschwunden waren.

»Ohne dich hätten sie mich gekriegt«, sagte Sefia. Dann fügte sie hinzu: »Danke.« Das Wort fühlte sich abgehackt und unnatürlich an.

Er sah sie an und nickte ernst. Die Haare klebten ihm an der Stirn.

»Ich bin nicht hinter ihnen her, weißt du.« Sie rieb sich die Muskeln, um sie wieder warm zu machen. »Aber ich nehme an, du würdest so oder so mit mir kommen.«

Der Junge nickte wieder.

Sie seufzte und stand langsam auf. Sie war vielleicht etwas wacklig auf den Beinen, aber sonst fehlte ihr nichts. »Hier können wir nicht bleiben«, sagte sie und schaute zu dem Blutfleck und den zertrampelten Stellen im Farn. »Und wir müssen in Zukunft besser aufpassen.«

Da lächelte er. Ein echtes warmes Lächeln, das ihn selbst zu überraschen schien. Als hätte er nicht gewusst, dass er das noch konnte. Sein Lächeln war ganz weich.

Wir.

»Ja, ja. Komm schon. Die holen jetzt den Fährtenleser.« Sie ging von der Lichtung weg und achtete darauf, möglichst keine Spuren zu hinterlassen. Der Junge setzte seine Füße dorthin, wo einen Augenblick vorher noch ihre waren, und folgte ihr. Er lächelte immer noch.

Leuchtend buntes, trockenes Laub, eine Collage auf dem Waldboden: *Dies ist ein Buch.*

8. KAPITEL

EIN GUTER TAG FÜR PROBLEME

Käpt'n Lees marschierte im Laufschritt über die *Strömung der Zuversicht*. Er wich aufgewickelten Tauen und den rotköpfigen Hühnern aus, die zu seinen Füßen gackerten. Wenn er an seinen Matrosen vorbeikam, drückten sie sich erst an die Reling und schlossen dann die Reihen hinter ihm wieder wie Wellen im Kielwasser. Und so ging er weiter, das Klicken von Colts und das Rasseln von Schwertern im Ohr.

In der Ferne segelte die *Crux* gewaltig und golden auf den Wellen, die Gischt glitzerte im Wettstreit mit ihrer Galionsfigur – eine Frau aus Holz, die einen Diamanten so groß wie ein Kuhschädel hielt.

Aus dem Augenwinkel sah Lees, wie sie ein Ruderboot zu Wasser ließen. Dimarion war im Anmarsch. Sie mussten bereit sein.

Er schlug seine beiden Jagdgewehre gegen den Bug – *neun, zehn* – und ging an der Steuerbordseite wieder zurück.

An der Zimmerei traf er Lind, den Zweiten Steuermann, der im Eingang herumlungerte. Kallinago saß draußen und putzte seinen Revolver mit einem Lappen.

»Sie sagen, Dimarion hat dafür einen von Rokus letzten Drachen getötet«, sagte Lind. Der Anführer der Steuerbordwache war ein kleiner drahtiger Kerl mit Rastalocken, die hineingeflochtenen Perlen und Muscheln funkelten wie Edelsteine in schwarzem Samt. Er war ein vorlauter Kerl und wusste eine gute Geschichte mehr zu schätzen als alles andere. Der Rest der Mannschaft ärgerte ihn gern, aber sobald er anfing zu erzählen, hörten sie ihm zu. Selbst wenn er sich eigentlich für die Wache bereithalten sollte. »Die Schlacht dauerte einen ganzen Tag, und als der Staub sich setzte und der Rauch sich verzog, stand nur noch Dimarion da und verlangte den Diamanten.«

»Und der Käpt'n hat *ihn* auf *unser Schiff* eingeladen?« Bei den letzten Worten überschlug sich Kallinagos Stimme.

Lees schlug einen der Sechzehnpfünder an die Steuerbordseite – *elf* – und kicherte. »Bei der Geschichte mit dem Donnergong warst du nicht dabei, stimmt's? Das muss so vor fünf Jahren gewesen sein.«

Lind grinste und entblößte dabei seinen abgebrochenen Schneidezahn. »Der Käpt'n hat Dimarion in einem Mahlstrom stranden lassen. Erinnere mich daran, dass ich dir davon erzähle, wenn wir hier fertig sind.«

Kallinago schüttelte den Kopf. »Manchmal kann ich's immer noch nicht glauben, dass ich in Ihrer Mannschaft bin, Käpt'n.«

Lees mochte den Schiffsjungen. Er war ein einfältiger Bursche mit breiter Nase und großen, weit auseinanderstehenden Augen. Er hatte Ohren wie ein Galago, was die Mädchen im Hafen nicht davon abhielt, bewundernd über seine glatte braune Haut und die kurzen schwarzen Locken zu tuscheln. »Du kannst es ruhig glauben, Kleiner«, sagte er. Dann guckte er schnell zu Lind. »Hast du keine Wache, um die du dich kümmern musst?«

Lind zuckte zusammen und salutierte scherzhaft. »Aye, aye, Sir, Käpt'n!« Mit großen Schritten ging er über das Deck und rief den übrigen Männern der Steuerbordwache Befehle zu.

Lees verdrehte die Augen und beendete seinen Rundgang, indem er mit dem zweiten Sechszehnpfünder an die Steuerbordseite schlug – *zwölf* – und die Treppe zum Achterdeck hochging, wobei er immer zwei Stufen auf einmal nahm. Die Acht war seine Lieblingszahl, aber er gab sich auch mit Vieren, Sechsen, Zwölfen, Sechzehnen zufrieden, eigentlich mit jeder geraden Zahl. Sie gaben ihm das Gefühl, dass alles seine Ordnung hatte.

Auf dem Achterdeck war Aly, die Kellnerin, damit beschäftigt, einen Tisch für zwei mit flatterndem Leinen und glänzendem Silber zu decken. Sie warf die langen blonden Zöpfe über die Schulter und faltete geschickt eine Serviette. »Bevor Sie fragen«, sagte sie, als er näher kam, »ich hab mein Gewehr schon unter dem Schandeck verstaut.«

Käpt'n Lees grinste. Dimarion war im Anmarsch, aber sie waren bereit. »Du bist so klug, wie du hübsch bist, Aly«, sagte er.

Sie strahlte.

Der Erste Steuermann hatte sich von seinem Platz an der Reling nicht wegbewegt. Der alte Mann mit dem runzligen eckigen Gesicht und der Narbe über der platten Nase war der Anführer der Backbordwache und Lees' rechte Hand. Beim Klang von

Lees' Schritten drehte er sich um, ein fragender Ausdruck in seinen leblosen grauen Augen. »Ist es heute so weit?« Diese Frage stellte er vor jedem Abenteuer. Jedes Mal, wenn Gefahr drohte.

Lees fuhr sich mit den Fingern durch das dichte braune Haar und lauschte den Wellen, die gegen den Schiffsrumpf schlugen. »Nee«, sagte er. »Nicht heute.«

Die Falten auf der Stirn des Ersten Steuermanns vertieften sich und er reichte dem Kapitän seinen hohen Hut. »Wie nah ist er?«

Der Erste Steuermann, der so sehr Teil des Schiffs war wie die Planken, sah und hörte alles auf der *Strömung* – die Grimassen, die man ihm hinter seinem Rücken schnitt, den Zustand der Schiffsräume, die Gespräche der Mannschaft nachts in den Kojen –, als wären die Schiffsbalken eine Verlängerung seiner fünf Sinne. Doch für alles außerhalb des Schiffs war er blind, der Blick seiner milchigen Augen trüb. Die Leute sagten, er würde die *Strömung* sein Lebtag nicht verlassen.

Das Ruderboot der *Crux* war jetzt fast an ihrem Schiffsrumpf angelangt. Dimarion hatte ihnen den Rücken zugewandt, doch seine massive Statur war unverkennbar. Lees bildete sich sogar ein, vier funkelnde Ringe an der rechten Hand des Mannes zu erkennen.

»Ziemlich nah.« Er tippte mit den Fingern auf die Reling. Acht Mal.

Der Erste Steuermann lächelte grimmig. »Dimarion ist keiner, der eine Sache auf sich beruhen lässt. Meinst du, er ist auf einen Kampf aus?«

»Wenn wir Glück haben«, sagte Lees.

Als Dimarion und die *Crux* an diesem Morgen am Horizont aufgetaucht waren, da wäre es wohl das Klügste gewesen, einfach die Flucht zu ergreifen. Die *Strömung* war schnell, doch sie verfügte nicht über zwei Kanonendecks und auch nicht über die schwere Artillerie der *Crux*. Aber kluges Handeln wurde überschätzt. Dumm, mutig und neugierig musste man sein – daraus wurden Geschichten gemacht.

Dimarions Boot stieß mit einem dumpfen Schlag gegen die *Strömung* und der Erste Steuermann grunzte. »Fahrt die Kanonen auf. Wir haben ein Problem.«

Lind hüpfte vorbei, seine Rastalocken flogen nur so hinter ihm her. »Das ist ein guter Tag für Probleme!«, schrie er.

Käpt'n Lees lachte. Die Männer warteten auf das Signal, die Gäste hochzubringen. Das Wasser war blau, der Wind war günstig und sie hatten den Geruch von Salz und Teer in der Nase. Sie waren bereit.

Cooky und Aly hatten alles gemacht, was er verlangt hatte, und mehr als das. Sie hatten nicht nur Porzellan und glänzendes Silberbesteck aufgetragen, sondern auch Kristallgläser, eine Flasche tiefroten Wein und eine große Platte mit Köstlichkeiten. Acht Apfelscheiben, sechzehn Weintrauben, vier halbierte Feigen, die rosa und golden leuchteten. Vierundzwanzig Scheiben Käse, vierundzwanzig runde Cracker mit Kräutern und vier Stückchen dunkle Schokolade, die schon in der Sonne schmolzen.

Dimarion pfiff anerkennend und setzte sich. Er war groß, größer als in den Legenden beschrieben, deshalb passten seine Beine nicht unter den Tisch. Er streckte einen Stiefel zu Lees hin aus, die Spitze glänzte im Licht. »Ich hoffe, du hast dir nicht meinetwegen solche Umstände gemacht.« Er kicherte. Seine Stimme war tief und melodisch wie ein sorgfältig gestimmtes Instrument.

Lees saß auf dem Stuhl ihm gegenüber und zeichnete mit einer Hand Kreise auf das Tischtuch. »Für meinen alten Feind nur das Beste«, sagte er.

»Feind!« Immer noch kichernd drehte der Kapitän der *Crux* sein Glas zwischen den riesigen Eichenfingern. Seine ebenmäßige braune Haut passte zu der kräftigen Fagottstimme. »Und ich hatte gedacht, wir könnten Freunde sein.«

»Bei allem Respekt, wir haben zu lange an verschiedenen Fronten gekämpft, um Freunde zu sein. Wäre doch schade, das alles jetzt zu ändern.«

Dimarion kippte sich den Wein in den Mund und ließ ihn von einer Backe in die andere wandern, ehe er ihn hinunterschluckte. Er lächelte und schnappte sich einen Cracker und eine Scheibe Käse. »Ich nehme an, das kommt uns ganz zupass, oder? Schließlich hast du meinen Gong gestohlen.«

Lees stopfte sich einen Cracker in den Mund. »Was für einen Gong?«, fragte er.

»*Meinen* Gong.«

»Ach, du meinst den Gong, der rechtmäßig mir gehört, als Entschädigung dafür, dass du mich auf der Insel ausgesetzt hast?« Lees grinste durchtrieben.

»Hast du ihn benutzt?«

Die Wahrheit war, dass das Ding überhaupt nicht funktionierte, aber das würde er Dimarion bestimmt nicht auf die Nase binden. Stattdessen zuckte er die Schultern und konterte mit einer Gegenfrage. »Wie bist du aus dem Wirbelsturm rausgekommen?«

Dimarion lächelte und trank den letzten Schluck Wein. Aly, die in der Nähe wartete, füllte sein Glas auf und zog sich wieder zurück. Er dankte ihr nicht, würdigte sie kaum eines Blickes. Lees wäre beleidigt gewesen, hätte er ihre Gabe, in den Hintergrund zu rücken, nicht so zu schätzen gewusst.

Dimarion knabberte genüsslich an einem Cracker. »Gar nicht übel«, sagte er. »Was für ein Jammer, dass ein Künstler wie Cooky als Brötchenbäcker auf einem Schiff wie deinem enden musste.«

»Der Erste Steuermann gibt sich nur mit dem feinsten Fraß zufrieden.«

Dimarion schwenkte den Wein im Glas. Die burgunderrote Flüssigkeit schwappte an den Seiten des Glases hoch und lief im leuchtenden Sonnenlicht langsam wieder herunter. Eitel, wie er war, hatte er sogar einen Seidenschal zum Schutz vor der Sonne um den Kopf gebunden. Für einen Gesetzlosen, der seine Zeit damit verbrachte, Handelsschiffe zu plündern und die Überlebenden als Galeerensklaven mitzunehmen, legte er viel Wert auf ein gepflegtes Äußeres.

Doch ein Leben als Gesetzloser übte seinen Reiz auf die unterschiedlichsten Menschen aus. All das kleinliche Gezänk der fünf Inseln wurde von der Rechtsprechung nur so weit erfasst, wie man Land sehen konnte. Der Rest von Kelanna war freier Ozean. Gesetzlose konnten so gut oder so unmoralisch sein, wie es ihnen gefiel. Die einzigen Regeln, denen sie sich unterwarfen, waren die der Waffe und der See.

»Du bist jetzt aber nicht hergekommen, um über Cookys Fraß zu schwatzen«, sagte Lees.

Dimarion inspizierte seine manikürten Fingernägel. Seine vier Ringe, die mit scharfkantigen gelben Diamanten besetzt waren, blitzten. Sollte sich eine Gelegenheit bieten, würde er die Ringe gegen Lees einsetzen. Auf diese Weise machte der Kapitän der *Crux* seine Feinde kenntlich; wenn er fest genug zuschlug – und Lees wusste aus Erfahrung, *wie* fest er schlug –, hatte man für den Rest des Lebens vier sternförmige Narben.

Dimarion nahm eine Feige von der Obstplatte und steckte sie in den Mund. Das rosige Fruchtfleisch wurde zwischen seinen Zähnen zerdrückt. »Ich möchte dir ein Angebot machen.«

Lees bemerkte, wie Dimarions Blick zu seinen Tattoos huschte. Sie bedeckten Lees' Arme, verschwanden unter den Ärmeln und tauchten unter seinem Hemdkragen, dem der oberste Knopf fehlte, wieder auf – ein Meeresungeheuer mit langen saugenden Tentakeln, ein Schwarm geflügelter Fische, die Silhouette eines Mannes mit einer rauchenden schwarzen Pistole. All seine Abenteuer waren da, dunkel und unauslöschlich. Wenn man genau hinsah, erzählten sie die Geschichten von der Barmherzigen Lady, der Rettung am Felsen des toten Mannes und von seiner Liebesaffäre mit der kalten, gefährlichen Lady Delune.

Doch Dimarion interessierte sich nur für eines: In der Beuge von Lees' linkem Ellbogen saß ein winziges Schiff am Rand eines wirbelnden Mahlstroms – eine Erinnerung an ihre letzte Begegnung. Dimarion ließ die Finger knacken. »Einen Schatz«, sagte er.

»Schätze habe ich schon.«

»Aber nicht so einen.«

Gegen seinen Willen beugte Lees sich ein wenig vor. Nur ein einziger Schatz konnte ein solches Verlangen in Dimarions Stimme entfachen. »Der Hort des Königs«, flüsterte Lees.

Nicht nur seine Größe machte diesen Schatz so verlockend, sondern auch das Geheimnis seines Verschwindens und die pure Verzweiflung, als er verloren ging. Der Legende zufolge war Likkaro einst ein reiches Land gewesen. Zwar bestand es zum großen Teil aus Sand und Wüstenhochland, doch in seinen Minen lagen mehr Metalle und Edelsteine verborgen als in allen anderen Kelannas. Da den Likkarianern solch hochwertige Materialien zur Verfügung standen, wurden sie die besten Kunsthandwerker der Welt; Reisende von überall her kamen, um ihre Arbeiten zu sehen und, wenn sie es sich leisten konnten, zu kaufen. Doch eines Tages nahm König Feldspar einfach alle Zepter, Kronen, juwelenbesetzten Umhänge und Ketten und fein emallierten Vasen an sich und ließ sie in den Tiefen des Höhlenlabyrinths unter seinem Königreich verschwinden. Seitdem ward all das nie wieder gesehen. Es hieß, sein Schiff sei auf der Heimreise in der Ephygischen Bucht gesunken, doch mit Gewissheit vermochte das niemand zu sagen. Das Königreich brach zusammen. Die Minen versiegten. Dürre und Hungersnot machten sich breit. Die Herrscher waren zerstritten und korrupt und unternahmen nichts. Das Volk litt. Die Städte waren verlassen und schrumpften zu einem Bruchteil ihrer vormaligen Größe. Sämtlicher Reichtum wurde gegen Saatgut eingetauscht, das nicht keimte, gegen Land, das sie nicht bewässern konnten.

»Solange es Menschen gibt, die von dem Mann, der ihn findet, erfahren, werden sie die Geschichte weitererzählen«, sagte Dimarion und sah Lees unentwegt in die Augen. »Eine weitere Geschichte für deine Sammlung.«

Lees klopfte mit den Knöcheln auf den Tisch. Nachts, wenn er nicht schlafen konnte, zündete er manchmal eine flackernde Kerze an und zählte seine Tattoos. Er zählte sie, bis er die Dunkelheit vergaß, die hinter den Bullaugen und an den Rändern seines Lebens lauerte. Manchmal brauchte er auch mehr als eine Kerze.

»Warum erzählst du mir das?«, fragte er.

»Was würdest du sagen, wenn ich wüsste, wo man ihn findet?«

»Wenn du wirklich wüsstest, wo der Hort ist, dann wärst du schon längst auf dem Weg dorthin.«

»Ah, aber ich brauche deine Hilfe.«

»Wozu?«

»Ich bin nicht der Einzige, der davon weiß.« Dimarion legte eine Hand aufs Herz und sagte mit boshaftem Unterton: »Ich hatte einen Informanten in der Mannschaft einer gewissen Kapitänin … Einer achtbaren Frau, die uns beiden sehr am Herzen liegt.«

Lees kippte seinen Wein hinunter und wischte sich mit dem Handrücken über den Mund. Es gab nur eine Frau, für die Dimarion Hass und Ehrfurcht zugleich empfand: die Kapitänin der *Schwarzen Schönen*, des schnellsten Schiffs im Südosten. Lees blickte kurz aufs Meer hinaus, aber dort war kein anderes Schiff zu sehen. »Dafür brauchst du mich also«, sagte er. »Um gegen die *Schöne* zu kämpfen.«

»Unsere beiden Schiffe gegen das ihre. Wenn wir gemeinsam nach dem Hort suchen, können wir nicht verlieren.«

»Darauf würde ich lieber nicht wetten.« Käpt'n Lees trommelte mit den Fingern auf dem Tisch. »Wo ist sie jetzt?«

»Oxszini.«

»Der alte König von Likkaro hat seinen Schatz auf einer anderen Insel versteckt?«

»Nein. Ich glaube, sie bringt dort einen Verräter zur Strecke.«

Lees schüttelte den Kopf. Verrat duldete sie nicht. Wenn sie wusste, dass jemand von ihren Leuten ihre Geheimnisse Dimarion anvertraut hatte, konnte es nicht lange dauern, bis sie denjenigen fand. Er schauderte beim Gedanken an Scheiterhaufen, die auf der Wasseroberfläche brannten, an ihren roten Schein in der Tiefe.

»Und wo ist der Hort nun?«

»Das weiß ich nicht genau. In Jahara ist angeblich ein erster Hinweis.«

Lees lachte und lehnte sich zurück. Er betrachtete den goldenen Rumpf der *Crux*. Jahara lag so weit im Norden, dass ein derart langsames Schiff wie die *Crux* unmöglich vor der *Schwarzen Schönen* dort ankommen konnte, selbst wenn die einen Umweg über Oxszini nahm.

Dimarion beugte sich vor. »Sie rechnet ganz bestimmt nicht damit, dass ich mich mit dir verbünde, nicht bei unserer …

komplizierten Vergangenheit.« Als Lees zögerte, fuhr er fort: »Überleg mal, was das für eine Geschichte gibt: die drei besten Schiffe von Kelanna im Wettrennen um den Hort des Königs! Ganz gleich, wer den Sieg davonträgt, darüber wird man noch reden, wenn du lange tot bist und dein Körper ins Wasser zurückgekehrt ist.«

»Aber der Hort ist wahrscheinlich irgendwo in Likkaro vergraben.« Käpt'n Lees schüttelte den Kopf. »Das heißt, wir kommen Serakeen in die Quere – wenn wir nicht schon vorher ins Kreuzfeuer zwischen Oxszini und Everika geraten.«

»Segelst du nicht unter der Flagge eines oxszinianischen Freibeuters?« Als Lees nickte, fuhr Dimarion fort: »Und ich unter der everikanischen. Wenn ihnen ihr Leben lieb ist, werden sie uns unbehelligt durchlassen. Und was Serakeen betrifft ...« Der Kapitän der *Crux* stand auf und ging zur Reling. Das Deck schien sich unter seinem Gewicht zu biegen. »Dieser Mann bringt uns alle in Verruf. Wie lange geht das jetzt schon so? Könige und Königinnen können sich um Land zanken, aber kein anständiger Gesetzloser sagt, das Meer *gehöre* ihm.«

»Auch wenn er keinen Anstand hat, stellt er doch eine Bedrohung dar.«

»Pah. Selbst die Plage des Ostens wird sich zweimal überlegen, ob er sich mit der *Crux* und der *Strömung* zugleich anlegen will. Vielleicht schaltet er sogar die *Schöne* aus und wir haben eine Konkurrentin weniger.«

Auch wenn sie mit ihr verfeindet waren, der Gedanke an eine Welt ohne die *Schöne* ließ das Meer kleiner erscheinen, nicht mehr so eindrucksvoll.

Lees trat zu Dimarion an die Reling. Obwohl er groß und kräftig war, wirkte er neben dem Kapitän der *Crux* beinahe schmächtig.

Eine Weile schauten sie hinaus auf das unglaublich blaue Meer.

Käpt'n Lees rieb sich über das sonnengebräunte Handgelenk, die einzige freie Stelle an seinem linken Arm.

In einer Welt, in der es keine Beweise der eigenen Existenz gab als den Körper, der jedoch vergänglich war, und den ganzen Krempel, den man nach dem Tod hinterließ, versuchte man sich mit allen Mitteln zu vergewissern, dass das eigene Leben irgendeine Bedeutung hatte – etwas, was die Zeit überdauerte. Doch selbst diese Tattoos würden eines Tages verfaulen: die Bilder von gehörnten Walen, schönen Frauen, sinkenden Inseln. Und von ihm würde nichts bleiben als die geflüsterten Legenden seiner Taten.

Er ließ den Blick über das Schiff schweifen. Seine Leute schrubbten geschäftig das Deck und zupften Werg, doch sie schauten immer wieder zum Achterdeck. Kallinago, Lind, Aly. Matrosen, die seit fünf Jahren zu ihm hielten, nach … nun ja, nach dem, was passiert war. Männer und Frauen, die darauf bauten, dass er sie in Legenden am Leben hielt, auch wenn sie eines Tages nicht mehr da waren.

»Ich verrate dir, wo du den Hinweis findest, und dann treffen wir uns als Verbündete in Jahara wieder.«

Käpt'n Lees zählte bis acht. Er mochte die Zahl, den abgehackten Klang, wie wenn man in einen Apfel beißt. Er mochte die Zeit, die es dauerte, bis acht zu zählen: gerade richtig, um eine Entscheidung zu treffen oder auf etwas zu zielen. Wenn er bis acht zählte, schoss er nie daneben. Es war eine gute Zahl.

Auf dem Hauptdeck wartete der Erste Steuermann an der Reling. Seine toten Augen sahen alles. Mit seinem ausgeprägten Sinn für das Schiff hörte der Alte wahrscheinlich jedes Wort, das sie sprachen. Unter Lees' prüfendem Blick nickte er, ein Mal nur.

Lees klopfte einen Rhythmus mit acht Schlägen auf dem Schandeck. Genau das brauchte er. Gefahr. Abenteuer. Etwas, woran man sich erinnern würde. Denn wenn man in Kelanna über einen Menschen nach seinem Tod keine Geschichten erzählen konnte, dann war es, als hätte derjenige gar nicht gelebt.

»Auf Ruhm und Reichtum«, sagte er und streckte die Hand aus.

Dimarion nahm sie und grinste wie ein Raubtier, das seine Beute in die Enge getrieben hat. »Und auf ein wenig Blutvergießen für die Spannung.«

9. KAPITEL

ZUSAMMEN SEIN

Zu Sefias Erleichterung war ihnen auf dem Weg zurück zu Habichts Lager niemand mehr begegnet. Dennoch wählte sie einen Weg abseits des Pfades und verwischte ihre Spuren. Sie atmeten leise und sprachen nicht.

Die Männer waren längst aufgebrochen, doch sie hatten überall Spuren hinterlassen: aufgewühlte Erde, abgebrochene Zweige, zertrampeltes Laub. Die Kiste war weg, an ihrer Stelle fanden sich die Überreste eines Scheiterhaufens. Ein Haufen weißer Asche und verbrannter Kohle, aus dem schwarze Metallstückchen und Knochenteile herausragten.

Der Junge starrte auf die qualmende Glut, als könnte er nicht ganz begreifen, was das war. Sefia lief die Lichtung ab.

»Hier gibt es nichts, was wir gebrauchen können«, sagte sie nach einigen Minuten. »Aber ich hab ihre Spur gefunden. Bist du dir sicher, dass du das machen willst?«

Der Junge nickte. Ein übler Geruch wehte zu ihr herüber.

Sie rümpfte die Nase und versuchte nicht zu husten. »Na gut. Aber … guck dich mal an.« Sie zeigte auf seine zerrissene Hose, den Dreck und das Stroh in seinen sandblonden Haaren, den Schlamm – oder Schlimmeres –, der vom Regen nicht abgespült worden war. »So kannst du nicht rumlaufen.«

Er sah an seinen zerrissenen Kleidern hinunter, kratzte an einer verschorften Wunde und blickte wieder zu Sefia.

Sie befeuchtete ein Tuch mit Wasser aus ihrer Flasche und warf es ihm zu. »Bei der nächsten Gelegenheit klau ich dir ein paar Kleider und Schuhe. Mach dich einfach sauber, ja?«

Während sie weitergingen, tupfte der Junge mit dem nassen Tuch an seinen Wunden, zupfte Stroh aus den Haaren und kämmte die Zotteln mit den Fingern. Beim nächsten Bach, den sie überquerten, blieb er stromabwärts stehen und wusch sich.

Im Laufe des Abends entdeckte Sefia einen anderen, schmaleren Weg. Sie hielt das Gesicht in den Wind und atmete tief ein. »Versteck dich«, sagte sie und verschwand im Gebüsch.

Als sie mit einem Bündel Kleider zurückkam, wartete der Junge zusammengekauert zwischen den Wurzeln einer Banyan-Feige. »Ich weiß nicht, ob das alles passt«, sagte sie und warf ihm die Kleider zu. »Aber irgendwas davon wird schon gehen.«

Er zog seine Hose aus und sie kehrte ihm schnell den Rücken zu. Als er fertig war, befahl sie ihm, seine alten Sachen zu vergraben. Die Stiefel, die sie gefunden hatte, waren ihm etwas zu groß und die Hose war etwas zu kurz. Aber das Hemd war breit genug für seine Schultern und immerhin waren die Sachen heil und sauber. Er lächelte kaum merklich und zupfte unsicher an den neuen Kleidern.

Sefia betrachtete ihn kritisch und strich das Hemd an den Schultern glatt. Er sah gar nicht so übel aus. »Könnte schlimmer sein«, grummelte sie.

Doch als er sie angrinste, wandte sie sich wieder ab und marschierte davon. Nach einem Jahr ganz allein war es seltsam, wieder mit jemandem zusammen zu reisen. Es war überhaupt seltsam, dass jemand da war. Seltsam, tröstlich und gefährlich.

Sie hatte alle, die ihr wichtig waren, verloren. Wenn sie nicht aufpasste, würde ihr dieser Junge auch noch wichtig werden.

Und wenn das passierte, würde sie ihn verlieren.

Eine Woche lang waren sie wachsam herumgelaufen und hatten nach Anzeichen für einen Hinterhalt gesucht. Die Männer hatten offenbar ein paar Tage den Wald durchkämmt. Ihre Spuren verloren sich im Zickzack zwischen den Bäumen, um hundert Meter weiter wiederaufzutauchen. Doch eine richtige Suche nach dem Jungen hatten sie nicht gestartet. Vielleicht hatten sie Angst gehabt – wie der Mann mit der Flinte und sein Freund – und wollten sich nicht auf unbekanntem Terrain bewegen, solange der Junge frei herumlief. Vielleicht fürchteten sie seine Rache.

Ihren Fußspuren nach zu urteilen hatte sich eine kleine Gruppe in Richtung Westen aufgemacht, dorthin, wo auch Sefia und der Junge gegangen waren. Doch als sie sah, dass die kleine Gruppe sich den anderen angeschlossen hatte, war sie froh, dass sie ihre eigene Spur verwischt hatte. Anschließend waren die Männer in Richtung Norden marschiert. Sefia und der Junge folgten ihnen.

In diesem Teil von Oxszini standen unzählige hohe, elegant geformte Bäume mit faustgroßen Blättern. Zwischen dem Laubdach und dem Farn wuchs rein gar nichts. Es gab auch Vögel: Vögel mit roter und gelber Brust, mit blauen Flügeln, mit langem tropfenförmigen Schwanz oder orangen Federn wie Spitzenmanschetten um den Hals. Sie pickten und flogen mit hohen Tschilp-Lauten davon. Manchmal verharrte Sefia mitten auf dem Weg und beobachtete, wie sie zwischen den Ästen hin und her flatterten, und der Junge blieb neben ihr stehen und schaute auch zu.

Damit er nicht mehr so nutzlos war, brachte sie ihm ein paar Dinge bei, die sie von Nin gelernt hatte: wie man im Unterholz Spuren von Beutetieren entdeckte. Wie man dem Wild auflauerte. Wie man schoss.

Als Sefia ihm zum ersten Mal Pfeil und Bogen in die Hand drückte, benutzten sie Bäume als Zielscheiben. Sie zeigte ihm, wie man sich geräuschlos anschlich, Knie auf dem Boden, den Bogen vor der Brust – dann zielen.

Aber für sie waren es keine Bäume. Sie sah Mörder. Eine Frau in Schwarz mit hässlichen blauen Augen und einem gebogenen Schwert. Ein gesichtsloser Mann mit einer Stimme wie Eis.

Antworten. Vergeltung. Rache.

Sie ließ den Pfeil los, und wenn er traf und die Metallspitze sich in die Rinde bohrte, erzitterte der Baum.

Sefia ballte die Hände und reichte den Bogen dem Jungen.

Er nickte und nahm ihn behutsam, fuhr mit den Fingerspitzen über das Kernholz, prüfte die Stärke der Sehne. Ohne Umschweife ahmte er ihre Schritte perfekt nach, ging in die Knie, spannte einen Pfeil ein, zog ihn zurück, schoss ihn ab.

Daneben.

Der Junge sah sie an und zuckte die Achseln, den Bogen schlaff in der Hand.

»Hey«, sagte sie. »Beim nächsten Mal klappt es bestimmt schon besser.« Sie bahnte sich einen Weg zwischen den Bäumen und abgebrochenen Zweigen und fand den Pfeil dreißig Meter weiter. Seine roten Federn hoben sich leuchtend vom grün gesprenkelten Untergrund ab. Als sie ihn aus der Erde zog, steckte am anderen Ende eine Zahnwachtel, mitten durch den Kopf getroffen.

Sefia drehte sich langsam um. Der Junge stand neben ihr und guckte überrascht. »Hast du das schon mal gemacht?«, fragte sie.

Er schüttelte den Kopf.

Es wunderte sie nicht, dass er auch mit dem Messer mühelos umgehen konnte. Er konnte alles in eine Waffe verwandeln: einen Stock, eine Handvoll Schlamm, ein Stück Stoff. Mit dem Häuten, Rupfen und Kochen tat er sich etwas schwer, ebenso mit dem Feuermachen und sogar mit dem Stehlen – sie mussten ihm Kleider besorgen, die besser passten, und eine eigene Decke. Doch mit dem Bogen ging er um, als hätte er seit Jahren nichts anderes getan, und schon bald warf er das Messer weiter und präziser als sie. Jede Technik, die er im Kampf einsetzen konnte, saugte er auf wie ein Schwamm.

Doch Sefia hatte keine Angst vor ihm. Sie bemerkte seinen überraschten Blick, wenn er ein Tier getötet hatte – eine Fliege mit der Messerspitze, einen Fisch mit einem Pfeil –, und wie behutsam er sich seiner Beute näherte und seine Waffen zurückholte. Er ließ den Kopf hängen und hielt die Fliege oder den Fisch in den schlanken Händen. Wenn er gekonnt hätte, dann hätte er bestimmt gesagt, dass es ihm leidtat.

Aber sobald er das Messer warf oder den Pfeil losließ – und dieser Moment war so flüchtig, dass sie ganz genau hinsehen musste –, lächelte er. Und das war nicht das sanfte, zögernde Lächeln, das ihr inzwischen vertraut war, sondern das Lächeln eines Wilden: hungrig, mit offenem Mund und in den Augen der Wunsch zu töten.

Mit der Zeit entwickelten sie ihre eigene Art zu kommunizieren. Schon bald konnte sie ihm mit einer einzigen kleinen Geste zu verstehen geben, dass sie nach einem Platz für ein Lager Ausschau hielt. Oder ihm mit ein paar Handbewegungen erklären, dass die Männer, hinter denen sie her waren, in der Nacht zuvor an genau dieser Stelle haltgemacht hatten.

Manchmal machte er eine Geste, als würde er einen Pfeil abschießen, und verschwand lautlos im Wald; dann wusste sie, dass er ein Beutetier zwischen den Bäumen erspäht hatte. Sie ging weiter und zehn Minuten oder eine halbe Stunde später war er mit einer Wachtel oder einem Fasan in der Hand wieder an ihrer Seite.

Einmal, als Sefia ein Tier rupfte und es am Spieß über das Feuer legte, schaute sie ihn mit schmalen Augen an und sagte: »Du brauchst einen Namen.«

Der Junge erwiderte ihren Blick. Aus der Nähe sah man die dunklen Flecken in seinen bronzefarbenen Augen. Er wirkte misstrauisch und zugleich erwartungsvoll.

»Irgendwie muss ich dich ja nennen.« Sie stocherte mit einem Stock in den Kohlen herum. »Du kannst nicht ohne Namen sein.«

Sefia betrachtete ihn lange. Er starrte auf seine Hände und berührte jede einzelne Narbe mit den Fingern. Manchmal runzelte er die Stirn, als überlegte er, woher er sie hatte. Als er Sefia wieder anschaute, war sein Gesichtsausdruck unverändert, und sie wusste, dass es ihm nicht wieder eingefallen war.

»Archer«, sagte sie. »Du sollst Archer heißen.«

Archer lächelte und zeigte auf die Narbe an seinem Hals. Sein Zeichen für sich selbst.

Sefia versuchte nicht zu lächeln.

Zwei Wochen lang hatten sie Habicht bis zum Fuß der Kambaliberge im Norden von Oxszini verfolgt und in dieser Zeit hatten sie eine Art Arbeitsteilung entwickelt. Archer hielt nach Beute Ausschau, Sefia nach Spuren. Er jagte und holte Wasser, sie kochte. Sefia errichtete das Lager, Archer baute es am nächsten Morgen wieder ab. Sie redete, er hörte zu. Das Einzige, was sie nicht teilten, war der Rucksack. Jeden Morgen bot Archer an ihn zu tragen, doch Sefia bestand darauf, ihn selbst zu nehmen.

Eines Nachts schlugen sie ihr Lager in einer kleinen Höhle auf. Sie war vor langer Zeit geformt worden, als zwei steile Felsen eingestürzt waren, und bot gerade genug Platz für zwei Menschen. Ein Baum verbarg den Eingang. Es war einer jener hoch gelegenen, abgeschiedenen Orte, wie Sefia sie mochte. Einer der wenigen Orte, an denen sie sich sicher genug fühlte, um auf dem Boden zu schlafen. Auf der anderen Seite ging die Höhle auf einen Wasserfall hinaus, der den Wald durchschnitt, und das Rauschen des herabstürzenden Wassers war weithin zu hören.

Weder Sefia noch Archer konnten schlafen. In der Höhle war es so eng, dass ihre Schultern sich beinahe streiften, während sie auf dem Bauch lagen, das Kinn in die Hände gestützt, den Blick über den Wasserfall in den Sternenhimmel gerichtet. Doch sie berührten sich nicht.

»Heute ist mein Geburtstag«, sagte sie leise. »Ich bin sechzehn geworden.«

Archer lächelte sie an, doch sobald er ihr Gesicht sah, erstarb sein Lächeln. Er fasste sich an die Schläfe und fragte sie auf diese Weise, was los sei.

Sie wandte den Blick ab. »Hast du früher deinen Geburtstag gefeiert?«

Er machte den Mund auf, doch es kam kein Ton heraus. Er tippte sich ein paarmal auf die Kehle und zuckte die Achseln.

»Ich war noch nie auf einem Fest. Meine Eltern haben mir nie erlaubt zu feiern. Ich durfte noch nicht mal Freunde haben.« Sie verstummte, dachte an ihr einsames Haus auf dem Hügel, ihr Zimmer im Keller, das Inseldasein ihrer Eltern. »Manchmal frage ich mich, wie es gewesen wäre, normal aufzuwachsen.«

Wieder zuckte Archer die Achseln.

Sie schloss die Augen. Eine richtige Geburtstagsparty. Mit bunten Lampions und Girlanden an den Ästen der Bäume, die voll mit Sommerfrüchten hingen, und darunter auf bunt gedeckten Tischen ihre Lieblingsspeisen: Birnensalat, Entenbraten mit knusprig roter Haut, Brötchen mit Zimtbutter und kleine weiße Hefeteilchen mit Zuckerstreuseln und saurem Zitronenpudding als Füllung, alles auf feinen Tellern mit silbernen Gabeln. Sänger und Musikanten traten auf und ihre Eltern und ihre ältesten Freunde gaben peinliche Anekdoten zum Besten –eine für jedes Lebensjahr. Auf dem Dielenboden wurde getanzt, Pärchen amüsierten sich und wirbelten umher wie Pusteblumensamen, die Leute lachten, umgeben von Musik. Sie hätte falsche Freundinnen, die am Rand der Tanzfläche standen und über sie tuschelten, und kleine Cousinen, die in ihren Schuhen tanzten. Ein Junge, der bisher nie mit ihr geredet hatte, forderte sie zum Tanz auf, seine verschwitzten Hände an ihrem Rücken, seine Züge nervös und angespannt. Vielleicht, sie war ja schon sechzehn, würde er sie sogar küssen.

Aber so war ihr Leben nicht. So war es nie gewesen und nach dem, was mit ihrem Vater und mit Nin passiert war, würde es auch nie so sein. Ihr Leben war abgeschieden, sie trug es auf dem Rücken mit allem, was ihr von ihren Liebsten geblieben war.

Antworten. Vergeltung. Rache.

Als Sefia die Augen wieder aufschlug, ruhte Archers Blick auf ihr. Sie öffnete die Fäuste. »Entschuldige«, murmelte sie.

Doch Archer lächelte nur und reichte ihr eine lange grüne Feder. Sie hatte einen magentafarbenen Kiel und eine zartgrüne Fahne, die gelb, lila und blau schimmerte, je nachdem, wie man sie hielt.

Sefia drehte die Feder zwischen Daumen und Zeigefinger. »Woher hast du die?«

Er machte eine Bewegung mit der Hand, wie eine Feder, die vom Himmel fällt.

»Danke«, sagte sie.

Er nickte.

Sefia streifte mit der Feder über ihre Wange und spürte, wie weich sie war. Das erste Geburtstagsgeschenk seit sechs Jahren, seit ihr Vater ermordet worden war.

Plötzlich wurde ihr bewusst, wie nah sie beieinanderlagen. Sie spürte Archer neben sich, seine Schultern, Ellbogen und Füße, seinen ruhigen Atem.

Abrupt setzte sie sich auf und schlang die Arme um die Knie. »Was glaubst du, was die Sterne bedeuten?«, fragte sie und plapperte in ihrer Befangenheit drauflos. »Es gibt so viele. Sie müssen irgendwas bedeuten. Manchmal liege ich hier und denke, wenn ich nur ihre Bedeutung verstehen würde, dann könnte ich auch verstehen, warum bestimmte Sachen passieren. Warum die Menschen tun, was sie tun. Ich meine, was sie dir angetan haben … Warum sind die Menschen so grausam? Oder …« Sie schwieg lange Zeit und schaute hoch in die Nacht.

»Warum werden Menschen geboren?«, fragte sie. »Und warum sterben sie? Manchmal hab ich das Gefühl, dass alle unsere Geschichten da oben verwahrt sind, in den Sternen. Und wenn ich nur wüsste, wie man ihnen zuhört, könnte ich mehr verstehen. Weißt du, was ich meine?«

Er sah sie an, das schwache Licht streifte seine Narben und die allmählich verheilenden Wunden, die Zeichen der Impressoren überall auf seinem Körper. Sie konnte nicht zulassen, dass er sie weiter begleitete, wenn er nicht die ganze Geschichte kannte. Wenn er nicht wusste, worauf er sich einließ.

»Archer.« Sefia zog den Rucksack an sich. »Ich zeige dir jetzt etwas, was ich noch nie jemandem gezeigt habe. Ich glaube, nicht mal Nin wusste, was hier drin ist.« Sie kramte in ihren Sachen, bis sie das Buch fand, das sie seit zwei Wochen nicht hervorgeholt hatte. Sie nahm es vorsichtig heraus und legte es vor sie beide auf den Boden. »Dies ist ein Buch.«

Archer sah sie an. Sie begann im Kerzenlicht zu lesen und ihre Worte vermischten sich mit dem Geräusch des Wasserfalls draußen. »Noch nie hatte es jemand geschafft …«

KÄPT'N LEES UND DER MAHLSTROM

Noch nie hatte es jemand geschafft.

Keiner würde es je schaffen.

Alle Schiffe, die versucht hatten bis zum westlichen Rand der Welt zu segeln, waren vom Ozean verschluckt worden: die *Domino*, die *Gambler*, die *Rocinante* … lauter gute Schiffe, die jetzt irgendwo auf dem Meeresgrund verrotteten.

Sie konnten es nicht verstehen. Warum sollte man ein Schiff wie die *Strömung der Zuversicht* auf eine Reise schicken, von der es nie zurückkehren würde?

Es war Verschwendung, sagten sie.

Vergebliche Liebesmüh, sagten sie.

Und würde man diese Geschichte von dem Tag an erzählen, an dem sie in den wilden blauen Westen losfuhren, wärst du derselben Meinung.

Doch um wahrhaft zu verstehen, weshalb Käpt'n Lees sein Schiff in die Roten Wasser führte und was ihm und der gesamten Mannschaft dort widerfuhr, müsste man vor dem Anfang beginnen.

Man müsste mit dem Mahlstrom beginnen.

Als Käpt'n Lees den Meeresboden erreichte, fingen die Wände schon an zu beben und sich zu neigen. Der Mahlstrom tobte um ihn herum, über ihm das leuchtende Auge des Himmels und die Silhouetten der *Crux* und der *Strömung*. Der Sand unter seinen Händen war feucht und puderweich.

Dimarion drehte sich, Schaum und wirbelndes Wasser umgaben seinen massigen Körper. Seine Kleider waren durchweicht und die Zipfel seines Kopftuchs flatterten im Wind. Zwischen ihnen im Sand lag der Inhalt der zerbrochenen Schatztruhe: der Hammer und die Kupferscheibe waren mit den Jahren grün geworden, halb zerfressen vom Salzwasser, doch der Gong war unverkennbar. Eingravierte Figuren marschierten um den Rand, sie schrien oder sangen, trugen Waffen oder alte Instrumente und riefen den Sturm in der Mitte herbei – tobende Donner und Blitze.

»Wie bist du …« Dimarions tiefe Stimme ging im heulenden Wirbelsturm unter.

Gischt peitschte Lees ins Gesicht, als er aufstand und den rutschigen Sand mit den Zehen abtastete. Er grinste. »Glaubst du etwa, es gibt ein Gewässer in Kelanna, das ich nicht überqueren kann?«

»Ha!« Dimarions Blick fiel auf die alte Kupfermünze im Sand. Solange sie kreiselte, blieb der Strudel geöffnet. Doch sie neigte sich und geriet ins Trudeln, die glänzenden Gesichter wacklig und verzerrt. Der Mahlstrom löste sich auf, kleinere Strudel traten seitlich aus dem Wasser. Schon bald würde die alte Münze umfallen, dann würden die Wände einstürzen und das Wasser würde sie binnen Sekunden zerschmettern und ihre Körper den Aasfressern vorwerfen. »Ich nehme nicht an, dass du irgendeine geniale Idee hast?«

Lees klopfte sich nervös auf die Oberschenkel, wo er

normalerweise seine Pistolen trug. Seine Finger bewegten sich auf das Messer zu. »Ich bin gerade mit einem Mann, der schon zweimal versucht hat mich umzubringen, auf dem Grund eines Mahlstroms gelandet. Allzu geniale Ideen kannst du da nicht von mir erwarten.«

Dimarion zog seinen Revolver. »Wozu taugst du dann?«

Ein Schuss ertönte. Eine Explosion von Licht und Rauch und das Quecksilber der Kugel zerriss die Entfernung zwischen ihnen.

Lees wich aus. Sand stob hinter ihm auf, als er mit gezücktem Messer einen Satz nach vorn machte.

Blut. Dimarion ließ die Waffe los und Lees stieß sie mit dem Fuß beiseite, wo sie von der Wasserspirale aufgesogen und ins Meer geworfen wurde.

Was für einen Lärm das tosende Wasser machte! Der wortlose Ruf des Ozeans.

Etwas knallte Lees seitlich an den Kopf. Eine Faust – ein Fuß – ein Vorschlaghammer? Lichter explodierten in seinem Kopf. Er taumelte zur Seite.

Dimarion packte seinen Arm und drehte ihn herum. Lees ließ das Messer fallen.

Dann wurde er hochgehoben. Er verlor den Boden unter den Füßen. Dieses Tosen. Die Stimme von Wind und Wasser. Er kassierte einen Schlag, vielleicht auch zwei, ehe Dimarion ihn zu Boden warf. Ein zuckender Krater im Sand und die schreiende See um ihn herum.

Dimarion war über ihm. Nackte Fäuste schlugen ihm ins Gesicht, Arme und Hände rissen ihm ins Fleisch, er spürte die Schnitte und das Blut. Zum Glück trug Dimarion damals seine vier Ringe noch nicht, sonst wäre es das Ende von Käpt'n Lees gewesen.

Lees wand sich zur Seite und rappelte sich keuchend auf. Wenn sie noch mal aneinandergerieten, würde er es nicht überleben.

Lachend wuchtete Dimarion sich hoch wie ein Riese aus der Erde. »Du kannst nirgendwohin.«

Käpt'n Lees schüttelte den Kopf und ging wachsam um ihn herum. Er zählte seine Schritte. *Eins, zwei, drei, vier …* »Weißt du nicht mehr, was ich über das Wasser gesagt habe?«

Als Dimarion den Mund zu einer Antwort öffnete, stürzte Lees sich auf ihn, schnappte sich den Gong und sprang in die gekrümmte Wand aus Wasser.

Es verschlug ihm den Atem. Das Meer schleuderte ihn herum wie einen Stein, suchte seine Augen, seine Nase und seine Kehle. Sein Bein brach. Er sah und hörte es nicht, doch er spürte, wie es knackte. Spürte das Splittern der Knochen. Er versuchte zu schwimmen, zu treten, aber in dem Mahlstrom gab es kein Oben und kein Unten. Nur das wirbelnde wütende Wasser.

Käpt'n Lees hielt den Gong ganz fest. Alles wurde heiß und dunkel. Wenn sie seinen leblosen Körper am Ufer fanden, dann würden sie wissen, dass er sich geholt hatte, wofür er gekommen war.

Und in dem Moment, als er sicher war, dass er sterben musste und für immer in den grenzenlosen blauen Ozean hineingezogen wurde, da sprach das Wasser zu ihm.

Niemand weiß genau, was es sagte. Manche glauben,

dass es ihm erzählte, wie er sterben würde. Manche glauben, er sah all das in einem Blitz, ganz schnell und erleuchtet: ein letzter nasser, salziger Atemzug. Eine schwarze Kanone. Eine leuchtende Löwenzahnblume auf dem Deck.

Und die krachenden Planken des Schiffs.

Und die Dunkelheit.

Einen Augenblick kämpfte er dagegen an, als könnte er die Vision mit seinen Händen und strampelnden Beinen schlagen, doch plötzlich senkte sich ein tiefer Frieden über ihn. Er breitete sich in seinem Innern aus wie Blut auf einem Tuch, durchtränkte jede einzelne Faser.

Ja, er würde sterben. Aber nicht heute.

Und in diesem Moment beschloss er, mit seinem Schiff zum westlichen Rand der Welt zu fahren.

Denn dort gab es Tausende von Abenteuern zu bestehen, und die Zeit dafür wurde knapp.

Weil es da draußen war.

Warum auch nicht?

Bei diesem Gedanken lächelte er, schloss die Augen und überließ sich dem Wasser.

10. KAPITEL

DER BEGINN EINER MÄCHTIGEN FREUNDSCHAFT

Sefia schaute blinzelnd auf. Während sie vorgelesen hatte, war die Kerze heruntergebrannt, und jetzt erlosch der schwarze Docht ganz von selbst. Sie lehnte sich zurück, legte die grüne Feder zwischen die Seiten und klappte das Buch zu. Ihre Augen waren dunkel und ernst im Dämmerlicht.

Manchmal hatte sie das Gefühl, als wären die Stellen, die sie im Buch las, nur für sie geschrieben – als führten sie zu irgendeiner Erkenntnis, so wie an jenem Tag, als sie lesen lernte. Und selbst in den alten Geschichten über gesetzlose Helden, von denen sie ihr Leben lang gehört hatte, waren Hinweise zu finden. Doch als sie über das Symbol auf dem Einband fuhr, fragte sie sich unwillkürlich: Wenn sie aus dem Buch etwas *lernen* sollte, warum gab es ihr dann nicht die Antworten, die sie brauchte? Warum verriet es ihr nicht, wo sie die Leute finden konnte, die ihre Familie zerstört hatten?

»Wenn du wüsstest, dass du sterben musst«, sagte sie, »würdest du darauf zulaufen, wie Käpt'n Lees, oder davor weglaufen?«

Archer betastete seine Kehle und schüttelte den Kopf.

»Ich würde auf jeden Fall zu Ende führen wollen, was ich angefangen habe. Und wenn das bedeutet, dass ich darauf zulaufen muss, tja …« Sie zuckte die Achseln. Einen kurzen Moment hätte sie am liebsten den ganzen Umschlag zerkratzt und auch die Seiten darunter. So als könnte sie zusammen mit dem Buch auch ihr Verlangen zerstören, all seine Geheimnisse zu lüften. Aber das war unmöglich.

»Ich bin bereit, alles dafür zu riskieren«, sagte sie. »Aber du musst das nicht tun. Es wäre sogar besser, wenn du es nicht tun würdest.«

Archers Augen weiteten sich, verletzt und überrascht.

Sie hätte es ihm früher sagen sollen. Wer sie war, was sie besaß und dass deshalb alle, die sie kannte, in Gefahr waren. Sie hatte versucht ihn nicht zu mögen und so zu tun, als bedeute er ihr nichts.

Aber das stimmte nicht.

Sie erzählte ihm alles – von ihrem Vater, von dem Haus auf dem Hügel über dem Meer, von dem Buch und von Nins Verschwinden. Denn er war in Gefahr. Alle, die mit ihr in Berührung kamen, wurden entführt, gequält, getötet.

»Jetzt kannst du noch weg. Nach Hause«, sagte sie. Die Worte bebten. »Aber ich muss das hier tun. Ich hab nichts anderes.«

Er tippte mit den Fingern auf den Rand seiner Narbe. Sie hielt den Atem an, fürchtete die Stille zu stören, die sich zwischen sie gelegt hatte.

Würde er sie verlassen?

Wollte sie das wirklich?

Der Wasserfall unter ihnen rauschte, wurde lauter, während Archer schwieg.

Schließlich hob er die Hand. Im Licht der Sterne erkannte sie nur die Umrisse seiner Finger. Er legte den Mittelfinger über den Zeigefinger und flocht sie zusammen.

Dieses Zeichen hatte er noch nie zuvor verwendet. Doch als sie begriff, was es bedeutete, durchströmte sie eine traurige Wärme.

Er war mit ihr zusammen.

Nicht nur hier in der Höhle, sondern *zusammen* in jeder Weise, auf die es ankam.

Ein Lächeln breitete sich auf seinem Gesicht aus.

Sie umfasste ihre Knie, ihre Augen glänzten im Dämmerlicht. Dann würden sie es zusammen machen, sie und Archer.

Herausfinden, wofür das Buch gut war. Nin retten. Diejenigen finden, die ihr Leben zerstört hatten – und Rache üben.

Nachdem Sefia den ersten einfachen Satz entziffern konnte, wurde ihr schnell klar, dass sie die Wörter nur dann richtig lernen würde, wenn sie es schaffte, sie nachzumalen. Sie musste die Symbole selbst schreiben, um sie zu begreifen. Nur so konnte sie sich die Zeichen einprägen, verstehen, wie man sie anwendete, und sie sich zu eigen machen.

Zunächst malte sie dieselben Zeichen immer wieder und

sprach dabei laut: *Dies ist. Dies ist. Dies ist. Dies ist dies ist dies ist dies.*

Anfangs gerieten ihr die Buchstaben wacklig und unsicher, schlechte Imitationen der gestochenen Linien im Buch, und sie wischte sie mit der Stiefelspitze oder mit der Hand wieder weg. Sie musste mehr üben.

Später schrieb sie mit dem geschwärzten Ende eines Stöckchens auf die glatte Rückseite von Blättern: *Dies ist ein Buch. Dies ist ein Buch. Dies ist ein Buch.* Anschließend warf sie die Blätter ins Feuer. Rauchwolken quollen unter dem Grün hervor, während die Blätter dunkler wurden und in den Flammen vergingen. Die Wörter wurden zu verzerrten Linien und zerfielen zu Asche.

Sie schrieb auch andere Stellen ab, Wörter mit ebenmäßigen, glockengleichen Silben, Sätze, die sie sich merken wollte. Doch sie kehrte immer wieder zu demselben Satz zurück. Dem ersten Satz, den sie gelernt hatte.

Als sie besser schreiben konnte, löschte sie ihre Worte nicht mehr aus. Sie ließ sie nicht herumliegen, wo jeder sie finden konnte, doch das bloße Schreiben genügte ihr nicht mehr; sie wollte, dass sie überdauerten wie die Wörter in dem Buch, als Zeichen, dass sie da gewesen war, dass sie existiert hatte. Sie ritzte den Satz mit der Messerspitze an den verborgenen Stellen des Waldes ein, in die höchsten Äste der größten Bäume: *Dies ist ein Buch.*

Oder sie schrieb auf die Steine eines zugeschütteten Lagerfeuers: *Dies ist ein Buch.*

Und sie malte es sich unsichtbar auf den Arm, auf das gebeugte Knie: *Dies ist ein Buch. Ein Buch. Ein Buch. Ein Buch.*

Sie wusste ja nicht, dass die Leute, die hinter ihr her waren, überall nach Spuren suchten: in den höchsten Bäumen, auf vergrabenen Steinen. Sie lechzten nach dem Buch wie Hungernde nach Essen. Krank vor Sehnsucht folgten sie ihr. Und jedes Wort, das sie schrieb, jeder Buchstabe, den sie hinterließ, war eine Spur so deutlich wie ein Fußabdruck.

Das Fleisch war schon lange von dem Schädel abgelöst worden. Übrig blieben verkohlte Knochen wie verbranntes Treibholz in einem samtblauen Ozean, der an den leeren Augenhöhlen leckte; die unheimliche Ausbuchtung der Nase, die vorstehenden Zähne und der Unterkiefer, zu einem ewigen Grinsen erstarrt.

Lon betrachtete den Schädel, das stumme, höhnische Lachen, und krempelte die viel zu langen Ärmel hoch. »Ich weiß, wie das geht«, brummte er.

»Dann beweise es«, sagte Erastis. Er saß an einem der langen Tische und brütete über Handschriften, die wie die Einzelteile einer Flickendecke vor ihm lagen. Mit seinen behandschuhten Händen berührte er die Seiten so behutsam, als könnten sie jeden Moment zerfallen.

Lon sah ihn wütend an. Doch als der Meisterbibliothekar nicht aufschaute, seufzte er und konzentrierte sich. Seit seiner Einführung vor einem Jahr hatte er jedes noch so aberwitzige Wort gelesen, all die banalen Sätze, die Erastis ihm hingeworfen hatte. Er hatte so schnell Lesen und Schreiben gelernt, dass er mit der Ausbildung in Illumination drei Monate früher beginnen konnte als alle Lehrlinge vor ihm. Er konzentrierte sich auf seinen zusätzlichen Sinn und suchte die herumwirbelnden Punkte, die dicht unter der gegenständlichen Welt golden glänzten.

Dann blinzelte er und die illuminierte Welt entstand um ihn herum. Er nahm alles gleichzeitig wahr: seinen Körper, die Bibliothek, den Schädel und das prächtige Lichtgebilde, das hinter der vertrauten Welt lag, die er riechen, schmecken und anfassen konnte. Wenn er den Tiefenblick einschaltete, konnte er beide Welten gleichzeitig sehen.

Die illuminierte Welt war ein Netz aus allem, was je gewesen war und je passieren würde. Ungeübten Illuminatoren wurde beim Tiefenblick schwindelig, denn in dem Ozean der Geschichte gab es heftige Strömungen und schwankende Gezeiten und wenn man nicht aufpasste, wurde man in den Strudel der Erinnerungen gerissen. Um das zu verhindern, brauchte man ein Zeichen, einen Ton oder Geruch, irgendeinen Bezugspunkt in der gegenständlichen Welt, mit dem man sich zeitlich verankern konnte, damit das gespaltene Bewusstsein später wieder eins werden konnte.

Lon schauderte. Erastis hatte ihn gewarnt, er dürfe auf keinen Fall den Bezugspunkt verlieren. Sonst würde er von den schwindelerregenden Lichtströmen herumgeschleudert werden. Er würde sich so sehr in der Vergangenheit verlieren, dass er wie ein Ertrinkender vergeblich nach einem Ufer suchen würde, das niemals am Horizont erschien. Illuminatoren, die ihren Bezugspunkt verloren, brachen mit leerem, verkrampftem Körper zusammen. Ihre Augen waren geöffnet, doch sie sahen nichts, sie atmeten, ohne zu leben, bis ihre Organe allmählich versagten und sie starben.

Während Lon von den Goldspiralen umtost wurde, konzentrierte er sich auf die Brandflecken. Die Ströme der Geschichte umkreisten ihn, wurden klarer, und da wusste er, woher die Brandflecken stammten. Hitze und Rauch, grelle Flammen und eine einsame Gestalt, die auf das Feuer zuging und schwelende Bücher aus den Regalen zog.

»Er hieß Morgun«, sagte Lon, während er die Schreie des alten Bibliothekars hörte und sah, wie seine Gewänder Feuer fingen. »Er war der Bibliothekar zur Zeit des Großen Brands und starb bei dem Versuch, die Fragmente vor den Flammen zu retten.«

Das war die Verbindung zwischen der Kunst des Lesens und der Illumination, deshalb wollte Erastis ihm unbedingt erst das Lesen beibringen und dann den Tiefenblick: Lesen war die Deutung von Zeichen, und die Welt war voll davon. Narben, Kratzer, Fußabdrücke. Wer sich die illuminierte Welt erschloss, der konnte die Geschichte jedes Zeichens so deutlich erkennen, als läse er einen Satz in einem Buch.

»Das ist die eine Sache, die dieser Schädel dir verrät. Es gibt noch zwei weitere.«

Lon blinzelte wieder und die illuminierte Welt verblasste. »Na los, geben Sie mir eine Aufgabe.«

»Das ist eine Aufgabe«, sagte Erastis ruhig. »Du bist mit dem Studium der Illumination schon weiter als ich in deinem Alter.«

»Aber das ist nicht die richtige Aufgabe für mich«, sagte Lon wütend. »Wussten Sie, dass Rajar heute seinen ersten Auftrag bekommen hat? Er segelt mit seinem Meister auf dem Ozean!«

»Rajar ist auch sechs Jahre älter als du.«

Draußen vor der Bibliothek kauerten dunkle Wolken auf den Gipfeln der Gletscher und der Wind pfiff am Fenster vorbei. »Es ist die reine Zeitverschwendung, dass ich hier rumsitze«, sagte Lon. »Ich müsste da draußen sein. In der Welt. Und etwas *tun.*«

»Unfug.« Erastis machte eine wegwerfende Geste. »In ein paar Stunden wird es dunkel.«

Lon riss ungeduldig den Kopf hoch, als wollte er Erastis' Worte abschütteln. »Ich will etwas anderes machen! Sie haben mir versprochen, wir würden Großes vollbringen, wenn ich dem Orden beitrete.« Er zitierte aus dem Gelübde, das er am Tag seiner Einführung ablegen musste: »Das Buch vor Entdeckung und Missbrauch schützen und Beständigkeit und Frieden für die Bürger von Kelanna sichern.«

»Und das tun wir auch. Ich habe dir gesagt, dass der Meisterbibliothekar und sein Lehrling die mächtigsten Positionen in unserem Orden innehaben, vom Direktor einmal abgesehen. Ohne uns könnte niemand die Fragmente deuten. Niemand würde Prophezeiungen erforschen oder neue Methoden der Illumination entwickeln. Nur dank uns können Edmon und die anderen tun, was sie tun.«

»Aber ich tue gar nichts!« Er wollte weitersprechen, als er das Mädchen an der Schwelle zur Bibliothek bemerkte. Wie aus dem Nichts war sie plötzlich an der Tür aufgetaucht, er hatte nicht mitbekommen, seit wann sie dort stand. In ihren Armen hielt sie zwei Bücher mit blauem Einband.

Er wurde rot.

Sie war klein und zierlich, mit großen dunklen Augen und

schwarzen Haaren, die sie zu einem Knoten gebunden trug, so dass ihr Nacken frei war. Lons Herz klopfte wild. Sie war unglaublich schön. Manchmal vergaß er zu atmen, wenn er sie sah.

Sie war Lehrling wie er, jedoch eine angehende Jägerin und ohne Namen. Jägerinnen hatten nie einen Namen. Sie wussten, wie man jagt und wie man tötet, mehr brauchte es nicht. Man kannte sie als die Zweite, ihre Meisterin war die Erste. Wie in den anderen Abteilungen waren auch sie nur zu zweit.

Die Zweite war ein paar Jahre älter als er und schon länger da, deshalb genoss sie mehr Privilegien. So durfte sie zum Beispiel nach Belieben Fragmente aus der Bibliothek ausleihen und später zurückbringen. Seit seiner Einführung hatte sie nie mehr als eine Handvoll Worte zu ihm gesagt. Sie war auch nicht sehr oft da. Wie Rajar und der Verwaltungslehrling verließ sie mit ihrer Meisterin häufig den Hauptsitz, um Besorgungen für Direktor Edmon zu erledigen. Nur Lon saß hier fest.

Doch er wusste, dass sie begabt war. Unwillkürlich wandte er sich ihr jedes Mal zu, um sie besser betrachten zu können.

Sie bewegte sich schnell und grazil wie ein Vogel oder eine Tänzerin, wechselte mit leisen, komplizierten Schritten von einem Fuß auf den anderen, als studierte sie eine Choreografie ein. Ein Schritt, ein Gleiten, ein Tippen mit den Zehen auf den Fliesen. Dann schaute sie auf, sah, wie Lon sie anstarrte, und blieb stehen. Ihr Blick bohrte sich herausfordernd in seinen.

Er wurde rot und schaute weg.

Schließlich bemerkte auch Erastis sie an der Tür. »Komm herein, komm herein, meine Liebe!«, sagte er und winkte sie an den Tisch. Seine Hände flatterten wie weiße Riesenmotten. »Du hast den *Ostis-Führer für magische Klingenwaffen* ausgelesen, nicht wahr? Was hältst du davon?«

Lautlos kam sie zu ihnen hinüber und legte die Bücher vor den Bibliothekar auf den Tisch. »Danke sehr. Ich habe alles gefunden, was ich brauche.«

»Hervorragend!«

Auch Lon kam an den Tisch, für den Moment vergaß er seinen Ärger über den Meisterbibliothekar. Er versuchte sie nicht direkt anzusehen. »Wofür?«, fragte er.

Er spürte ihren stummen Blick, doch Erastis strahlte. »Die Zweite wird bald ihr Blutschwert schmieden.«

»Was ist ein Blutschwert?«

Die Zweite sah kurz zu dem Meisterbibliothekar, der ihr aufmunternd zunickte. Sie runzelte die Stirn und drückte die Fingerspitzen auf die Tischkante. »Ein Blutschwert ist eine Waffe, die einer Transformation unterzogen wurde. Hast du davon schon mal gehört?« Als Lon den Kopf schüttelte, versuchte sie es erneut. »Eine magische Waffe, wie der Henker?«

Der berühmte schwarze Revolver, der wegen eines Fluchs jedes Mal tötete, wenn er aus dem Holster gezogen wurde. Wählte man kein Ziel, fand er selbst eines.

»Ach so, ja.«

»Ostis zufolge kann man ein Schwert durch Transformation mit einem sogenannten Blutdurst erfüllen. Wenn die Zeit zum Töten gekommen ist, sucht es sich seine Ziele selbst.«

»Du meinst, das Schwert tötet ganz von allein?«

»Nein. Für einen geschickten Schwertkämpfer wird es zu

einer präziseren und tödlichen Waffe. Gerät es in die falschen Hände, würde es wahrscheinlich den Kämpfer selbst verletzen oder töten.«

»Ach so.«

»Es saugt außerdem das Blut der Opfer auf und verleiht dem Blutschwert so seinen unverkennbaren Eisengeruch«, fügte Erastis hinzu. »So bekommt man es auch leichter sauber.«

»Wahnsinn …« Lon verstummte. Einen kurzen Augenblick war er von der Zweiten mehr beeindruckt denn je – was sie alles konnte, was sie lernte –, doch dann spürte er wieder Neid und Ärger in sich aufsteigen. Er wandte sich an Erastis. »Sie kriegt ein *Blutschwert*? Wieso kriege ich keins? Oder was auch immer! Einen … einen Blutstift!«

Da kam die Zweite ungestüm, aber voller Anmut, auf ihn zu und schlug ihm so fest auf die Brust, dass er rückwärts Richtung Stuhl taumelte, den sie unbemerkt weggezogen hatte. Benommen plumpste er auf den Boden.

Sie war so schnell.

Sie hatte ihn *berührt*.

Er spürte den Abdruck ihrer Hand wie eine Brandwunde gegen sein Schlüsselbein pochen.

»Das ist dein *Meister*«, sagte sie mit Nachdruck. »So redest du nicht mit ihm.«

Erastis kicherte. »Ach, das macht er andauernd. Ich nehme es ihm nicht übel. Jahrzehntelang bin ich ohne Lehrling ausgekommen. Ich hätte ihn mir nicht ausgesucht, wenn er es nicht wert wäre.«

Wütend sah sie Lon an.

»Hey!« Lon rieb sich die Stelle an der Brust, wo sie ihn getroffen hatte.

Die Zweite erwiderte seinen Blick. Es war seltsam: Als Kind hatte er sein Geld damit verdient, die Gedanken der Menschen zu lesen. Aber er hatte nicht die leiseste Ahnung, was sie in diesem Augenblick empfand. Ärger? Hohn? Wahrscheinlich. So sah sie ihn immer an. Doch als sie die Faust ballte, fragte er sich, ob sie in der Handfläche auch so ein warmes Pochen spürte wie er in der Brust.

Lon wandte den Blick ab. »Ich bin es wert«, verkündete er und stand auf. »Ich werde es dir beweisen.«

Ohne ihre Antwort abzuwarten, schaute er zu dem Schädel und blinzelte. Sofort wurde die illuminierte Welt vor ihm lebendig, ein leuchtendes Netz.

Im Kiefer des Schädels war ein feiner Haarriss. Lon verfolgte den Riss durch die glänzenden Lebensfäden des alten Bibliothekars zurück. »Als Morgun noch in der Ausbildung war, ging er einmal durch den Flur und der Soldatenlehrling sprang ihm auf den Rücken.«

Die Zweite neben ihm fügte hinzu: »Morgun fiel mit dem Gesicht auf das Treppengeländer und brach sich den Kiefer. Wie bescheuert. Soldaten haben sich einfach nicht im Griff.«

Anscheinend hatte sie den Schädel auch gelesen, denn sie nahm die Herausforderung genauso schnell an wie er. Lon schaute kurz zu ihr und ihm sank der Mut.

In der illuminierten Welt überstrahlte sie alles. Wie ein Komet. Wie Verwüstung und Einsamkeit. Ein Körper aus Feuer und weißer Glut, der die Finsternis durchbricht.

»Das sind zwei von dreien«, sagte Erastis belustigt. »Eine Sache fehlt noch.«

Lon suchte den Schädel nach einem weiteren Zeichen ab, einem Bezugspunkt, fand jedoch nichts. Er nahm ihn in die Hände, drehte und wendete ihn, erforschte seine dunklen Höhlen.

Und da sah er die Ausbuchtungen in den Tiefen des Schläfenbeins, dort, wo sich der Ohrkanal befinden musste. Mit dem bloßen Auge hätte er es nie entdeckt, doch in dem leuchtenden Netz konnte er am Knochen vorbei ins Innere des Schädels blicken. Er lachte.

»Du hast es gesehen«, sagte Erastis.

»Er war taub!«, rief Lon triumphierend. »Morgun war taub. Diese Verknöcherungen haben ihm schon als Kind die Ohrkanäle verstopft.«

Er blinzelte und das Licht wich aus der Welt. »Siehst du?« Grinsend, mit vorgerecktem Kinn wandte er sich der Zweiten zu.

Die Zweite runzelte die Stirn und schüttelte den Kopf. Ihre Pupillen waren klein wie Stecknadelköpfe, sie verschwanden fast im dunklen Braun ihrer Augen. Sie schaute immer noch mit dem Tiefenblick. »Wo denn?«, fragte sie, und jetzt klang sie nicht mehr verärgert.

In einer anderen Situation wäre er vielleicht schadenfroh gewesen, aber nicht hier, nicht ihr gegenüber.

Er reichte ihr den Schädel, spürte, wie ihre Hände seine streiften, und zeigte auf den Hohlraum im Schläfenbein. »Da.«

Sie riss die Augen auf und er wusste, dass sie Morgun als Kind sah, wie er sich die Ohren hielt und vor Schmerzen schrie. Sie sah einen Arzt, der eine Stimmgabel anschlug und ihm an den Kopf hielt. Sie sah, wie Morgun die Finger dicht an den Ohren rieb und auf ein kleines Geräusch lauschte und wie er sich langsam an ein Leben in Stille gewöhnte.

Die Zweite blinzelte und ihre Pupillen weiteten sich wieder. »Woher wusstest du, dass es da war?«, fragte sie.

»Er hat eben einen guten Lehrer«, sagte Erastis und setzte die Brille wieder auf.

Lon lachte. Die Zweite sah ihn an und ihre Mundwinkel zuckten. Ein Lächeln. Seit er sie kannte, hatte er sie noch nie lächeln sehen. Es war magisch. Als sie merkte, dass er sie ansah, wurde ihr Lächeln noch breiter. Und diesmal schaute er nicht weg.

11. KAPITEL

DIE GEFALTETE SEITE

Eins nach dem anderen warf Tanin die Blätter ins Lagerfeuer, wo sie sich erst einrollten wie lodernde Zungen, dann zusammenschrumpften und zu Asche zerfielen. Die Fährtenleser saßen ums Feuer herum und erzählten derbe Geschichten, die jeder anderen Frau das Blut in die Wangen getrieben hätten. Tanin jedoch lächelte nur milde – sie stand über derlei Gefühlen. An einem anderen Abend hätte sie sich vielleicht sogar zu ihnen gesellt; schließlich konnte sie genauso gut Zoten erzählen wie sie.

Heute Nacht jedoch war sie dafür nicht in Stimmung.

Sie fuhr mit dem Finger durch die Blätter am Rand der Feuerstelle und suchte nach den Buchstaben, die dort angeordnet waren:

IST EIN BUCH

Sie runzelte die Stirn. Drei Monate hatten sie gebraucht, um herauszufinden, dass es das Mädchen überhaupt gab. Nach zwei weiteren wussten sie, dass sie sich noch in Oxszini aufhielt, aber jetzt waren sie nah dran. So nah, dass Tanin ihre Sachen stehen- und liegengelassen hatte, um sich der Jägerin in den feuchten Dschungeln des Waldkönigreichs anzuschließen. So nah, dass sie von dem Buch angezogen wurde wie Eisenstaub von einem Magneten.

In drei Tagen würden sie das Mädchen einholen.

Sie nahm ein Blatt mit dunklen, lila Adern und drehte es zwischen den Fingern. Das Mädchen musste den Satz bereits Hunderte Male geschrieben haben. Während Tanin und die Fährtenleser aufholten, waren die Worte immer leichter zu entdecken – in Baumstämme geritzt, mit Kohle auf Steine gekritzelt –, als wollte das Mädchen ihnen absichtlich eine Spur legen.

Für die Fährtenleser waren die Worte gleichbedeutend mit Exkrementen oder zerbrochenen Zweigen – nur ein Zeichen dafür, dass das Mädchen dort langgegangen war, nichts weiter. Tanin beließ es dabei. Jeden Buchstaben, den sie fanden, löschte sie aus.

Und falls die Neugier eines Fährtenlesers größer wurde als seine Verschwiegenheit, würde sie auch ihn auslöschen.

Die Leichtfertigkeit dieses Mädchens störte sie mehr als alles andere. Wenn ihre Eltern ihr schon das Schreiben beigebracht hatten, dann hätten sie ihr auch beibringen sollen, vorsichtiger zu sein. Sie hätten ihr klarmachen müssen, dass Worte *gefährlich* waren. Dass sie einen Plan zunichtemachen könnten, der über

Generationen entwickelt worden war, wenn sie in falsche Hände gerieten.

Sie sammelte die restlichen Blätter ein und warf sie ins Feuer, wo sie in Flammen aufgingen und durch die Luft segelten wie brennende schwarze Seiten. Sie lehnte sich zurück und sah zu, wie die Blätter flackernd erloschen.

Neben ihr schaute die Jägerin finster zu den Fährtenlesern, während die Dunkelheit des Dschungels sich wie zwei schwarze Flügel hinter ihr erhob. Genau wie ihre Meisterin, die für eine Mission in die Hauptstadt von Oxszini reisen musste, war sie ganz in Schwarz gekleidet. Das Gesicht von einer Kapuze halb verborgen, beobachtete sie die Männer, deren Witze immer unanständiger wurden.

Ein stämmiger Mann namens Erik stieß sie mit dem Ellbogen an, zwinkerte ihr anzüglich zu und hielt ihr eine Flasche vor die Nase. »Hey, du bist so still. Mach dich mal ein bisschen locker!«

Die Jägerin ließ ihren blassblauen Blick über seine Hände und sein Gesicht schweifen, dann wandte sie sich ab.

Erik lachte. Seine fettigen Wangen glänzten im Schein des Feuers. »Na komm schon, wie stehen wir denn sonst da?«

Zögernd nahm die Jägerin die Flasche, führte sie an die Lippen und setzte sie augenblicklich wieder ab. Sie hustete. Als die Fährtenleser lachten, überzog sich ihre milchweiße Haut mit Schamesröte. Sie schien regelrecht in sich zusammenzusinken.

Wiehernd vor Lachen nahm Erik ihr die Flasche aus der Hand.

Tanin sah ihn mit ihren silbrigen Augen streng an, aber er war zu betrunken, um es zu bemerken.

»Man kann eine Frau immer danach beurteilen, was sie mit dem Fusel macht.« Er gluckste. »Schluckt sie oder …«

»Und einen Mann kann man immer danach beurteilen, was er redet.« Tanins Worte waren scharf wie eine Klinge, die in die Haut schneidet. »Je mehr er zu einem Thema zu sagen hat, desto weniger weiß er darüber Bescheid.«

Die anderen lachten, als Erik herumstotterte.

»Und wenn ich höre, wie viel du redest, würde ich sagen, du weißt eigentlich über gar nichts Bescheid. Halt lieber den Mund, solange du hier bei uns bist. Vielleicht kannst du dann was lernen.«

»Ich wollte doch nur ein bisschen Spaß …«

»Auf die Kosten meiner Jägerin?« Tanin lachte kalt. »Lass mich eins klarstellen: Du bist verzichtbar. Sie nicht. Und deshalb wirst du sie mit Respekt und Hochachtung behandeln und dich ihrem Willen fügen. Solltest du das nicht tun, hat sie meine volle Erlaubnis, dich in deine Einzelteile zu zerlegen – so schnell oder so langsam, wie es ihr gefällt.«

Der Mann erbleichte, der Blick seiner blutunterlaufenen Augen fiel auf das Schwert der Jägerin. In die schwarze Scheide waren feine Verzierungen eingearbeitet – bloße Dekoration für diejenigen, die nicht eingeweiht waren. Doch Leserinnen wie Tanin und die Jägerin konnten viele kleine Worte im Leder entziffern: Zaubersprüche zum Schutz der Trägerin, Verwünschungen gegen ihre Feinde. Wie zur Antwort auf seine Angst drang ein scharfer Kupfergeruch aus der Scheide und erfüllte die Luft.

Tanin klopfte sich den Staub von den Händen und stand auf. »In diesem Sinne, meine Herren, wünsche ich Ihnen eine gute

Nacht.« Sie strich sich das grau melierte Haar aus dem Gesicht und trat aus dem Schein des Feuers. Die Fährtenleser hinter ihr setzten ihre Unterhaltungen fort, gedämpfter jetzt. Sie blickte über die Schulter zu der Jägerin, die ihr Lächeln erwiderte.

Wie ein schwarzer Vorhang senkte sich die Dunkelheit vom Blätterdach herab, und als Tanins Augen sich daran gewöhnt hatten, folgte sie einem Weg zwischen Wurzelwerk und morschen Ästen bis zu einer Lichtung.

Unter dem leuchtenden Sternenhimmel zog sie ein gefaltetes Blatt aus ihrer Weste. Das Papier war alt und zerknittert und weich wie Stoff. Die Schrift darauf sah krakelig und verkrampft aus, an den Rändern standen viele Fragezeichen und dahingekritzelte Notizen, doch sie hätte mit geschlossenen Augen jeden Satz auswendig sagen und jedes Satzzeichen setzen können.

Die Kopie einer Kopie. Den größten Teil des Originalfragments hatte das Feuer zerstört, die brennenden Seiten waren flatternd zu Asche zerfallen, alle Worte zu Staub geworden. Sie hatte befohlen, die Überreste im Tresor einzuschließen, jedoch nicht, ohne vorher diese eine Seite zu kopieren.

Sie war unerträglich lückenhaft – ganze Absätze an den Rändern versengt, einzelne Wörter ausgebrannt – und über die Jahre hatten ihre eigenen Anmerkungen und halb vervollständigten Sätze den eigentlichen Text derart überlagert, dass niemand außer ihr selbst ihn noch lesen konnte.

Plötzlich schaute sie auf. Die Sterne hatten ihre Position am Himmel verändert. Sie musste stundenlang dort verharrt und die Seite studiert haben. »Ich verstehe nicht, warum du dir von den Kerlen so auf der Nase herumtanzen lässt«, sagte sie in die Dunkelheit.

Die Jägerin trat zwischen den Bäumen hervor, als wäre sie aus dem Nichts gekommen. »Du hast gut reden. Dich mögen sie.«

Tanin lächelte, als der süße Kupferduft sie umwehte. Im Lauf der Jahre hatte sie ein oder zwei Tricks von den Jägerinnen gelernt, aber es war ihr noch nie gelungen, so im Schatten zu verschwinden wie sie.

Aber das war in Ordnung. Sie hatte kein Interesse daran, unsichtbar zu sein.

»Sie haben Angst vor mir«, sagte sie. »So wie sie Angst vor dir haben sollten.«

»Sie haben doch Angst vor mir.« Die Jägerin zupfte an dem ausgefransten Ärmelaufschlag ihrer Bluse.

»Wenn sie Angst vor dir hätten, würden sie dich respektieren.« Tanin setzte sich auf einen überwucherten Stamm und klopfte auf das nasse Holz neben sich. »Und ich müsste mich nicht einmischen.«

»Das hättest du nicht tun müssen«, murmelte die Jägerin und setzte sich zu ihr.

»O doch.«

Obwohl das Gelübde es nicht zuließ, eine eigene Familie zu haben, erinnerte sich Tanin noch an jüngere Schwestern aus dem Leben vor ihrer Einführung: unbeholfen, unbeliebt, stur, wie weniger schöne Versionen der älteren Schwestern, denen sie nachliefen wie Hündchen. Trotzdem liebte man sie – oder? – für ihre Ausdauer, ihre Treue und weil sie zur Familie gehörten.

Tanin schaute auf das Blatt Papier, als könnten die Wörter

sich inzwischen neu angeordnet haben. Doch das war nicht der Fall, also faltete sie die Seite wieder zusammen und steckte sie zurück in ihre Weste. Die Einzelheiten blieben unklar, aber eines hatte sie immer gewusst: dass sie das Buch zurückbekommen würde.

Und jetzt wusste sie auch, wann.

In drei Tagen.

Die Jägerin legte den Kopf auf Tanins Schulter. »Wie dem auch sei«, sagte sie. »Danke.«

Tanin drückte die Wange an den Scheitel der Jägerin, Kupfer erfüllte ihre Sinne. Seufzend schloss sie die Augen. »Gern geschehen.«

12. KAPITEL

DER JUNGE IN DER HÜTTE

Sefia und Archer hatten die Wolkenwälder der Kambaliberge erreicht, die letzte Gebirgskette, bevor das Land zur Nordküste von Oxszini hin steil abfiel. Die Seen und kleinen Flüsse im hoch gelegenen Dschungel zogen Wild und große Raubkatzen an, so dass es immer reichlich zu jagen gab. Vor drei Sommern war sie mit Nin hierhergekommen, um mit den Jäger- und Trapperfamilien, die in den verstreuten Berghütten lebten, Handel zu treiben. Sefia, die ein Leben als Einzelgängerin gewohnt war, wusste mit den anderen Kindern nichts anzufangen. Während die Narrenschiff spielten und um Kupferkispen knobelten, stahl sie ihnen ihren wertvollsten Schmuck.

Ein Zweig knackte im Wald – dem Geräusch nach ein großer – und Sefia und Archer verließen schnell den Weg und versteckten sich zwischen den Bäumen.

Von weiter unten drangen Stimmen zu ihnen hinauf.

»Das ist das Problem mit der Auszehrung. In dem Jahr war

der ganze Wald voller Tierkadaver, die vor sich hin faulten. Wir konnten nichts damit anfangen. Das Fleisch und die Häute waren nicht zu gebrauchen.«

»Was habt ihr gemacht?«

Zwei Leute tauchten hinter der Biegung auf. Ein Junge, der nur wenig jünger war als Archer, mit Augen wie geröstete Kastanien und feingliedrigen Händen, und ein großer, dünner Mann mit rundem Gesicht und Lachfalten um die Augen. Der Mann trug ein totes Reh über den Schultern. Der Kopf des Tieres hing schlaff herab, die Beine waren unnatürlich ausgestreckt. Unter dem Arm des Mannes klemmte ein Jagdgewehr. Er und der Junge hatten die gleiche Schirmmütze auf dem Kopf. »Dein Großvater hat immer gesagt: ›Heute haben wir nicht viel geschafft, aber morgen machen wir es besser.‹«

»Und habt ihr es dann besser gemacht?«

Der Mann lachte leise. »Mal ja, mal nein. Es waren harte Zeiten. Und dann hat er wieder dasselbe gesagt: ›Heute haben wir nicht viel geschafft, aber morgen machen wir es besser.‹ Irgendwie habe ich ihm immer geglaubt.«

Sie gingen an Sefias und Archers Versteck im Unterholz vorbei und folgten dem Weg Richtung Norden. Ihr Stimmen wurden immer leiser.

»Warum? Wenn du doch gewusst hast, dass es nicht stimmt?«, sagte der Junge.

»Es kommt eigentlich nicht darauf an, ob man es besser macht, oder?«, antwortete sein Vater. »Es kommt darauf an, dass man sein Bestes gibt und daran glaubt, dass noch mehr in einem steckt.«

Ihre Stimmen verloren sich, als sie um die Biegung gingen und zwischen den trockenen Lianen und dem grünen Farn verschwanden. Sie waren offenbar auf dem Weg nach Hause.

Während Sefia wartete, bis Vater und Sohn in sicherer Entfernung waren, pickte sie mit den Fingerspitzen auf dem Boden herum, hob Zweige und braune Blätter auf. Irgendetwas an dem Jungen beunruhigte sie – vielleicht seine kleinen Hände oder die Art, wie er den Kopf neigte, wenn er seinem Vater zuhörte – und sie schaute wieder zu Archer. Doch der betrachtete ihre Finger, die auf der Erde hüpften und tanzten. Er wirkte nicht beunruhigt und deshalb sagte sie nichts.

Als die Dämmerung den Nachmittag ablöste, erreichten Sefia und Archer den Kamm einer Bergkette über einem kleinen runden See. Das Wasser war grün von den Pflanzen darin und die Bäume hingen über der spiegelglatten Oberfläche. Vom Kamm aus konnten sie meilenweit gucken.

Sie setzten sich auf einen Felsen, ließen die Beine über den Vorsprung baumeln und tranken abwechselnd aus der Wasserflasche, während die Sonne sich auf die Berggipfel senkte und die Wolken sich von Weiß zu Rosa färbten. Am nördlichen Ende des Sees flackerte ein orangefarbenes Licht auf. Habichts Lager. Sefia kniff die Augen zusammen.

Ein paar Meilen weiter östlich stieg Rauch aus dem Laubdach empor. Archer zeigte dorthin, legte den Kopf schief und berührte mit der rechten Hand die linke Schläfe.

»Wahrscheinlich der Vater und sein Sohn, die wir vorhin gesehen haben«, sagte sie.

Archer nickte. Das Licht spiegelte sich in seinen Augen und machte sie warm und golden. Ein kleines Lächeln huschte über sein Gesicht.

Als die Schatten auf dem Wasser länger wurden, stand Sefia mit einem Seufzen auf und schulterte den Rucksack. »Komm. Wir müssen uns einen Schlafplatz suchen.«

Archer tippte ihr auf den Arm.

»Was ist los?«

Da nahm sie eine kleine Bewegung in den Bäumen wahr – jemand ging am Ufer des Sees entlang. Sie kramte in ihrem Rucksack und holte Nins altes Fernrohr heraus. »Runter!«

Sie legten sich auf den Bauch.

Sefia stützte sich auf die Ellbogen und schaute durch das Fernrohr zum See. Sechs Leute bewegten sich in östlicher Richtung durch den Dschungel. Sefias Atem ging schneller. Sie erkannte die schweren Schritte. Fünf der Männer hatten Gewehre bei sich, doch der letzte trug eine lange Zange mit einem großen schwarzen Kreis am Ende.

»Habichts Männer«, murmelte sie und reichte Archer das Fernrohr. »Wohin wollen die? Sind sie auf der Jagd?«

Ohne Vorwarnung ließ Archer das Fernrohr sinken und kroch rückwärts. Er grub die Hände in den Boden, zog an Wurzeln und Erde.

»Was ist los?«

Er verschwand hinter einem Baum. In dem schwachen Licht leuchtete das Weiß seiner Augen.

Sefia schaute wieder ins Tal. »Was hast du gesehen?«

Archer hob die zitternden Hände, deutete auf seine Narbe und legte die Hände wie Klauen um den Hals.

Die Zange.

Groß genug, um die Kehle eines Jungen zu umfassen. Heiß genug, um ihn zu verbrennen.

»Der Junge«, murmelte Sefia. Sie sprang auf und suchte das Tal ab. Die Hütte lag etwa drei Kilometer von Habichts Lager am See entfernt, aber fast fünf Kilometer vom Bergkamm. Sie mussten rennen.

Sefia schnappte sich das Fernrohr, schulterte den Rucksack und ging zu Archer. Er hatte sich nicht vom Fleck gerührt.

»Steh auf«, sagte sie. »Wir müssen sie warnen.«

Er konnte nicht aufstehen. Er presste sich so fest an den Baum, dass die raue Rinde sein Hemd und die Haut darunter aufriss.

Sefia kniete sich neben ihn und legte ihm die Hand auf die Schulter. Es war die erste Berührung, seit sie vor zwei Wochen seine Wunden gereinigt hatte. Sein Hemd war schweißnass, seine Haut heiß unter ihrer Hand. Sie hob die andere Hand und vergewisserte sich, dass er sie ansah. Dann kreuzte sie Mittelfinger und Zeigefinger.

Ein Zeichen.

Ihr Zeichen.

»Du musst das nie wieder tun«, sagte sie und schaute ihm in die Augen.

Archer erwiderte ihren Blick mit weit aufgerissenen Augen.

Sie waren *zusammen*.

»Ich verspreche es dir.«

Ein letztes Zittern, dann war er ruhig. Er machte den Mund zu und stand auf.

Dann rannten sie los. Der Himmel schien zu brennen, rauchig und orange. In der Dunkelheit wirkten die Bäume nah und bedrohlich. Fledermäuse huschten durch den Wald, die Nachtvögel riefen.

Sie rannten. Sie schlitterten den Hang hinab, im Slalom um die Bäume herum. Der Bergkamm verschwand hinter ihnen in der Finsternis, während die Landschaft flacher wurde.

Rund und bleich erhob sich der Mond hinter den Blättern. Die Bäume leuchteten silbrig und der Boden war wasserblau.

Sie rannten immer weiter. Ihre Beine brannten, ihre Füße pochten. Sie rannten noch schneller, mit fliegenden Armen und Beinen. Es tat in der Lunge weh.

An einer Kreuzung entschieden sie sich für den Weg nach Osten in der Hoffnung, dass es der richtige war. Sie wussten, dass sie keine zweite Chance hatten, wenn sie sich irrten. Schatten streiften ihre Arme, ihr Gesicht. Sie rannten so schnell, dass es sich anfühlte, als würden sie jeden Moment explodieren. Sogar die Luft in ihrer Brust stand in Flammen.

Sie kamen auf eine Lichtung mit einer Hütte in der Mitte. Rundherum befanden sich Wäscheständer und Leinen, die dort, wo der Schein der Fenster auf das Werkzeug und die ausgebreiteten Häute fiel, ein eigenartiges Spinnennetz ergaben. Geweihe zierten den Dachgiebel und Rauch trat aus dem Schornstein wie aus einem Signalturm. Sefia und Archer stolperten zur Tür, krümmten sich keuchend, versuchten wieder zu Atem zu kommen.

Sefia klopfte an. Das hohle Geräusch ihrer Knöchel auf dem Holz hallte über die Lichtung, doch in der Hütte blieb es still. Wieder klopfte sie.

Drinnen war ein Scharren zu hören, als würde ein Stuhl über den Fußboden geschoben, dann ein Schlurfen. Die Vorhänge am Fenster bewegten sich ganz leicht.

»Wer ist da?«, rief eine Frau barsch. Misstrauen lag in ihrer Stimme.

»Machen Sie die Tür auf«, sagte Sefia hastig. »Sie sind in Gefahr.«

Die Klinke bewegte sich und die Tür ging knarrend auf. Eine Frau mit Hosenträgern trat heraus. Sie richtete ein Gewehr auf sie, den Finger am Abzug. Ihre Hände waren klein und zierlich, wie die des Jungen.

Hinter ihr knisterte ein Holzofen fröhlich vor sich hin. Sefia erhaschte einen Blick auf den Esstisch, der mit Tellern, Tassen und einem dampfenden Topf gedeckt war, doch es war sonst niemand zu sehen.

»Was für eine Gefahr soll das sein?«, fragte die Frau. Sie hob den Lauf des Gewehrs ein wenig an.

Sefia strich sich ungeduldig die Haare aus dem Gesicht. Ihre Hand war schweißnass. »Impressoren!«, rief sie.

Die Tür wurde ganz aufgerissen und die Frau taumelte rückwärts. Der Mann mit dem runden Gesicht, den sie zuvor gesehen hatten, stand nun im Eingang. Er sah sie mit zusammengekniffenen Augen an, die Fältchen um seine Augen vertieften sich.

»Impressoren?« Seine Stimme war tief und voller Fragen.

»Das ist doch nur dummes Geschwätz«, sagte die Frau.

»Nein.« Sefia zeigte auf Archers Hals. »Das ist echt.«

Der Junge kam hinter seinen Eltern hervor. »Guck mal, sein Hals, Mama.«

Archer fuhr mit den Fingerspitzen über den Rand der Narbe.

»Komm ins Licht, Junge«, sagte die Frau.

Sefia hielt den Atem an, als Archer einen Schritt nach vorn machte. Er hob das Kinn und im Schein des Feuers waren seine Narben zu sehen. Instinktiv hob die Frau das Gewehr. Der Mann fluchte.

Der Junge wurde blass. Seine Gedanken standen ihm ins Gesicht geschrieben: *Das könnte ich sein.* Sefia starrte ihn an. Er war noch so klein. Ängstlich. Zart. Würden sie tauschen – sie bekäme ein schönes gemütliches Zuhause und zwei liebende Eltern und er müsste sich allein in der Wildnis durchschlagen –, würde er keinen Tag überleben. Einen kurzen Moment lang hasste sie ihn.

Auch Archer starrte den Jungen an und streckte die Hände aus, die Handflächen nach oben. Das Augenlid des Jungen zuckte.

»Er möchte dir helfen«, sagte Sefia.

»Helfen wobei?«, fragte die Frau. Sie hielt immer noch das Gewehr auf sie gerichtet.

»Die Leute, die ihm das angetan haben, sind auf dem Weg hierher. Jetzt gerade. Wenn Sie nicht sofort verschwinden, werden die Sie beide töten und Ihren Sohn mitnehmen.«

Der Mann griff nach einem Gewehr, das hinter der Tür gestanden hatte. »Diese Hütte ist schon seit Generationen im Besitz meiner Familie«, sagte er.

»Sie sind zu sechst«, sagte Sefia. »Wenn Sie bleiben, war's das mit Ihrer Familie.«

»Und wer garantiert uns, dass wir nicht ausgeraubt werden, wenn wir gehen?« Die Frau musterte sie von oben bis unten: ihren Rucksack, ihr schmutziges, verschwitztes Gesicht, ihre wirren schwarzen Haare.

Einen Augenblick lang war Sefia sprachlos. Sie kam sich vor, als hätte man sie geohrfeigt. Archer machte immer wieder dieselbe Geste, immer drängender. Aber niemand rührte sich.

Da tippte der Junge seinen Vater an den Ellbogen. »Papa …«

Der Mann beachtete ihn nicht. »Sollen sie doch kommen. So ein bisschen Blutvergießen macht uns nichts aus.«

Sefia fand ihre Sprache wieder. »Das wird aber mehr als nur ein bisschen Blutvergießen. Es wird Ihr Blut sein, und ihres und seins.« Sie zeigte nacheinander auf alle drei, am Ende auf den Jungen, der sie anstarrte. »Wollen Sie das?«

Sie schaute über die Schulter in den silbrigen Wald. Wie viel Zeit hatten sie schon verloren?

Langsam – viel zu langsam – ließ die Frau das Gewehr sinken. »Wo sind sie jetzt?«

Endlich. »Sie können jeden Augenblick hier sein.«

Der Mann und die Frau sahen sich an. Sefia konnte das stumme Gespräch zwischen den beiden fast sehen.

Wie weit kommen wir, wenn wir weglaufen?

Was sollen wir mitnehmen?

Können wir dem Mädchen vertrauen?

Der Junge musterte Archer, seine Arme, seine Füße, die Narbe am Hals. Archer fuhr mit der Hand an sein Jagdmesser und lauschte in den Dschungel hinein.

Der Mond stand jetzt höher. Sefia fummelte an den Riemen ihres Rucksacks. Habichts Männer waren im Anmarsch. Es konnte nicht mehr lange dauern, bis sie hier waren.

Schließlich öffneten der Mann und die Frau die Schränke und zogen ihre Mäntel an. Die ganze Familie war in Bewegung, packte Jacken, Gewehre, Patronen zusammen.

»In den Bergen gibt es eine Höhle. Gut versteckt.« Die Frau steckte sich einen Revolver in den Hosenbund. »Was habt ihr zwei vor?« In ihrer Stimme lag nichts Einladendes.

Sefia hatte nicht erwartet, dass sie Archer und sie mitnehmen würden. Sie wären sowieso nicht mitgekommen, selbst wenn die Familie es ihnen angeboten hätte. Trotzdem lag ein Hauch von Bosheit in ihrer Antwort. »Wir retten Sie. Dann laufen wir auch weg.«

Die Frau sah sie mitleidig an, sagte jedoch nichts weiter.

Der Mann verließ die Hütte als Letzter. Er machte die Tür hinter sich zu und drückte Sefia ein Lederetui in die Hand. »Meine Messer«, sagte er leise, damit die Frau es nicht hörte. »Gut ausbalanciert. Perfekt zum Werfen.«

Sefia nickte.

Er zog die Mütze ins Gesicht, so dass nur noch die untere Hälfte zu sehen war, wie ein Halbmond, und wandte sich ab.

Während sie ihm um die Hütte herum folgte, vermisste sie ihren Vater. Er hätte zwei junge Streuner wie sie mitgenommen und in Sicherheit gebracht. Sie schüttelte den Kopf und dachte an ihr Haus, die Geheimzimmer, die abgeschiedene Lage auf dem Hügel, daran, dass sie nie Besuch bekamen. *Mein Vater hätte uns doch mitgenommen, oder …?*

Die Frau hatte die Hütte schon hinter sich gelassen und steuerte auf den Wald zu, doch der Junge zögerte. Er wartete auf Sefia und Archer und trommelte nervös auf den Lauf seines Gewehrs.

»Clovis«, zischte die Frau aus dem Schatten.

Der Junge nahm Archers Hand. Archer erschrak so sehr, dass er sie fast zurückgezogen hätte, aber der Junge hielt sie mit seinen kleinen Fingern ganz fest. Er versuchte zu lächeln, doch er bekam nur eine schiefe Grimasse zu Stande. »Danke.«

Archer schluckte, wodurch sich seine Narbe am Hals bewegte.

Der Junge ließ seine Hand los und folgte seiner Mutter in den Dschungel. Der Mann ging als Letzter, und er drehte sich nicht um, als er mit der Dunkelheit eins wurde.

Archer schloss die Finger über der Handfläche, wo der Junge ihn berührt hatte. Um seinen Mund zuckte es.

Sefia reichte ihm das Etui mit den Messern. »Es war gut, dass wir das gemacht haben«, sagte sie. Sie meinte es ernst, aber sie spürte auch eine hohle Wut im Bauch, die wild summte wie ein Bienenschwarm. Niemand hatte Archer gewarnt. Niemand hatte sie gewarnt.

Stimmen vom Weg rissen sie aus ihren Gedanken. Sie duckten sich. Das Licht aus der Hütte flutete über die Lichtung. Man konnte alles sehen. Sie krochen hinter einen Holzstoß am Ende der Lichtung und atmeten leise.

Sefia zog Archer am Arm und zeigte in den Wald. Sie konnten immer noch rennen.

Archer achtete nicht auf sie. Er holte schon die Messer heraus und prüfte ihr Gewicht. Das Mondlicht spiegelte sich in den polierten Elfenbeingriffen.

Vielleicht hatte er sie nicht verstanden. Wieder zog sie ihn am Arm, doch er schüttelte sie ab. Blitzschnell gab er ihr mehrere Zeichen hintereinander: den Kragen wie auf dem Bergkamm, das Zeichen für die Jagd, drei Finger für die Familie. Er wollte kämpfen. Er wollte der Familie Zeit verschaffen zu entkommen.

Sefia wollte protestieren, aber da kamen Habichts Männer schon auf die Lichtung.

Krachend wurde die Tür der Hütte aufgebrochen. Stiefel wie Trommelschläge auf den Holzdielen.

»Keiner da!« Ein paar Sekunden darauf: »Das Essen ist noch warm. Die können noch nicht weit sein.«

Jemand antwortete mit tiefer, rauer Stimme. Sefia erinnerte sich an diese Stimme. Sie gehörte Rotbart, dem Mann, der Gewalt liebte, der die Zange trug. »Durchkämmt den Wald«, knurrte er.

Schatten huschten über den Boden, als zwei Gestalten vor der Hütte auftauchten. Sie trugen Gewehre.

Archer sah Sefia an. In seinen Augen lag ein unheimliches Leuchten, wie bei einem Tier. Er zeigte in den Wald, weg von der Lichtung, und sie verstand ohne Worte, was er sagen wollte.

Versteck dich.

Sefia kroch in den Wald, Dreck spritzte von ihren Händen und Füßen auf. Sie entdeckte einen hohlen Baumstumpf und quetschte sich hinein. Morsche Holzstückchen bröselten ihr auf Ohren und Schultern, in den Kragen ihrer Bluse. Spinnen und Käfer krabbelten ihr über die Haut. Sie war kaum in ihrem Versteck, als sie einen Schrei hörte, der plötzlich wieder erstarb. Er kam von links, von der Lichtung her. Sie lauschte angestrengt in die Dunkelheit hinein.

»Was war das?«

Unterdrücktes Fluchen. »Das war Landin. Sie haben ihm die Kehle durchgeschnitten.«

Sie versuchte ruhig zu atmen. Sekunden wurden zu Minuten. Sie hörte Kleider rascheln und Leder knirschen. Jemand spannte den Hahn eines Revolvers. Sie verfluchte sich dafür, dass sie sich ein Versteck ausgesucht hatte, von dem aus sie nichts sehen konnte. Sie konnte nur erahnen, was auf der Lichtung gerade passierte.

Wo war Archer?

Ihre Beine verkrampften sich, hätten sich so gern bewegt. So leise wie möglich verlagerte sie das Gewicht, doch Bogen und Köcher rieben gegen den Baumstumpf. Sie hielt die Luft an, als das Holz um sie herum bröselte. Für ihre geschärften Sinne klang es wie eine Lawine.

Da stutzte sie. Sie hatte ja den Bogen.

Sie schlüpfte aus der Baumhöhle und schnallte Bogen und Köcher vom Rucksack los. Sie lauschte in den Wald, doch in der Nähe war alles still, die silbernen Blätter der Bäume reglos.

Sie spannte einen Pfeil ein und lugte über den Baumstumpf. Im rötlichen Schein der Lichtung war die Silhouette eines

Mannes zu erkennen, der mit einem Gewehr über der Schulter in den Wald spähte. Kurz darauf drehte er sich um und schritt die Lichtung ab.

Als sie sich sicher war, dass er nicht herschaute, pirschte sie sich an, geduckt, wie auf der Jagd. Sie biss die Zähne zusammen. Sie *war* auf der Jagd.

Leise schlich sie weiter. Bevor der Lichtschein sie erfasste, blieb sie stehen. Der Mann ging um die Wäscheständer auf der anderen Seite der Lichtung herum.

Als Sefia den Bogen hob, erkannte sie ihn: Es war Einauge, der eine Bahre für seine toten Freunde gebaut und sie in den Dschungel getragen hatte, wo sie dann verbrannt wurden. Wenn sie den Pfeil jetzt losließ, würde er ihn treffen. Sie hatte schon Vögel aus weiterer Entfernung erwischt. Doch sie zögerte. Die Sehne schnitt ihr in die Finger.

Mach schon, sagte sie sich. *Er ist ein Impressor. Er hat es verdient, für das, was er Archer angetan hat.*

Du darfst nicht schon wieder versagen.

Ihre Finger zuckten. Einauge verschwand hinter der Hütte.

Eine schwere Hand legte sich auf ihre Schulter und riss sie herum.

Sie flog regelrecht über den Boden und brach auf der Lichtung zusammen. Pfeil und Bogen glitten ihr aus den Händen. Alles drehte sich. Sie versuchte sich aufzusetzen.

Ein riesiger Mann stand über ihr, so groß, dass der Revolver in seinen Händen wie ein Spielzeug aussah. Als er ihre rot gefiederten Pfeile entdeckte, grinste er und die krumme Narbe auf seiner Unterlippe spannte sich. Die Narbe. Sie erkannte ihn von der ersten Nacht wieder – der Mann, der die Essensreste der Impressoren wegräumen musste.

»Du bist das also, die uns den ganzen Ärger eingebrockt hat.« Seine Stimme war heiß und trocken wie glühende Asche, doch Sefia überlief es eiskalt.

Hinter der Hütte erklang ein Schuss. Keine Schreie. Sefia drehte sich um. Sie stellte sich vor, dass Archer auf dem Boden lag. Archer reglos. Archer tot. Sie funkelte den Impressor an. »Ja«, fauchte sie. »Ich bin das.«

Der Mann spannte den Hahn seines Revolvers.

Ein rundes schwarzes Auge, das Mondlicht auf einem silbernen Lauf.

Ein Lächeln, von einer Narbe verzerrt.

Sefia holte ein letztes Mal Luft. Alle Geräusche auf der Lichtung waren verstummt. Sie hörte nicht einmal die Geräusche, die sie selbst machte, als sie rückwärtskroch.

Sie blinzelte.

Dann gewann ihre Vision die Oberhand.

Die Lippen des Mannes öffneten sich und sein Mund, sein Kinn, die Adern am Hals, die Knochen und Gelenke, die Schulter, der Arm, das Handgelenk, alles verwandelte sich in Licht. Lichtstreifen durchzogen seinen Körper, wanden sich um seinen Rumpf, schlangen sich spiralförmig um seine Beine und die Stiefel.

Er drückte ab, doch es kam keine Kugel auf sie zu, sondern ein Lichtstrahl.

Sie hatte das Licht schon öfter gesehen, aber noch nie so wie jetzt. Ganze Schnüre aus Licht traten aus seinem Körper, verflochten sich immer weiter miteinander, kreisten rückwärts um diesen Augenblick. Die Welt drehte sich.

In den Lichtspiralen sah sie, wie er hinfiel. Er war noch ein Junge und rutschte auf einem nassen Steg aus. An der zersplitterten Kante schlug er sich die Lippe auf. Daher hatte er die Narbe.

Die Lichtspiralen verschoben sich und sie sah, wie er geboren wurde. Seine Mutter hatte lockiges Haar und ein Muttermal am Hals und sie nannte ihn Palo nach seinem Vater. Palo Kanta. So hieß er. Da waren seine Schwestern und Halbbrüder und die räudigen alten Katzen, die er von der Straße auflas, Prügeleien, Blut, Gestank von Abwasser, das erste Mal, als er einen Revolver in der Hand hielt, seinen ersten Mord, die Frauen, die er liebte oder zu lieben glaubte, doch im Grunde nur besitzen wollte. Sie sah einen immer wiederkehrenden Albtraum, in dem er einer Flut zu entkommen versuchte, doch so schnell er auch rannte, sie erwischte seine Füße und Beine und seinen ganzen Körper und verschlang ihn.

Ihr wurde übel und sie schnappte nach Luft. Sie sah seinen Tod: nach Mitternacht und ohne Zeugen vor einer Bar niedergestochen.

Sie sah, wie alle Stränge seines Lebens miteinander verwoben waren und wie sie ihn hierherführten – zu ihrem eigenen Tod. Sie sah es kommen: den Mond und die Rauchfahne, die in den Himmel stieg, die Kugel, die auf sie zuflog, die Lichtwellen dahinter. Die Kugel würde sie durchbohren. Die Bänder ihres Lebens würden zerreißen.

Sie wollte nicht sterben. Sie hatte noch so viele Fragen, die beantwortet werden mussten. Auf einmal war sie von brennend heißem Zorn erfüllt. Sie hasste den Mann mit der Narbe am Mund, den Mann, der sie davon abhielt, ihren Schwur zu halten.

Sie rappelte sich auf. Mit aller Kraft stemmte sie sich hoch und stürzte auf den Mann zu, fuhr mit der Hand durch die Lichtspiralen. Ihre Muskeln brannten, ihre Knochen wollten dem Druck nachgeben. Doch die Spiralen verschoben sich. Eine goldene Welle mit glitzernder Schaumkrone brauste von ihr weg.

Das war nicht länger ihr Tod.

Vielleicht donnerte es. Oder war das die Kugel, die aus dem Patronenlager knallte – mit Verzögerung?

Der Mann riss entzwei.

Seine Fäden wurden gekappt.

Alles zersplitterte.

Die Geräusche kehrten in die Welt zurück.

Sie schaute auf ihren Arm und rechnete damit, verwundetes Fleisch und gebrochene Knochen zu sehen, doch sie war unversehrt. In immer engeren Kreisen drehte sich die Welt um ihren Kopf. Verzweifelt hielt sie nach dem Mann mit dem Revolver Ausschau, aber er war nicht da. Er lag auf dem Boden und keuchte. Mit einem Loch in der Brust.

Jetzt war er bloß noch ein Mann und nicht mehr von Licht erfüllt. Das Licht tröpfelte aus ihm heraus und verblasste allmählich. Die Narbe an seinem Mund hatte nichts Bedrohliches mehr. Sein Gesicht war immer noch schief, ja, aber auf traurige Weise, wie ein Bild in einem zersprungenen Spiegel.

Er sah sie an, ohne etwas zu sagen. Vielleicht konnte er nicht. Vielleicht tröpfelten auch die Worte aus ihm heraus. Er sah sie an … und dann sah er sie nicht mehr an. Er sah gar nichts mehr an.

Sefia sank auf die Knie und presste die Hände auf seine Wunde. Zäh und lauwarm sickerte das Blut zwischen ihren Fingern hindurch. Ihre Hände färbten sich rot.

So war es also, jemanden zu töten.

Sie schaute auf. Archer stand an der Ecke der Hütte und starrte sie an.

Sie senkte den Blick. Die Welt war nass und verschwommen. Weinte sie?

Palo Kanta. So hatte er geheißen.

Dann war Archer bei ihr und zog sie hoch. Entschlossen nahm er ihre Hände und hielt sie in seinen. Er legte seine Stirn an ihre. Er sagte nichts.

Sie versuchte sich loszureißen. »Wo sind die anderen?«

Er zog sie wieder an sich und schüttelte den Kopf. Er hielt drei Finger hoch und zeigte in Richtung Nordwesten zu Habichts Lager.

Nur die Hälfte der Impressoren hatte die Begegnung überlebt. Also hatte Archer zwei getötet.

»Sind sie weggelaufen?«

Er nickte.

»Wegen mir?«

Wieder nickte er.

Als er sie zur Hütte führte, versuchte sie zu erklären, was passiert war. Wie der Mann auf sie geschossen hatte. Die Kugel war auf sie zugekommen. Und sie wusste nicht, wie, aber sie hatte sie zurückgeschickt. Sie hatte seine Geschichte gesehen – und dann hatte sie die Geschichte umgeformt, den Tod des Mannes abgewandelt.

Sie hatte alles verändert.

Archer setzte sie an den Eingang, brachte einen Topf mit Wasser und goss es über ihre Hände. Es spritzte über ihre Haut und auf den Boden, wo sich eine Pfütze bildete. Sanft wusch Archer das Blut weg. Die Farbe. Das Klebrige. Sefia ließ es geschehen.

Während er die Hütte nach Vorräten durchsuchte, Schubladen öffnete, Sachen aus den Schränken nahm, saß sie wie betäubt im Eingang und rieb ihre Finger, einen nach dem anderen. Sie hatte einen Mann getötet. Immer wieder sah sie seinen leeren Gesichtsausdruck vor sich, den schlaffen Unterkiefer. Ihr tat der Kopf weh.

»Ich wollte ihn nicht töten.« Sie tastete nach den Worten wie nach unbekannten Gegenständen im Dunkeln.

Drinnen blieb es still. Dann setzte Archer sich neben sie. Er fuhr sich mit den Fingern an den Hals – an die Narbe. Er verstand, dass man manchmal etwas tun musste, weil man dazu gezwungen war. Etwas Schreckliches oder zumindest Gemeines, etwas, was man nicht tun würde, wenn man die Wahl hätte.

»Ich hab immer gewusst, dass ich *irgendjemanden* töten will«, sagte sie. »Aber nicht ihn … und nicht so.«

Was auch immer *so* zu bedeuten hatte.

Archer legte ihr eine Hand auf die Schulter. Er hatte jetzt auch einen Rucksack mit Sachen darin. Eine dunkle Blutspur verlief über seine linke Schläfe. Der Schuss, den sie gehört hatte. Die Kugel musste ihn gestreift haben.

»Du bist verletzt«, flüsterte sie.

Er fasste mit den Fingerspitzen an die Schläfe und zeigte sie ihr. Das Blut war schon fast getrocknet. Dann nahm er ihren Bogen und half ihr auf. Er führte sie um die Hütte herum, vorbei an dem Mann, den er getötet hatte. Einauge. Seine Kehle war aufgeschlitzt, die Erde unter ihm dunkel verfärbt. Sefia passte auf, wo sie hintrat.

Sie liefen in den Wald. Die silbernen Blätter raschelten. Der Lehm unter ihren Füßen war weich und matschig. Archer ließ sich von Sefia zu dem Versteck im Baumstumpf führen, wo ihr Rucksack noch immer verstaut war, und dann gingen sie in den Wald – Archer vorneweg, Sefia hinterher.

13. KAPITEL

ES GIBT KEINE ZUFÄLLE

Es ging alles so schnell und es war so unwahrscheinlich – hätte sie es nicht schon mal gesehen, nicht selbst schon getan, dann hätte sie es nicht geglaubt.

Ein Schuss fiel.

Eine Wolke aus Feuer und Rauch.

Und das Mädchen schickte die Kugel zurück, die sich mitten in die Brust des Mannes schraubte.

Tanin kauerte in der Dunkelheit und versuchte ruhig zu atmen. Sie nahm auf einmal ihren Körper wahr, ihre Lunge, die Schmerzen in der Brust. Hinter ihr legten die Fährtenleser die Gewehre an und warteten auf ihr Signal, doch sie rührte sich nicht.

Das Mädchen fiel neben dem Mann auf die Knie. Tanin beobachtete sie staunend. Sie war so jung, aber sie hatte das gleiche pechschwarze Haar, die gleichen dunklen Augen.

Und sie beherrschte die Manipulation. Wenn sie bereits die

zweite Stufe der Illumination erreicht hatte, ließ sich kaum sagen, wozu sie noch alles in der Lage war.

»Jetzt«, sagte die Jägerin. Sie verschwand so geschickt im Dunkeln, dass sogar ihre Stimme ein Schatten war, wie ein Hauch der reglosen Luft.

»Noch nicht.«

Das Mädchen versuchte die Wunde zu stillen. Aber das würde ihr nicht gelingen.

Sie sah aus wie sie. Damit hatte Tanin nicht gerechnet. Hätte nicht gedacht, dass es ihr so viel ausmachte.

Im Unterholz knackte es und ein Mann kam hinter ihnen aus dem Wald gerannt, das runde Gesicht wutverzerrt. Er warf einen Blick auf Tanin und die Fährtenleser und hob das Gewehr.

Mit dem wurde sie fertig.

Ein Blick zu ihren Männern, ein Fingerschnippen.

Der Erste Fährtenleser zog dem Mann ein Messer über die Kehle und fing ihn auf, als er zu Boden sank. Der Kopf des Mannes sank leblos nach vorn, die Schirmmütze rutschte über seine toten Augen.

Die Jägerin trat ins Licht. »Warum noch länger warten?«

»Du kanntest … sie … nicht.« Tanin verzog das Gesicht. Nach all der Zeit brachte sie ihren Namen noch immer nicht über die Lippen.

»Das ist aber nicht sie.«

Nein, sie war tot. Und Tanin war nicht mal dabei gewesen. Um ihr die Hand zu halten oder über die Stirn zu streichen oder was man auch tat, wenn die Liebsten starben.

Sie musste jetzt etwas tun. Deshalb war sie schließlich gekommen, oder? Ihr Blick wanderte über die Hütte, den heruntergefallenen Bogen und die Pfeile, die Toten. »Sie hat das Buch nicht bei sich.«

»Du könntest sie dazu bringen, uns zu verraten, wo es ist. Das wäre ein Kinderspiel.«

Tanin sah, wie der Junge dem Mädchen aufhalf. Das Licht aus der Hütte fiel auf die Narbe am Hals.

Er war ein Kandidat.

Tanin schüttelte den Kopf. Unter allen Gefährten, die sich das Mädchen hätte aussuchen können, hatte sie sich ausgerechnet für einen Kandidaten entschieden.

»Sieh dir seinen Hals an«, flüsterte sie. Ihre Stimme zitterte. Wann war das zum letzten Mal vorgekommen?

Die Jägerin ließ das Mädchen nicht aus den Augen. »Na und?«, fragte sie abschätzig. »Serakeens Hunde bringen alle paar Monate einen neuen zum Käfig.«

Tanin fuhr über die geheime Tasche in ihrer Weste, wo sie das Blatt Papier aufbewahrte. »Edmon hat immer gesagt, es gibt keine Zufälle. Nichts geschieht ohne Grund.«

Seit zehn Jahren bezahlte Serakeen die Impressoren dafür, dass sie ihm gebrandmarkte junge Mörder brachten.

Seit zwanzig Jahren suchte sie das Buch.

Und jetzt waren sie hier, beide zusammen.

Das musste einen Grund haben. Etwas bedeuten.

»Wir können auch den Jungen einfangen, wenn du das meinst.« Die Jägerin zog das Schwert ein Stück weit aus der Scheide. Kupfergeruch hüllte sie ein.

Tanin packte sie am Ellbogen. »Ich habe Nein gesagt.«

Die Jägerin sah sie wütend an, doch Tanin beachtete sie nicht weiter.

Der Junge nahm das Mädchen in die Arme und führte sie zurück zur Hütte. Auf der Treppe brach sie zusammen. Sie sah hilflos aus. Verletzlich.

Die Jägerin wand ihren Arm aus Tanins Griff. »Deswegen sind wir hergekommen. Um sie gefangen zu nehmen und das Buch zu holen. Es muss jetzt sein.«

»Wenn er der Eine ist, wirst du sie auch mit hundert Schwertern nicht fangen können.«

»Ich brauche nur eins.«

Mit einer Handbewegung schickte Tanin die Fährtenleser zurück in den Dschungel. Sie glitten davon wie Aale in schwarzem Wasser.

Tanin wandte sich zu der Jägerin. »Wenn du mir nicht gehorchst, ziehe ich dich von diesem Auftrag ab«, sagte sie schneidend. »Ich kann keine Untergebenen gebrauchen, die nicht in der Lage sind, einen Befehl auszuführen.«

Die Jägerin ballte die Fäuste, bis ihre Lederhandschuhe knirschten. »Du vertraust mir nicht«, sagte sie. »Nicht so, wie du ihr vertraut hast.«

»Du bist nicht sie.«

Bei diesen Worten riss die Jägerin die Augen auf, drehte sich schnell weg und verschwand lautlos im Unterholz.

Das Mädchen saß auf der Treppe vor der Hütte und rieb sich die Finger, als könnte sie ihre Tat ausradieren. Ganz kurz verspürte Tanin den Drang, zu ihr zu gehen. Vielleicht, um sie in die Arme zu nehmen. Sie wusste es nicht.

Langsam entfernte sie sich von der Lichtung, verschwand in den Schatten des Waldes, bis sie das Mädchen nicht mehr sehen konnte.

Sefia.

Leserin und Mörderin.

14. KAPITEL

ZWEIFEL

Sefia spürte die warme Brise und das Schaukeln der Hängematte, noch ehe sie ganz wach war. Für eine Weile war sie in den sanften Kokon zwischen Schlafen und Wachen gebettet und rundum zufrieden. Alles war warm und hell und watteweich.

Aber dann wurde sie wach.

Sie schlug die Augen auf und starrte in die Baumwipfel. Blitzartig kamen die Erinnerungen an die Ereignisse der letzten Nacht zurück.

Palo Kanta.

Sefia befreite sich aus den Decken und setzte sich auf. Archer saß ihr gegenüber und schärfte seine neuen Messer. Um ihn herum hingen wie unförmige Früchte des Baums zahlreiche neue Sachen: gestohlene Hemden, Socken, ein Stück Seil, eine Blechtasse, eine Decke, Beutel mit Essen.

Als er sah, dass sie sich aufrichtete, wischte er das Messer mit einem Tuch ab und steckte es ein.

»Hast du das alles gemacht?«, fragte Sefia schwach.

Archer betrachtete das kleine Lager, das er in den Bäumen errichtet hatte. Er nickte.

»Sehr gut.«

Als sie an sich hinabschaute, entdeckte sie Blutspuren in den feinen Linien ihrer Hände und an den Nägeln. Sie fuhr mit dem Daumen über ihre Finger. Danach hatte sie rostfarbene Flecken am Daumen.

Sie verzog das Gesicht. Palo Kanta. Er hatte ein ganzes *Leben* hinter sich ... und er hätte noch ein ganzes Leben vor sich haben können ... doch sie hatte es ihm genommen. Sie hatte die Fäden dieses Augenblicks genommen und verändert, hatte die Flugbahn der Kugel umgelenkt, so dass nicht sie, sondern er getroffen wurde. Die Kugel war in seinen Körper eingetreten, hatte sich hineingebohrt, und er hatte es nicht überlebt.

Sie hatte einen Mann getötet.

Tränen tropften auf ihre Arme.

In den Ästen bewegte sich etwas, dann nahm Archer ihre Hände, wischte jeden einzelnen Finger mit einem sauberen feuchten Tuch ab.

»Es tut mir leid«, sagte sie leise. Nicht zu Archer, sondern zu Palo Kanta, auch wenn er sie nicht hören konnte, auch wenn er nie wieder irgendetwas hören würde. »Es tut mir leid.« Dass es so weit gekommen war. Töten oder getötet werden. Er oder sie. Eine Entscheidung, die sich nicht rückgängig machen ließ.

Archer drückte ihre Hand, dann ließ er sie los und steckte das Tuch weg.

Sefia presste die Fäuste an die Augen und schüttelte den

Kopf. »Nein. Nein, nein. Was rede ich denn da?« Sie war sich so sicher gewesen, dass sie genau das wollte. Antworten. Vergeltung. Rache.

Aber das war keine Rache gewesen.

»Er hätte mich umgebracht.« Sie biss die Zähne zusammen. »Er war ein *Impressor*. Ohne ihn ist die Welt besser dran. Warum tut es mir leid?«

Archer klopfte sich aufs Herz und lächelte traurig.

»Nein, ich bin kein guter Mensch. All die Monate wollte ich unbedingt … Ein guter Mensch hätte nicht … Ich hab einfach zugelassen, dass sie Nin mitnehmen.« Die letzten Worte platzten aus ihr heraus. »Es ist meine Schuld, dass sie gefangen genommen wurde. Wäre ich nicht allein in die Stadt gegangen … Wäre ich nur ein bisschen früher zurückgekommen … Ich war *da*, Archer. Ich hätte nur den Mund aufmachen müssen. Es ist meine Schuld und jetzt …«

Sie schlug sich so fest auf die Oberschenkel, dass es wehtat. Archer versuchte ihre Hände festzuhalten, aber sie riss sich los. »Ich musste das tun. Für Nin. Für meinen Vater.«

Wir sind ein Team, du und ich. Das hatte ihr Vater gesagt. *Wir stehen das hier gemeinsam durch, egal was kommt.*

Aber als es darauf ankam, war sie nicht für ihn da gewesen. Er war allein in dem leeren Haus gestorben, während sie dumm und ahnungslos unten im Dorf gespielt hatte. Sie war die Einzige gewesen, die ihm noch geblieben war, und sie hatte ihn im Stich gelassen.

Panisch kramte Sefia im Rucksack nach dem Buch. Sie musste es in den Händen halten, das Einzige, was *ihr* von ihrem Vater geblieben war. Sie brauchte es, um sich zu erinnern. Als Mahnung. Sie riss den Lederumschlag ab und fuhr über das Symbol auf dem Einband.

Zwei gebogene Linien für ihre Eltern. Eine für Nin. Die gerade Linie für sie selbst. Der Kreis für das, was sie tun musste.

»Herausfinden, wofür das Buch gut ist«, sagte sie hastig. »Nin retten, wenn sie noch lebt …« Ihre Stimme wurde von Schluchzen erstickt. Tränen verschleierten ihre Sicht.

Doch sosehr sie auch versuchte die Wut zu erwecken, die sie all die Monate in sich getragen hatte – wann immer sie danach greifen wollte, sah sie Palo Kanta vor sich.

Sah, wie die Kugel ihn traf.

Wie das Blut aus ihm herauslief.

Sah ihn tot zu ihren Füßen.

Sefia umklammerte das Buch und weinte. Sie hasste sich für ihre Schwäche.

»Ich glaube, ich kann das nicht«, flüsterte sie.

Da kam Archer zu ihr in die Hängematte und nahm sie in die Arme. Sie spürte den Druck seines Körpers auf den Schultern, seine Wange an ihrem Kopf, seine Hände, die ihre hielten. Eine Berührung, wie Sefia sie seit Jahren nicht erlebt hatte. Wie ein Verband wickelte sie sich um sie, bis alles, was in ihrem Innern zerbrochen war, von Archers Umarmung ganz fest zusammengehalten wurde.

KÄPT'N CAT UND DIE KANNIBALEN-MANNSCHAFT

Nachdem Käpt'n Lees von seiner Mannschaft aus dem Mahlstrom gefischt worden war und verkündete, er wolle mit der *Strömung der Zuversicht* zum westlichen Rand der Welt segeln, war die Bestürzung groß.

Er sei verrückt geworden, sagten sie.

Irgendwas sei da unten im wilden Wasser mit ihm passiert.

Das gehe zu weit.

Einige verließen natürlich die Mannschaft, die meisten jedoch blieben. Vielleicht hatten sie sich so daran gewöhnt, die Geschichten von ihren eigenen Abenteuern zu hören, dass sie ernsthaft glaubten, sie würden überleben – auch wenn bislang alle anderen versagt hatten. Vielleicht dachten sie, Lees und der Erste Steuermann würden nicht zulassen, dass die *Strömung* im Ozean verschwand wie die anderen Schiffe. Vielleicht wussten sie, dass es das einzige Schiff in Kelanna war, bei dem zumindest ein Funken Hoffnung bestand, es zu schaffen.

Was für Gründe sie auch haben mochten, sie nahmen ihre beträchtlichen Einkünfte, deckten sich auf den Paradiesinseln vor der Küste von Oxszini mit Proviant ein und nahmen Kurs auf den endlosen blauen Westen. Alles verlief reibungslos, bis ihnen nach acht Wochen am Rande von unerforschten Wassern ein großes Beiboot voller Menschenknochen entgegenkam.

Beckenknochen, Schulterblätter, Rippen.

Zwischen den Skeletten saßen zwei Überlebende, ein Mann und eine Frau, und starrten mit eingesunkenen Augen zur *Strömung* hinauf. Ihre Lippen waren zurückgezogen, so dass die geschwollene Zunge zu sehen war.

»Das ist nicht richtig«, sagte Camey, einer der Seemänner von Linds Steuerbordwache. Er war noch nicht lange dabei, sie hatten ihn auf den Paradiesinseln aufgelesen. Er hatte etwas von einem Unruhestifter, aber keiner widersprach ihm, als er es wiederholte, etwas lauter diesmal: »Das ist einfach nicht richtig.«

Während die Mannschaft beklommen an der Reling stand, wartete Käpt'n Lees, zählte die Sekunden und wog die Möglichkeiten ab. Sollte er sie mitnehmen oder sterben lassen? So war das nun mal auf dem Ozean.

Doch natürlich nahm er sie mit. Schließlich war er Käpt'n Lees. Er ging selbst hinunter.

Der Mann wurde ohnmächtig, kaum dass Lees im Beiboot landete, doch die Frau wich zurück und suchte Halt in dem Knochenhaufen. Sie trug einen feinen Samtmantel und einen Pelzhut, doch ihre Kleidung war zerfetzt und die langen roten Haare fielen ihr büschelweise aus. Sie hielt einen Oberschenkelknochen in den Händen und saugte gierig daran.

Lees setzte sich neben dem Mast hin und schraubte den Deckel seiner Feldflasche ab. Die Frau schaute neugierig zu, als hätte sie vergessen, wozu eine Flasche da war.

»Wer seid ihr?«, fragte er. »Was ist mit eurem Schiff passiert?«

Sie schien ihn zu verstehen, bewegte den Mund und ihre Zunge löste sich von den Zähnen. »Catarina Still«, sagte sie krächzend. »Kapitänin der *Sieben Glocken*.«

Jeder kannte die *Sieben Glocken*. Das Schiff war berühmt für seine Forschungsreisen in den tiefen Süden, hatte sich bis weit hinter Roku ins ewige Eis gewagt. Käpt'n Cat hatte es von ihrem Vater geerbt, Hendrick Still, dem Erforscher des Südens. Auf seiner letzten Fahrt war er an einer Lungenentzündung gestorben.

Niemand wusste, dass Käpt'n Cat seit dem Tod ihres Vaters ohne großes Aufheben den Westen erkundet hatte und immer näher an den westlichen Rand der Welt gesegelt war.

»Ich bin Käpt'n Lees«, sagte er. »Ihr seid jetzt in Sicherheit.«

Sie ließ den Knochen fallen. Lees ging zu ihr, nahm den stinkenden, ausgemergelten Körper in die Arme, hielt ihr die Flasche an die aufgesprungenen Lippen und flößte ihr das Wasser tröpfchenweise ein. Mit großen Augen wie ein neugeborenes Baby starrte Cat ihn voller Verwunderung und Unglauben an, als er der Mannschaft ein Zeichen gab und sie die Überlebenden an Deck der *Strömung* holten.

Die beiden blieben den Rest des Tages im Lazarett, doch die Mannschaft redete unaufhörlich über sie. Immer wieder schauten sie verstohlen zur Hauptluke, die zum Lazarett führte, auch wenn sie niemals direkt hinsahen. Seeleute sind sehr abergläubisch. Während sie ihre Arbeit verrichteten, mieden sie die Stelle, als könnten sie sich Kannibalismus oder Pech einfangen, wenn sie zu nahe herankämen.

Gegen den Rat der Schiffsärztin bestand Käpt'n Cat darauf, an diesem Abend in der Kapitänskabine ihr Abendessen einzunehmen, obwohl ihr Begleiter Henk immer noch im Krankenbett lag. »Wahnvorstellungen«, sagte die Ärztin und putzte ihre Brille. »Ich hab ihn dabei erwischt, wie er Knochen gehortet hat. Aly und ich dachten, wir hätten alle gefunden, aber er hatte sich welche in die Ärmel gestopft. Ich glaube, er weiß noch nicht mal, dass er gerettet ist. In seinem Kopf sitzt er immer noch im Beiboot.« Sie fuhr sich mit den dunklen Fingern über das kurz geschnittene Haar und seufzte. »Es würde mich wundern, wenn er noch bis morgen durchhält.«

Käpt'n Lees bat Lind, ihnen im Salon Gesellschaft zu leisten. Der Zweite Steuermann war ein leidenschaftlicher Geschichtenerzähler. Er saugte eine Geschichte förmlich auf und gab sie hinterher mit Vergnügen Wort für Wort wieder. Er setzte sich Käpt'n Cat gegenüber und spielte gedankenverloren mit seinen Rastalocken, während er sich ihre Geschichte einprägte.

Cat war gewaschen worden, ihre Wunden waren gereinigt und verbunden, aber sie war dürr wie eine Bohnenstange und als sie das Silberbesteck nahm, zitterten ihre Hände.

»Ob ihr es glaubt oder nicht«, begann sie, »so hat es sich zugetragen …«

Der Erste Steuermann beugte sich vor und beobachtete sie mit seinen toten grauen Augen, suchte nach Lügen, wie er die *Strömung* nach Lecks absuchte.

Aber sie log nicht. Manchmal ist die Wirklichkeit grausamer als die Fantasie.

Hundertzweiundzwanzig Tage war die *Sieben Glocken* unterwegs zum westlichen Rand der Welt auf See gewesen, als plötzlich der schwarze Himmel aufbrach und eine Lawine aus Licht die Sterne und die dunkle See überflutete.

»Blitze?«, fragte Lees.

Käpt'n Cat schüttelte den Kopf. »Es war, als wäre der Himmel am Saum aufgerissen und hätte eine leuchtende Welt dahinter offenbart. Als wir näher kamen, verblasste der Himmel und Licht fiel auf die *Sieben Glocken,* so hell wie der Morgen. Noch nie im Leben bin ich mir so winzig vorgekommen. Ein Staubkorn in einem unendlichen Ozean. Es war so schön, dass es mich beinahe in die Knie gezwungen hätte.«

Doch dann erlosch das Licht mit einem Knall und ein solcher Sturm brach auf sie nieder, wie sie ihn sich in ihren finstersten Träumen nicht hätten vorstellen können.

Käpt'n Cat brüllte ihre Befehle, doch in dem Lärm waren sie alle taub. Der Wind wühlte das Wasser auf, brachte die Masten zum Zersplittern. Die *Glocken* kam nicht dagegen an. Sie brach entzwei und lief so schnell voll, dass sie kaum die Hälfte dessen, was sich in den Schiffsräumen befand, retten konnten … und das war nicht viel, nicht nach so langer Zeit auf See.

Die Männer waren überall verstreut. Der Wind hatte einige von ihnen direkt von den Rahen gefegt. Andere gingen zusammen mit dem Schiff unter. Von den zweiundvierzig Mitgliedern der Mannschaft schafften es nur elf.

An dieser Stelle ihrer Geschichte schwieg Käpt'n Cat eine

ganze Weile. Als sie weitersprach, war ihre Stimme rau und brüchig.

Sie beschrieb den Wassermangel, den Durst, der sich anfühlte, als hätte man Watte im Mund. Unter der sengenden Sonne verbrannte ihre Haut und schon bald waren sie so schwach, dass selbst das Sitzen schmerzhaft war.

Langsam und qualvoll wurden die verbliebenen Mitglieder der Mannschaft dahingerafft.

Anfangs versuchten sie die Toten als Köder zu benutzen, sie zerhackten sie und zogen die Stücke hinter sich her. Doch da wurden sie von einem Monster angegriffen: Es hatte milchblaue Augen, Sägezähne auf der Haut und aus seinem Unterkiefer ragten Zähne wie Speere. Es war größer als ein Wal und bösartiger als jeder Hai. Binnen Sekunden hatte es die Hälfte der verbliebenen Mannschaft getötet und, nun ja, danach warfen sie keine Köder mehr aus.

Wieder legte Käpt'n Cat eine Pause ein, ihr Atem ging schwer. Schweiß stand ihr auf der Stirn. Ihre Worte überschlugen sich, kamen so schnell, als wäre ein Damm in ihrem Innern gebrochen und die Geschichte rauschte durch sie hindurch.

In der fünften Woche ging der Proviant zur Neige und sie beschlossen zu losen. Aus dem Segeltuch rissen sie Fetzen, einen für jeden Matrosen, legten sie in einen Hut und zogen.

Der schwarze Punkt stand für den Tod. Er war das Zeichen. Wer ihn zog, musste sterben.

Als Farah ihn zog, töteten die anderen sie und aßen ihr Herz. Der Rest des Fleisches war nach zwei Tagen verdorben und ihnen blieben nur noch Knochen, an denen sie nagen konnten.

Eineinhalb Wochen später losten sie wieder und der schwarze Punkt traf Wax. Er hielt sie weitere zwölf Tage am Leben, bis es Zeit für das nächste Los war.

Und so ging es weiter.

Einer von ihnen musste sterben, damit die anderen leben konnten. Um zu überleben, macht man Sachen, die man sonst niemals tun würde – nur um noch eine Woche zu haben, einen Tag.

»Ich bereue nicht, was wir getan haben«, sagte Cat, »aber ich bereue, dass ich meine Mannschaft überhaupt so weit nach Westen geführt habe. Ich bereue, dass ich nach dem Tod meines Vaters vor lauter Angst nie in den Süden zurückkonnte. Hätte ich diese Angst nicht gehabt, wären sie vielleicht noch am Leben. Vielleicht wären sie die Ersten gewesen, die das ewige Eis überquert und die Welt dahinter entdeckt hätten.«

»Sie machen dir bestimmt keinen Vorwurf«, sagte Lees. »Es war ihre Wahl, dir zu folgen.«

Zum ersten Mal sah Cat Lind an, dessen dunkle Haut unter ihrem Blick aschfahl wurde. »Was haben unsere Männer schon für eine Wahl?«, sagte sie. »Es sind unsere Männer.«

Das Sprechen strengte sie so sehr an, dass ihre Kräfte schwanden, aber die Geschichte brodelte noch immer in ihr. Es ließ ihr keine Ruhe, sie musste zu Ende erzählen.

Es blieben nur noch die beiden übrig: Käpt'n Cat und Henk. Zwei Lose, eines davon tödlich. Jeder von ihnen hätte es ziehen können, aber der schwarze Punkt erwischte Henk.

Ihr siebzigster Tag seit dem Schiffbruch und er musste sterben.

Doch da tauchte die *Strömung der Zuversicht* auf und zum ersten Mal bedeutete der schwarze Punkt nicht den Tod.

»Vierzig Leute sind gestorben«, sagte sie. »Nur zwei von uns haben überlebt. Vierzig Leute … Vierzig meiner Leute … Vierzig …«

Sie sank in sich zusammen, ihre mageren Schultern waren gebeugt, die Arme schlaff. Während sie ihre Geschichte erzählt hatte, schien sie geschrumpft zu sein, so als hätte die Geschichte sie noch eine Zeit lang ausgefüllt und aufrecht gehalten. Jetzt war sie ganz zusammengebrochen.

Schließlich sagte sie: »Wir sind Ihnen zu Dank dafür verpflichtet, Kapitän, dass Sie uns in die Zivilisation zurückgeholt haben.«

»Was?« Lind blinzelte, sah von Lees zum Ersten Steuermann und wieder zurück. »Käpt'n, fahren wir nicht … Kehren wir um?«

Lees holte tief Luft und tippte mit dem Zeigefinger auf den Tisch. Acht Mal. Er spürte, wie Cat ihn mit ihren gelb verfärbten Augen ansah.

»Nein.« Er seufzte. »Wir kehren nicht um.«

15. KAPITEL

GESCHICHTEN UND STEINE

Sefia knallte das Buch mit der Vorderseite nach unten auf den Boden. Die Seiten knickten um. Es war ihr egal. Mit einer blitzartigen Bewegung zog sie ihr Messer und zielte auf den nächstgelegenen Baum. Die Spitze bohrte sich in den Stamm.

Archer schaute auf. Er stand bis zur Taille im Wasser und wusch ihre Kleider in einem Tümpel, der von flachen Steinen gesäumt war.

Sie beachtete ihn nicht weiter, ging stattdessen zu dem Baum und zog das Messer aus der Rinde. Sie warf es hoch und fing es auf, drehte sich um und warf es aufs Neue.

Es blieb in einem anderen Baum stecken.

Ohne auf den Schmerz an den Füßen zu achten, lief sie barfuß über das Unterholz. Sie riss das Messer heraus, machte die Augen zu und atmete tief durch. Sie rief die Erinnerung an Spülwasseraugen und ein pockennarbiges Gesicht hervor, den Metallgeruch und die Stimme wie Eis.

Sie machte die Augen wieder auf, zielte und warf das Messer.

Doch als es ihr aus der Hand glitt, schob sich das schiefe Gesicht von Palo Kanta vor die Frau in Schwarz. Ein Mann, der den Ozean fürchtete. Ein Junge, der Katzen rettete.

Das Messer fiel scheppernd vom Baumstamm und landete auf dem Boden.

Fluchend ging Sefia hin, um es aufzuheben, doch Archer kam ihr zuvor. Er rieb den Dreck vom Stahl und drückte ihr den kalten Griff in die Hand.

Sie nahm das Messer, aber sie warf es nicht noch mal.

Archer fasste sich an die Schläfe, dann legte er die Handflächen aneinander und klappte sie auf und zu wie Buchdeckel.

Sefia schloss die Finger um das Messer. »Weil Käpt'n Cat ein Feigling war«, sagte sie. »Und ihre Mannschaft dafür bezahlen musste. Sie hat es selbst gesagt: Hätte sie nicht solche Angst vor dem gehabt, was ihren Vater getötet hatte, dann hätte sie ihre Mannschaft nie in Gefahr gebracht. Sie sind gestorben, weil Cat Angst hatte.«

Sie schwieg einen Moment, dann fuhr sie fort: »Ich hätte verhindern können, dass sie Nin mitnehmen. Ich war da. Aber ich hatte gesehen, was sie mit meinem Vater gemacht haben … und ich konnte mich einfach nicht rühren.« Sie wandte den Blick ab. Schaute auf den Boden. Zu dem Wasserfall, der in den Tümpel rieselte. Bloß nicht zu Archer. »Ich weiß nicht mal, ob sie noch lebt. Aber wenn sie noch lebt … dann muss ich diese Leute aufhalten. Ich darf nicht zulassen, dass sie ihr etwas antun.« Mit Tränen in den Augen steckte sie das Messer weg.

Archer nickte und sie folgte ihm zum Rand des Tümpels, wo

er das Buch aufhob, die umgeknickten Seiten glatt strich und die grüne Feder hineinlegte, damit sie die Stelle wiederfand, an der sie stehengeblieben war.

Sefia rollte sich am Ufer zusammen und er setzte sich neben sie und ließ sich in der Sonne trocknen. In den letzten Wochen hatte er ein wenig zugenommen, aber sein Rücken war mit Narben übersät. Einige würden Jahre brauchen, um zu verschwinden – und manche würden für immer bleiben.

Habichts Männer hatten ihr Lager am See vor drei Tagen am Morgen verlassen. Sie und Archer waren ihnen weiter in Richtung Norden gefolgt. Vermutlich steuerten sie die Hafenstadt Epidram im Nordosten von Oxszini an.

Seit der Nacht mit Palo Kanta hatte Sefia an ihrer Vision gearbeitet. Sie spürte sie jetzt die ganze Zeit unter der Oberfläche der Dinge schimmern. Wenn sie sich sehr gut konzentrierte und blinzelte, erschien sie. Doch jedes Mal, wenn sie die Welt aus Licht betrat, wurde sie von Bildern, Erinnerungen und Geschichten überwältigt, bis sie mit rudernden Armen durch die endlosen Bruchstücke der Zeit flog und gegen Kopfschmerzen, Schwindel und Übelkeit ankämpfen musste.

Es fühlte sich an, als würde sie ertrinken. Manchmal verlor sie sich so sehr in der Flut der Bilder, Geräusche und unendlich vielen Momente, dass sie nicht wusste, ob sie zurück in ihren Körper finden würde.

Sie sah zu Archer hinüber. Sefia hatte Palo Kantas gesamtes Leben in bruchstückhaften Bildern vorüberziehen sehen. Vielleicht konnte sie auch herausfinden, wer Archer wirklich war. Seine Geschichte musste in ihm verborgen sein, in Schweigen verpackt, auch wenn die Zeichen überall an seinem Körper sichtbar waren: die Narben am Hals, am Rücken, an der Brust und den Armen.

Sie kniff die Augen zusammen und spürte, wie die Vision um sie herum entstand.

Fünfzehn Verbrennungen am rechten Arm, aneinandergereiht wie eine Bergkette.

Fünfzehn Zeichen.

Sie blinzelte und die goldene Welt entfaltete sich um sie herum.

Lichtfäden kräuselten sich um seinen Arm. Sie trafen zusammen und wirbelten auseinander, Tausende funkelnder Lichtpartikel. Sie versuchte die Vision zu bändigen, während die Bilder im Sog der Geschichte an ihr vorbeirauschten.

Dann sah sie die Kämpfe.

In ganz Oxszini waren sie gefangen gehalten worden: in Kreisen auf festgetrampelter Erde, die von Gestrüpp und Geröll befreit worden war, rundherum Fackeln, die die Blätter an den Unterseiten schwarz färbten; in Kellern, wo der Boden nach Lehm roch; in Käfigen mit Eisenstäben, durch die die johlenden Zuschauer die Kämpfer mit spitzen Holzstäben anstießen.

Sie kämpften immer in einem Ring und jedes Mal starb jemand.

Sefia sah sie vor ihren Augen schneller aufblitzen, als sie folgen konnte, ihr wurde schwindelig und übel davon: einige Jungen mit gebrochenem Genick, andere von einem Speer aufgespießt, Jungen, die aus unzähligen tiefen Wunden bluteten und starben, Jungen mit bis zur Unkenntlichkeit eingeschlagenen Gesichtern.

Und neben jedem dieser Jungen stand Archer. Er hielt den Speer, den Dolch, den Stein. Dann Archer, zu Boden gerungen von Männern, die doppelt so schwer waren wie er, zwei hielten ihn fest, während ein anderer ihn mit dem glühend heißen Eisen verbrannte. Immer wieder dasselbe. Archers Körper, der auf den Boden schlug. Seine Wange im Dreck. Der Gestank von verbranntem Fleisch. Sein rechter Arm, auf dem sich die Verbrennungen aneinanderreihten wie Trophäen in einem Regal. Der Schmerz. Der Jubel. Ein Zeichen für jeden gewonnenen Kampf.

Sie hatten ihn gebrandmarkt, weil er überlebt hatte.

Sefia blinzelte wieder und das Licht erlosch. Sie hatte von den Kämpfen nur verschwommene Fetzen gesehen, aber das reichte, um zu begreifen, was mit ihm passiert war, was er getan hatte und weshalb die Geschichte in ihm eingesperrt war wie ein Tier im Käfig. Es fühlte sich so an, als hätte sie in seiner Haut gesteckt, als wäre sein Blut ihr Blut, sein Herz ihr Herz – eine Nähe, die sie nie zuvor empfunden und nicht verdient hatte.

Es war ein gemeiner Diebstahl, sich in die schlimmsten Erinnerungen eines anderen einzuschleichen. Sie hielt sich den schmerzenden Kopf, kämpfte gegen das Pochen in den Schläfen und hinter den Augen an. Sie würde ihm das kein zweites Mal antun.

Aber jetzt begriff sie, jedenfalls teilweise. Sie kramte in der Westentasche, fand ihre Geldbörse und kippte den Inhalt in die Hand: ein paar Goldkolbies, einen ungeschliffenen Turmalin und ein daumenlanges Stück Rutilquarz.

Der Quarzkristall war von schwarzen und goldenen Streifen

wie Sternschnuppen durchzogen, die, wenn man ihn vor das Auge hielt, aussahen wie ein Feuerwerk.

Archer betrachtete den Kristall in ihrer Hand neugierig.

»Ich möchte dir etwas geben.«

Er berührte ihn mit dem Zeigefinger.

»Ich habe ihn von Nin bekommen, als ich klein war«, erklärte sie. »Sie nannte ihn den Sorgenstein. Und immer wenn ich durcheinander war und an die schlimmen Sachen dachte, die passiert waren … dass meine Mutter gestorben ist und mein Vater … Man reibt mit dem Daumen darüber und dann weiß man, dass einem nichts passieren kann. Dass es vorbei ist.«

Als Archer den Kristall nahm, streifte er ihre Hand mit dem Daumen und ein Wassertropfen blieb auf ihrer Haut zurück. Er hielt den Stein ins Licht, so dass er schwarz und golden funkelte, dann rieb er einmal mit dem Daumen darüber und steckte ihn in die Tasche. Er grinste sie an. Er hatte ein schönes, breites Lächeln, bei dem er die spitzen Eckzähne zeigte.

Auf einmal sah Sefia seine Haut, die Vertiefungen, in denen sich das Wasser sammelte, und den bronzenen Glanz seiner nackten Arme. Und sie wusste nicht, wo sie ihre Hände lassen sollte, also umfasste sie ihre Ellbogen und erwiderte sein Lächeln unbeholfen. Sie spürte immer noch den Wassertropfen auf ihrer Hand wie einen winzigen funkelnden Stern.

Archer machte das Zeichen für das Buch, er klappte die Hände wie Flügel auf und zu.

Sie verdrehte die Augen. »Ja, ja, ich les ja schon. Aber wenn Käpt'n Cat sich weiter wie ein Angsthase aufführt, überspringen wir die Geschichte.«

KÄPT'N CAT UND DIE KANNIBALEN-MANNSCHAFT (TEIL 2)

Die Nachricht traf sie wie ein Blitz. *Nicht umkehren?* Sie starrte ihn entsetzt an.

Bevor sie antworten konnte, war von unten Getöse zu hören.

»Hilfe!« Die Schreie schallten über das Schiff. »Hilfe!«

Noch ehe die anderen drei sich von ihren Sitzen erhoben hatten, war Lees schon an der Tür, stürmte hinaus und lief aufs Deck, wo sich die Mannschaft um die Hauptluke versammelt hatte.

»Es ist der Käpt'n«, murmelten sie und machten ihm Platz. »Der Käpt'n ist da.«

Als er in den Schiffsraum hinabstieg und zum Lazarett ging, spürte er, dass Gefahr drohte. Er tippte die Finger gegeneinander – Daumen und Zeigefinger, Daumen und Mittelfinger, Daumen und Ringfinger, Daumen und kleiner Finger. *Eins, zwei, drei, vier …*

Das wiederholte er, nur fing er diesmal mit dem kleinen Finger an. Acht. Achtmal Tippen. Dann war er an der Tür.

Die Ärztin schaute auf, sie kniete neben einem riesigen

Mann, der einen bis auf das Skelett abgemagerten Mann in den massigen Armen hielt. Der Kopf des Mannes war fast kahl, seine Hände waren dünn und wirkten viel zu groß an den Handgelenken.

Henk. Er hatte kaum noch etwas Menschliches an sich.

Die Ärztin schloss ihm mit zwei langen Fingern die Augen.

Der Mann, der ihn festhielt, war Ross, der Schiffszimmermann. Er hatte breite Schultern und muskulöse Arme, Hände wie Hämmer. Seine einst helle Haut war so oft von der Sonne verbrannt worden, dass sie derb und braun wie rohes Leder geworden war.

»Ich wollte nach ihm sehen.« Ross machte eine Kopfbewegung zu der großen Flasche, die neben ihm auf dem Boden lag. Schniefend zog er das gelbe Kopftuch, das er um die Stirn trug, unter die Augen. »Wollte ihm 'ne kleine Stärkung bringen, Sie wissen schon. Aber als ich reinkam, hat er mich nur angeguckt und sich dann auf mich gestürzt. Ich weiß nicht, was in ihn gefahren ist. Der ging einfach auf mich los! Er war verrückt, schrie irgendwas … Keine Ahnung, was. Da … da hab ich ihm eine verpasst. Damit er mich loslässt, verstehn Sie? Aber der ist ja so leicht. Ist einfach durch den Raum geflogen und in die Wand rein.«

An der Wand neben ihm war Blut, aber nicht viel. Vielleicht hatte Henk nicht mehr viel Blut in sich gehabt.

»Er hätte die Nacht sowieso nicht überstanden«, sagte Lees und legte Ross eine Hand auf die Schulter. Es war nie leicht, jemandem das Leben zu nehmen. Schon gar nicht für jemanden wie Ross, der bei einem Wildfremden hereinschneite, um ihn aufzumuntern. »Stimmt's, Doc? Wir haben ihn zu spät aus dem Beiboot geholt. Er wäre sowieso nicht durchgekommen.«

Die Ärztin nickte.

Ross schob das Kopftuch wieder hoch. »Aber warum hat er das gemacht?«

Ein Schrei erklang – ein schriller, animalischer Schrei. Käpt'n Cat zwängte sich an Lees vorbei ins Lazarett, wo sie neben dem Toten auf die Knie fiel. Mit flatternden Händen strich sie über seinen mageren Körper.

»Es tut mir leid, Käpt'n«, sagte Ross. »Das wollte ich nicht.«

Mit großen Augen sah Cat den Riesen an, der ihren letzten Mann getötet hatte. »Der schwarze Punkt«, murmelte sie und deutete mit zitterndem Finger auf seine Hände.

Sie waren mit Pech befleckt.

Sie fuhr zurück und bleckte die Zähne. »Sie tragen das Zeichen«, sagte sie. »Sie sind der Nächste.«

»Was?«

Die Männer draußen tuschelten miteinander. »Das ist nicht richtig«, sagte Camey. Er rieb sich die Hakennase und schaute in die Runde, um sich zu vergewissern, dass die anderen ihm zustimmten. »Ich sag euch, das ist nicht richtig.«

Greta, eine kräftige Frau mit bleicher Haut und schwarzen Haaren, die von ihrem Kopf flossen wie Kerzenwachs, schnalzte abfällig mit der Zunge.

Camey stieß dem Schiffsjungen in die Seite, der auch auf den Paradiesinseln zu ihnen gestoßen war. »Das ist nicht richtig, stimmt's, Kallinago?«

Jigo mit dem buschigen Backenbart, der Älteste auf der *Strömung*, gab ihm von hinten einen Schubs und knurrte: »Halt die Klappe.«

Camey sagte nichts mehr, aber Greta schnalzte noch mal mit der Zunge.

»Jetzt reicht's!«, sagte der Erste Steuermann barsch.

Lind beobachtete alles interessiert.

»Ross ist unser Zimmermann«, erklärte Lees Cat. »Seine Hände sehen immer so aus.«

Käpt'n Cat lehnte sich an die Kojen. »Es war nicht Henks Schuld. Er wusste das nicht. Ihr könnt das nicht verstehen. Ihr wart nicht mit uns da draußen ... All diese endlosen Tage ... Ihr habt ja keine Ahnung, wie das war.«

»Jetzt sind Sie nicht mehr da draußen«, sagte Lees.

Sie sah ihn traurig an. »Ich werde *immer* da draußen sein. Und wenn Sie nicht mit mir da draußen sein wollen, müssen Sie umkehren.«

Lees schüttelte den Kopf. »Tut mir leid, aber wir sind mit einem Ziel vor Augen losgezogen und werden erst umkehren, wenn wir das erreicht haben.«

Ihre Finger waren Klauen, ihre Zähne die eines Raubtiers. »Haben Sie mir nicht zugehört?«, fauchte sie. »Da draußen werdet ihr alle sterben!«

Die Mannschaft begann wieder zu flüstern.

»Habt ihr gehört, was sie gesagt hat?«

»So will ich nicht enden.«

»Käpt'n Cat«, sagte Lees und unterbrach das Getuschel. »Ich lasse Ihnen die Wahl. Wir fahren bis zum Rand, mit Ihrer Erlaubnis oder ohne. Wenn Sie wollen, können Sie uns gern begleiten. Oder Sie steigen wieder in Ihr Beiboot und versuchen Ihr Glück auf See. Sie könnten es schaffen. Es gibt einen Schiffsweg ein paar Wochen östlich von hier. Ich werd Sie nicht zwingen mit uns zu kommen, wenn Sie nicht wollen.«

Ihr Atem ging schwer und ihre Gesichtszüge wurden starr. »Ich steig nicht wieder in das Boot«, sagte sie. »Und mit euch komme ich auch nicht.«

Er betrachtete ihr schmales Gesicht, ihre zottigen Haare, ihre Haut, die an den Knochen klebte. Und er verstand sofort, was sie meinte.

In ihrem Kopf war sie immer noch da draußen, umgeben von den Knochen ihrer Mannschaft. Auch wenn sie wieder gesund wurde und viele Meilen zwischen sich und das Meer brachte, würde sie doch immer da draußen sein.

»Käpt'n, Sie können doch nicht …«

»Und ob ich kann«, sagte sie. »Ich tu es sowieso, wenn Sie mir nicht helfen.«

Sie hatte ihre letzte Lebenskraft in ihre Geschichte gesteckt. Jetzt, da Henk nicht mehr war, wollte sie ihrer Mannschaft folgen. Um die Zweiundvierzig voll zu machen. Zweiundvierzig Tote. Eine gerade Zahl.

Lees ließ die Hände sinken und zog die Barmherzige Lady.

Im schwachen Licht des Lazaretts schien der Revolver zu leuchten. Sein langer Silberlauf war mit Pappelblättern und Samenschoten verziert, sein Elfenbeingriff hatte Intarsien aus Perlmutt. Manche sagten, es sei die schönste Schusswaffe, die je hergestellt worden sei. Eine Waffenschmiedin aus Likkaro hatte sie für ihren Liebsten gemacht, und einen vollkommeneren Ausdruck von Sehnsucht und Zuneigung hatte man nie gesehen.

Die Mannschaft hielt die Luft an. Doch der zweite Revolver blieb im Holster, nur der schwarze Griff war unter Lees' rastlosem Daumen zu sehen.

Käpt'n Cat stand auf, reckte das Kinn und verließ mit aller Würde, die sie aufbringen konnte, das Lazarett. Die Mannschaft machte ihr Platz. Einige neigten den Kopf, als sie die Treppe zum Hauptdeck hinaufging. Im Mondlicht, das ihre Augen umschattete, sah sie bereits aus wie eine Tote. Sie wollte keine Hilfe von der Mannschaft annehmen, als sie auf die Reling kletterte. Sie hielt sich an der Takelage fest und ihr Körper bebte in der kühlen Luft.

»Da wären wir, Käpt'n«, sagte Lees. »Sind Sie sicher?«

»So sicher wie noch nie in meinem Leben«, antwortete sie. Wie sie die Leine mit den schwieligen Händen packte, wirkte sie zerbrechlich und doch stolz.

Die komplette Besatzung sah zu, wie der Kapitän die Waffe erhob. Er spannte den Hahn, ein Geräusch wie ein Donnerhall.

»Letzte Worte?«, fragte er.

Käpt'n Cat starrte ihn an. Während sie ihrem Tod ins Auge blickte, mit der rauschenden See hinter sich und der Nacht wie ein ausgebreitetes Gewand um sich herum, schien sie größer und hochmütiger geworden zu sein. Ihre Stimme klang glockenhell. »Vielleicht wird man sich an dich erinnern, Kannek Lees«, sagte sie. Sie sah nacheinander jeden aus der Mannschaft an und ließ den Blick schließlich auf Camey ruhen, der sich unbehaglich an der krummen

Nase kratzte. »Aber wer wird sich an deine Mannschaft erinnern?«

Lees drückte ab.

Es gab einen Blitz und einen Knall, dann taumelte Käpt'n Cat mit flatternden Haaren und ausgebreiteten Armen und Beinen über Bord und klatschte ins Wasser. Das war das Ende von Catarina Still, Tochter des Forschers Hendrick Still und letzte Kapitänin der *Sieben Glocken.*

Doch ihre Worte hingen noch immer in der Luft. Lind wiederholte sie bereits für sich und starrte auf die leere Stelle, wo sie eben noch gestanden hatte. Es waren Worte, die Lees niemals vergessen sollte.

Wer wird sich an deine Mannschaft erinnern?

16. KAPITEL

REINGELEGT

Der Osten von Epidram war ein Labyrinth aus Hütten und schmalen Gassen. Überall lagen Hummerfallen herum und Wäsche hing zum Trocknen an den Leinen. In den Rinnen der unbefestigten Straßen waren Bäche voller Dreck und Unrat, es roch nach vergammeltem Essen und fauligem Wasser. Eine neue Befestigungsanlage aus Holz ragte über die alten Steinmauern am Rand der Stadt, und am Ufer entlang waren Wachtürme errichtet worden, doch bisher hatte der Krieg das waldreiche Land von Oxszini nicht erreicht.

Sefia und Archer schlichen ängstlich durch die Straßen und schauten, ob irgendwo das  in Laternenmasten oder über Türen eingeritzt war, aber sie fanden nichts. Früh am Morgen hatten sie beobachtet, wie Habichts Männer sich zum Stadtrand geschlichen hatten, aber jetzt waren die Impressoren nirgends zu finden.

»Sie sind hier langgegangen, ganz sicher.« Sefia schaute die

Straße hoch und runter und fluchte. »Auf solchen Wegen kann ich keine Spuren lesen.«

Ein paar kleine Geschäfte waren geöffnet, Markisen waren über den breiten Fenstern und über den Tischen auf der Straße aufgespannt. Ein Mann paffte unter einem Zelt eine Pfeife und süß duftender Rauch kringelte sich von den gebogenen Spitzen seines Barts empor. Er war umgeben von Apothekerschubladen, die in kleine quadratische Fächer unterteilt waren. Hin und wieder stippte er einen Finger hinein und holte sich eine Prise Tabak heraus.

Auf der Straße hatte Sefia das Gefühl, so sehr aufzufallen wie noch nie zuvor. Ihre Stiefel knirschten. Ihr Rucksack rappelte. Alles, was sie tat, war zu laut und schien nicht hierher zu gehören. Sie war noch nie in einer so großen Stadt gewesen.

Im Schatten unter einer Markise sah Sefia undeutlich fünf klapperdürre Leute in Schaukelstühlen. Mit jedem rasselnden Atemzug bewegten sich ihre fadenscheinigen Kleider. Sefia schauderte. Sie hatte das unheimliche Gefühl, dass Archer und sie beobachtet wurden.

Archer folgte ihr und behielt die Umgebung dabei genau im Auge. Er schaute hoch zu den Dächern und um jede Ecke.

Kurz hinter der nächsten Kreuzung entdeckte Sefia in einer Gasse eine bekannte Gestalt. Es war ein Mann mit grauen Haaren und rotem Bart. Die Sohlen seiner Schuhe waren lehmverkrustet und der Saum seines Mantels war schmutzig.

Sefia zog Archer hinter einen Stapel Kisten. »Das ist einer von Habichts Männern«, flüsterte sie und zeigte auf ihn.

Archer nickte. Rotbart hatte die Zange getragen, als sie in die

Hütte eingebrochen waren. Archer umfasste den Griff seines Jagdmessers.

Sie ließen Rotbart einen kleinen Vorsprung, dann schlichen sie ihm hinterher. Er führte sie kreuz und quer durch die Straßen, tiefer in die Stadt hinein. Sefia und Archer folgten ihm, duckten sich in die Gassen und warteten halb versteckt hinter Laternenpfählen oder Fässern.

Sefia ließ ihn nicht aus den Augen. Sie waren jetzt nah dran, das spürte sie.

Rotbart führte sie zu einem kleinen belebten Straßenmarkt. Es gab so viel zu sehen. Marktschreier und Kundschaft, Taschendiebe und Kinder. Eine schwindelerregende Wolke aus Geräuschen und Gerüchen umwehte sie. Doch während Sefia zögerte, stürzte Rotbart sich ins Getümmel, ohne sich noch einmal umzudrehen.

Sie rannte hinter ihm her.

In der Mitte der Straße huschte er in ein Gebäude mit schmierigen Fenstern und einem schwingenden Metallschild über dem Eingang: ein Krug mit Schaumkrone und einer Schlinge drumherum. Der Krug bedeutete, dass es sich um eine Schenke handelte, aber die Schlinge …

Sefia taumelte zurück. Dieses Haus hatte sie schon mal gesehen: schmutzige Fenster und eine Tür mit abgeblätterter grüner Farbe, daneben auf der einen Seite die Werkstatt eines Kerzenmachers, auf der anderen Seite ein Stand mit Küchenwaren.

Palo Kanta sollte hierherkommen. Durch genau diese windschiefe Tür sollte er mit Habichts Männern schlendern.

Sefia wurde auf einmal schwindelig, sie stolperte gegen

Archer, der sie am Ellbogen festhielt. »Er sollte hier herkommen«, sagte sie benommen. »Palo Kanta sollte hier sein.«

Er nickte.

»Ich hab das verhindert.«

Archer sah sie nicht an. Er spielte mit den Opferlichtern auf dem Tisch vor der Werkstatt des Kerzenmachers. Sefia fragte sich, was Palo Kanta da drin wohl gemacht hätte. Vermutlich getrunken. Was noch? Gelacht? Hätte er sich mit seinen Freunden Geschichten erzählt?

»Glaubst du, Habicht ist auch da drin?«, fragte sie.

Archer schaute zu den schäbigen Fenstern und zuckte die Achseln.

Der Kerzenmacher legte die Arbeit nieder und grinste sie höhnisch an. In den schwieligen Händen hielt er zwei halb fertige Kerzen. »Wollt ihr was kaufen?«, fragte er.

»Wie heißt die Schenke hier?«

»Die Henkersschlinge?« Der Mann verzog den Mund zu einem fiesen Grinsen. »Geht da besser nicht rein. Das ist nix für kleine Jungs und Mädchen.«

Sefia trat unbehaglich von einem Fuß auf den anderen. Sie gingen zu dem Laden auf der anderen Seite der Schenke und taten so, als ob sie sich für die angeschlagenen Töpfe interessierten.

»Können Sie mir etwas über die Henkersschlinge erzählen?«, fragte Sefia die Händlerin.

Die Frau steckte sich eine dunkelgraue Locke unter die Mütze. »Da werden Leute gehängt, die nicht zahlen.«

»Geht ein Mann namens Habicht manchmal dorthin?«

»Das geht mich nichts an, Mädchen. Meine Kunden zahlen immer sofort.«

Sefia fasste die Riemen ihres Rucksacks und trat ein paar Schritte zur Seite. »Wo ist Rotbart?«, murmelte sie.

Archer tippte sich aufs Schlüsselbein und zuckte hilflos die Achseln.

Als die Sonne höher stieg, wurde Sefia zunehmend nervös. Bei jedem lauten Geräusch und jeder plötzlichen Bewegung in der Menge zuckte sie zusammen. Immer wieder fuhr sie mit der Hand ans Messer.

Schließlich hielt sie es nicht mehr aus. Sie schlich sich an ein Fenster der Schenke und rieb mit der Faust den Schmutz weg. Dann legte sie die Hände an die Scheibe und spähte hinein.

Sie suchte nach den goldenen Fäden der Geschichte, die unter der alltäglichen Welt lagen, und blinzelte. Licht drang durch die Spalten im Dielenboden, sammelte sich um die Tische, erleuchtete die Wände, bis selbst die herabhängenden Seile goldgetränkt waren.

Sefia schwirrte der Kopf. Es gab so viel zu sehen – Schlägereien an der Theke, zerbrochene Gläser, kleine Muschelschalen, die mit dem Besen zusammengefegt wurden, geflüsterte Worte, trunkener Gesang und mittendrin Palo Kanta, wie er an der Theke stand, ein Glas hob und jemandem auf den Rücken schlug. Doch kein Bild verharrte so lange, dass Sefia einen guten Einblick bekommen hätte. Jemand durchkreuzte ihre Vision – Rotbart? – und sie fuhr herum, um ihm zu folgen, doch die Welt drehte sich mit ihr. Sie konnte nicht sehen, wohin er gegangen war. Das Licht war ein zuckender Strudel, der sie zu verschlingen drohte.

Sefia blinzelte und die Welt wurde wieder dumpf, braun und schmutzig.

Ihre Spucke schmeckte säuerlich. Sie hatte es nicht geschafft. Ihre Magie hatte sie im Stich gelassen.

Archer drückte sanft ihren Arm.

Sie sah ihn an und schüttelte den Kopf. Alle Informationen, die sie brauchte, waren da, aber sie konnte sie nicht finden. Sie war nicht gut genug.

»Wir müssen da rein.« Sefia stand auf und starrte auf das dreckige Fenster. Mit dem kleinen Finger zeichnete sie die Buchstaben auf die Scheibe und sprach die Laute dabei stumm mit. Es waren nur ein paar Zeichen in der Ecke, kaum zu erkennen, es sei denn, man suchte danach:

PALO KANTA

Er konnte nicht hier sein – dafür hatte sie gesorgt –, sein Name jedoch schon, wenigstens für eine Weile. Das war sie ihm schuldig. Sefia wischte den Finger an der Hose ab.

»So hieß er«, sagte sie.

Archer nickte. Zusammen betraten sie die Schenke.

Es war ein schmuddeliges Lokal mit Muscheln und Sägespänen auf dem fleckigen Boden. An den Wänden hingen orangefarbene Lampen, rostige alte Anker und dicke Seile. Ein paar Gäste waren ebenfalls da – in der Ecke saß eine Frau mit Kapuze vor einem bernsteinfarbenen Getränk, an der Bar ein einarmiger Mann, der Erdnüsse knabberte, beide schauten auf, als Sefia und Archer hereinkamen. Rotbart war nirgends zu sehen. Sefia suchte in den dunklen Ecken nach einer Hintertür. Wohin war er verschwunden?

Der Barmann, der mit einem schmutzigen Tuch Gläser trocknete, sah nicht besser aus als der Rest des Ladens; er hatte dreckige Fingernägel und die Haare hingen ihm wie ein nasser Wischmopp um die Schultern. Das Auffälligste jedoch war sein Gesicht: Auf der linken Wange prangten vier sternförmige Narben, die an den Rändern weiß und runzlig waren.

Diese Narben bedeuteten etwas. Es waren Zeichen, die verrieten, wer man wirklich war. Sefia hatte von ihnen gehört oder vielleicht sogar gelesen, aber sie konnte sich nicht mehr richtig erinnern.

Als der Barmann merkte, dass Sefia ihn ansah, grinste er, und die Zähne in seinem Mund glänzten ölig. »Na, na, Kinder«, sagte er. »Was machen denn zwei anständige junge Leute wie ihr in so einem Laden?«

Als Sefia zur Bar ging, beugte der Einarmige sich zu ihr herüber. Sein Blick war glasig und er verströmte einen ekligen süßlichen Alkoholdunst. Er pickte in den Erdnussschalen auf der Theke herum. Sefia verzog angewidert den Mund.

»Wir suchen einen Mann mit rotem Bart«, sagte sie. »Haben Sie ihn gesehen?«

Der Barmann hatte ein schiefes listiges Grinsen, bei dem sich die Narben auf seiner Wange kräuselten. Er legte den Kopf schräg und tippte sich mit seinem schmutzigen Zeigefinger ans Kinn. »Könnte schon sein«, sagte er lächelnd. »Aber ich seh hier viele Leute kommen und gehen. Unmöglich, sich die alle zu merken.«

»Es ist keine Viertelstunde her, dass er hier war. Wir haben ihn reingehen sehen.«

Archer hinter ihr bewegte sich unruhig. Sie spürte, wie er sich nach möglichen Gefahren umschaute.

»Mein Gedächtnis ist wohl einfach nicht mehr das, was es mal war«, sagte der Barmann. »Aber manchmal kann man ihm ein bisschen auf die Sprünge helfen.«

Nin sagte immer, es gebe vier Methoden, um Informationen von jemandem zu bekommen, der sie nicht preisgeben wollte: Bestechung, Drohung, Gewalt und List.

Sefia biss die Zähne zusammen, um sich eine patzige Antwort zu verkneifen. Dann nahm sie ihre Geldbörse aus der Innentasche der Weste und holte den ungeschliffenen Turmalin heraus. Sie hielt ihn hoch und ließ das trübe Licht durch das Wassermelonenrot und das tiefe Grün des Steins schimmern. Dann knallte sie den Stein auf die Theke und steckte die Börse wieder ein.

Der Barmann zuckte die Achseln.

»Machen Sie Witze? Der Stein ist mehr wert als so eine kleine Information.«

»Sieht mir nicht so dolle aus. Der glänzt ja nicht mal.« Er zuckte wieder die Achseln, aber seine leblosen Augen verrieten ihr, dass er log. Er wollte mehr.

Zähneknirschend zückte sie noch einmal die Börse.

Da holte Archer den Rutilquarz hervor, den sie ihm geschenkt hatte.

»Nicht, Archer«, sagte sie und versuchte den Stein wieder in seine Tasche zu stecken. »Lass mich das machen.«

Doch der Barmann nickte und leckte sich die Lippen. »Na, so kommen wir ins Gespräch.«

Sanft schob Archer ihre Hände weg und legte den Stein auf die Theke. Selbst in dem schummrigen Licht funkelten die goldenen und schwarzen Streifen. Der Barmann berührte den Stein und rollte ihn zwischen seinen dreckigen Fingern hin und her.

»Der sieht schon besser aus«, sagte er. »Aber viel kriegt ihr dafür nicht.«

Sie warf ihm einen Blick zu, der jeden Stein zum Schmelzen gebracht hätte. Wenn der Mann sich nicht bestechen ließ, musste sie ihn überlisten.

»Wie wär's dann mit einem kleinen Spiel?« Sefia schnappte ihm den Quarz unter den Fingern weg und grinste selbstbewusst, obwohl ihr gar nicht danach zu Mute war. »Den Turmalin bekommen Sie fürs Mitmachen.«

»Was für ein Spiel?« Er streifte die schmierigen Haare hinter die Ohren und beugte sich gespannt vor.

Es war ein dummes Wagnis. Ihre Vision war wild und wechselhaft wie das Meer und hatte sie heute schon einmal im Stich gelassen. Nin hätte ihr geraten, einen anderen Weg zu wählen.

Aber Nin war nicht hier. Und Sefia musste herausbekommen, wohin Rotbart gegangen war.

Sie holte tief Luft. »Sie stellen mir eine Frage – irgendeine – über Ihr Leben. Wenn ich sie richtig beantworte, sagen Sie mir, was ich wissen will.«

Er grinste. »Und wenn du falsch antwortest?«

Sefia hielt den Rutilquarz hoch. »Dann gehört der hier Ihnen.«

Der Barmann verschränkte die Arme. »Na, das finde ich aber nicht fair. Jeder kann mal einen Glückstreffer landen.« Er musterte sie schräg aus dem Augenwinkel. »*Fünf* Fragen, dann kommen wir ins Geschäft.«

»Zwei«, konterte sie.

»Drei.«

Sefia legte den Quarz wieder auf die Theke. »Aber nicht lügen, wenn ich richtigliege.«

»Bei meiner Ehre, ich werde nicht lügen.«

Sie schüttelten sich die Hände. Danach war Sefias Hand kalt und klamm.

»Erste Frage«, sagte er und ließ den Turmalin in seinen Schurz gleiten. »Wie heiße ich?«

Sie betrachtete sein Gesicht: die Falten, die Adlernase, den Mund. Aber sie brauchte mehr. Sie konzentrierte sich auf seine Narben, vier Sterne auf seiner Wange. Sie stellte sich vor, es wäre ein Wort mit vier Buchstaben, das sie entziffern müsste.

Sie blinzelte und das Licht überflutete sie. Vier sternförmige Narben auf der linken Wange: *Lügner. Verräter.* Sie sah die Linien seines Lebens, die von diesem Moment an durch die Zeit zurückliefen. Sie sah Einsamkeit, Armut, Angst. Jahre und noch mehr Jahre, die sich in die Vergangenheit ausdehnten, bis er wieder ein junger Mann war, der an Deck eines riesigen goldenen Schiffes diente. Damals war er gierig geworden und dann hatte er sich erwischen lassen.

»Farralon Jones.« Sie schluckte. »Sie heißen Farralon Jones.«

Der Barmann lachte. »Na, da hast du wohl getrickst. Wer hat dir das verraten?« Er zeigte auf den Einarmigen. »Warst du das, Mani? Du alter Schweinehund.«

Der Mann trank einen Schluck und kicherte. »Ich war das nicht, Jonesy«, lallte er. »Hab noch nie ein Wort mit dem Mädchen da gewechselt.«

Sefias Blick wurde verschwommen, während sie durch die Lebensströme glitt, ihr wurde schwindelig und übel. Ihre Schläfen pochten und jetzt setzte der Schmerz sich hinter den Augen fest. Sie suchte an der Theke Halt. »Das war die erste Frage«, sagte sie. »Stellen Sie mir noch eine.«

Jones tippte sich ans Kinn. »Ist ja interessant. Guter Trick. Diesmal muss ich mir eine kniffligere Frage überlegen.«

»Aber bitte heute noch«, sagte sie schroff. Ihr drehte sich der Magen um. »Ich hab's eilig.«

»Okay, ich hab eine.« Der Barmann zeigte auf seine Wange. »Woher hab ich die Narben? Und bitte mit allen Einzelheiten.«

In schwindelerregenden Spiralen drehte sich das Licht um sie. Sefia schwankte. »Sie haben ihren Kapitän verraten.«

»Na, na, Mädchen.« Er rieb sich die Wange. »Da musst du schon ein bisschen mehr erzählen.«

Sie kniff die Augen zusammen. Sie hatte einen säuerlichen Geschmack im Mund. »Sie waren Matrose auf der *Crux* und haben unter Kapitän Dimarion gedient. Es hätte vielleicht ganz gut für Sie laufen können, wenn Sie nicht so gierig gewesen wären. Aber Sie segelten über die Meere von Oxszini und auf ihn war ein Kopfgeld ausgesetzt. Das war sogar noch erhöht worden, nachdem er Schiffe in der Bucht von Batteram angegriffen hatte.

Das Geld war einfach zu verlockend. Sie haben ihn verraten. Sie haben gedacht, Sie würden damit durchkommen, aber er hat sie erwischt.«

Mani lachte und der Barmann sah ihn wütend an. »Okay, okay. Das macht zwei.«

Sefia kam ins Schwitzen. Der Raum um sie herum schwankte. Sie spürte Archers warme Hand an ihrem Ellbogen und versuchte sich darauf zu konzentrieren statt auf den Schwindel und das Gefühl, als würde sich in ihrem Kopf etwas spalten. »Jetzt die letzte Frage«, sagte sie.

Farralon Jones starrte auf den Quarz und fuhr sich mit der Hand über das Gesicht. Dann fragte er: »Was ist mir auf der Welt am allerwichtigsten?«

Sefias Vision strömte in die dunkelsten Ecken seiner Vergangenheit, drang in alle Winkel seines Lebens ein. Sie sah zu viel auf einmal, Bilder, Klänge und Gerüche überspülten sie wie stürmische goldene Wellen. Doch wenn es ihr gelang, den Kopf kurz über Wasser zu halten, blitzten Antworten auf. Der Kapitän hatte eine Faust wie einen Vorschlaghammer und an den Fingern trug er vier scharfkantige juwelenbesetzte Ringe. Sie spürte den Schmerz in der Wange, als würde ihr selbst das Fleisch aufgerissen. Danach konnte Jones nirgends mehr anheuern. Niemand wollte einen gezeichneten Mann einstellen. Nicht mal seine Frau traute ihm noch über den Weg. Und Sefia sah, wie schlimm es für ihn war, dass er seine Frau und seine Tochter verloren hatte, die einzigen beiden Menschen außer ihm selbst, an denen ihm je etwas gelegen hatte.

Sie ruderte wild durch das Licht und versuchte in die Gegenwart zurückzukehren. Irgendwo in den reißenden Fluten aus Gold und Licht musste sie ihren Körper wiederfinden.

Archers feste Berührung an ihrem Ellbogen lenkte sie zurück zu ihm. Zurück zu sich selbst.

Sie blinzelte und langsam kehrte das Bewusstsein in ihren Körper zurück. Ihre Knie gaben nach, doch Archer hielt sie fest.

»Sie denken an Ihre Frau und Ihre Tochter«, brachte sie keuchend heraus. Ihr war übel und ihr Mund war ausgetrocknet. Doch es war ihr egal, wie seekrank sie sich fühlte – Hauptsache, sie war wieder sie selbst. »Aber das stimmt nicht. Um die beiden haben Sie sich nie so gekümmert wie um sich selbst. Wenn Sie Ihre Familie lieben würden, dann hätten Sie das nie getan. Sie haben immer nur an sich gedacht. Da haben Sie Ihre Antwort.«

Die Gäste in der Schenke starrten sie an.

»Wie hast du …?« Sein Blick zuckte nervös hin und her. »Ich hab nie jemandem erzählt …«

»Ich *sehe* Sie«, sagte sie. Sie presste die Hände gegen die Schläfen, um das schreckliche Pochen zu stoppen. Sie hatte die letzten Worte seiner Frau im Kopf, die letzten Worte, die sie zu ihm gesagt hatte, und Sefia wiederholte sie: *»Du bist ein gieriger kleiner Feigling, Farralon Jones, und jeder, der dich sieht, wird das jetzt wissen.«*

Er ließ das Glas fallen, das er gerade abtrocknete. Es knallte auf die Theke, bekam einen Sprung und fiel zu Boden, wo es zu seinen Füßen zersplitterte. Er trat einen Schritt zurück. Die Scherben knirschten unter seinen Füßen. »Ich habe nie … Woher weißt du …«

»Wie gesagt«, sagte Sefia. »Ich *sehe* Sie.«

Sie war außer Atem und ihr war übel, aber sie hatte gewonnen. Sie schnappte sich den Quarz und reichte ihn Archer. Der steckte ihn feierlich ein.

Mani lachte immer noch und kippelte betrunken auf seinem Hocker. Sefia tauchte einen Finger in sein Glas und zeichnete das  auf die Holztheke. Die Ränder waren verwackelt, weil ihre Hand so zitterte. »Dieses Symbol«, sagte sie. »Kennen Sie das?«

Jones betrachtete es stumm. »Nee, nie gesehen.«

Sefia nickte. Außer auf Archers Kiste war ihr das Symbol auf ihren Reisen auch noch nie begegnet. »Dann erzählen Sie mir jetzt von dem Mann mit dem roten Bart.« Sie atmete schnell durch die Nase und versuchte den ekligen Gestank des nassen Sägemehls zu ignorieren, der vom Boden aufstieg.

»Er arbeitet für einen Mann namens Habicht.«

»Ich weiß. Wo ist er hin?«

»Zur Hintertür raus.« Jones zeigte in eine Ecke des Gastraums. Zwischen den dunklen Tischen versteckt befand sich eine kleine Tür. Er lächelte schmierig, und Sefia wusste nicht so recht, warum. »Er und Habicht verlassen den Hafen heute Morgen mit der *Blechschüssel*. Sie liegt jetzt am Wildschwein-Pier.«

»Wohin wollen sie?«

Er zuckte die Achseln. »Keine Ahnung. Die *Schüssel* kann von hier aus fast jedes Ziel im Inneren Meer erreichen.«

»Wann stechen sie in See?«

Er ging in die Hocke und sammelte die Scherben vom Boden. Seine Stimme stieg wie Rauch hinter der Theke auf. »Halbe Stunde.«

Sefia sah Archer an und der nickte grimmig. »Wir haben nicht mehr viel Zeit.« Immer noch wacklig auf den Beinen ging sie zur Hintertür und zog Archer mit sich. Er machte die Tür hinter ihnen zu. Im selben Moment sank sie auf die Knie und erbrach sich in den Rinnstein.

Immer wieder musste sie sich übergeben, sie zitterte und schwankte.

Archer setzte sich neben sie und strich ihr über den Rücken, die Wirbelsäule rauf und runter und über die Schultern. Die Berührung beruhigte sie, half ihr die Übelkeit und die rasenden Kopfschmerzen zu bezwingen.

Als sie sich endlich wieder aufsetzen konnte, reichte er ihr die Wasserflasche. Mit schwachen Händen nahm Sefia sie und spülte den Mund ein paarmal aus. Sie befanden sich in einem kleinen Hinterhof, umringt von Mülleimern und alten Fischernetzen. Eine schmale Gasse führte hinaus ins Straßengewirr.

»Da drin dachte ich, ich würde mich verlieren. So als würde man mich wegwischen und meine Gedanken und Erinnerungen zerlegen, bis sie sich im Nichts auflösen.« Sie schauderte. Ein hartnäckiger Rest vom Kopfschmerz pochte noch zwischen ihren Augen und die Straßen und Buden hörten nicht auf zu schwanken, doch sie rappelte sich auf.

»Aber du hast mich zurückgeholt«, sagte sie. »Danke.«

Archer lächelte.

»Komm, wir gehen.«

Er nickte und nahm ihr die Flasche ab. So schnell Sefias wacklige Beine es zuließen, verschwanden sie aus dem Hinterhof.

An den Piers unten am Ufer wimmelte es von Ruderbooten

und Segelbooten. Die Handelsschiffe trugen die Flaggen ihrer Königreiche – weiß-golden für Likkaro, schwarz-weiß für Delienne –, doch das Blaugrau Everikas war nirgends zu entdecken. In Oxszini eine blaue Marineflagge zu führen, hätte den sicheren Tod bedeutet. Hinter dem Halbrund des Hafens patrouillierte eine Flotte roter Marineschiffe am Ufer entlang – eine blutrote Schärpe in der tiefblauen See.

Matrosen und Hafenarbeiter drängten sich auf der Landungsbrücke zusammen, sie beluden große Netze mit Fracht und zogen sie über die Reling. Nachrichtenboten mit schwarzen Armbinden liefen hier und dort herum und ratterten die neuesten Nachrichten herunter. Möwen kreisten am Himmel wie Geier, hockten unheilvoll auf seepockenverkrusteten Pfeilern und schauten auf das grüne Wasser.

»Neues aus dem Nördlichen Königreich!«, rief ein Bote gerade. »Lord Rokko Diamar, Cousin des Einsamen Königs, ist tot! Sir Gentian, der Botschafter von Delienne, kehrt zur Beerdigung zurück!«

Sefia warf ihm im Vorbeigehen eine Kupfermünze in die Dose, und durch den Lärm am Hafen drang die nächste Nachricht nur schwach zu ihr durch: »Die Blaue Marine drängt wieder auf die Schifffahrtswege von Oxszini! Königin Hekkata schickt noch mehr Schiffe von Kelebrandt nach Norden!«

Am Aufgang jedes Piers befand sich ein hoher Holzpfahl, und auf jedem Pfahl war eine Skulptur. Sefia und Archer rannten am Kronen-Pier, Kanarien-Pier und am Fass-Pier vorbei, sie wichen Pferden, Wagen und Seemännern aus, die Kisten verluden. Als sie schließlich zum Wildschwein-Pier kamen, wo ein grimmiger schwarzer Keiler aus Stahl auf dem Pfeiler hockte, herrschte dort schon geschäftiges Treiben. Zwischen all den Jollen und Schaluppen und Matrosen gab es fast kein Durchkommen. Sefia spähte durch die Menge und sah ein paar große Schiffe am Ende des Piers. Um sie herum wuselten Männer wie schwarze Ameisen.

Sie zupfte einen Matrosen am Ärmel. »Können Sie mir sagen, wohin die *Blechschüssel* fährt?«

Der Mann riss sich los. »Hau ab, Kleine, ich arbeite hier nicht.«

Während Archer nach Habicht und seinen Männern Ausschau hielt, versuchte Sefia irgendjemanden zu finden, der über das Ziel der *Schüssel* Bescheid wusste. Sie versuchte die Leute sogar mit ein paar Kupferkispen zu bestechen, jedoch ohne Erfolg.

»Wenn dieser miese Verräter uns angelogen hat …« Sie fummelte an den Trägern ihres Rucksacks herum. »Na komm. Wir gucken selbst.«

Archer nickte. Zusammen schlichen sie an dem belebten Pier entlang, versteckten sich zwischen Gruppen von Reisenden, doch von den Impressoren fehlte jede Spur.

Als sie sich dem Schiff mit der abgesplitterten grauen Farbe näherten, das wohl die *Blechschüssel* war, versteckten sie sich hinter einem Stapel Holzkisten. Auf Händen und Knien spähte Sefia um die Ecke und betrachtete die Matrosen und Hafenarbeiter, die auf den Decks und den Laufplanken herumgingen.

Habicht und seine Männer waren nicht dabei.

Sefia fluchte und krabbelte vorwärts, zwischen Fässern, alten Netzen und Frachtgütern hindurch, die darauf warteten, verladen zu werden. Sie schaute über die Schulter zu Archer, doch ehe sie etwas sagen konnte, kam Rotbart hinter einer Kiste hervorgesprungen, packte sie am Kragen und zog sie unsanft mitten auf den Pier. Sie versuchte sich freizukämpfen, doch da kamen schon die übrigen Impressoren aus ihren Verstecken.

»Nein!« Sefia trat und schlug um sich, biss und schrie. »Archer, lauf weg!« Sie sah noch sein erschrockenes Gesicht, dann verpasste Rotbart ihr einen Schlag an den Kopf.

Alles drehte sich und das schmierige Lächeln des Barmanns kam ihr wieder in den Sinn. Er hatte sie reingelegt. Und sie hatte es nicht kommen sehen.

Habicht und seine Männer umringten Archer mit gezückten Waffen.

17. KAPITEL

ANGST UND SCHMERZ

Archer wollte zu ihr rennen, doch vier Männer umzingelten ihn. Vier weitere standen hinter ihm und schnitten ihm den Weg vom Pier ab. Er hatte das Messer in der Hand. Er musste zu ihr. Er trat den Erstbesten, rammte ihm den Fuß geradewegs in den Bauch. Der Mann fiel auf den Rücken. Ein anderer ging auf Archer los. Archer wich aus und zog ihm das Messer über die Kehle. Der vertraute gurgelnde Laut – überrascht. Sie klangen immer überrascht.

Da ertönte ein Schuss wie ein Donnerhall. Archer machte einen Satz nach vorn. Er musste zu ihr. Jemand stieß ihn zu Boden. Der Mann war schwer und schien mehr als zwei Arme zu haben. Archer rang nach Luft und suchte verzweifelt nach Sefia.

Der Mann mit dem roten Bart lachte, während sie in seinem Griff zappelte. Er wirbelte sie herum und hielt ihr ein Messer an die Kehle.

»Diebin!«, beschimpfte er sie.

Ihre Hände wanderten zum Hals, aber er war zu stark.

»Wenigstens hast du zurückgebracht, was du gestohlen hast.«

Sefia stampfte dem Mann mit ihrem Absatz auf den Fuß. Als er seinen Griff lockerte, rammte sie ihm den Ellbogen in den Bauch. Er bekam keine Luft. Und dann war sie frei.

»Archer!«

Archer hob das Messer und stach es seinem Angreifer zwischen die Rippen. Er schob den Mann von sich weg. Rotbart trat ihn in die Seite. Immer wieder. Um ihn unten zu halten.

Da zog Archer ihm das Messer über das Fußgelenk. Es gab ein hässliches Geräusch und Rotbart sackte zusammen. Archer kam wieder auf die Füße. Die anderen umringten ihn, aber er hatte nur Augen für Sefia.

Sie wurde festgehalten, am Hals gepackt. Sie schnappte nach Luft, kratzte die Hand, die sie umklammerte. Habichts Hand. Mit der anderen Hand drückte er ihr eine Pistole an die Wange.

»Jetzt reicht's«, rief er. Sein fleischiges Gesicht war rot, die braunen Augen gefährlich schmal. »Keine Bewegung, Junge!«

Archer konnte das Messer nicht schneller werfen, als Habicht abdrücken konnte. Er ließ die Hände sinken. Sie waren voller Blut, und Blut war überall auf dem Pier. Humpelnd zogen sich die Männer zurück. Zwei rührten sich nicht, sie lagen ausgestreckt am Boden.

»Das Messer auch«, sagte Habicht.

Sefias Gesicht lief rot an. Archer ließ das Messer aus den Fingern gleiten und die Männer um ihn herum seufzten erleichtert auf.

»Sieh dich an, Junge! Wohlgenährt und gemästet. Ich wette,

das kleine Ding hier war richtig nett zu dir.« Er grinste Sefia anzüglich an. »Und dir vielen Dank, dass du ihn in einer derart guten Verfassung zurückgibst. Er ist sogar noch besser in Form als an dem Tag, als du ihn gestohlen hast.« Er kam ganz nah an ihr Gesicht heran. »Glaubst du, ich hätte nicht gemerkt, dass ich verfolgt werde? Glaubst du, ich hätte ihn einfach so gehen lassen? Er ist der beste Kämpfer, den ich je gesehen hab. Würde mich nicht wundern, wenn er wirklich der wäre, nach dem Serakeen die ganze Zeit sucht. Ein großer Soldat, der seine Armee anführen könnte.«

Archer versuchte abzuschätzen, wie lange er brauchen würde, bis er bei Habicht wäre. Zu lange. Sefia fielen die Augen zu. Ihr Gesicht wurde noch dunkler.

Habicht steckte die Pistole ins Holster, ohne Sefias Hals loszulassen. »Es war dumm von dir herzukommen, Junge. Ohne sie könntest du frei sein.«

Es ging wieder von vorn los. Wieder dieselbe Tortur. Festgetrampelte, blutgetränkte Erde. Fäuste, Messer und Ketten. Die Kiste. Stinkende Finsternis. Bitte nicht. Alles, bloß das nicht. Lieber wegrennen. Lieber sterben.

Aber er musste verhindern, dass sie Sefia töteten.

Er machte sich auf einen Schlag gefasst, aber es kam keiner. Ein weiterer Schuss ertönte. Habicht zischte und ließ Sefia fallen, als Fleisch und Knochen in seinem Arm zerbarsten. Die Kiste hinter ihm splitterte. Sefia fiel zu Boden und stand nicht wieder auf.

Alle schauten zu dem Mann, der mit rauchendem Revolver gegenüber vom Pier stand. Er war groß und schlank und hatte den Hut tief ins Gesicht gezogen. Dem Aussehen nach ein ganz normaler Seemann. Doch sie erkannten seine Waffe: silberne Filigranarbeit, der Griff aus Elfenbein mit Perlmuttintarsien. Einer der beiden berühmtesten Revolver der Welt. Der andere steckte noch im Holster.

»Ich hab gehört, dass du mit Jungs handelst«, sagte der Mann gedehnt. »Konnt's aber nicht glauben.«

Habicht biss die Zähne zusammen und hielt sich den verwundeten Arm. »Das geht dich nichts an, Lees. Lass mich einfach nehmen, was mir gehört, und …«

Eine weitere Kugel streifte sein Ohr. Es fing an zu bluten und ein Haarbüschel fiel ihm auf die Schulter. Er zuckte zusammen, schrie aber nicht.

»Menschen gehören niemandem«, knurrte Lees. Seine blauen Augen unter der Hutkrempe blitzten.

»Wir fahren nach Jahara, da bist du uns los«, rief Habicht unverdrossen. »Du kannst das Mädchen haben, wenn sie noch am Leben ist.«

Archer starrte Sefia an. Sie rührte sich nicht.

»Junge.« Lees nickte ihm zu. »Nimm deine Freundin und dann macht, dass ihr hier wegkommt.«

»Vielleicht ist dir der ganze Ruhm zu Kopf gestiegen, Käpt'n«, höhnte Habicht. »Du glaubst vielleicht, du könntest hier mit deinem Revolver antanzen und Leute rumkommandieren. Aber Fakt ist, du bist in der Unterzahl.« Habichts Männer entsicherten ihre Pistolen. Das insektengleiche Klicken von Hähnen, die gespannt wurden.

Lees kicherte. »Zählen kann ich auch.«

Hinter ihm erschien die Mannschaft der *Strömung*. Hünen, die grinsend und kampflustig bereitstanden.

Habichts Männer ließen die Pistolen sinken. Archer zwängte sich an ihnen vorbei zu Sefia durch. Sie keuchte, aber sie lebte. Er berührte sie sanft an der Schulter.

»Ab mit euch, Junge!«, rief Lees.

Archer hob sie hoch. Sie war leicht wie eine Feder oder ein junger Vogel. Er nahm ihren Rucksack. Es würde ihr nicht gefallen, wenn er den vergäße. Er trug sie ganz vorsichtig, als könnte sie in seinen Armen zerbrechen. Habichts Männer machten ihm Platz.

Der Käpt'n hatte den Revolver noch immer erhoben. »Ich hab meine Leute über das ganze Königreich verteilt«, sagte er. »Und wenn mir noch einmal zu Ohren kommt, dass ihr irgendwelche Jungs gefangen nehmt, hole ich mein Schiff und jage euch wie die Tiere. Wohin ihr auch geht auf dieser großen blauen Welt, ich finde euch.«

Archer war jetzt außer Hörweite und verstand nicht, was Habicht antwortete, aber er hörte die Schüsse. Er hörte den Schrei und das Klirren von Schwertern.

Sefia ging es nicht gut. Um den Hals herum hatte sie hässliche rote Abdrücke. Er schluckte und spürte, wie sich die Narbe an seinem Hals zusammenzog. Er erreichte den Anfang des Piers. Da war niemand. Alle waren weggelaufen. Was sollte er jetzt machen? Sie waren hier nicht im Wald, wo Sefia ihm zeigen konnte, wo es langging. Sie hatte keine Zeit gehabt, ihm beizubringen, was er tun musste.

Die Piers sahen alle gleich aus – überall Boote und Schiffe

und stapelweise Frachtgut. Hier konnte er nicht bleiben. Er musste irgendwohin.

Er rannte los. Er musste Hilfe holen. Auf den anderen Piers waren noch Leute. Vielleicht konnten die irgendwas tun.

Archer lief zu ihnen. Er machte den Mund auf.

Doch es kamen keine Worte heraus. Sie waren nicht in ihm drin. Er spürte die Stelle, wo sie hätten sein sollen, wie ein schwarzes Loch in seinem Innern, doch die Worte selbst waren nicht da.

»Alles in Ordnung, Junge?«

Die Gesichter vor ihm waren riesig. Hände kamen auf ihn zu.

»Was ist mit dem Mädchen passiert?«

Sie scharten sich um ihn. Alle sahen gleich aus. Ihm schwirrte der Kopf. Er hatte keine Ahnung, wo er war und wie weit er gegangen war. Sefia atmete flach in seinen Armen.

Es waren zu viele Leute. Sie waren zu nah. Sie grapschten nach ihm, wollten Sefia anfassen. Ihre Worte wurden zu Gemurmel. Die Leute waren laut und umzingelten ihn. Er musste weg. Irgendwohin, wo er in Sicherheit war.

Dunkelheit. Das brauchte er. Irgendetwas Kleines. Einen Raum, den sie nicht erreichen und wo sie ihm nichts tun konnten.

Angst und Schmerz kehrten zurück und diesmal konnte Sefias leise dunkle Stimme ihn nicht davor schützen. Die blauen Flecken an ihrem Hals hatten ihr die Stimme genommen und jetzt lag sie bewusstlos in seinen Armen.

Also tat er das Einzige, was er konnte. Er versteckte sich. Auf einem Pier sah er eine leere Frachtkiste. Er legte Sefia hinein, kroch hinterher und zog die Kiste zu. Und dann gab es nur noch Dunkelheit und die Geräusche von Schritten und Stimmen draußen.

An seinen Händen klebte Blut, doch er setzte das Gepäck ab und strich ihr die Haare aus dem Gesicht, bevor er ihr einen Rucksack wie ein Kissen unter den Kopf legte. Dann lehnte er sich mit dem Rücken an eine Seitenwand der Kiste, schlang die Arme um die Knie und lauschte auf ihren Atem, lauschte auf Geräusche von Verfolgern und wartete darauf, dass sie aufwachte.

18. KAPITEL

HALDON LACS ERSTES ABENTEUER

Unteroffizier Haldon Lac ärgerte sich. Es war noch zu früh – und wenn er ehrlich war (aber das war er nicht), hatte er zu lange geschlafen. Warum auch nicht? Er war ein heranwachsender junger Mann, der seinen Schlaf brauchte, und seine neuen frühen Arbeitszeiten passten ihm ganz und gar nicht. Er hatte keine Zeit für seine übliche Tasse Kaffee mit Sahne und drei Stück Zucker. Deshalb fand er die Sonne, die zwischen den Wolken hervorlugte, zu grell, die Meeresbrise zu frisch und den Fischgestank zu durchdringend für seine empfindliche Nase. Er verzog die wohlgeformten Lippen und betrachtete die abgesplitterten Schindeln und herumliegenden Netze, von denen der unangenehme Fischgeruch herrührte. Lac hielt sich den Ärmel vor die Nase und hustete.

»Atmen Sie durch den Mund, Sir«, sagte Hob, sein Gehilfe, und grinste über sein Unbehagen. Hob war ein lustiger schlitzäugiger Kerl mit fast kugelrundem Kopf. Er war pünktlich, gründlich und ohne jeden Ehrgeiz, was Unteroffizier Lac zupasskam, denn er hatte jede Menge Ehrgeiz, während seine Arbeitsmoral zu wünschen übrig ließ. Sie ergänzten sich hervorragend.

»Halt die Klappe, Hob«, sagte Fox. Sie war von einem ganz anderen Schlag. Obwohl sie im Rang unter Lac stand, vereinte sie Fleiß, Talent und Tatendrang auf vollkommene Weise. Alle drei waren neu in der städtischen Marine und sollten bald auf See und in den Krieg geschickt werden. Doch wenn an den Gerüchten etwas dran war, dann hatte sie sich bereits einen Namen in Epigloss gemacht, der westlichen Nachbarstadt von Epidram. Außerdem war sie, wie Lac seit ihrer Versetzung schon häufig beobachten konnte, schlichtweg umwerfend. Ihr Verstand war klar wie Quellwasser, sie hatte makellose Zähne und scharfe Augen. Sie strich eine vorwitzige Locke hinter das Ohr. »Wie weit noch bis zum Ostmarkt?«

Lac sah sich in der Gasse um und zuckte die Achseln. Sie sollten einen Spähtrupp ablösen, aber wer wusste schon, wo in diesem Rattennest irgendwas war? Braune Gräser welkten in den Fenstern eines Hauses, im Hof standen Fässer mit fauligem Wasser und alte Kisten herum. Die Luft war vom Geschwätz der Verkäufer und vom Klappern der Wagen erfüllt, obwohl der Markt selbst nirgends zu sehen war.

Zwei schlanke junge Männer mit fleckigen Schmiedeschürzen und offenen Hemdkragen kamen vorbei. Einer wich Lacs Blick aus, doch der andere, der einen etwas schiefen Gang hatte und alle paar Schritte einen Hüpfer machte, sah ihn an. Lac lächelte. Er vertraute auf sein Lächeln. Es war ein vollkommener

Halbmond, der schon mehr Gemüter beruhigt und ihm mehr Gefallen eingebracht hatte, als er zählen konnte.

Der Junge lachte und ging weiter. Oh, was hatte er für wunderbare Schultern. Lac starrte ihm sehnsüchtig hinterher.

»Ich glaube, wir haben uns schon wieder verlaufen, Unteroffizier«, sagte Hob.

»Wirklich?« Er stöhnte und machte kehrt. »An diese Stadt werde ich mich nie gewöhnen.«

»Das müssen wir hoffentlich auch nicht«, sagte Fox. »Ich will so schnell wie möglich auf ein Schiff. Da spielt die Musik.«

»Ganz meine Meinung.« Lac lehnte sich an ein Fass, um ein wenig zu verschnaufen. Es kippte und eine übel riechende Flüssigkeit schwappte heraus und ergoss sich über seine knallrote Jacke. »Igitt!« Das grün-bräunliche Zeug sickerte in den Stoff. Haldon Lac würgte. »Die hatte ich gerade reinigen lassen!«

»Sieht schlimm aus, Sir«, sagte Hob wenig hilfreich.

Fox rümpfte die Nase und seufzte. »Sie haben mich davor gewarnt, nach Epidram zu gehen. Warum habe ich nicht auf sie gehört?«

»Warum hast du dich überhaupt versetzen lassen?«, fragte Hob. »Das hast du nie erzählt.«

Sie zögerte so lange, dass Lac von dem Fleck auf seiner Jacke aufblickte. Sie wirkte … traurig. Sonst hatte sie immer entweder ungeduldig oder konzentriert ausgesehen. Ihre Traurigkeit war still und zerbrechlich wie ein herabgefallenes Blatt.

Bevor Lac etwas sagen konnte, ging die Hintertür von einem Gebäude auf und ein Mann mit wildem rotem Bart trat heraus. Lac erkannte ihn auf den ersten Blick. Den Mann selbst hatte er noch nie gesehen, aber er kannte die Fahndungsplakate, die am Stützpunkt aufgehängt waren. Den Gerüchten zufolge hatten Rotbart und ein Mann namens Habicht mit einer Bande von Menschenhändlern zu tun, aber es schien dafür weder Zeugen noch Beweise zu geben. Sie gingen der Marine von Oxszini seit Jahren aus dem Weg und schlichen immer heimlich in die Stadt und wieder hinaus, bevor jemand Wind davon bekam. Hinterher gab es jedes Mal Ärger.

Lac packte Fox und Hob und zog sie hinter die Mülltonnen. Er legte einen Finger an die Lippen.

Unteroffizier Haldon Lac war faul, und wenn er ehrlich war (aber das war er nicht), dann hatte er sich lange Zeit auf sein gutes Aussehen und seinen natürlichen Charme verlassen. Doch tief unter seiner makellosen Haut und den perfekten Zügen verbargen sich ein paar echte Talente – unter anderem ein Gespür für entscheidende Situationen. Und er wusste, dass dies, so harmlos es auch wirkte, eine entscheidende Situation war.

Er wandte sich zu Fox, und sie nickte.

Sie schlichen aus ihrem Versteck hinter den Mülltonnen und folgten dem Rotbärtigen bis zur Mündung der Gasse. Dort traf er einen zweiten Mann. Lac, Fox und Hob duckten sich hinter einen Stapel Fischernetze und lauschten.

»Habicht hatte Recht«, murmelte der Rotbärtige. »Nachdem ich mich gezeigt hab, sind sie mir den ganzen Weg bis zur Henkersschlinge gefolgt.«

»Gut«, sagte der andere. »Weiß Jones, was zu tun ist?«

»Das ist ein alter Gierschlund. Er wird versuchen Geld aus ihnen rauszupressen.«

»Aber wird er tun, was wir ihm gesagt haben?«

»Ja.« Der Rotbärtige warf einen Blick über die Schulter und zog den Jackenkragen höher. »Lass uns zur *Schüssel* gehen. Ich hab keine Lust, von dem Jungen verfolgt zu werden … von dem Mädchen übrigens auch nicht.«

Lac schwirrte der Kopf. Das lag bestimmt daran, dass er keinen Kaffee bekommen hatte. Was für eine Schüssel? Was für ein Junge? Er spürte Fox neben sich. Wenn er ehrlich war (aber das war er ganz bestimmt nicht), hoffte er insgeheim, dass sie bemerkte, wie gut er die Lage im Griff hatte.

»Die *Blechschüssel* hat vorgestern am Wildschwein-Pier angelegt«, flüsterte Fox. »Sie fährt regelmäßig nach Jahara und zurück.«

Offenbar verfolgte sie genau, welche Schiffe aus dem Hafen von Epidram ausliefen und welche wieder anlegten. Sie war genauso ehrgeizig wie Lac. Wahrscheinlich hoffte auch sie auf eine Beförderung.

Am Eingang der Gasse huschten der Rotbärtige und sein Kumpan um die Ecke und waren nicht mehr zu sehen.

Haldon Lac stand auf und strich sich die Haare glatt. »Passen Sie auf«, sagte er, als Fox und Hob sich ebenfalls erhoben. Er spürte, dass dies sein Moment war. Er, Unteroffizier Haldon Lac, hatte einen großen Moment und alles sollte perfekt sein. »Wir werden das Ganze selbst aufklären. Der Wildschwein-Pier ist nicht weit von hier und wenn wir sehen, was Habicht im Schilde führt, können wir jemanden mit genaueren Informationen zurück zum Stützpunkt schicken.« Er verzog das Gesicht, als er den braunen Fleck auf seiner Jacke sah – das Einzige, was

schüttelte den Kopf. Fox gab ihm Handzeichen und er versuchte sich zu erinnern, was sie bedeuteten. Es waren Zahlen, aber er wusste nicht, welche. Fünf? Fünfzehn? Zwanzig? Sie bewegte die Finger so schnell, dass sie wie Kolibris waren, die von einer Bedeutung zur anderen schwirrten.

Eine Stimme schallte über den Hafen. »Ich hab meine Leute über das ganze Königreich verteilt, und wenn mir noch einmal zu Ohren kommt, dass ihr irgendwelche Jungs gefangen nehmt, hole ich mein Schiff und jage euch wie die Tiere. Wohin ihr auch geht auf dieser großen blauen Welt, ich finde euch.«

Das war Lacs Moment. Es war Pech, dass er den Anfang der Auseinandersetzung verpasst hatte, aber jetzt war es seine Pflicht, sie zu beenden. Er hatte keine Zeit, Verstärkung anzufordern. Er holte tief Luft, dann trat er hinter der Kiste hervor und feuerte einen Schuss in die Luft ab. »Das reicht«, verkündete er. »Wir übernehmen jetzt …«

Eine Kugel traf ihn am Arm. Er spürte den Schmerz, bevor er den Schuss hörte. Woher war der gekommen? Mit einem hässlichen Schrei fiel er zu Boden.

Auf dem Pier ging es jetzt richtig zur Sache. Noch mehr Schüsse wurden abgefeuert. Stahl blitzte in der Sonne. Lac lehnte sich gegen ein Fass und packte sein Gewehr mit beiden Händen. Seine Schulter blutete und tat höllisch weh.

Fox und Hob kämpften gegen eine Handvoll kräftiger, fies aussehender Männer auf dem Pier, aber sie kämpften nicht allein. Ein paar Matrosen waren ihnen zu Hilfe gekommen, sie jauchzten und brüllten vergnügt, während ihre Schwerter und Pistolen zum Einsatz kamen.

Haldon Lac blinzelte. Er erkannte sie, wie man eine Figur erkennen würde, die aus ihrer Geschichte gestiegen ist und sich jetzt in der eigenen befindet. Der Riese mit dem gelben Kopftuch. Der Flinke mit den Rastalocken. Sie kämpften so wild und unbekümmert, wie er es noch nie gesehen hatte, sich nie hätte vorstellen können. Sie drängten Habichts Männer ans Ende des Piers und ins Wasser. Habicht selbst trat ebenfalls den Rückzug an, als er angegriffen wurde. Er hielt sich den verwundeten Arm und stolperte rückwärts. Mit einem giftigen Blick in die Menge sprang er in das stinkende Hafenwasser. Trotz seiner schmerzenden Schulter war Haldon Lac enttäuscht. Sein großer Moment entwischte in der grünen Gischt.

Der Kampf war vorüber. Mühsam rappelte er sich auf, aber die Schulter schmerzte zu sehr. Einer der Seemänner kam auf ihn zu. Unteroffizier Haldon Lac wich zurück und blinzelte zu ihm auf.

Der Mann beugte sich herab. Er hatte unglaublich strahlend blaue Augen – sogar noch schöner als die von Lac, wenn er ehrlich war (aber das war er nicht). Er spürte, wie er auf die Füße gezogen und abgeklopft wurde.

»Das war nicht eure beste Idee, hier mitten in die Schießerei reinzuplatzen«, sagte der Mann gedehnt. »Aber ist ja noch mal gut gegangen.«

Die anderen Matrosen gaben sich mit ihren Pistolen Zeichen und umzingelten lachend Habichts verbliebene Männer. Es waren nur drei, alle bluteten stark. Vier waren tot. Rotbart, den Lac noch vor einer knappen halben Stunde gesehen hatte, lag auf dem Pier. An seinem Knöchel und an der Brust war Blut, sein zottiger Bart leuchtete jetzt in einem noch tieferen Rot. Seine Augen standen offen, den Mund hatte er zu einem stummen Knurren verzogen.

Fox reichte Hob ein Seil und sagte: »Mach dich mal nützlich.«

Hob kniete sich hin und fesselte Habichts Männern die Hände. »Wo ist der Unteroffizier?«

Haldon Lac spürte, wie er von fester Hand vorwärtsgeschoben wurde. »Das musst wohl du sein«, sagte der Mann. Lac stolperte und nahm am Rande die blutende Wunde und den braunen Fleck auf seiner Jacke wahr.

Fox sah an ihm vorbei. »Vielen Dank, Käpt'n Lees«, sagte sie. »Sie haben uns geholfen drei Kumpane von Habicht festzunehmen.«

Kapitän Lees? Lac blinzelte wieder. Dieser Mann war Lees? Er versuchte zu lächeln, aber niemand achtete auf ihn.

Lees lachte trocken. »Ich tu nur meine Pflicht für das Königreich.«

Nur meine Pflicht. Haldon Lacs Lächeln verblasste.

»Ich werde meine Vorgesetzten wissenlassen, dass Sie uns geholfen haben«, fuhr Fox fort.

»Das wäre sehr freundlich.« Er tippte sich an die Mütze und ging davon. Unteroffizier Lac blieb verdattert auf dem Pier zurück. Die Matrosen lachten und redeten, während sie ihrem Käpt'n folgten. Jetzt erkannte Lac die Mannschaft der *Strömung der Zuversicht*: Ross, der riesige Zimmermann mit dem Tuch um die Stirn; Lind, der Zweite Steuermann mit den Rastalocken, der so gern Geschichten erzählte …

Hob sah auf und grinste. »Da sind Sie ja, Sir. Ich dachte schon, Sie hätten alles verpasst.«

Haldon Lac schüttelte den Kopf.

»Drücken Sie auf die Wunde«, sagte Fox.

Gehorsam drückte er eine Hand auf seine Schulter und sah das Blut auf dem Pier, die Toten. Ihm wurde klar, dass dies ganz und gar kein großer Moment war. Sie waren ohne Befehl hergekommen und konnten nicht mal Habicht vorweisen. Ein anderer war dazwischengeplatzt und hatte den ganzen Ruhm eingeheimst, den Fox ihm auch zugestehen wollte – zu Recht, wenn Lac ehrlich war. Nein, dieses Kapitel gehörte zu der Geschichte von jemand anderem, wahrscheinlich nicht mal jemand Wichtigem, und er hatte keinen Finger gerührt, um darin mitzumischen.

Nun ja, er hatte einen Arm gerührt. Und das war dabei herausgekommen.

»Habicht ist uns durch die Lappen gegangen«, sagte er.

Fox zuckte die Achseln. »Wir haben seine Leute gefangen genommen. Nächstes Mal schnappen wir ihn.« Lächelte sie ihn an? Ihr Bein war verwundet und ihre Stirn blutverschmiert, aber ja, sie lächelte ihn an. Dieses wilde Kojotenlächeln.

Haldon Lac lächelte zurück.

19. KAPITEL

DIE NEUE KISTE

Als Sefia erwachte, war es so dunkel, dass sie nicht sicher war, ob sie die Augen wirklich offen hatte. Sie hörte Schritte, heisere Stimmen. Seile knirschten. Die schwüle Luft war drückend wie eine Decke. Sie hustete, rührte sich und krächzte: »Archer?«

Etwas Kühles wurde ihr in die Hände gedrückt und ihre Finger berührten seine flüchtig, als er die Flasche an ihrem Mund ansetzte. Wasser rann ihr zwischen die Lippen und die Kehle hinunter. Sie setzte sich auf und sagte: »Wo sind wir? Haben sie uns geschnappt?«

Er drückte ihre Hand. Sie waren außer Gefahr.

»Danke«, flüsterte sie.

Als er sich zurücklehnte, nahm er etwas aus der Hosentasche und drehte es zwischen den Fingern. Sie fühlte nach, was es war. Er hatte den Sorgenstein in der Hand.

Draußen murmelten die Wellen im langsamen Rhythmus der

Flut. Sie waren nah am Wasser, vielleicht noch auf einem Pier. Ihr Versteck war klein, mit harten Holzwänden, kaum groß genug für sie beide.

»Eine Holzkiste!« Ihre Finger streiften seine Kleider.

Seine Hand fand ihre und er hielt in der Dunkelheit zwei miteinander verflochtene Finger hoch. Sie waren klebrig – von Blut? –, doch sie wusste, was das Zeichen bedeutete.

Sie war bei ihm. Sie waren zusammen. Also ging es ihm gut.

Sie lehnte sich wieder zurück, und Archer ließ seine Hand auf ihrer liegen. In der Dunkelheit schien der Druck seiner Finger das einzig Wirkliche auf der Welt zu sein – so als würde, wenn sie die Hand wegzöge, alles in Scherben zerfallen und im Schwarz versinken. Sie hatten sich schon mal berührt, aber so hatte es sich noch nie angefühlt.

Sie zog die Hand nicht weg.

»Was ist da draußen?«

Archers Schultern hoben und senkten sich. Sefia trank noch einen Schluck Wasser. »Es tut mir leid«, sagte sie mit leiser, brüchiger Stimme. »Ich hätte besser aufpassen müssen. Dann hätte ich gemerkt … Ich hatte meine Vision nicht im Griff …« Sie hielt inne. »Habicht hat gesagt, du sollst eine Armee anführen.«

Er gab keine Antwort, doch sie wusste, dass er immer noch den Sorgenstein rieb. Serakeen hatte bereits große Teile des Ozeans eingenommen. Jetzt wollte er auch Land für sich beanspruchen. Likkaro mit seinen korrupten Herrschern und der verarmten Bevölkerung wäre leichte Beute.

Brauchte er dafür die Jungen? Für seine Armee? Aber so, wie

Habicht am Hafen über Archer gesprochen hatte, schien er ihn für etwas Besonderes zu halten. Als sollte er nicht Kanonenfutter sein, sondern ein Anführer. Ein Feldherr. Ein Dirigent der Gewalt. Archer hatte schon fünfzehn Jungen getötet, aber Serakeen wollte mehr. Er wollte ganze Legionen von Toten.

»Nie wieder.« Sie drückte seine Hand ganz fest. »Nie wieder musst du für sie töten.«

Er beugte sich zu ihr herab und legte die Wange auf ihren Scheitel.

Nach einer Weile tastete Sefia nach ihrem Rucksack und spürte die vertraute Form des Buchs darin. »Wir haben noch nicht mal rausgekriegt, wohin sie wollen.«

Archer tippte aufgeregt auf ihren Handrücken.

»Haben sie etwas gesagt?«

Er nickte und sie begann zu raten. Corabel. Kelebrandt. »Roku!« Sie lachte. Das kleinste der Königreiche war eine kleine qualmende Vulkaninsel, wo es nach Schwefel und Asche roch. Obwohl Roku einmal Hoheitsgebiet von Oxszini gewesen war und seinen früheren Herrscher immer noch mit Schwarzstein und Schießpulver versorgte, war es zu klein und durch die Lage ganz im Süden zu abgelegen, um eine tragende Rolle zu spielen. »Ich weiß. Niemand fährt nach Roku.«

Sie brauchte nicht lange, um die richtige Antwort zu finden. »Jahara«, flüsterte sie. »Sie fahren nach Jahara.«

Archer wollte gerade darauf reagieren, als sie draußen Schritte hörten, leicht und flink wie die eines Vogels. Sie erstarrten in der Kiste. Sefia presste sich an Archers Schulter. Das Herz schlug ihr bis zum Hals. Die Schritte kamen näher und verharrten. Da war jemand ganz in der Nähe, nur durch ein paar Holzlatten von ihnen getrennt.

Sie hörten ein Kratzen, als würde jemand scharren, und ein Knacken, wie wenn trockenes Holz Feuer fängt. Um sie herum Gerumpel und Getrampel.

Dann eine raue Stimme: »Du da!«

Die Geräusche erstarben, jemand trippelte davon.

»He, war das eben das Mädchen, das …«

»Nee, zu alt. Die war doch nur ein schmächtiges Ding.«

Die Stimmen kamen näher und jemand schlug gegen die Kiste. Sefia schauderte.

»Durch den kleinen Zwischenfall auf dem Wildschwein-Pier sind wir ganz schön in Verzug geraten. Der Käpt'n wollte schon vor einer Stunde ablegen.«

»Selbst vor einer Stunde wär es dem Käpt'n nicht früh genug gewesen.«

Sie lachten.

Archer drückte ihre Hand fester.

Die Kiste wackelte. Etwas Großes, Schweres schlug dagegen. Seile. Die Kiste wurde verschnürt wie ein Geschenk. Sefia presste sich an die Wände. Sie war nicht zum ersten Mal auf einem Schiff und wusste, was jetzt kam.

Es war, als würde der Boden unter ihr weggezogen. Ihr Magen machte einen Satz. Sie wurden hochgehoben und schwankten in der Luft. Sefia fiel gegen Archer, die Rucksäcke stießen ihr in den Rücken. Sie purzelten übereinander.

Dann wurden sie heruntergelassen. Sefia presste die Lippen zusammen, damit sie beim Aufprall nicht aufschrie.

Um sich herum hörten sie Gepolter und Geschrei. Sefia und Archer lagen reglos zusammengerollt in der Kiste. Sein Arm an ihrem. Ihr Atem flach in seinem zerzausten Haar. In dem ganzen Durcheinander hatte er ihre Hand nicht losgelassen.

Es gab einen großen Rums: Über ihnen wurde eine Klappe geschlossen, dann waren sie allein. Die Stimmen waren wieder weit weg.

Sie waren auf ein Schiff verladen worden.

Sefia zitterte. Jetzt waren sie blinde Passagiere, und blinde Passagiere wollte niemand haben. Sie hatte Geschichten darüber gehört. Wenn das Schiff auf einer kurzen Reise war, wurden sie vielleicht versklavt und im nächsten Hafen verkauft. Wenn das Schiff aber eine lange Seefahrt vor sich hatte, dann würde man sie sofort töten und ihre Leichen ohne Umschweife ins Meer werfen.

Die Kiste, die ihr eben noch sicher und warm vorgekommen war, umschloss sie jetzt wie ein Gefängnis.

Archer bebte. Sein Atem ging zu schnell. Unter ihrer Hand spürte sie, wie er mit dem Daumen immer wieder über den Sorgenstein strich. Sie schmiegte sich an ihn, legte die Wange an sein Haar, beruhigte sein Zittern mit dem Druck ihres Körpers. »Es wird alles gut«, flüsterte sie kaum hörbar. »Es wird alles gut.«

Wie viel Proviant hatten sie dabei?

»Es wird alles gut.«

Wie viel Wasser?

»Es wird alles gut.«

Wie lange konnten sie im Bauch des Schiffes überleben?

»Es wird alles gut.«

20. KAPITEL

SIE

Tanin lehnte sich an die Reling des Schiffs, als gehörte sie dorthin, die Ellbogen aufgestützt, die Handgelenke locker überkreuzt. Es war natürlich nicht ihr Schiff und sie gehörte nicht hierher. Aber vom Deck des alten Kutters hatte sie einen klaren, ungehinderten Blick auf den Hafen und auf die Kiste, die fünfzig Meter entfernt stand und in der das Mädchen und der Junge saßen.

Die Jägerin neben ihr manikürte sich mit der Messerspitze die Fingernägel und warf hin und wieder kleine weiße Splitter in das schäumende grüne Wasser. Auf dem Deck unter ihren Stiefeln klebte noch das Blut des Wachmanns, der jetzt tot unter der Hauptluke lag.

»Ich bin immer noch der Meinung, dass wir unsere Zeit verschwenden«, sagte die Jägerin.

Tanin ließ die Kiste nicht aus den Augen. »Und das wäre schlimm – wenn ich etwas darauf geben würde, was du denkst.«

Die Jägerin erwiderte nichts, aber der Frust stand ihr ins Gesicht geschrieben.

Tanin seufzte. »Es tut mir leid. Ich weiß, dass du ungeduldig bist. Das bin ich auch. Aber wenn wir eingreifen, bevor wir alle wesentlichen Fakten beisammenhaben, könnten wir das Buch verlieren. Und das Risiko will ich nicht eingehen.«

»Sie sitzen in einer Kiste. Wozu soll es gut sein, sie dabei zu beobachten?« Die Jägerin steckte das Messer in die Scheide.

»Wenn sie so wichtig sind, wie ich vermute, ist alles zu irgendwas gut.«

Im Hafen regte sich etwas und Tanin kniff die Augen zusammen. Hinter den Kisten kam jemand zum Vorschein, eine schlanke Frau mit schwarzen zurückgebundenen Haaren. Sie bewegte sich mit den schnellen Schritten einer Diebin, so selbstsicher und anmutig, dass Tanin der Atem stockte.

Nein. Das kann sie unmöglich sein.

Tanin war zu weit weg, um ihr Gesicht zu erkennen. Die Frau hockte sich neben die Kiste, ein blitzendes Messer in der Hand. Sie vergewisserte sich, dass niemand sie beobachtete, dann begann sie zu schnitzen.

Tanin richtete sich auf. Diese Haltung hätte sie überall wiedererkannt.

Die Frau schrieb etwas.

Tanin sprang über die Reling und rannte über die Landungsbrücke zum Hafen. Auf dem gedrängt vollen Pier gingen zwei Männer auf die Kiste zu. Die zierliche, dunkelhaarige Frau blickte auf – Tanin konnte ihr Gesicht noch immer nicht richtig sehen – und tauchte dann in der Menge unter.

Tanin ließ den Blick über Kinder und Seemänner schweifen, Diener und Kaufleute, Nachrichtenboten mit schwarzen Kappen.

Die Jägerin trat neben sie. »Ist das …«

Die Frau tauchte hinter einer Gruppe von Leuten auf und flitzte davon. Tanin rannte hinter ihr her.

Aus dem Augenwinkel sah sie, dass die Jägerin ihr folgte. Sie liefen durch die Menschenmenge, wichen im letzten Moment Handwagen aus und Männern, die kleine Fässer über die Planken rollten. Die Frau vor ihnen sprang über zusammengelegte Netze und Holztruhen, wand sich zwischen fülligen Geschäftsfrauen und Gruppen verwirrter Reisender hindurch.

Während sie rannte, hoffte Tanin inständig, die Frau möge sich nur einmal kurz umdrehen. So dass sie wenigstens einen Augenblick lang ihr Gesicht sehen könnte. Um sicherzugehen, dass sie es *wirklich* war. Auch wenn das völlig unmöglich war.

Doch die Frau drehte sich nicht um.

Sie verfolgten sie bis zum Ende des Piers, und ohne aus dem Tritt zu geraten, stieg die Frau auf einen Stapel Kisten und sprang ins Wasser, die Arme wie Flügel weit ausgebreitet.

Die Jägerin hob das Messer. Es blitzte in der Sonne.

»Nein!« Tanin stieß sie zur Seite, als ihr das Messer aus der Hand glitt. Es sauste durch den Arm der Frau, kurz bevor sie verschwand. Das Messer fiel ins Wasser, doch es spritzte nicht. Es war, als wäre die Frau einfach ausgelöscht.

Tanin hielt inne.

Teleportation. Diese Stufe der Magie war so weit fortgeschritten, dass selbst Meister der Illumination sich selten darin versuchten. Aber die Frau konnte nicht …

Die Jägerin kam schlitternd zum Stehen und schlug mit der behandschuhten Faust auf eine Kiste. Die Kiste zerbarst, die Latten brachen wie Kleinholz. Ein paar Hafenarbeiter kamen auf sie zu, doch sie starrte sie so böse an, dass sie die Hände hoben und kopfschüttelnd zurückwichen.

»Warum hast du mich aufgehalten?«, fragte sie.

Tanin starrte auf die Stelle, wo eben noch die Frau gestanden hatte. »Ich wollte nicht, dass du sie umbringst«, sagte sie schwach.

Die Jägerin trat gegen das zersplitterte Holz auf dem Pier. »Ich hätte sie nicht umgebracht. Ich hätte sie nur vom Teleportieren abgehalten. Und dir die Antworten besorgt, die du haben wolltest.«

»Das Risiko konnte ich nicht eingehen.«

»War sie das denn überhaupt?«

Tanin wandte sich ab. Tränen verschleierten ihr die Sicht. »Ich weiß es nicht«, flüsterte sie. Ihre Stimme, für gewöhnlich so beherrscht, brach wie Eis.

Die Jägerin schnaubte. »Warum ist sie dir so wichtig?«

Schnell wischte Tanin die Tränen weg, die sich aus ihren Augenwinkeln stahlen, und strich die Kleider glatt. »Weil sie zur Familie gehörte.«

»Wir haben keine Familie. Darauf haben wir geschworen.« Die Jägerin spuckte zur Seite aus. »Manchmal denke ich, du willst das Buch gar nicht zurückhaben.«

Von einem Moment auf den anderen wich jede Spur von Enttäuschung aus Tanins Gesicht. Sie packte die Jägerin am Handgelenk und drehte es schmerzhaft herum.

Mit einem Schrei fiel die Jägerin aufs Knie, den Arm fest in Tanins eisernem Griff.

»Ich mag dich, Jägerin«, sagte Tanin zuckersüß. Da war ihre Stimme wieder, scharf und biegsam wie ein Florett. »Normalerweise mag ich sogar dein wütendes Gebrüll und deine sture Hingabe an die Sache.« Mit jedem Wort packte sie die Jägerin fester, bis das Handgelenk nachgab und der jungen Frau Tränen in die Augen traten. »Aber dies sind keine normalen Zeiten. Und wenn du weiterhin meckerst wie ein kurzsichtiges Weib, dann setze ich dich in ein Schiff zurück zum Hauptsitz, wo die Verwalter dir den Kopf zurechtrücken können wie einem Wildesel.«

Sie drehte das Handgelenk noch ein Stückchen weiter, dann ließ sie die Jägerin los.

Die Jägerin rang nach Atem und hielt die verletzte Hand an die Brust.

Tanin sah lächelnd auf sie herab. »So, um das klarzustellen: Diese Frau – wer sie auch war – hat die Kiste *transformiert*. Sie beschützt die beiden. Wenn jemand so Mächtiges über diese jungen Leute wacht, müssen sie wichtig sein. Es wäre dumm, wenn du jetzt versuchen würdest sie gefangen zu nehmen.«

Trotz des schmerzenden Handgelenks blitzten die Augen der Jägerin bei dieser Kampfansage.

Tanin straffte die Schultern und hob das Kinn. Der Seewind wehte ihr das silberschwarze Haar aus dem Gesicht. »Immerhin wissen wir, wohin sie fahren. Wir folgen dem Schiff.« Sie schwieg einen Moment. »Wenn sie auf sich aufpassen, kann ihnen kaum etwas passieren.«

Die Jägerin zu ihren Füßen machte den Eindruck, als hätte sie am liebsten Gift gespien, doch sie sagte nichts.

»Komm.« Tanin nahm sie am Arm und half ihr auf. Sie wischte ihr Holzsplitter vom schwarzen Ärmel. »Ich schulde dir ein neues Messer.«

21. KAPITEL

WAS DIE STERNE BEDEUTEN

Lon stand vor der Glaswand der Bibliothek und schaute hinaus auf die Berge. Die grauen Finger des Mondlichts teilten die Wolken, streiften blaue Bergkämme und mit Schneestaub bedeckte Bäume. Er atmete tief durch, blinzelte und erlaubte der illuminierten Welt vor seinen Augen zu schweben.

Goldene Lichtfäden glänzten unter der weißen Winterdecke in den Felsen und Bäumen. Mit der Zeit wirbelten sie herum und verschoben sich.

Er sah Bäume wachsen und spürte Flächenbrände über die Landschaft fegen, erlebte Blitzeinschläge in die Granitkuppeln und ertrug das langsame unvermeidliche Vorrücken von Gletschereis. Ganze Menschenalter spielten sich vor ihm ab, während er da stand und dunkel das Verstreichen der Minuten wahrnahm, seinen Atem an der Scheibe.

Erastis hatte immer gesagt, er brauchte einen Bezugspunkt, irgendetwas in der realen Welt, was ihn in den allumspannenden

Lichtermeeren verankerte. Aber Lon war besser. Er hatte monatelang geübt und jetzt konnte er Jahrzehnte von Informationen aufnehmen, ohne krank zu werden oder sich in den Lichtwellen zu verlieren.

»Ich dachte mir schon, dass ich dich hier finde.«

Lon blinzelte und die illuminierte Welt verebbte. Als er sich umdrehte, stand die Zweite neben ihm. Sie roch nach Metall und hatte ihr schwarzes Jägerinnengewand an, der Frost hing noch in ihrem dunklen Haar. An der Seite trug sie das gebogene Schwert.

»Du bist wieder da«, sagte er. Obwohl er leise sprach, hallte seine Stimme in der Marmorhalle wider.

Die Zweite nickte, ohne ihn anzusehen. Irgendetwas an ihr war anders. Nach ihrer Begegnung in der Bibliothek hatten sie ein halbes Jahr damit zugebracht, Freunde zu werden – während sie ihr Blutschwert schmiedete und er sich im Tiefenblick übte –, und dann war sie vor mehr als fünf Wochen plötzlich mit ihrer Meisterin verschwunden. Niemand verriet ihm, wohin sie gegangen waren, und als er Erastis bedrängte, hatte der nur den Kopf geschüttelt. »Ich habe dir doch gesagt, du sollst dein Herz nicht an sie hängen, Lon. Jägerinnen gehen keine Bindungen ein, die sie nicht brechen können.«

Und jetzt wirkte sie fast so kühl wie an dem Tag, als sie sich kennengelernt hatten.

»Wo warst du?«, fragte er.

»Ich war wieder auf einer Mission.« Ihre Worte schlugen sich an der Scheibe nieder und verblassten ebenso schnell wieder.

»Ach so.«

Eine ganze Minute waren die Schneeflocken draußen das Einzige, was sich bewegte.

»Wie lange bleibst du?«

»So lange, wie es mir befohlen wird.«

»Aha.« Lon sah sie genau an. Sie war schon auf Missionen gewesen, bevor sie ihr Blutschwert bekommen hatte, bevor sie Freunde wurden. Aber er konnte sich nicht erinnern, dass sie je so zurückgekehrt war wie jetzt, kalt und unnahbar wie das Nordreich.

Die Zweite zog das Schwert eine Handbreit aus der Scheide und betrachtete den kupferfarbenen Stahl, in den Hunderte Worte eingraviert waren. Sie wanden sich in vollkommenen Schnörkeln über die Klinge. Sie hatte das Schwert erst geschmiedet und dann drei Monate damit verbracht, es mittels Transformation zu gravieren und mit Magie zu durchdringen. Im Mondlicht schienen die Buchstaben zu glühen.

Er zupfte unbeholfen an seinen weiten Ärmeln. Er dachte nicht gern darüber nach, aber die Lehrlinge wurden ihren Abteilungen nicht ohne Grund zugewiesen. Mit ihren achtzehn Jahren hatte die Zweite schon mindestens ein Dutzend Missionen ausgeführt. Bei jeder einzelnen ging es darum, zu töten. Und je mächtiger sie wurde, desto mehr würde sie auf eigenen Füßen stehen, sich von der Ersten lösen und die tödliche Reichweite der beiden verdoppeln. Rajar, sein großherziger, großmäuliger bester Freund, würde eines Tages über das Leben von Hunderten Soldaten bestimmen. Und der Verwaltungslehrling, der schon fast so alt war wie sein sterbender Meister, war vor langer Zeit auf Grund seines Gespürs für Gift und Folter erwählt worden.

Lon brannte immer noch darauf, sich zu beweisen, aber er beneidete die anderen Lehrlinge nicht mehr.

»Möchtest du darüber sprechen?«, fragte er leise.

Die Zweite zögerte lange, dann steckte sie das Schwert mit einem endgültigen Klicken wieder in die Scheide. »Was hast du hier gemacht?«

Er schluckte. »Ich hab die Gletscher beobachtet.«

In ihrem Blick flackerte die alte Freundschaft auf. »Bestimmt hast du dich verbessert, seit wir uns das letzte Mal gesehen haben.«

Er zuckte die Achseln. »In die Zukunft kann ich aber immer noch nicht blicken.«

»Nur einer von tausend Sehern kann in die Zukunft blicken.«

»Das hat Erastis auch gesagt.« Lon sprach jetzt langsam und überdeutlich wie der Meisterbibliothekar: »Es braucht ein seltenes Talent, um die Geschichten zu sehen, die noch erzählt werden müssen, mein Lehrling. Wie soll man sie sehen, wenn man nicht weiß, was sie sein werden?« Er verdrehte die Augen. »Aber das heißt ja nicht, dass ich es nicht versuchen kann.«

Die Zweite hob eine Augenbraue. »Bestimmt willst du dich in ein paar Jahren dann auch in die Zukunft teleportieren.«

»Warum nicht?«

»Weil das noch nie jemand gemacht hat.«

»Das heißt ja nicht, dass es unmöglich ist.«

Im Flur am anderen Ende der Bibliothek ging ein Licht an. Die Zweite nahm seine Hand und zog ihn zu den Glastüren des Gewächshauses und hinein in die warme, nach Erde duftende Luft.

Sie machte die Tür zu und kauerte sich mit ihm hinter eine Reihe pergamentartiger Mohnblumen. Sie sahen Erastis mit einer alten Öllampe in die Bibliothek kommen. Seiner Meinung nach war es Verschwendung, nur für ihn das elektrische Licht einzuschalten.

Lon verzog das Gesicht. »Ich dachte, er schläft heute Nacht länger.«

»Schsch.«

Nachts trug der Meisterbibliothekar die gleichen langen Samtgewänder wie tagsüber. Raschelnd glitten sie über den Boden, während er die Treppe zu einer der Nischen hochging. Der Lichtschein schwebte hinter die Bücherborde.

»Wenn ich nachts hier herumschleiche, schimpft er mit mir, aber er geht mit einer *Lampe* zu den Regalen«, murrte Lon.

»Er hat hier das Sagen. Er macht die Regeln.«

»Aber eines Tages werde ich der Meisterbibliothekar sein. Und ich werde sie auch nicht abfackeln.«

Mit einem rot gebundenen Buch tauchte Erastis zwischen den Regalen wieder auf. Er tappte hinaus, der Lichtschein streifte über die Decke, während er durch den Flur verschwand.

»Du hast Glück, dass du Bibliothekar bist. Wir anderen …« Die Zweite schwieg einen Augenblick; um ihren Mund zuckte es und der Satz schien abrupt die Richtung zu ändern. »… können nicht einfach herkommen und uns nehmen, was wir wollen. Nicht einmal der Direktor darf das.«

Lons Beobachtungsgabe, die er in seiner Zeit als Wahrsager auf der Straße geschärft hatte, sagte ihm, dass etwas nicht stimmte. Ihre letzte Mission musste anders gewesen sein als die vorhergehenden, sie wirkte erschüttert, als hätten sich einzelne Teile von ihr gelöst und rumpelten in ihrem Innern herum. Doch er wagte nicht noch einmal danach zu fragen. Stattdessen sagte er: »Ich darf das auch nicht.«

»Aber eines Tages wirst du es dürfen.« Sie lächelte traurig, doch der Schmerz in ihren Augen verriet ihm, dass ihre Traurigkeit ihn nichts anging.

Als er nichts erwiderte, schaute sie durch die Glasdecke in den Himmel. Dort, zwischen den Wolken, waren die Sternbilder – jede Gruppe von Sternen eine Geschichte, geschrieben mit winzigen Lichtpunkten und den imaginären Fäden, die sie verbanden.

»Kennst du die Geschichte vom Großen Wal?«, fragte die Zweite.

Lon nickte. »Als ich klein war, haben mir meine Eltern vor dem Einschlafen alle möglichen Geschichten über den Mond, die Sterne und die Baumgestalten erzählt. Zumindest wenn sie mal zu Hause waren. Bevor ihre Truppe was weiß ich wohin geschickt wurde.«

»Erzähl sie mir.« Ihre Stimme bebte wie die Oberfläche eines Sees in einer leichten Brise.

Er schaute zu ihr, doch sie erwiderte seinen Blick nicht. Also suchte er die Sterne, die einen Wal bildeten, atmete den schweren Duft der Erde ein und begann zu erzählen. Er traf mühelos den Ton alter Geschichtenerzähler.

»Es war einmal und es wird eines Tages sein. So fangen alle Geschichten an.

Es war einmal ein großer Wal, so groß wie ein Inselreich

und so schwarz wie die Nacht. Jeden Tag schwamm der Wal durch den Ozean, und bei Sonnenuntergang stieg er aus dem Meer und sprang in den Himmel, die Wassertropfen noch auf der Haut. Die ganze Nacht schwamm der Wal über den Himmel und wenn der Morgen dämmerte, tauchte er wieder ins Meer. Es war ein ewiger Kreis: durch das Wasser bei Tag und über den Himmel bei Nacht.

Zu jener Zeit gab es einen berühmten Walfänger, dessen Name vergessen wurde, obwohl man sich an seine Taten erinnert. Er hatte mehr Wale getötet als jeder andere. Man sagte, sein Schiff sei aus Walknochen erbaut und er benutze hohle Walzähne an Stelle von Tassen. Jede Nacht sah er den großen Wal über den Himmel schwimmen und er wusste: Ganz gleich, wie viele gewöhnliche Wale er schon getötet hatte, er würde erst dann der größte Walfänger aller Zeiten sein, wenn er diesen zur Strecke gebracht hätte.

Es brauchte viele Jahre der Vorbereitung, doch schließlich war er bereit. In der Morgendämmerung, als der glitzernde schwarze Wal wieder ins Meer tauchte, schoss der Walfänger seine Harpunen ab. Der große Wal war getroffen! Doch er war so stark, dass er weiterschwamm. Den ganzen Tag schwamm er durch Kelanna und zog den kleinen Walfänger an den Schnüren hinter sich her.

Als es allmählich Nacht wurde, bereitete der Walfänger sein Schiff für den Flug vor. Doch sobald der Wal in den Himmel sprang, rissen die Schnüre. Das Schiff knallte zurück ins Wasser. Viele seiner Männer wurden über Bord geschleudert und ertranken im dunklen Meer, doch der Walfänger gab nicht auf. Er und der Rest seiner Mannschaft segelten mit dem Schiff in die Luft … aber es war zu spät. Der große Wal war schon halb über den Himmel geschwommen, und obwohl der Walfänger ihn die ganze restliche Nacht jagte, holte die Sonne ihn ein und er und sein Schiff verschwanden im Licht.

In der darauffolgenden Nacht funkelte ein neues Sternbild am Himmel: Es war der Walfänger, dazu verdammt, seine Beute auf ewig weiterzujagen. Und der große Wal schwamm ungestört von den Menschen durch den Ozean und über den Himmel.«

Als Lon zu Ende erzählt hatte, fasste die Zweite an ihr Blutschwert und der Geruch von Metall erfüllte das Gewächshaus.

»Das haben deine Eltern dir erzählt?«, murmelte sie.

»Deine dir nicht?«

Sie sah ihm in die Augen. »Ich habe keine Eltern«, sagte sie.

»Ach ja. ›Ich werde alle Bande mit Familie und Königreich brechen.‹« Lon ratterte die Worte des Eids herunter, den sie abgelegt hatten. »Aber du hast Eltern gehabt, jedenfalls früher einmal.«

Als ihre Finger sich um die Scheide des Schwerts legten, bemerkte er die Narben und Schnittwunden auf ihrer Haut.

Schließlich nahm sie die Hand vom Schwert. Sie ließ die Schultern sinken und schlang die Arme um die Knie. »Erzählst du mir noch eine?«, bat sie.

Lon betrachtete sie einen Moment lang. Sie hatte die Augen geschlossen und das blaugraue Licht fiel auf ihre Stirn, ihre Wimpern, Nase und Lippen. Sie sah so verletzlich und gleichzeitig so unnahbar aus.

»Kennst du die Geschichte von dem Bären, der die Gormaninseln gespalten hat?«, fragte er.

Kaum merklich schüttelte die Zweite den Kopf.

Lon lehnte sich zurück und schaute in den Himmel. »Es war einmal und es wird eines Tages sein …«, begann er.

Eine Geschichte nach der anderen erzählte er, warf sie wie Steine über das dunkle Wasser, wo sie geräuschlos versanken. Sie verriet nichts von ihrer Mission und er fragte nicht mehr danach, doch den Rest der Nacht verbrachten sie im Gewächshaus, bis der Himmel heller wurde und der Duft von frischem Grün den von Blut und Eisen überlagerte.

22. KAPITEL

BLINDE PASSAGIERE

Sefia wusste nicht, wie viel Zeit vergangen war, seit Archer eingeschlafen war. Den verebbenden Geräuschen auf dem Schiff zufolge – Stimmen, Schritte, das plötzliche Flattern der Segel wie das Rascheln von Seiten – war es Nacht, als Archer sich regte.

Er erwachte so leise, wie er alles andere tat, mit einem kaum merklichen Zucken der Fingerspitzen. Sie spürte, wie er sich aufsetzte.

»Wenn wir sparsam sind, reicht unser Proviant für drei Tage.« Sie tastete die Ränder der Kiste ab. »Wir müssen versuchen hier rauszukommen.« Sie fummelten und drückten eine Weile, bis die Kiste an einer Seite aufknackte. Frische Luft strömte durch die Öffnung und sie atmeten erleichtert ein. Die Erleichterung hielt jedoch nicht lange an, denn als sie kräftiger gegen die Wand stießen, verkeilte sie sich.

Archer rammte die Schulter dagegen, er schob mit Händen

und Füßen, mit dem ganzen Körper. Sefia machte ihm Platz. Mit Fäusten, Kopf und Beinen warf er sich gegen die Wände. Die Kiste schien um sie herum zu schrumpfen. Die eingebildeten Gerüche von Blut und Urin, altem Stroh und verfaultem Boden hüllten sie ein.

»Archer, bitte!«

Er achtete nicht auf sie. Mit seinem ganzen Gewicht warf er sich gegen die Wand. Seine Panik war greifbar.

Da endlich gab die Wand mit einem Krachen nach. Archer zwängte sich hinaus in den Laderaum des Schiffs. Lange Zeit kauerte er dort im Halbdunkel und lauschte. Sefia hielt den Atem an.

Nichts deutete darauf hin, dass jemand etwas gehört hatte – kein Geräusch von der Wache, keine Schritte.

Auch Sefia krabbelte hinaus und streckte die Beine. Der Laderaum war vollgepackt mit Kisten, Fässern und Säcken. Archer überprüfte die Luke, die hoch zum Unterdeck führte, aber da regte sich nichts.

Vorn im Laderaum knackte Sefia das Schloss zur Vorratskammer der Bordküche und fand Kartoffeln, gepökeltes Rindfleisch, Butter, Talg, Eier und in der Ecke eine Laterne mit einer gesprungenen Glaskugel.

Sie blinzelte und die Geschichte der Laterne schwamm vor ihren Augen: die raue See, als sie zerbrach; woher sie kam; Bilder, so schnell und wirr, dass sie sich nicht darauf konzentrieren konnte. Ihr wurde übel, sie stolperte rückwärts und stieß sich die Waden an einer Kiste.

Warum funktionierte ihre Vision manchmal und dann wieder

nicht? Sie schüttelte den Kopf, blinzelte und versuchte es noch einmal, doch wieder taumelte sie in einem Meer aus Händen, Gesichtern und dunklen Orten umher. Ihre Vision sprang von der Vergangenheit in die Zukunft: Sie sah sich selbst die Laterne anzünden, sah die Schatten auf Archers Gesicht, und dann glitt sie durch die Zeit in die Werkstatt eines Glasbläsers, spürte die Hitze auf dem Gesicht, sah Glaskugeln auf Eisenstäben tanzen.

Blinzelnd kehrte sie in die Gegenwart zurück, wo Archer lächelnd vor ihr stand. Sefia hatte ein komisches Gefühl im Bauch, und das nicht nur wegen der Übelkeit. Wie lange schaute er sie schon an? Wie sah sie aus? Fast hätte sie gelacht. Nervös hielt sie sich die Hand vor den Mund.

Archers Lächeln wurde noch breiter.

Bis ihre Wangen wieder ihre normale Farbe hatten, machte sie sich an der Laterne zu schaffen und suchte Öl zum Anzünden. Dann krabbelten Archer und sie leise zurück in die Kiste.

In den nächsten Tagen aßen sie noch ihren Proviant, doch als die Vorräte aufgebraucht waren, fingen sie an zu stehlen. Sie nahmen immer etwas weniger als nötig: eine halbe Handvoll Erbsen, eine Kelle Wasser, ein kleines Stückchen Fleisch. Sie waren dauernd hungrig. Ihre Mägen knurrten. Aber sie konnten es nicht riskieren, sich satt zu essen.

An den Geräuschen auf dem Schiff lernten sie Tag und Nacht zu unterscheiden, sie achteten auf den plötzlichen Lärm beim Wachwechsel und verließen die Kiste nur, wenn alle anderen sich schlafen gelegt hatten – ein paar Minuten nur, um sich zu strecken und Essen zu besorgen.

Einmal waren sie gerade dabei, ein paar Käsekrumen zu stehlen, als über ihnen Schritte erklangen. Schnell duckten sie sich hinter eine Kiste, da erhellte das Licht einer Laterne den Laderaum. Sie hörten Ratten in die Ecken huschen.

Ein langer Schatten durchquerte den Raum bis zur Vorratskammer. Der Schiffsjunge schloss die Tür auf und kramte zwischen den Fässern herum, eine langbeinige Silhouette mit Lockenkopf zeichnete sich auf den Balken ab. »Butter«, sagte er. »Butter, Butter, Butter. Hab noch nie im Leben jemanden gesehn, der so viel Butter gefuttert hat. Wär gut, wenn wir 'ne eigene Kuh hätten, so viel, wie der verbraucht.« Er fand die Butter gebündelt in einer Ecke, nahm ein Stück und stampfte, immer noch leise vor sich hin murmelnd, die Treppe wieder hoch.

Von da an nahmen sie keine Butter mehr.

Sie stellten fest, dass der Junge regelmäßig kam, ein paar Stunden vor jeder Mahlzeit und nur gelegentlich zwischendurch. Sefia und Archer gewöhnten sich an sein Kommen und Gehen und Murmeln.

Sie schliefen tagsüber und wachten nur auf, wenn sie Schritte über sich hörten. Dann hielten sie still und atmeten kaum, bis die Schritte verklangen und sie wieder allein waren.

In ihren wachen Stunden, in den dunkelsten, ungefährlichsten Stunden der Nacht, übte Sefia ihre Visionen zu beherrschen. Manchmal funktionierte es. Dann sah sie alte Wiesen von Delienne, sanft geschwungene grüne Hügel mit schwarz-weißen Kühen, die im Schatten der Kozorai-Kuppe grasten. Überwucherte Gräben und Steinmauern erinnerten an die Belagerung vor hundert Jahren, in der Hitze der Blutfehde von Ken-Alissar. Manchmal sah sie raue Hände, die Seile aufdröselten und wieder verflochten, sie schmeckte das Salz in der Luft und spürte eine Brise in den Segeln. Doch auf jede Vision folgten Kopfschmerzen, Schwindel und Übelkeit, und sie konnte die Bilder und Eindrücke nie lange aufrechterhalten.

Und manchmal, wenn sie sich in Sicherheit wiegte, zündete sie die Laterne in ihrer kleinen Kiste an. Archer rückte dicht heran, das Licht umspielte sein Kinn, seine Wangen, seine goldenen Augen. Und sie las. Ihre Stimme umgab sie mit Geschichten, bis sie von der Welt im Buch durchdrungen waren, sie aufsogen, nicht das Knarren ihres eigenen Schiffs hörten, sondern das von dem Schiff in der Geschichte, dem mit dem grünen Rumpf, das zum westlichen Rand der Welt segelte.

DIE STRÖMUNG DER ZUVERSICHT UND DIE SCHWIMMENDE INSEL

Sie ließen Käpt'n Cat und ihre Kannibalenmannschaft hinter sich und segelten weiter. Als sie die Schwimmende Insel erreichten, waren schon sechs Monate vergangen, seit sie die Paradiesinseln verlassen hatten, und sie spürten die Folgen des Hungers. Sosehr Cooky auch mit Gemüseschalen und Knochenbrühe trickste, das Knurren in ihren Mägen konnte er nicht vertreiben. So manches Mal opferte Käpt'n Lees eine Mahlzeit für Kallinago, den Schiffsjungen von den Paradiesinseln, oder für Jigo, den ältesten Mann der Wache. Und trotzdem blieben sie alle hungrig. Deshalb war es kein Wunder, dass alle zu ihren Gewehren, Schwertern und Seitenwaffen rannten und sich zum Anlegen bereit machten, als die Insel in Sicht kam. Während alle geschäftig herumliefen, stand Lees am Bug, Jigo und der Erste Steuermann an seiner Seite.

Der Steuermann hielt das wettergegerbte Gesicht in die feuchte Brise. »Dem Wind nach würd ich sagen, wir fahren direkt in den Sturm rein«, sagte er.

Jigo nickte und rieb sich mit seinen knotigen alten Händen die Hüfte. »Ist ein verdammtes Ungetüm. Und der hält sich die ganze Nacht.« Seit einem schweren Sturz von der Takelage behauptete er, die Dauer eines Sturms anhand seiner schmerzenden Knochen voraussagen zu können. Soweit man wusste, hatte er sich noch nie geirrt.

Lees schaute mit zusammengekniffenen Augen in die Wolken, die prallvoll mit Regen waren. »Mir gefällt's genauso wenig wie euch, im Sturm festzuhängen. Aber wenn wir auf der Insel nicht irgendwas Essbares finden, schaffen wir's nicht.«

Jigo grunzte und verzog sich humpelnd zum Rest der Backbordwache.

Die toten grauen Augen des Steuermanns waren unerschrocken. »Ist es heute?«

»Nicht heute.« Lees nahm die Mütze ab und fuhr sich mit den Fingern durch das Haar. »Ich lasse Aly bei dir. Schick sie zu mir, wenn du nervös wirst. Bis der Sturm losbricht, sind wir besser alle wieder an Bord – und unsere Fracht auch.«

Die Insel war jetzt so nah, dass sie die üppigen Pflanzen erkennen konnten: Bäume doppelt so groß wie das Schiff und Unterholz aus Büschen und hohem Gras.

»Das wird aber knapp.«

»Pah!« Lees setzte die Mütze wieder auf den Kopf und grinste. »Da hab ich aber schon knappere Sachen geschafft.«

Die Insel bewegte sich schnell, doch die *Strömung* konnte es mit ihr aufnehmen. Sie holte sie ein, segelte an gesprenkelten Stränden und Wiesen vorbei. Winzige Rehe sprangen durch das Gras und Vögel wie Juwelen sausten durch die Luft. Der Wind küsste ihre Gesichter und umspielte ihre

Flügel. Und auf einmal johlten die Matrosen vergnügt los, ihr Lachen füllte die Segel.

Die Insel war überhaupt keine Insel. Es war eine riesige Schildkröte mit einem gewaltigen Panzer, der dreihundert Meter aus dem Wasser ragte. Wie langsame Flügelschläge wühlten ihre gigantischen Flossen das Wasser auf. Der große Kopf an dem weißen Hals hob sich über die Wellen: glatte braune Schuppen, uralte Augen mit schweren Lidern und ein scharfes Maul, das einen Mann hätte entzweiteilen können.

Ross rückte sein Kopftuch zurecht. »Na, das ist ja ein Ding.«

Kallinago neben ihm murmelte genauso ehrfürchtig: »Das ist wirklich ein Ding.«

Auf ein Nicken des Kapitäns hin begann Jubi, der Rudergänger, ein Wettrennen gegen die Schildkröte. Er kicherte wie ein Irrer. Nie hatte man ihn so aufgeregt erlebt – er hatte den Kopf zurückgelegt und den Mund weit aufgerissen. Die gesamte Mannschaft hing an der Reling, sie pfiffen und feuerten ihn an.

Käpt'n Lees kletterte auf den Bugspriet, und als er so über der tosenden See stand, johlte er aus purer Freude.

Für eine Weile vergaßen sie, wie hungrig sie waren. Denn Abenteuer wie dieses waren besser als alle Vorräte, auf die sie hoffen konnten.

Als sie nah genug waren, um die Enterhaken zu werfen, stieg der Käpt'n auf die Reling. Überall um sie herum war das Wasser zu hören – das Murmeln der Wellen an Land, das Platschen des Wassers von den riesigen Schildkrötenflossen, die das Meer durchpflügten.

Bei so einem alten Tier an Bord zu gehen! Älter als alle Geschichten, die sie je gehört hatten. Vielleicht älter als alle Worte der Welt.

Das war wirklich ein Ding.

Kaum hatten sie angelegt, schickte der Käpt'n sie los. »Nehmt, so viel wir brauchen, aber nehmt nicht alles«, sagte er. »Hier ist es zu schön, um alles zu zerstören.«

Paarweise verteilten sie sich über die Insel und suchten nach Proviant. Im Unterholz fanden sie reichlich Wurzeln, wilde Zwiebeln und würzigen Salat; an den Bäumen hingen grüne und gelbe Früchte. Große Nagetiere schnupperten an den Wurzeln und knabberten fröhlich an herabgefallenen Nüssen.

Kallinago bückte sich und hob eine grüne Schwanzfeder mit einem eigenartigen Schnörkel am Ende auf. Er drehte sie zwischen den Fingern und steckte sie dann ins oberste Knopfloch seines Hemdes.

»Meine Mutter hat schon als junges Mädchen Federn gesammelt«, erklärte er. »Sie hat bestimmt hundert Stück und kann zu jeder erzählen, wie und wo sie die gefunden hat. Ich hab ihr vor meiner Abreise versprochen ihr von jedem Ort eine Feder mitzubringen.«

Der Käpt'n klopfte ihm auf den Rücken. »Ich halt die Augen offen.«

Während sie nach Wurzeln gruben, kamen ihnen Camey und Greta entgegen. Er trug ein Wildschwein über den Schultern und sie hielt drei tote Vögel in ihrer speckigen Faust.

Kallinago verzog das Gesicht. Lees schmunzelte.

Weder Camey noch Greta hatten sich bei der Mannschaft beliebt gemacht. Sie blieben die meiste Zeit für sich und taten nur, was von ihnen verlangt wurde, keinen Handschlag mehr. Doch sie gehörten nun mal zu Lees' Mannschaft und er behandelte sie wie die anderen auch.

»Ich glaub, es wäre das Beste, wenn wir sie ausräuchern würden«, sagte Camey und knallte das Wildschwein auf den Boden. Er war ein guter Schütze: Er hatte das Tier genau zwischen die Augen getroffen. »Haben wir zu Hause schon oft gemacht. Stimmt's, Greta?«

»Dann kommen die Viecher ganz schnell aus ihren Löchern gekrochen.« Greta grinste und zeigte ihre gelben Raucherzähne. Sie fuhr sich mit der Hand durch die fettigen schwarzen Haare, Schuppen rieselten auf ihre breiten Schultern. »Das ist dann wie Flaschen vom Zaun schießen.«

»Wir sind hier aber nicht zu Hause«, sagte Lees. »Die Insel ist lebendig und Lebewesen schützen sich. Wenn ihr hier Feuer macht, geht die Insel unter und ihr habt nichts als Wasserleichen.«

»Entweder die See oder das Schwert, was, Käpt'n? Darauf dürfen wir uns freuen.« Sie schnalzte bedauernd mit der Zunge und schnippte dann die größten Schuppen mit dem Daumen von den Schultern.

»Nur ein Narr läuft dem Tod entgegen«, murmelte Lees, mehr zu sich selbst als zu Greta. »Selbst wenn wir davor weglaufen, werden wir das Rennen am Ende verlieren.«

»Ich bin kein Narr«, grummelte Camey. Er packte das Wildschwein wieder an den Beinen und steuerte auf den

Strand zu. Dabei murmelte er: »Das ist nicht richtig, uns so zu behandeln.«

Greta folgte und schnalzte mit der Zunge, als wollte sie sagen: Da kann man nichts machen. Die toten Vögel baumelten in ihrer Hand.

»Wie lange sind sie schon so?«, fragte Käpt'n Lees und sah ihnen nach.

Kallinago zuckte die Schultern und fuhr sich mit einer schmutzigen Hand durch die dichten Locken. »Ich kenn sie nicht anders, Käpt'n.«

»Wenn wir nicht bald den Rand erreichen, werden die Ärger machen.«

Zwei Stunden später setzte der Regen ein. Die Mannschaft rannte zwischen den Bäumen und dem Schiff hin und her, sie brachten Eier und Fleisch, wilden Kohl und Fässer mit frischem Wasser. Dicke Tropfen prasselten auf das Gras und die Wasseroberfläche. Die Rehe suchten Schutz und die Männer horteten, was sie nur finden konnten: blutrote Beeren, Nüsse, Laufvögel mit grauweißen Flügeln. Über ihnen grollte der Donner. Blitze fuhren tief in den Himmel hinein.

Käpt'n Lees berührte alle Kisten und Fässer, ehe sie verladen wurden. Über das tosende Unwetter hinweg hörten sie ihn zählen: sechs, sieben, acht …

Kallinago und Jigo verschwanden wieder auf die Insel, um weiter nach Wurzeln zu suchen.

Der Regen wurde noch heftiger. Ein Blitz zuckte über den Himmel wie ein Dreizack und eine Sekunde lang war die ganze Insel von blendend hellem Licht erfüllt.

Regentropfen glitzerten vor dem schwarzen Himmel.

Die riesigen Flossen der Schildkröte, die sich schwer wie Felsen durch das Wasser bewegten.

Erlegte Rehe, die mit vollgesogenem Fell und schlaffen Beinen darauf warteten, verladen zu werden.

Donner. Eine orangefarbene Flamme und eine Rauchfahne im Wald.

Der Blitz hatte einen Waldbrand entfacht.

Lees gab den Befehl, die restliche Fracht aufs Schiff zu bringen, dann rannte er den Hügel hinauf, um den Rest der Mannschaft zu suchen.

Jules und Goro.

Theo und Senta.

Paarweise schickte er sie zurück zum Schiff, bis nur noch Kallinago und Jigo fehlten.

Aus dem Regen wurde Hagel, doch die Flammen konnte er nicht löschen. Blätter rieselten herab wie heiße flatternde Motten, während Zweige zu Asche zerfielen.

»Jigo!« Der Rauch brannte ihm in der Kehle, als er sich einen Weg durch das Gebüsch bahnte. »Kallinago!«

Die Bäume um ihn herum standen in Flammen. Er konnte das Wasser nicht mehr hören – weder den Regen noch die Flossen, die das Meer durchpflügten – nur die gierigen Flammen, wie sie die alten Bäume und zarten Sträucher verschlangen.

In dem Durcheinander wäre er fast über Jigo gestolpert. Der alte Mann lag am Boden und versuchte sein Bein mit einem nassen Ast zu schienen. Im Schein des Feuers blinzelte er den Käpt'n an, die Augen rot vom Rauch.

»Bin gefallen«, grummelte er. »Diese verfluchte Hüfte.«

Mit schnellen Fingern machte der Käpt'n die Schiene fest. »Wo ist Kallinago?«

Der alte Mann deutete mit einem krummen Finger den Hügel hinauf. »Er hat gesagt, er kann sie nicht alle sterben lassen.«

Lees fluchte. »Geh zum Schiff. Ich suche den Jungen.«

Während Jigo zum Strand humpelte, drang Lees tiefer in den Wald vor.

Die Luft flackerte. Das Feuer sprang von einem Baum zum nächsten und setzte die Baumkronen in Brand. Äste knackten und fielen, Funkenwolken stoben auf.

»Kallinago!«

»Käpt'n!«

Der Junge stand mitten auf einer Lichtung, Asche in den schwarzen Locken. In den Händen hielt er seine Mütze, als trüge er etwas Wertvolles darin. Darüber war ein leerer Jutesack drapiert.

Käpt'n Lees nahm Kallinago bei der Hand, ohne auf den Schreckensschrei zu achten, den der Junge bei der plötzlichen Bewegung ausstieß, und zerrte ihn von der Lichtung. Das Feuer leckte an ihren Händen und Unterarmen. Durch Rauch und Funken hindurch stürzten sie aus dem Wald. Als sie aufs offene Feld kamen, zuckten Blitze über die Wolken.

Zusammen stolperten Lees und Kallinago über das Feld. Das nasse Gras auf dem Hang war rutschig, sie schlitterten hinunter und konnten sich kaum halten. Kaum waren sie am Strand angekommen, begann die ganze Insel unter ihnen zu ruckeln.

Mehr als die Hälfte des Proviants war verladen, aber die

Wellen schlugen gegen das Schiff und die *Strömung* zerrte an der Verankerung. Die Mannschaft lief über den Strand und zog die Wasserfässer und die Säcke mit Gemüse an Bord.

»Ich hab mich an Ihre Worte erinnert«, krächzte Kallinago und nahm den Jutesack von seiner Mütze. Vier Paar Perlenaugen leuchteten im Schatten und Federn flatterten leise.

Vögel. Kallinago hatte junge Vögel gesammelt. »Ich konnte sie nicht einfach zurücklassen.«

Die Insel hob sich wieder. Sie verluden die Fracht, so schnell sie konnten, doch sie waren nicht schnell genug. Selbst Camey und Greta, die ungewöhnlich still waren, leisteten ihren Beitrag. Verladen und verzurren. Stapeln und festbinden. Je näher das Feuer kam, desto heftiger schaukelte die Insel.

Plötzlich ertönte der Ruf des Ersten Steuermanns durch das Brausen des Sturms: »Zeit, sie loszumachen!«

Wenn es um die *Strömung* ging, widersprach man dem Ersten Steuermann nicht. Sie rafften zusammen, was sie tragen konnten, und kletterten über die Enterseile aufs Schiff.

Lees bildete das Schlusslicht. Als er sich über die Reling zog, neigte sich das Schiff. Die letzte Festmacherleine riss. Sie trieben weit ab, der Wind schob sie in die eine Richtung, die Schildkröte schwamm in die andere. Sie tauchte seitlich in die Wellen, um das Feuer auf ihrem Rücken zu löschen.

Der Käpt'n blinzelte in den Regen. Das Deck war ein einziges wildes Durcheinander. Ein paar seiner Leute befanden sich auf den Rahen und bargen die Segel, andere waren unten. Hatten sie es alle geschafft?

Wie zur Antwort kam der Erste Steuermann zu ihm.

Wasser schoss ihm in die traurigen grauen Augen und als er sprach, klang seine Stimme hohl. »Jigo ist nicht hier.«

Lees warf sich gegen die Reling und hielt in den Wellen Ausschau nach dem alten Mann. Als er ihn das letzte Mal gesehen hatte, war er als gebeugte Silhouette in das brennende Gebüsch gehumpelt. Er hätte zurückkommen müssen. Er hätte hier sein müssen.

Aber er war nicht hier.

Die Insel verschwand schon im Regen, Skelette rauchender Bäume ragten in den Himmel. Im Wasser paddelten die Tiere, die sie verloren hatten, mit den kleinen Pfoten. Sie wollten wieder an Land, aber eins nach dem anderen gingen sie unter.

Irgendwo da draußen war Jigo. Er ertrank im Meer oder war auf der Insel gestrandet. Vielleicht sah er sie in diesem Moment wegsegeln, elend und voller Angst, weil er wusste, dass er allein sterben musste. Niemand würde ihn verbrennen oder sich an seinen Namen erinnern.

Kallinago weinte. Er umklammerte immer noch die Mütze mit den vier kleinen Vögeln darin.

Lees wischte sich über die Augen. »Ich hab ihn gesehen. Ich hab ihn zurück zum Schiff geschickt. Ich hab ihn gesehen.«

Ein Blitz erhellte den Himmel und tauchte in die wogende See, doch Jigo war nicht da und das Wasser gab nichts preis.

»Sie hat mich gewarnt«, sagte Lees.

23. KAPITEL

DIE JÄGERIN AUF DEM SCHIFF

»Ich würde dich nie zurücklassen.« Sefia legte die grüne Feder zwischen die Seiten und klappte das Buch zu.

Archer zeigte auf seine Narbe. Sein Lächeln war ein Hauch im schwachen Licht der Laterne.

Bis zum Morgengrauen waren es noch ein paar Stunden und die Luft war kalt und ruhig, erfüllt von den Träumen schlafender Männer. Bald würde der Koch den Schiffsjungen wegen eines Sacks Reis oder einer Scheibe Fleisch in den Vorratsraum schicken. Für Sefia und Archer bedeutete das, dass sie das Licht löschen, zurück in die Kiste krabbeln und bis zur nächsten Nacht schlafen mussten. So lebten sie nun seit fünf Tagen und waren fest entschlossen, so lange wie möglich durchzuhalten. Keiner von beiden beklagte sich. Es war besser als Sklaverei oder der Tod.

Archer zog den Deckel der Kiste zu. Sie lagen mit den Gesichtern zueinander, ihre Knie berührten sich.

Sefia fuhr mit den Händen über die Kanten des Buchs und tastete, bis sie die weiche Feder fand, die Archer ihr geschenkt hatte. Grün wie die Feder, die Kallinago auf der Schwimmenden Insel für seine Mutter aufgehoben hatte.

Ihre Mutter hatte kein Interesse daran gehabt, irgendetwas zu sammeln – weder Muscheln noch Knöpfe oder glänzende Steine. Nein, ihre Mutter liebte alles, was lebendig war. Sie verbrachte viel Zeit im Garten, jätete und säte, stutzte und pflückte, den Hals anmutig gebogen wie ein Vogel, die schwarzen Haare lösten sich bei der Arbeit. Sie roch oft nach feuchter, satter Erde.

Einmal, als Sefia sie fragte, warum sie so gern gärtnerte, seufzte ihre Mutter und setzte sich auf die Fersen. Sie ließ die Schultern sinken, als wäre sie müde, obwohl es noch früh am Tag war. Nach einer Weile antwortete sie: »Es gibt genug Tod auf dieser Welt. Ich möchte helfen, dass die Dinge wachsen.« Einen Moment lang strahlten ihre traurigen Augen. Dann lächelte sie, strich Sefia über das Gesicht und hinterließ einen schmutzigen Streifen auf ihrer Wange.

Elf Jahre waren seit ihrem Tod vergangen und manchmal sah Sefia das Gesicht ihrer Mutter nicht mehr vor sich – aber sie erinnerte sich an die Struktur der feinen Linien auf ihren Händen, den Geruch nach Erde.

Sie wischte sich die Augen und fuhr über das Ende der Feder, bis es ganz spitz war. Das Buch wühlte sie jedes Mal auf, brachte Erinnerungen zum Vorschein. Es machte die Erinnerungen wahr.

Während sie die Gedanken schweifen ließ, fing sie an zu zittern. Sie fror, ihre Haut war nasskalt. Ihr Atem ging schneller.

Irgendetwas stimmte nicht. Sie tastete in der Dunkelheit herum, ihre Beine zuckten. Alles in ihr schrie: *Lauf weg! Lauf weg!* Plötzlich kam sie sich klein und ängstlich vor.

Denn sie nahm den heimtückischen Geruch nach heißem Metall wahr.

Ein greller, scharfer Geruch, der zwischen den Zähnen summte. Einzelne Bilder von dem Tag, an dem Nin entführt wurde, blitzten auf. Die Frau in Schwarz. Der Schatten einer Stimme. Nin, die sie durch das Laub ansah.

Nein, sagte sie sich. *Ich bin nicht dort. Ich bin auf einem Schiff. Ich bin mit Archer zusammen. Ich spüre ihn neben mir. Ich bin mit Archer zusammen.* Als die Bilder verblassten, öffnete sie die Augen und setzte sich auf.

Auch Archer war wach und saß aufrecht, wachsam und angespannt. Aber er wusste nicht Bescheid. Er war nicht dabei gewesen. Sie warf das Buch in den Rucksack und zwängte sich an ihm vorbei in die Vorratskammer. Dort war der Geruch noch schlimmer. Sie bekam Kopfschmerzen davon. Der gelbe Schein einer Laterne flackerte auf den Balken. Auf der Treppe murmelte jemand: »Wenn es nicht Butter ist, dann ist es Speck.« Der Schiffsjunge. »Speck, Speck, Speck.«

Roch er es nicht? Spürte er es nicht? Jemand würde sterben.

Aber sie konnte es verhindern. Sie musste es versuchen.

Sefia zog das Messer, sprang blitzschnell zwischen den Kisten hervor und sah den Schiffsjungen mit der Laterne in der Hand gerade noch am Fuß der Treppe; er öffnete den Mund, als er sie sah, dann war die schwarze Gestalt hinter ihm, eine Klinge blitzte auf.

»Nein!«, rief sie.

Der Schiffsjunge drehte sich um – zu spät. Sein Schrei wurde erstickt, bevor ihn jemand hören konnte. Blut spritzte auf den Boden.

Hinter ihm auf der Treppe war die Frau in Schwarz.

Das gebogene Schwert.

Das pockennarbige Gesicht.

Die hässlichen Spülwasseraugen.

Sie.

Die Frau lächelte, als sie Sefia erkannte, und breitete die Arme aus. Sie winkte Sefia mit der behandschuhten Linken.

Sefia hielt das Messer ganz fest. *Tu es*, befahl sie sich. *Für Nin.*

Doch während sie zögerte, lag der Schiffsjunge auf dem Boden und hielt sich den Hals. Blut sickerte zwischen seinen Fingern hindurch wie Wasser durch einen gebrochenen Damm.

Töten oder sterben.

Er oder sie.

Eine Entscheidung, die sich nicht rückgängig machen ließ.

Sefia fiel auf die Knie, nahm das Kopftuch ab und presste es dem Jungen auf den Hals. Er klammerte sich an ihre Hände und würgte, die Augen schreckensweit aufgerissen.

Archer stürmte an ihr vorbei und zog das Messer. Beinahe hätte er die Frau erwischt, aber sie ließ die Klinge vorschnellen. Blutend fuhr er zurück.

Sefia konnte die schnellen Bewegungen ihrer Arme und Hände hören. Doch die Messer machten kein Geräusch. Blut drang durch das Tuch, lief ihr durch die Finger. »Ich bin Sefia«, sagte sie. Er bewegte die Lippen, doch es kam kein Ton heraus. Das

Blut floss schneller. »Schsch«, machte sie. »Alles ist gut, ich bin hier bei dir.«

Das Tempo des Kampfes veränderte sich. Sie sah auf. Zwischen den Stapeln von Kisten und Fässern bewegten die beiden sich so schnell, dass es beinahe aussah wie ein Tanz, komplizierte Schritte von Finten und Kontern, bei denen die Klingen wie Funken zwischen ihnen zuckten.

Von oben wurde gerufen, etwas Unverständliches, wie der wütende, ängstliche Schrei eines Tieres, dann kniete sich ein Mann neben sie. Er roch nach Gewürzen und Bratfett. »Fest drücken, Mädchen«, sagte er. Er riss sich die Schürze ab und legte sie ihr zusammengeknüllt unter die Hände. »Fester.«

Sie drückte so fest, dass sie Angst hatte, den Jungen zu erwürgen, doch das Blut floss immer noch zu schnell.

»Er braucht einen Arzt. Bleib bei ihm.« Mit diesen Worten verschwand der Mann. Blut sickerte durch die Schürze. Sie drückte noch fester.

»Alles ist gut«, sagte sie und schaute ihm tief in die glasigen Augen, die voller Angst waren. Sie sah, wie sich goldenes Licht um ihn herum kräuselte. Es tropfte von seinen Augenwinkeln auf die Wangen, drang durch den Stoff an seinem Hals. Sie blinzelte und überflog die Kapitel seines Lebens. Von den wirbelnden Spiralen der Erinnerung wurde ihr übel, aber das war jetzt egal. Wichtig war nur, dass jemand ihn kannte, ihn verstand und bei ihm war.

Seine Kindheit zog an ihr vorüber, seine Jugend auf den Paradiesinseln: Segeln und Speerjagd mit seinen Freunden, die singenden Vögel auf der Veranda seiner Mutter und auf einmal …

Wusste sie, wer er war.

Einen Augenblick fragte sie sich, ob sie in das Buch gerutscht war, ob jetzt Archer und sie hungernd ans Ende der Welt segeln müssten, um seltsame Abenteuer zu bestehen.

Sie schüttelte den Kopf.

Der Schiffsjunge war älter als im Buch, doch er hatte dieselben schwarzen Locken, dieselben weit auseinanderstehenden Augen eines Hündchens. Aber das hier war nicht das Buch. Es war Wirklichkeit. Und er würde sterben. Und da sah sie etwas Dunkleres, Kälteres, mit roten Lichtern, die in der Tiefe blinkten. Es ragte aus seinem Leben auf wie der Schatten eines Gebäudes an einem kalten Nachmittag – eines Gebäudes, das man nicht betreten will, auch wenn man weiß, dass man es tun muss. Der Junge fürchtete sich. Und sie fürchtete sich mit ihm, vor der Dunkelheit und der Kälte und den roten Lichtern. Sie blinzelte und tauchte keuchend aus ihrer Vision auf.

Der Schiffsjunge starrte sie an. Seine Augenwinkel waren nass.

»Stirb nicht.« Sie legte den Mund nah an sein Ohr und zwang sein Blut, nicht mehr aus ihm herauszufließen, umzukehren, dort zu bleiben, wohin es gehörte. »Stirb nicht, Kallinago.« Dann war auch sein Blut golden und glänzend, angereichert mit winzigen sterngleichen Lichtpünktchen. Sie wurden langsamer und tröpfelten aus ihm heraus, so träge wie Sternbilder, die sich am Himmel drehen. Sefia sah jede einzelne Lichtperle gemächlich aus ihm herausfallen, schmerzlich langsam. Jede Perle seines Lebens.

Ein Stück entfernt traf Archer die Frau im Gesicht, sein Messer flackerte im Schein der Laterne. Die Frau wich geschickt aus und erwischte ihn am Arm. Er zuckte zurück. Sein Arm schmerzte. Von dem heißen Metallgeruch brummte ihm der Kopf. Das unterste Deck war vollgestopft mit Frachtgut, die Durchgänge im Laderaum waren schmal. Nicht viel Platz zum Manövrieren. Man konnte leicht in die Enge getrieben werden.

Da griff die Frau an, sie schlug und stieß zu, und Archer konnte der Klinge nur knapp ausweichen. Sie zischte an seiner Haut vorbei.

Sie gingen auseinander.

Die Frau wartete, das Messer nach unten gerichtet, die behandschuhte Linke erhoben, um ihren Hals zu schützen.

Nun griff er wieder an, diesmal mit einem Stoß, aber sie fing sein Handgelenk mit dem Messer ab, so dass er den Arm nicht bewegen konnte, und verpasste ihm einen langen Schnitt am Bauch. Er blutete.

Er entwand ihr das Handgelenk. Sein Messer zuckte nach vorn, stach ihr in die Haut. Jetzt standen sie sich wieder gegenüber. Der schwarze Ärmel ihrer Bluse war zerrissen. Er sah nach seinem Arm, nach der Wunde am Bauch. Zwei Wunden. Zweimal hatte sie ihn getroffen. Er erinnerte sich nicht genau, aber es musste lange her sein, dass das jemandem gelungen war.

Der blasse Blick der Frau huschte an ihm vorbei zu der Kiste, in der Sefia und er sich versteckt hatten. Sie wollte das Buch haben. Er drehte das Messer in der Hand, ahmte sie nach und hielt es wie einen Eispickel. Er würde sie nicht durchlassen. Im

Hintergrund hörte er Sefias beruhigende Stimme. »Schsch«, machte sie. »Alles ist gut. Ich bin hier bei dir.«

Aber es war nicht alles gut. Er wusste, was eine solche Wunde bedeutete. Der Junge würde nicht durchkommen.

Die Frau griff an. Aber genauso wie sie es vorhin bei ihm gemacht hatte, setzte er ihr Handgelenk mit dem Messer fest, packte ihren Arm und drehte ihn herum. Ihre Augen weiteten sich. Er zog ihr das Messer über den Bauch, dann hüpfte sie außer Reichweite.

Sie öffnete den Mund und zeigte ihre kleinen weißen Zähne. Sie lachte, ein leises gehauchtes »Hahaha« wie Rauchwölkchen.

Sie kämpften weiter, die Messer sausten hin und her, sie wehrten ab und wichen aus und fügten einander kleine Schnitte an Händen, Armen und Beinen zu. Es war der schnellste Kampf, den er je erlebt hatte, jeder Angriff kam schneller, als er denken konnte, und nur dank seiner Wendigkeit gelang es ihm, mit ihr mithalten.

Sie hielten inne, standen sich schwer atmend gegenüber. Wie lange kämpften sie schon? Minuten? Ein paar Sekunden? Jemand kam die Treppe heruntergelaufen, Schritte wie Hammerschläge. »Fest drücken, Mädchen«, sagte jemand mit schroffer Stimme. »Fester.«

Die Frau griff wieder an, sie schlug seitlich gegen seine Kampfhand. Sie stieß ihm die Faust in den Brustkorb. Mit dem Schlag hatte er gerechnet, aber er hätte nicht gedacht, dass er davon zu Boden gehen würde. Irgendetwas brach. Die Luft entwich aus seinem Körper. Im Fallen zielte er noch einmal mit dem Messer. Die Frau tänzelte aus seiner Reichweite. Der Boden unter ihm drehte sich. Mit solcher Wucht war er noch nie geschlagen worden. Er zwang sich wieder auf die Füße.

Die Frau ballte die Hand, der Lederhandschuh knirschte.

Sie machte einen Satz nach vorn, wütend und ungeduldig griff sie wieder an. Einmal hätte sie fast sein Messer erwischt, als er einen Schritt zurücktrat. Ein anderes Mal traf sie etwas Hartes, Unbewegliches. Fässer. Sie hatte ihn dagegen gedrängt. Dann kam ihre Faust auf ihn zu und er wusste, wenn sie ihn traf, würde es die Knochen in seinem Gesicht zerschmettern. Er duckte sich. Ein Fass hinter ihm zersplitterte. Lautes Krachen erfüllte das Schiffsinnere. Eine Sekunde lang war ihre ganze linke Seite ungeschützt. Er zielte auf ihren Hals. Die Messerspitze ritzte ihre Kehle auf, aber sie wich nicht zurück. Sie griff wieder an. Und wieder. Und wieder.

Er hatte kaum Zeit zu reagieren. Die Verletzung an den Rippen machte ihn langsam. Immer wieder erwischte sie ihn mit dem Messer. Er zählte nicht mehr, wie oft sie ihn getroffen hatte.

Wieder.

Und wieder.

Und wieder.

Sie war so schnell und zu spät merkte er, dass sie ihn entwaffnet hatte. Klirrend fiel sein Messer zu Boden. Jetzt hätte sie ihn erledigen können, aber in diesem Moment wachte das ganze Schiff auf. Die Zeit wurde knapp. Schon bald würde die gesamte Mannschaft unter Deck kommen und dann würde ihre Schnelligkeit ihr nichts mehr nützen. Es waren zu viele.

Er sah ihr ins Gesicht; leuchtend rotes Blut lief ihr von der Stirn in die Augen. Und dann rannte sie, sie hüpfte die

Treppe hinauf und verschwand in den Schatten des Decks über ihnen.

Er schnappte das Messer und rannte ihr nach – jagte über den reglosen Körper des Jungen hinweg die Treppe hinauf. Vielleicht rief Sefia ihn. Er hörte es nicht.

Es ertönte ein Ruf, aber er verstand die Worte nicht. Er kam auf das Unterdeck. Durch die Treppenstufen sah er, wie eine riesige Gestalt auf die Frau in Schwarz zustürmte. Sie hob den Arm mit dem Messer zum Angriff.

Sein Messer lag schwer und ausgewogen in seiner Hand. *Perfekt zum Werfen.*

Er warf das Messer.

Schwungvoll drang es in ihren Unterarm ein und blieb tief im Muskel stecken. Sie schrie nicht.

In dem kurzen Moment, als er um die Luke herumsauste, zog sie das Messer aus dem Arm und zielte auf den kräftigen Mann. Der taumelte rückwärts, sie rannte an ihm vorbei ins Freie.

Archer blieb kurz stehen, um den Mann am Arm zu fassen und hochzuziehen, dann rannte er die Treppe hinauf zum Hauptdeck, wo er zum ersten Mal seit Tagen frische Luft atmete. Es war kalt und das Schiff war in Nebel gehüllt. Männer schwärmten vom Vorschiff. Ihre Schreie klangen schrill in der Nacht.

Die Frau in Schwarz zog das Schwert. Als es durch die Luft sauste, verströmte es einen Metallgeruch. Er musste würgen. Der Stahl roch nach Blut. Sie schwenkte das Schwert in einem kupferfarbenen Bogen und forderte ihn heraus.

Er hörte den Schuss fast im selben Moment, als er den Blitz

hinter ihr sah. Die Frau fuhr herum. Noch nie hatte er jemanden so schnell reagieren sehen. Blut schoss aus ihrer Schulter, doch sie war immer noch auf den Füßen. Hätte sie sich nicht weggedreht, wäre der Schuss tödlich gewesen.

Dann stürzte sie sich mit einer fließenden Bewegung über die Reling. Die Arme vorgestreckt, den Körper in vollkommener Balance wie ein Vogel im Sturzflug, war sie nur ein Schatten vor dem wirbelnden Nebel.

Ein zweiter Schuss erklang. Er traf sie im Sprung genau in den Kopf. Ihre Arme und Beine wurden schlaff, wie ein Stein sank sie ins Wasser.

Stille. Ein großer schlanker Mann kam mit rauchendem Revolver über das Deck. An der Reling blieb er stehen und schaute hinunter aufs Wasser, aber da war nur das Murmeln der Wellen am Schiffsrumpf.

Selbst in dem schwachen Licht erkannte Archer die Waffe: ganz schwarz mit Federgravuren und einer Intarsie aus Mattgold. Der Henker. Eine magische Waffe. Im Lauf der Jahre hatte der Henker so oft den Besitzer gewechselt, dass niemand wusste, wem er als Erstes gehört hatte. Aber jeder wusste, wem er jetzt gehörte.

Archer taumelte, als der Mann näher kam.

Der Henker gehörte Kannek Lees, dem Kapitän der *Strömung der Zuversicht*.

Er spürte, dass die Mannschaft sich zu ihm wandte. Sie hatten die Waffen noch nicht gesenkt. Sie waren zu elft und er war allein. Erkannten sie ihn nicht? Wussten sie nicht, dass er auf dem Pier gewesen war? Wenn Sefia doch nur hier wäre. Sie könnte alles erklären. Er blutete, spürte die Stellen, wo die Frau ihn verwundet hatte. Er machte sich auf einen Kampf gefasst.

»Lasst ihn«, sagte jemand. Der kräftige Mann, dem Archer auf der Treppe geholfen hatte, drängte sich durch den Kreis der Seemänner – Ross, der Schiffszimmermann. »Der Junge hat mir das Leben gerettet.«

Sie zögerten, aber Archer war immer noch angespannt. Er sah sie an, zählte die Waffen, suchte nach Schwachstellen.

Käpt'n Lees blickte über Archers Schulter hinweg zu dem Ersten Steuermann, der hinter den anderen stand. »Und?«, fragte er.

Der Steuermann nickte. »Ross hat einen Riecher für so was. Da ist auch noch ein Mädchen unter Deck … mit Cooky und Doc.« Er seufzte. »Kallinago ist tot. Hat ein Messer in die Kehle gekriegt.«

Die Mannschaft begann zu tuscheln und Archer hob zur Verteidigung die Hände, doch Lees brachte sie zum Schweigen. Er hatte immer noch den Henker in der Hand. »Es ist nicht das erste Mal, dass wir Probleme auf unserem Schiff haben, und es wird auch nicht das letzte Mal sein. Ross, bring den Jungen in die Kapitänskabine.«

Archer spürte die Hand des kräftigen Mannes am Ellbogen, er zog ihn weg. Die Befehle des Kapitäns kamen so schnell, dass Archer kaum folgen konnte. Ihm war schwindlig vom Blutverlust. Er bekämpfte das Schwächegefühl, bis er hörte, wie Lees Sefia erwähnte.

»… hol das Mädchen und bring sie auch in die Kabine.«

Archer machte einen Satz nach vorn, er musste blinzeln, um

klar zu sehen. Seine Beine wollten ihn nicht tragen. Aber er würde nicht zulassen, dass sie Sefia holten.

»Ganz ruhig, Junge.« Ross legte ihm die Hand auf die Schulter.

Die Mannschaft hatte sich verteilt. Lees kam vorsichtig auf Archer zu, er blieb auf Abstand. Der Henker schien das ganze Licht zu verschlucken, das auf ihn fiel, er war wie ein Schatten in der Hand des Kapitäns. »Dich kenn ich doch«, murmelte er. »Ich weiß nicht, wie du auf mein Schiff gekommen bist und was du hier zu suchen hast, aber wenn ihr beide diese Sache lebend überstehen wollt, machst du jetzt besser keinen Ärger.«

Archer nickte und ließ sich von Ross am Ellbogen über das Hauptdeck führen. Er warf noch einen letzten kurzen Blick in den Himmel, dann fiel die Tür hinter ihm zu.

24. KAPITEL

SO BLIND WIE EH UND JE

Als der Erste Steuermann und die anderen Mitglieder der Backbordwache durch die Hauptluke bis zum untersten Deck des Schiffs hinabstiegen, war der Laderaum erfüllt von Fußgetrappel und dem Quietschen der Laternenscharniere. Während die Männer nach Spuren der blinden Passagiere suchten, lief der Erste Steuermann zwischen den Vorräten umher, überprüfte hier den Inhalt einer Kiste, hob da den Deckel eines Fasses hoch. Obwohl er blind war, merkte er, dass aus dem Pökelfleisch kleine Stückchen herausgeschnitten waren und dass von den ältesten und härtesten Früchten ein paar fehlten – nicht so viele, dass es auffiel, doch es war eindeutig, dass die jungen Leute vom Wildschwein-Pier sich seit ihrer Abfahrt aus Epidram im Schiff versteckt hielten.

Das beunruhigte ihn. Mit seinem feinen Gespür für das Innenleben des Schiffs hätte er zwei blinde Passagiere riechen müssen, sobald sie an Bord gingen. Da die Ratten jeden Tag an ihren Vorräten knabberten, konnte man kleinere Diebstähle leicht verbergen, doch dass sich gleich zwei Leute versteckten – das war noch nie vorgekommen. Nicht auf der *Strömung der Zuversicht*.

Jules hatte etwas in der Mitte des Lagerraums gefunden. Der Erste Steuermann wusste es in dem Moment, als sich ihre Schultern strafften und ihre Wangen zufrieden leuchteten. Er ging zu ihr, noch ehe sie sagte: »Ich hab's!«

Mühelos bahnte der Steuermann sich den Weg durch die Vorräte zu Jules. Die anderen scharten sich um sie.

»Und?«, fragte er. »Wo ist es?«

Jules zögerte. Das war ungewöhnlich. Mit Theo, ihrem Partner auf der Steuerbordwache, stimmte sie für gewöhnlich Matrosenlieder an, während die Männer der Wache die Segel setzten und an den Ankerwinden schwitzten und schufteten. Sie war zuverlässig und entschlossen in einer Stellung, in der es vor allem auf Rhythmus ankam. Sie zögerte nur selten.

Die anderen Matrosen flüsterten miteinander.

Sie wunderten sich.

Der Steuermann musste einen Witz gemacht haben.

»Sir?« Ihre sonst so kräftige Stimme bebte wie ein Blatt im Wind. »Es ist genau vor Ihrer Nase.«

Seit dem Tod seiner Großmutter konnte sich der Steuermann mit den Bäumen aus dem Wald Everikas verständigen, sie hatte ihm die Gabe vererbt. Gegen Ende der Fels-und-Fluss-Kriege, als die Provinzen von Everika einander um Land und Rohstoffe bekämpften, wurde aus dem Holz dieses Waldes ein schnittiges Schiff mit einem Baum als Galionsfigur gebaut. Die Balken der

Strömung erzählten ihm alles, was auf dem Schiff vor sich ging, so deutlich, dass er sein Augenlicht kaum vermisste. Zum ersten Mal seit langem erinnerte er sich jetzt daran, dass er blind war – wirklich und wahrhaftig blind. Und so, wie die anderen klangen, erinnerten auch sie sich daran.

Er spürte ihre Sorge, streckte die Hände aus und ging ein paar stockende Schritte in der gebeugten, schlurfenden Haltung, die er lange abgelegt zu haben glaubte. Er fühlte sich alt, griff in die Luft, schob sich über den Boden, bis er mit den Fingerspitzen die harte Kante einer Kiste streifte.

»Na, das ist doch …« Er fuhr mit den Händen darüber, noch nicht ganz überzeugt, dass die Kiste wirklich da war.

Doch seine Unfähigkeit, die Kiste zu sehen, war nicht der Grund dafür, dass er so beunruhigt war. Noch beunruhigender war das, was sich darin befand.

»Jules, ist in der Kiste irgendetwas Besonderes?«

Überraschung huschte über Jules' breites Gesicht. »Nein«, sagte sie und fasste hinein.

Der Steuermann schluckte. Jules' starker tätowierter Arm war in der Kiste vollkommen verschwunden. So waren die blinden Passagiere unbemerkt geblieben; alles in der Kiste war unsichtbar. Aber nur für ihn.

»Nur zwei Rucksäcke und Decken.« Jules stand auf und holte die Rucksäcke aus der Kiste. Für den Steuermann war es, als tauchten sie aus dem Nichts auf.

Schwindel überkam ihn. Seine Knie wurden schwach. Wie Abfall baumelte der kleinere Rucksack, der abgenutzter war als der andere, in Jules' Hand. Etwas darin gab ihm das Gefühl, klein zu sein – sehr, sehr klein –, ein winziger Fleck, nicht größer oder bedeutsamer als ein Staubkorn. Es roch nach Magie.

Er nahm Jules beide Rucksäcke ab. Obwohl der kleinere leichter war als erwartet, wirkte er sperrig wie ein randvoller Wassereimer, der jeden Moment überschwappen konnte.

»Sucht weiter«, sagte er und ging zurück zur Treppe. »Stellt sicher, dass es hier unten nicht noch mehr Überraschungen gibt.«

Die anderen starrten ihm nach und fragten sich, was mit ihm los war.

Warum er gezittert hatte, als Jules die Rucksäcke herausholte.

Wovor er Angst hatte.

»Und bringt die Kiste nach oben«, rief er über die Schulter. »Der Käpt'n will sie bestimmt sehen.«

Lees war mit der Steuerbordwache an Deck und drehte seine Runde über das Schiff. Die Nachtluft war kühl, feucht und schwer.

»Bei diesem Nebel sieht man die Hand vor Augen nicht«, sagte der Käpt'n, als der Erste Steuermann näher kam. Er wog den Henker in der Hand und ging weiter auf dem Schiff herum. »Hast du rausgefunden, wo die beiden sich die ganze Zeit versteckt haben?«

Der Steuermann streckte beim Gehen eine Hand über die Reling. Das Holzgeländer erdete ihn mit dem Schiff und seine Sinne tasteten Balken und Segeln und Leinen ab, dann das Lazarett, wo Cooky über den toten Kallinago wachte, und schließlich das Krähennest, wo Aly hockte und in die Kälte spähte.

Die Rucksäcke baumelten lose in seiner Hand. Er erzählte Lees von seinem Fund.

»Gefährlich?«, fragte der Käpt'n.

»Eher seltsam als gefährlich.« Mit seinen scharfen Sinnen ging er den Inhalt der Rucksäcke durch, ohne sie zu öffnen. Dabei mied er sorgsam das Ding ganz unten im kleineren Rucksack.

Lees betrachtete die Rucksäcke. »Hätte nie gedacht, dass wir die beiden nach dem Zwischenfall auf dem Wildschwein-Pier noch mal wiedersehen«, sagte er. »Leg das Gepäck auf den Boden, wenn wir sie befragen«, sagte er. »Ich will sehen, wie sie drauf reagieren.«

Jules und die anderen schleppten die Kiste aus dem Lagerraum hoch und brachten sie aufs Hauptdeck. Anschließend schickte der Erste Steuermann sie wieder weg. Lees nahm eine Laterne aus der Wandhalterung und ging vorsichtig zu der Kiste – jedenfalls glaubte der Steuermann, dass er das tat. Er runzelte verärgert die Stirn, weil er nicht sehen konnte, wo sie stand.

Der Käpt'n kicherte über seine missliche Lage und streckte die Hände aus. »Ich hätte nie gedacht, dass ich mal den Tag erlebe, an dem irgendwas auf der *Strömung* dich aus der Fassung bringt.«

»Dann bist du jetzt wohl mal dran«, antwortete der Steuermann säuerlich. »Du musst das Sehen für mich übernehmen.«

Lees lachte leise und ging in die Knie. Dann schien er bis zur Taille zu verschwinden. Der Steuermann nahm den Körper des Kapitäns nur noch halb wahr, losgelöst von seinem Rumpf, doch immer noch lebendig und in Bewegung. Der Rest seines

Körpers kam ein paar Minuten später mit zwei Decken wieder zum Vorschein, die er ordentlich faltete und beiseitelegte. Dann stand er auf und machte eine Bewegung, als würde er sich verbeugen.

Er stellte die Laterne auf der Kiste ab – dem Steuermann schien es, als schwebte sie auf unheimliche Weise in der Luft – und spähte in eine Ecke. Er musste etwas gesehen haben, und was es auch war, er fand es ganz und gar nicht lustig. Er klopfte sich auf die Brust und richtete sich wieder auf.

»Käpt'n?«

»Komm her«, sagte Lees. Als der Steuermann näher kam, nahm der Käpt'n seine Hand und führte sie an die Kiste. Da war etwas eingeritzt. Das Holz pikste ihn in die Haut, aber er wusste nicht, was die Linien bedeuten sollten.

»Sagt mir nichts«, sagte der Steuermann. »Gefällt mir aber nicht.«

Der Käpt'n straffte sich und sah zum Heck, wo die blinden Passagiere mit Doc und Ross in der Kapitänskabine warteten. Immer wieder drehte er mit dem Daumen die Trommel seines Revolvers – ein Geräusch wie Zähneklappern.

So wütend war Lees schon lange nicht mehr gewesen. Es brach aus ihm heraus wie ein Lavastrom, so heftig, dass der Steuermann, auch ohne ihm auf den Zahn zu fühlen, den Schmerz durch seine Brust zucken fühlte – Visionen von schwarzer und bernsteinfarbener Flüssigkeit, Scham. Der Steuermann zuckte zusammen, bohrte jedoch nicht nach.

»Was willst du mit ihnen machen?«, fragte er stattdessen.

Lees gab keine Antwort.

In dem kalten Schweigen steckte Cooky den Kopf zur Hauptluke heraus. Seine schmalen Augen waren vom Weinen geschwollen, und wenn er schniefte, klimperten Dutzende Silberringe an seinen Ohrläppchen. »Käpt'n«, sagte er und ging auf die beiden zu. Seine Stimme war belegt. Als er zur Reling kam, rieb er sich die Nase. »Gut, dass ich Sie erwische.«

Angesichts Cookys Trauer schüttelte Lees sich und bezwang seinen Ärger. »Wie geht es dir, Cooky?«

Cooky strich sich mit der Hand über die Glatze. »Mir geht's ganz gut, Käpt'n, danke. Doc kümmert sich jetzt um den Jungen, aber ich soll Ihnen was sagen, bevor Sie da reingehen.« Er schniefte wieder. »Sie hat gesagt … sie hat sich gewundert, dass Kallinago so lange durchgehalten hat, bis ich sie holen konnte. Mit solchen Wunden verbluten die meisten wohl in ein paar Minuten. Sie hat gesagt, es ist sehr merkwürdig.«

Das war ja ein Ding. Doc hatte schon jede Menge Kriegswunden und geheimnisvolle Krankheiten gesehen. Sie hätte das nicht erwähnt, wenn es nicht etwas Besonderes wäre. Irgendwie hatte das Mädchen Kallinagos Leben ein paar Minuten verlängert, wenn es auch nicht gereicht hatte, um ihn zu retten.

Lees nickte knapp. »Danke, Cooky.«

Der Koch trat von einem Bein aufs andere und rieb sich die Nase. »Eine Sache noch, Käpt'n.«

»Ja?«

»Seien Sie nicht so hart zu ihnen, okay? Es scheinen gute Kinder zu sein.«

Der Käpt'n zog die Krempe seiner Mütze tief über die Augen.

»Das hab ich auch gedacht, als wir sie vor Habicht gerettet haben. Aber dann haben sie mich auf meinem Schiff beklaut.«

»Ja, Käpt'n.«

Während der Koch zurück zur Kombüse trottete, schüttelte Lees den Kopf.

»Gefällt mir nicht, Kinder umzubringen … Aber wir könnten sie aussetzen. Hier gibt's ja einige Inseln. Vielleicht gabelt einer sie auf.«

Die Inseln zwischen Oxszini und Jahara waren sandgepeitschte Flecken ohne Schutz und ohne Trinkwasser. »Wer sollte sie schon aufgabeln? Irgendwo hinter uns ist Dimarion. Du weißt, was er mit ihnen macht, wenn er sie findet.« Der Steuermann verzog das Gesicht. »Willst du sie nicht wenigstens erst mal befragen?«

»Natürlich. Ich hab zu viele Fragen, auf die ich Antworten brauche.« Seine Wut sprühte wieder Funken, was man ihm nur daran anmerkte, dass er den Henker umfasste. »So oder so.«

25. KAPITEL

EINE GESCHICHTE, DIE LEBEN RETTEN KANN

Während Archer auf dem langen Tisch der Kabine lag, die letzten Fetzen seines Hemdes weggeschnitten, sah Sefia zu, wie Doc seine Wunden versorgte. Die Ärztin suchte seinen Körper nach Verletzungen ab, ihr Blick wachsam wie der einer Eule auf Jagd. Dann öffnete sie mit einem Klicken die Metallverschlüsse ihrer schwarzen Tasche und holte durchsichtige Fläschchen mit Flüssigkeit heraus, Verbände, eine silbern glänzende Schere, eine Pinzette, gebogene Nadeln und Faden. Sie vernähte die Wunden perfekt, mit einem ordentlichen Stich nach dem anderen, bis sie wie gestochene Buchstaben über Archers Wunden verliefen, als wäre jede Naht eine Zeile heilender Wörter. Doc hatte seine Haut schreibend zusammengefügt.

Draußen fiel etwas Schweres aus Holz krachend auf das Deck. Die Dielen rumorten.

Sefia fuhr zusammen, aber Archer nahm ihre Hand und hielt sie fest. Er sah sie an und bat sie mit seinem Blick zu bleiben. Da war so viel Blut – auf dem Tisch und dem Fußboden, auf seinem Gesicht, seinen Händen und seiner Brust – und wenn er sich bewegte, klafften die Schnitte an seinen Armen und Beinen auf wie schmale rote Augen. Sie ließ sich wieder auf die Bank sinken.

Niemand hatte etwas darüber gesagt, woher die Frau in Schwarz gekommen war, und auch nicht, ob andere folgen würden. Wie hatte die Frau sie überhaupt gefunden? Woher wusste sie, dass es Sefia gab? Es konnte nur eine …

»Dann warst du also bei ihm – bei Kallinago –, als er von uns gegangen ist?« Eine Stimme riss sie aus ihren Gedanken. Am Ende des Tisches blickte Ross, der Schiffszimmermann, von der riesigen Flasche auf, die er fast zärtlich in den schaufelartigen Händen hielt. Das gelbe Tuch hatte er tief in die Stirn gezogen.

»Ja«, murmelte Sefia. »Ich hab mit ihm gesprochen.«

Doc verschloss eine Wunde mit einer feinen Naht und machte leise »Hmm«.

Ross wischte sich über die Wangen. Als er wieder aufblickte, glänzten Tränen in seinen Augen. »Ich bin froh, dass du bei ihm warst, Kleine.«

Sefia nickte … weil sie musste und nicht unbedingt, weil sie wollte. Es war schwer, froh zu sein, wenn man jemanden hatte sterben sehen. Jemanden, der erst weinte und in ihren Armen schwer atmete und eine Sekunde darauf … nicht mehr atmete.

Und dann … nichts.

Wie Palo Kanta.

»Aber ich versteh das alles nicht«, sagte Ross und drehte die Flasche in den Händen. »Was wollte die Frau überhaupt im Lagerraum? Da unten gibt's doch nix Wertvolles.«

Sefia und Archer wechselten einen Blick. *Sie* waren da unten gewesen. Und das *Buch* war da unten gewesen. Sie schaute zur Tür. Vielleicht war es immer noch in der Kiste versteckt, doch nach allem, was passiert war, würde es nicht lange unentdeckt bleiben.

Archer umklammerte ihre Hand und biss die Zähne zusammen, als Doc eine Schnittwunde an seiner rechten Hand nähte. Er zuckte, als sie den Rand der Wunde mit einer Pinzette anhob.

»Es ist nicht zu spät für einen Schluck«, sagte sie, ohne aufzusehen.

Er presste die Lippen zusammen.

»Nur zu.«

Ross, der zusammengesunken auf dem Stuhl saß, kicherte leise und nahm einen langen Zug aus der Flasche. »Kallinago hat auch nicht gern getrunken, nicht nach dem ersten Mal.« Er schien keine Antwort zu erwarten, also hielt Sefia den Mund.

Der Schiffszimmermann war genauso, wie sie ihn sich vorgestellt hatte: die massigen runden Schultern, das braune, sonnengegerbte Gesicht und das Tuch um die Stirn, die abgearbeiteten Hände voller Narben und Harz. Sogar sein Geruch stimmte – nach Werg und Hobelspänen.

Als ob er spürte, dass sie ihn beobachtete, blickte er auf und sah sie mit trüben Augen an: »Was ist?«

Sefias Wangen wurden heiß. »Das hier ist wirklich die *Strömung der Zuversicht*, oder?«, fragte sie. »Sie und Doc … Sie alle … Sie sind wirklich hier?«

»Fürs Erste ja«, murmelte er.

Sie schaute sich um. Der Raum war genauso wie im Buch

beschrieben, bis hin zu der Sache mit den geraden Zahlen: die Haken an der Tür, die Stühle, die Schränke an den Wänden. In den Vitrinen waren zahllose Andenken: ein faustgroßer Rubin, ein Goldklumpen in der Form eines Tortenstücks, selbst der Donnergong, von dem sie im Buch gelesen hatte. Es kam ihr vor, als hätte man sie auf einer Seite ausgesetzt, zwischen den Buchstaben, oder als hätte das Buch die *Strömung* irgendwie zu ihnen herangezogen. War das alles vorherbestimmt? Sie schwankte.

Archer blinzelte sie an und zog die Mundwinkel nach oben, ein Grübchen entstand auf seiner Wange. Sie waren hier und sie waren immer noch zusammen.

Doc hantierte an seinem Unterarm, die Hände flink und leise wie zwei Schatten.

»Ich fasse es nicht, dass ich euch nicht gleich erkannt hab.« Ross hustete. »Ihr seid die beiden vom Wildschwein-Pier.«

»Sie waren auf dem Pier?«

Ross nickte mehrmals mit dem gewaltigen Kopf. »Verrückt, wie klein die Welt ist, was?«

»Ja«, sagte sie schwach. Wieder zog es ihren Blick zu den Gegenständen in den Regalen. Ein rostiger Eisenschlüssel. Eine schwarze Schachtel mit Elfenbein eingelegt. Eine Halskette, deren viereckige blaue Saphire von glitzernden Diamanten umschlossen waren – sie war völlig verstaubt bis auf ein paar Stellen, wo Fingerabdrücke das Licht durchließen. Sefia blinzelte und in ihrer Vision erhaschte sie Bilder von Käpt'n Lees, der sich an der Kette zu schaffen machte. Eine Aschewolke. Und die schönste Frau, die sie je gesehen hatte. Sie trug die Kette um den Hals und erlangte dadurch ewige Jugend – das war das Besondere an dieser

Kette. Und wenn die Trägerin schön war, dann konnte sie diese Schönheit bewahren. Ganz gleich in welchem Alter, die Frau war immer umgeben von Männern, Blumen, Lachen, Kindern … und dann von Krankheit, Schreien und Rauch.

»Die Verfluchten Diamanten der Lady Delune.« Sefia schloss die Augen und rieb sich die schmerzenden Schläfen.

»Es heißt, der Käpt'n war der einzige Mann, der ihr die Diamanten jemals abnahm. Kaum hatte er die Kette losgemacht, zerfiel die Schöne zu Staub.« Ross seufzte. »Ich schätze, am Ende wollte sie es so. Sie hatte kein sehr glückliches Leben.«

Sefia dachte an die Frau aus ihrer Vision: Obwohl sie nie alterte, wurde sie mit den Jahren immer kälter, während ihre Eltern, ihre Ehemänner, Kinder und Enkel von Seuchen und Bränden heimgesucht wurden, von Unfällen, Selbstmord und Altersschwäche.

»Es gibt mehr im Leben als Jugend und Schönheit … oder auch Glück.« Sefia dachte an ihr eigenes Leben. Sie lebte nicht, um glücklich zu sein. Es war lange her, dass sie sich etwas so Simples wie Glück gewünscht hatte.

»Wie wahr, wie wahr, Kleine.«

»Ich heiße Sefia«, betonte sie.

Ross nickte und nippte an seiner Flasche. »Stimmt. Sefia. Ihr seid schon ein Pärchen, ihr zwei. Ich hoffe …«

Die Tür ging auf und kalte Luft strömte in die Kapitänskabine. Sefia zitterte. Ross setzte sich gerade hin und steckte die Flasche weg. Der Erste Steuermann kam herein, ihre Rucksäcke in der Hand. Sefia suchte sofort nach der vertrauten Form des Buchs und war erleichtert, als sie sah, wie es sich gegen das

Leder drückte. Der Steuermann ließ ihr Gepäck lässig zu Boden fallen, doch es entging ihr nicht, wie schnell er den Arm zurückzog, als wäre er froh, es endlich los zu sein. Sie widerstand dem Drang, ihren Rucksack sofort an sich zu nehmen.

Da kam der Käpt'n herein. Sie erkannte ihn an den knallblauen Augen, der natürlichen Autorität und dem schwarzen Revolver in seiner Hand. Sie war so gespannt auf ihn gewesen – der echte Käpt'n Lees! –, doch bei seinem Anblick wurde aus der Spannung ein schwerer Klumpen in ihrem Bauch. Er war wütend. Seine Wut brodelte unter der Haut und hinter seinen Zähnen. Das war nicht der Lees aus den Geschichten.

»Wie groß ist der Schaden?«, fragte er.

Archer richtete sich mühsam auf, die Schmerzen waren ihm anzusehen. Die Ärztin seufzte und nähte einen tiefen Schnitt an Archers Schulter. »Elf Wunden insgesamt, von denen sechs genäht werden müssen. Zwei gebrochene Rippen. Ich glaube, selbst Sie wären stolz darauf, Käpt'n.«

Lees überging ihren scherzhaften Ton. »Und das Mädchen?«

Sefia antwortete selbst. »Bei mir ist alles gut, Käpt'n. Archer hat gekämpft, nicht ich.«

Der Käpt'n starrte sie lange an – so lange, dass sie wünschte, sie könnte ihre Worte herunterschlucken und zwischen den Ritzen der Planken verschwinden –, doch sie wandte den Blick nicht ab.

»Ross?«

Der Zimmermann winkte mit seiner fleischigen Hand ab. »Nur ein paar blaue Flecken am Hintern, Käpt'n«, sagte er.

Lees machte eine Kopfbewegung zur Tür. »Dann verzieh dich.«

Ross sprang auf, jedoch nicht ohne Sefia zuzuzwinkern. Als er am Käpt'n vorbeikam, beugte er sich vor und flüsterte, gerade so laut, dass sie es hören konnte: »Es sind gute Kinder, Käpt'n. Wenn's drauf ankommt, können Sie sich drauf verlassen, dass ich ein bisschen weniger futtere und ein bisschen härter schufte. Schlimmstenfalls verzichte ich sogar auf meinen Lohn.«

Sefia lächelte schwach.

Falls der Käpt'n überrascht war, so ließ er es sich nicht anmerken. Ross legte seine große Hand auf Docs Schulter und sie legte ihre dunkle Wange darauf, während sie weiter Archers Wunde vernähte.

Eine kleine Berührung, die so viel sagte.

Er drückte ihre Schulter und verschwand zur Tür hinaus in die kühle Nachtluft.

Der Käpt'n nahm auf dem Stuhl Platz, auf dem Ross gesessen hatte, und legte seinen schwarzen Revolver auf den Tisch. Sefia behielt ihn genau im Auge. Während der Erste Steuermann hinter ihm stand, entfaltete Lees ein Lederetui, nahm einiges Werkzeug heraus und breitete es ordentlich vor sich aus. Wortlos begann er seine Waffe zu putzen, öffnete sie, nahm die Patronen heraus, überprüfte die Trommel. Er legte einen kleinen Lappen über das Ende eines Metallstabs und fuhr damit durch den Lauf und die Patronenlager – achtmal. Es war offensichtlich, dass niemand etwas sagen würde, bis die Ärztin gegangen war, daher schaute Sefia einfach zu.

Der schwarze Revolver war wunderschön, mit Goldintarsien und seidigem Ebenholz, doch aus der Nähe fiel ihr auf, wie mitgenommen er war: voller Kratzer und Kerben, fleckig vom Alter und von längst vergessenen Bluttaten. Der Griff war der Länge nach an der Maserung entlang gerissen, und eine tiefe Naht offenbarte, wo er wieder zusammengeklebt war.

Sie kniff die Augen zusammen und tastete nach den Lichtern, die unter der greifbaren Welt lauerten, dann blinzelte sie und glitt in ihre Vision. Während Lees den Henker mit einer kleinen Bürste putzte, zog die Geschichte des schwarzen Revolvers an ihr vorüber.

Ein Kugelhagel, viel Blut und ein Körper, der ins Wasser platschte. Dann verschob sich die Vision und sie sah den früheren Kapitän der *Strömung*, einen Mann mit freundlichem Gesicht und Knollennase, wie er sich den Henker an die Schläfe drückte.

Eine Explosion – Feuer und Fleisch und Knochen.

Die schwarze Waffe fiel aufs Deck, beim Aufprall zerbrach der Griff.

Kurz darauf schleppte Lees sich aufs Deck. Er triefte von Meerwasser und das Hemd klebte ihm an der Brust, so dass die Landschaft aus Muskeln und schwarzer Tinte durchschien. Während er die Hand nach der zerbrochenen Waffe ausstreckte, sammelte sich das Salzwasser zu seinen Füßen.

Sie schluckte, lehnte sich zurück und blinzelte schnell. Dann wanderte ihr Blick zu den Rucksäcken.

Die Ärztin legte Archer einen letzten Verband an und ließ ihre schwarze Tasche zuschnappen. Sie stand auf, schob die Brille auf den breiten Nasenrücken. »Hat Cooky es Ihnen erzählt?«, fragte sie den Käpt'n.

Lees sah zu Sefia und nickte dann.

Was hatte Cooky gesagt? Gab er ihr die Schuld an Kallinagos

Tod? Weil sie nicht fest genug auf die Wunde gedrückt hatte, den Blutstrom nicht hatte stoppen können? Da war so viel Blut gewesen und es war so schnell geflossen. Sie nagte an der Unterlippe.

Die Ärztin nickte erst Archer zu und dann ihr. Sefia hätte ihr gern gedankt, doch die Stimmung war so eisig, dass sie auch lieber nur nickte. Die Ärztin verließ den Raum und Sefia und Archer waren allein mit Käpt'n Lees und dem Ersten Steuermann.

Lees beendete die Reinigung des Henkers und ölte die beweglichen Teile, was er mehrmals wiederholte – alles in gerader Anzahl, ganz wie es in den Legenden berichtet wurde. Dann packte er die Reinigungsutensilien zusammen, legte die Waffe auf den Tisch und reihte die verbliebenen vier Patronen nebeneinander auf.

»Ich erinnere mich an unsere Begegnung am Pier«, sagte er und zeichnete zwei ineinander verschlungene Kreise auf die Tischplatte, wobei sein Finger immer wieder in einen Kreis hinein und aus dem anderen Kreis hinaus fuhr. »Aber ich hätte nicht gedacht, dass ich euch noch mal wiedersehe.«

»Nein«, sagte sie.

»Wisst ihr, wer ich bin und auf welchem Schiff ihr seid?«

Sefia nickte.

»Dann wisst ihr auch, wie ungewöhnlich es für uns ist, Eindringlinge hier anzutreffen. Heute Nacht hab ich drei von euch erwischt und einer meiner Männer ist gestorben. Das wirft ein paar Fragen auf. Je nachdem, wie ihr auf diese Fragen antwortet, werde ich euch töten oder, wenn ich milde gestimmt bin, euch auf einer einsamen Insel aussetzen. Dann kann euch das nächste Schiff aufgabeln, das vorbeikommt. Verstanden?«

Sefia sah über die Schulter zu dem Steuermann, und der richtete seine trüben Augen auf sie. Auf einmal fiel ihr auf, dass das Grau in seinen Augen Narben waren – kleine Stiche, die mit der Zeit verheilt waren. Sie schluckte. Die Legenden berichteten, der Erste Steuermann könne eine Lüge riechen wie ein Bluthund. Sie musste die Wahrheit sagen. Eine Wahrheit, die Archer und ihr das Leben rettete.

Dann blickte sie zu Archer, der neben ihr saß und ihre Hand in seiner verbundenen Hand hielt.

Er nickte.

Was sie jetzt sagte, würde über Leben und Tod entscheiden. Auf dem Wildschwein-Pier hatte Archer ihnen das Leben gerettet, jetzt war sie dran. Sie holte zitternd Luft und sah wieder zu Lees.

»Ja, verstanden.«

Der Käpt'n drehte die Trommel des Henkers, dann feuerte er die erste Frage ab: »Wer seid ihr?«

»Ich bin Sefia, und das ist Archer«, antwortete sie.

»Kann er nicht selber antworten?«

Archer schüttelte den Kopf.

»Er kann nicht sprechen«, sagte sie. »Ich glaube, er weiß nicht mehr, wie das geht.«

Lees warf einen kurzen Blick über die Schulter zu dem Steuermann, der offenbar nickte. »Wie seid ihr auf mein Schiff gekommen?«, fragte er.

»Wir sind seit Epidram hier. Da haben wir uns zufällig in einer Ihrer Kisten versteckt.«

»Zufällig?«

»Wir wussten nicht, dass sie Ihnen gehört. Wir haben einfach ein Versteck gebraucht.«

»Wie viele von euch sind noch unterwegs?«

Sie schüttelte verwirrt den Kopf. »Wir sind nur zu zweit.«

»Wie ist Kallinago gestorben?«

»Die Frau hat ihm in die Kehle gestochen. Ich hab versucht ihn zu retten …« Tränen stiegen ihr in die Augen und sie wischte sie weg. Sie musste immer wieder daran denken, wie er so reglos geworden war. »Ich hab versucht ihn zu retten, aber als die Ärztin kam, war er schon tot.«

»Wer war die Frau?«

Sefia wurde ganz kalt. Sie ballte die Hände zu Fäusten. »Ich weiß es nicht. Aber sie hat meine Tante entführt.« Sie sagte nichts über den Metallgeruch und darüber, dass es genauso gerochen hatte, als ihr Vater starb.

»Warum?«

Sie schaute zu dem Rucksack. Sollte sie ihnen von dem Buch erzählen? Bei einer Lüge ertappt zu werden, wäre noch schlimmer.

»Sie wollte das Buch.« Sefia spürte, wie ihr die Farbe aus dem Gesicht wich. Nin war die Einzige, die wusste, dass sie das Buch hatte. Bedeutete das … Sie schob den Gedanken sofort beiseite.

»Was ist ein Puch?«, unterbrach Käpt'n Lees ihre Gedanken.

»Ein Buch. Es ist … Es ist dieses Ding, das ich habe.« Sefia nahm ihren Rucksack und kramte darin herum, bis sie das Buch ertastete. Sie zog es heraus. Nach den merkwürdigen Ereignissen der letzten Stunde und dem plötzlichen Aufeinandertreffen mit der *Strömung* fühlte es sich vertraut und beständig an. Es gab ihr das Gefühl von Wirklichkeit. Sie nahm den Lederumschlag ab und der Steuermann hinter ihr stöhnte auf, als hätte man ihm in den Magen geboxt. Archer drehte sich um und Lees runzelte die Stirn, doch keiner sagte etwas.

»Dies ist ein Buch.«

Sie hielt es dem Käpt'n hin und sofort war er auf den Beinen, streckte die Hand aus und streifte den Einband mit der Fingerspitze.

Aber er nahm es nicht an sich. Er betrachtete es einen Augenblick argwöhnisch, dann öffnete er die Schnallen und hob den Deckel an – als wäre es eine Schachtel mit einem magischen Gegenstand darin.

Lees wandte sich zu ihr. Ehe sie reagieren konnte, war der Henker auf die Stelle zwischen ihren Augen gerichtet.

Archer schubste sie zur Seite. Das Buch fiel ihr aus den Händen, die Seiten flatterten, Lesezeichen flogen durcheinander. Sefia stürzte zu Boden. Der Steuermann war hinter Archer getreten. Archer erstarrte.

Sefia setzte sich auf und rieb sich den Ellbogen. Nur noch drei Patronen lagen auf dem Tisch. In weniger als einer Sekunde hatte der Käpt'n den Revolver geladen und gespannt. »Archer, lass das«, sagte sie. Und zu Lees: »Es ist nicht gefährlich. Es kann Ihnen nichts tun.«

Der Steuermann verlagerte das Gewicht. »Der Junge hat Ross das Leben gerettet«, sagte er.

Käpt'n Lees legte den Henker wieder auf den Tisch und setzte sich. »Nur deshalb atmet er noch.«

Archer beugte sich zu Sefia herab, um ihr aufzuhelfen, doch sie zeigte auf den Stuhl, damit er sich wieder setzte. Sie sammelte ihre Lesezeichen vom Boden auf: die grüne Feder, die gepressten Blätter. Die Stellen, die sie im Buch markiert hatte, würde sie nie wieder finden – all die Geschichten, die sie gelesen hatte, waren zwischen den zahllosen Seiten verloren. Behutsam schob sie die Lesezeichen in das Buch und legte es auf den Tisch.

»Warum haben Sie das gemacht?« Sie betrachtete sein Gesicht, die Spuren von Verwirrung und Ärger. Was er gesehen hatte, gefiel ihm nicht. Es weckte sein Misstrauen, vielleicht sogar Angst.

Lees kratzte sich die Brust. »Was sind das für Zeichen?«

»Wörter.«

»Ein Wort ist etwas, was man sagt, nicht etwas, was man sieht.«

»Das hier sind auch Wörter. Nur ... in anderer Form.«

Lees kniff die Augen zusammen. »Was ist so besonders daran?«

»Ich weiß es nicht.«

Der Steuermann hinter ihr regte sich.

»Das war das letzte Mal, dass du mich angelogen hast.« Diesmal richtete der Käpt'n die Waffe nicht auf sie. Stattdessen steckte er die verbliebenen drei Kugeln in die Patronenlager und nahm die restlichen aus einem Fach seines Reinigungsetuis. Er schob die Trommel zurück und steckte den Revolver ins Holster. Sie begriff, weshalb er ihn geputzt hatte: Das konnte er nur machen, nachdem er jemanden getötet hatte – denn jedes Mal, wenn er den Henker zog, starb jemand. Im selben Moment wurde ihr bewusst, dass er sie, falls er die Waffe noch einmal zog, töten würde.

»Ich meine …« Sefia rang nach Worten. »Ich verstehe es noch nicht ganz, aber es hat irgendwas mit Magie zu tun. Ich kann Sachen sehen …«

»Wie der Steuermann?«

»Nein, nicht ganz.« Sie legte den Kopf schräg und dachte nach. »Oder … vielleicht doch? Ich kann zum Beispiel sehen, wo etwas gewesen ist, wem es gehört hat. Solche Sachen.«

»Und mit dieser Magie habt ihr euch vor dem Steuermann versteckt?«

»Ich weiß nicht. Wir waren die meiste Zeit in der Kiste. Wir haben versucht so leise wie möglich zu sein.«

Lees wischte ihre Bemerkung mit einer Geste weg. »Er hätte euch trotzdem sehen müssen.« Er riskierte wieder einen Blick auf das Buch. »Dieses Ding wollte die Frau also haben, hm?«

Sie fuhr mit dem Finger über das  auf dem Einband. »Ja«, sagte sie kaum hörbar.

»Warum?«

»Ich glaube, meine Eltern haben es vor ihr beschützt.«

»Warum?«

»Ich weiß nicht. Bis ich neun war, hab ich nicht mal gewusst, dass sie es hatten … Bis mein Vater umgebracht wurde.« Sie fuhr immer noch das Emblem nach. Antworten. Vergeltung. Rache.

»Von dieser Frau?«

Sefia nickte, auch wenn sie nicht den Mut hatte, aufzublicken; zuzugeben, dass sie schon wieder versagt hatte. Wenn die Frau in Schwarz sie auf Grund eines Hinweises von Nin gefunden hatte, war Nin womöglich schon tot. Und Sefia kam vielleicht zu spät. Sie ballte die Fäuste und grub die Nägel in die Handflächen, wollte den Schmerz spüren, wollte bestraft werden, wollte, dass etwas anders war. Weil sie nie das tun konnte, was getan werden musste. »Ich glaub schon«, flüsterte sie.

»Und was hat Habicht mit der ganzen Sache zu schaffen?«

Sie betrachtete ihre Hände, die vier halbmondförmigen Abdrücke. »Er wollte Archer haben und ich ... Das ist eine lange Geschichte.«

Käpt'n Lees sah über ihre Schulter hinweg zum Steuermann und nach einer Weile seufzte er. »Tja, Mädchen, ich würde sagen, ihr habt nicht vor, mir, meinem Schiff und meiner Mannschaft zu schaden. Also werde ich euch nicht töten. Ihr habt die Wahl: Entweder setze ich euch auf einer einsamen Insel aus oder ihr kommt mit.«

Bei seinen Worten richtete Sefia sich auf, doch Lees sprach weiter. »Cooky und Ross haben sich schon für euch starkgemacht, genau wie Doc ... Aber ich habe immer noch Fragen, auf die ich Antworten brauche. Wie wäre es damit: Du erzählst mir eure Geschichte – wer ihr wirklich seid, welches Ziel ihr verfolgt, was ihr über dieses Puch wisst – und wenn deine Geschichte gut ist, könnt ihr bleiben. Nimmst du mein Angebot an, junge Dame?«

Sefia nickte und reckte das Kinn. Eine Geschichte, mit der sie Archer und sich das Leben retten konnte. Eine Geschichte konnte sie erzählen. Wenigstens das konnte sie. »Ich heiße Sefia«, begann sie.

DER ORT DER FLEISCHLOSEN

Wenn du in Kelanna stirbst, legen sie dich in ein Boot. Sie betten dich auf einen Stapel aus Holzstämmen und Schwarzstein, trockenem Gestrüpp und Feuerholz und schicken dich brennend auf den Ozean.

Sie zünden keine Kerzen an. Sie verbrennen keine duftenden Weihrauchstäbchen oder Papierstapel als Wegbegleiter. Sie legen dir keine Münzen auf die Augen, damit du den Fährmann bezahlen kannst. In Kelanna gibt es kein Jenseits, in das man dich übersetzen müsste.

Wenn du in Kelanna stirbst, bist du weg. Dort glauben sie nicht an die Seele. Sie glauben nicht an Spukgestalten. Sie glauben nicht an gute Geister, die an deiner Seite wandeln, nachdem dein Freund, deine Schwester oder dein Vater gestorben ist. Sie glauben nicht an Nachrichten von den Toten. Die Toten existieren nicht mehr.

Wenn du in Kelanna stirbst, sprechen sie keine Gebete für dich, denn sie haben keinen Himmel und keine Götter, zu denen sie beten könnten. Es gibt keine Wiedergeburt; du kommst nicht zurück. Ohne Körper bist du nichts mehr, außer einer Geschichte.

Wenn sie in Kelanna trauern, erzählen sie Geschichten – als könnten sie dich dadurch bei sich behalten. Sie glauben, dass du, wenn man die Geschichten nur oft und lange genug erzählt, lebendig bleibst – wenn auch nur in der Erinnerung.

Doch ein paar von ihnen, ein trauriger und hoffnungsvoller kleiner Haufen, reden von einem Toten Meer. Tief im Westen, in den wilden Wassern jenseits aller bekannten Flüsse: der Ort der Fleischlosen. Sie sagen, dass die Wellen nachts, wenn der Himmel am dunkelsten ist, wie Rubine glitzern. Sie sagen, das seien die tausend roten Augen der Toten – obwohl es mehr als tausend sind und sie nicht immer tot sein werden.

Tief unter der Meeresoberfläche, dort, wo das Sonnenlicht nicht hingelangt, wird die Welt blind sein, ohne Unterschied zwischen Nacht und Tag. Es wird keine Farben und Formen geben, keinen Schatten. Sie werden im Nichts schweben, denn es gibt keine Punkte, an denen sie sich orientieren könnten. Nichts wird ihnen verraten, wo sie gewesen sind und wohin sie gehen. Sie werden allein sein.

Das wird die wilde schwarze Welt auf dem Meeresgrund sein, ein Ort, der nur für Monster und Geister bestimmt ist.

Doch schließlich, nach endlosen Jahren des Wartens, werden sie den Ruf vernehmen. Sie werden sich erheben und wie Lichtpfeile durch die Finsternis nach oben schießen. Sie werden ins Tiefblau gelangen, wo die Wale ihre traurigen Lieder singen und hungrige Haie auf der Suche nach Beute meilenweit schwimmen. Sie werden an Tintenfischen vorbeikommen, an Wasserschildkröten, Garnelenschwärmen, schillernden Fischen, und in die lebendige türkisfarbene Welt unter der Wasserobenfläche eindringen. Dort, wo die weiße leuchtende Unterseite des Himmels und die Sonne auf das Wasser fallen.

Wie Speere werden sie emporschießen. Sie werden sich daran erinnern, wie hell die Welt ist, an das Glitzern der Wellen und den unversöhnlich blauen Himmel. Sie werden sich daran erinnern, wie der Wind an ihnen zieht und zerrt, sie zurechtweist und formt. Und wie das alles klingt: der Wellenschlag an einem Holzboot, das Knarren der Balken, der Ruf der Möwen, die rauen salzigen Stimmen der Matrosen und das Geklapper an Deck, schlagende Hämmer an fernen Ufern, Kinderlachen, Klingenkreuzen, Kanonenschüsse, Reden, Rufen, Singen.

Sie werden zurückgekehrt sein.

IST DIES EIN BUCH

26. KAPITEL

SCHIFFE IM NEBEL

Es war schon hell, als Sefia und Archer aus der Kapitänskabine entlassen wurden. Käpt'n Lees hatte nicht gesagt, sie dürften auf dem Schiff bleiben, aber er und der Erste Steuermann mussten sich um eine Bestattung kümmern und um andere Dinge, über die sie nicht sprachen. Der Nebel verschluckte einen großen Teil des Morgenlichts, und übermüdet, wie Sefia war, kam es ihr so vor, als schwebten sie zwischen Nacht und Tag, hier und dort, Wirklichkeit und Fantasie. Archer neben ihr gähnte und stöhnte, betastete seine verletzten Rippen.

Der Rest der Mannschaft hatte sich auf dem Hauptdeck versammelt, wo ein notdürftiges Boot beladen mit Schwarzstein darauf wartete, ins Wasser gelassen zu werden. Auf dem Scheiterhaufen lag Kallinago mit einer einzigen roten Feder in den steifen Fingern.

Für seine Mutter.

»Sieht aus, als ob er schläft, oder?«, murmelte Ross.

Sefia biss die Zähne zusammen. Er sah *leer* aus, nicht wie ein Mensch, sondern wie ein Haufen Fleisch und Knochen in Form eines Menschen. Alles, was ihn zu Kallinago gemacht hatte, was ihn hatte schaudern, flüstern und lachen lassen, war weg. Mit trockenen Augen betrachtete sie den wirbelnden Nebel über dem grauen Wasser.

Das Bestattungsritual auf See war gewöhnlich schnell vorüber. Getrauert wurde in den Wochen danach, wenn diejenigen, die den Verstorbenen gekannt hatten, immer wieder die Geschichten aus seinem Leben erzählten. So gab es nur wenig Rituale: das Läuten der Schiffsglocke, die Fackel und das Herablassen des Scheiterhaufens ins Meer.

Zwei Seemänner stießen das brennende Floß vom Schiff weg, und Jules trat vor und drehte die Mütze in den Händen. Sefia erkannte sie aus den Legenden über die *Strömung*: eine tapfere Matrosin mit einer Haut wie Sonne auf Honig und Vogel- und Blumentattoos auf den Armen. Ihre Aufgabe war es, die Arbeitslieder für die Backbordwache anzustimmen. Zeile um Zeile sang sie vor, was der Rest der Wache wiederholte, während die Schoten dichtgeholt oder das Spill gedreht werden musste. Ihre Stimme war stark und fein raschelnd wie Seide, und sie erhob sich, während der Scheiterhaufen in den Nebel glitt und Feuer und schwarzer Rauch mit den Wolken verschmolzen.

Wie ein Echo so leise werde ich gehen
Dann bin ich fort.
Und bin doch noch da. Ich bleibe stehen
Und warte auf dein Wort.

Noch mal, noch mal.
Erzähl mir meine Geschichte noch mal.
Wiederhol sie schnell, eh ich vergessen,
ach bitte, erzähl sie noch mal.

Theo, der den Chor der Steuerbordwache leitete, stimmte mit seinem bewegenden Bariton in den Gesang ein. Einer nach dem anderen sangen die übrigen Matrosen mit, bis das Lied ein Teppich aus Klängen war, die sich in nahtloser Harmonie verbanden. Die Musik erinnerte Sefia daran, wie eine Stadt verschwindet, wenn man mit dem Schiff davonsegelt – immer kleiner wird sie am Horizont, bis sie nur noch ein undeutlicher Schatten ist … ein Klecks … ein eingebildeter Punkt im weiten blauen Meer.

Als die letzten Töne verklangen, murmelte Ross: »Wie sehr man einen Mann vermisst.«

Und die anderen sprachen ihm nach.

Wie sehr man einen Mann vermisst.

Dann war es vorbei und die Matrosen nahmen wieder ihre Positionen ein. Sie gingen aufs Vorschiff, in die Kombüse, ins Krähennest. Sefia bekam einen dampfenden Becher und eine Schale Reisbrei, während Archer ins Lazarett gebracht wurde. Sie konnte ihm gerade noch sagen, dass alles gut sei, bevor er unter Deck verschwand.

Sefia stolperte mit ihrem Frühstück die Treppe zum Achterdeck hinauf. Ihre Kiste lag auf dem Deck, zersplittert an der Seite, wo Archer sie aufgedrückt hatte. Dahinter schritt Käpt'n Lees an der Reling entlang hin und her, schaute in den Nebel, machte dann kehrt und starrte auf die Kiste. Sie fragte sich, warum er so aufgebracht war. Der Erste Steuermann stand neben der Kiste und strich immer wieder mit den Fingern darüber, als wollte er sich versichern, dass sie noch da war.

Hastig trank Sefia einen Schluck Kaffee und schlang ein paar Löffel von dem Brei hinunter, der leicht und sahnig und locker wie Wolken war, mit einem Hauch Ingwer und Stückchen roter Wurst. Schon die paar Bissen von Cookys Essen wärmten sie von innen und sie fühlte sich gleich munterer.

Lees bedeutete ihr, sich zu beeilen. Gehorsam schaufelte sie noch ein paar Löffel Reisbrei in den Mund.

»Was kannst du mir über diese Kiste erzählen?«, fragte er.

Sefia schluckte. Die Kiste war mit den Insignien aller Schiffe versehen, mit denen sie gereist war: Nach dem Abladen wurde der jeweilige Stempel schwarz durchgestrichen. Und wenn die Kiste auf das nächste Schiff verladen wurde, bekam sie einen neuen Stempel. Doch das war nichts Ungewöhnliches. Sefia trat näher heran – und da hätte sie fast ihr Frühstück fallen gelassen.

Dort, ganz oben in der Ecke, waren Worte in die Holzbretter geritzt.

Worte!

Sie betastete sie. Die kleinen Splitter an den Rändern stachen ihr in die Fingerkuppen.

VÖLLIG UNSICHTBAR

Die Buchstaben waren so gleichmäßig, dass es jahrelange Übung gebraucht haben musste, sie so zu schnitzen. Es gab also noch andere, die schreiben konnten. Andere, die lesen konnten.

Sefia schwankte. Das leise Kratzen, das sie auf dem Pier gehört hatte – da hatte jemand die Worte ins Holz geschnitzt, während sie und Archer in der Kiste saßen.

Auf einmal hatte sie das Gefühl, dass mit der Kiste etwas nicht stimmte, oder besser gesagt, dass etwas daran seltsam war. Sie schien zu flimmern, war mal sichtbar und mal nicht, als bestünde sie aus mehr als nur aus Brettern und Nägeln. Sefia streckte eine Hand aus, um sich zu vergewissern, dass die Kiste noch da war.

Sie zog die Hand wieder zurück. Der Steuermann tat es ihr gleich: Er strich mit den Fingern über die Kiste, *weil er sie nicht sehen konnte*. Sie war für ihn *völlig unsichtbar*, obwohl er sonst alles auf der *Strömung* sehen konnte. Aber warum? Lag es an den Worten?

Als sie Käpt'n Lees erklärte, was auf der Kiste stand, sah er den Steuermann an. Der runzelte die Stirn und die Falten gruben sich noch tiefer in sein Gesicht. »Aber ich hab nicht gewusst, dass Worte so etwas bewirken können«, sagte sie.

Lees klappte ein Messer auf.

Sefia erschrak und sah zum Steuermann, doch der wirkte gelassen.

Der Käpt'n reichte ihr das Messer mit dem Griff zuerst, dazu ein Stück Holz. »Probier's aus. Ich will sehen, ob du etwas verschwinden lassen kannst.«

Sie zögerte nur kurz, dann nahm sie das Messer und fing an

zu schnitzen. Sie hatte ihm letzte Nacht alles erzählt, alles, was sie über das Buch und das Emblem wusste, ihre Eltern und die Impressoren, Archer und Serakeen. Was es bedeutete zu lesen und wie sie sich das Schreiben beigebracht hatte. Sie stach mit der Spitze des Messers ins Holz, machte eine Kerbe hinein, ritzte die Buchstaben, bis auf dem hellen Holz die Worte zu lesen waren:

VÖLLIG UNSICHTBAR

Unzufrieden betrachtete sie die ungleichmäßigen, krakeligen Buchstaben.

»Und?«, fragte der Käpt'n.

Der Erste Steuermann nahm Sefia das Holzstück aus den Händen und strich mit den Fingern über die hastig geschnitzten Buchstaben. »Nee«, sagte er.

Lees nahm sein Messer zurück, pustete die letzten Späne von der Klinge und steckte es zusammengeklappt wieder in die Hosentasche. Nachdenklich klopfte er sich auf die Brust und schien gerade etwas sagen zu wollen, als irgendwas auf dem Wasser seine Aufmerksamkeit erregte. Er drückte sich an die Reling und ließ den Blick über die Wellen schweifen, er erforschte ihre Form.

Diesen Blick kannte Sefia. Er las. Wenn er auch keine Worte lesen konnte, so konnte er zumindest das Wasser lesen. Mühelos fuhr er darauf herum, als ob die Ozeane für ihn glänzende flüssige Straßen bildeten. Kein anderer kannte die See so wie er.

»Da draußen ist was«, murmelte er.

»Das Schiff, von dem die Frau gekommen ist?«, fragte der Steuermann.

»Weiß nicht.«

Sefia schaute die Treppe zum Hauptdeck hinunter. Wenn noch mehr Leute hinter dem Buch her waren, mussten sie verschwinden. Archer war im Lazarett; das Buch war in der Kapitänskabine. Ohne die beiden würde sie nicht gehen.

»Segel auf der Steuerbordseite!«, rief Lind aus dem Krähennest.

Lees starrte in den Nebel. »Was für ein Schiff?«

»Keine Ahnung, Käpt'n. Bevor ich was erkennen konnte, war es schon wieder weg.«

Hinter ihnen fragte der Steuermann: »Ist es heute?«

Sefia blickte verstohlen zu dem Käpt'n, der den Kopf schüttelte. »Nicht heute«, sagte er.

Mit fliegenden Zöpfen kam Aly, die Schiffskellnerin, angerannt und reichte Lees ein Fernrohr. Er hielt es ans Auge. Überall auf dem Deck schauten Seemänner aufs Meer hinaus. Eine Weile bewegte sich nichts als der wogende Nebel.

Sefia schob sich zur Treppe, bereit zur Flucht.

Der Steuermann packte sie im Nacken. Sie wehrte sich einen Moment lang, doch sein Griff wurde fest wie ein Schraubstock und sie blieb stehen. »Wag es nicht, Mädchen.«

Wütend sah sie ihn an.

Von oben rief Lind: »Da ist es wieder, Käpt'n!«

Ein Schiff tauchte im Nebel auf, kaum mehr als ein Schatten mit Nebelranken um den Rumpf. Lees übergab Aly das Fernrohr. »Ich brauche deine Augen, Mädchen. Wer ist da draußen?«

Aly hielt das Glas ans Auge. Kurz darauf ließ sie es wieder sinken und schüttelte den Kopf. »Zu neblig, Käpt'n.«

Lees fluchte.

Die harten Finger des Steuermanns kniffen Sefia in den Nacken. »Du hast doch gesagt, du kannst Dinge sehen.«

Sie versuchte sich loszureißen, doch er hielt sie fest. Also schaute sie zum Schiff und wappnete sich gegen Schmerz und Übelkeit. Sie blinzelte und gekräuseltes goldenes Licht floss aus dem schemenhaften Schiff. Blitzartig sah sie Uniformen und Felsküsten, wo Everikaner einst gegeneinander gekämpft hatten, ehe König Darion sie gegen die Kolonisatoren geeint hatte. Sie stolperte nach vorn.

Der Erste Steuermann zog sie wieder hoch. »Was ist los, Mädchen?«

»Das Schiff kommt aus Everika.« Ihr wurde schwindlig. »Die Marine.«

Am Kiefer des Steuermanns zuckte ein Muskel. »Bist du dir sicher?«

Sie rieb sich die Schläfen. »Ganz sicher.« Sie hatte gehört, dass es immer mehr Angriffe auf den Schifffahrtswegen gab. Viele Menschen hatten Angst, ihr Königreich zu verlassen. Selbst Gesetzlose wie Käpt'n Lees mieden die Kampfgebiete im Inneren Meer.

Lind rief wieder von oben. »Es ist ein Schiff der Blauen Marine, Käpt'n! Es kommt auf uns zu!«

Lees guckte verblüfft. »Nicht schlecht, Mädchen.«

»Ist die Frau von da gekommen?«, fragte Sefia.

»Solche Kämpfer werden selbst in der Blauen Marine nicht ausgebildet«, murmelte Lees. »Jedenfalls bisher nicht.«

Das Schiff kam näher, wurde im Dunst immer größer wie ein Schatten in der Dämmerung.

Plötzlich war Feuer im Nebel. Zwei orangefarbene Explosionen erleuchteten den Himmel wie ein Feuerwerk.

»In Deckung!«, schrie Lees.

Sefia wurde zu Boden geworfen. Der Erste Steuermann landete auf ihr und schützte sie vor dem Schuss. Aus der Ferne hörten sie Kanonendonner, doch kein Holz splitterte, kein Eisen platschte ins Wasser. Sie krabbelte unter dem Steuermann hervor und zog ihn mit hoch.

Der Käpt'n war schon an der Reling und sah auf den Ozean hinaus. »Das galt nicht uns.«

Der Nebel enthüllte ein zweites Schiff, dessen Form an den Rändern verschwommen war, die Farben gedämpft. Das everikanische Marineschiff fuhr ihm entgegen.

»Kannst du erkennen, wer das ist, Aly?«

Aly hielt das Fernrohr ans Auge. »Tut mir leid, Käpt'n.«

Sefia lief zur Reling. »Ist das das Schiff, von dem die Frau in Schwarz gekommen ist?«

Lees nickte. »Gut möglich.«

Wie Turnierkämpfer mit spitzen Lanzen neigten die beiden Schiffe zueinander und bereiteten sich auf die Schlacht vor. Wenn dies das Schiff der Frau in Schwarz war, konnte Sefia herausfinden, woher es kam und wer noch darauf war. Sie blinzelte und ihre Vision füllte sich mit Gold.

Sie sah Kanonen. Pulverfässer. Kettenkugeln. Dann einen Spiegel. Hallende Marmorgänge und eine runde Tresortür aus poliertem Stahl. Ein sternförmiges Schlüsselloch mit scharfen Spitzen und eingravierten Vögeln rundherum.

Lichtwellen überfluteten ihre Vision und zerrten an ihrer Konzentration. Der Nebel hüllte die beiden Schiffe ein, wand sich um ihre Hecks und Segel. Sie sah Stürme und Regen, Wassertropfen, die zerfielen, sobald sie auf das Meer trafen. Sie drehte sich in der Vision hin und her und suchte nach dem Schiff, doch es war verschwunden. Die Goldströme überschwemmten sie, sogen sie tiefer hinein in Licht und Erinnerung. Blaue Fetzen. Die weiße Scheibe der Sonne. Licht umschlang sie, zog sie immer weiter von ihrem Körper fort, bis sie spürte, wie sich ihr Bewusstsein an den Rändern auflöste und im endlosen Lichtermeer versank.

Und dann.

Wurde sie gepackt. Sie spürte es von ferne. Hände gruben sich in ihre Arme. Der Schmerz wanderte zu ihren Ellbogen und den Schultern hinauf, hinab zu ihren Händen und in ihre Brust. Sie wurde zurück in ihren Körper gezogen, durchschnitt die goldenen Meere und fand sich schließlich wieder.

Sie blinzelte, doch sie sah nichts als dicke Nebelschwaden.

Dann hustete sie, würgte, beugte sich über das Wasser, und Archer hielt sie in den Armen. Seine Wunden bluteten durch die Verbände, während er versuchte sie zurückzuhalten.

Sefia bebte vor Wut und Erschöpfung. »Nein …!«

Doch das Schiff war verschwunden. Sie hörten gedämpften Kanonendonner, sahen Feuerblüten im Nebel.

Sie ließ sich gegen Archer sinken.

»Das waren sie, ich weiß es!«

Sie schlug auf die Reling, bis ihre Haut brannte.

Archer nahm ihre heißen, schmerzenden Hände und presste sie zusammen, hielt sie in seinen.

Sie drehte sich zu ihm um und vergrub das Gesicht an seiner Brust. »Es tut mir leid«, sagte sie. »Ich hab es versucht.«

Die Ärztin stand am Rand des Achterdecks an der Treppe. »Wir haben die Kanonen gehört«, sagte sie. »Ich hab ihm gesagt, dass du beim Käpt'n und beim Steuermann in Sicherheit bist, aber er wollte nicht hören.«

Hinter ihnen murmelte der Steuermann: »Die *Crux* könnte gar nicht so schnell hier sein. Meinst du, das war die *Schwarze Schöne*?«

»Wenn sie auch hinter dem Schatz her ist, wird sie sich bestimmt nicht mit der Blauen Marine anlegen«, sagte Lees. Er klopfte sich auf die Gürtelschnalle. »Ich hab nicht vor abzuwarten, wer von den beiden lebend aus der Schlacht rauskommt. Schick die Männer auf die Rahe.«

»Warten Sie!« Sefia befreite sich aus Archers Griff, als der Steuermann zum Hauptdeck ging und Befehle rief. »Vielleicht wissen die, wo meine Tante Nin ist. Vielleicht ist sie sogar bei ihnen auf dem Schiff!«

Der Käpt'n schüttelte den Kopf. »Das Risiko können wir nicht eingehen, Kleine.«

»Sie haben meinen Vater umgebracht! Und Kallinago!«

»Meinst du, das wüsste ich nicht?«, sagte er barsch. »Ich war für den Jungen verantwortlich. Ich muss seiner Mutter erzählen, dass ihr Junge tot ist. Das will ich für keinen weiteren meiner Männer tun müssen. Nicht heute.«

Er kehrte Sefia den Rücken zu und sie verstummte, als die Matrosen in die Takelage kletterten. Die Seile und die Segel knirschten gewaltig und die *Strömung* nahm an Fahrt auf. Doc führte Archer wieder ins Lazarett, um seine Wunden neu zu verbinden. Aly verzog sich so leise, dass Sefia es nicht einmal bemerkte. Und dann war Sefia mit dem Käpt'n allein.

Das ferne Grummeln des Kanonenfeuers verstummte, jetzt hörte man nur das Zischen des Schiffs auf den Wellen. Sie standen an der Reling und Sefia kämpfte gegen den Drang, sich zu übergeben.

»Was war das vorhin?«, fragte der Käpt'n.

Sefia hielt den hämmernden Kopf in den Händen. »Ich dachte, ich könnte endlich die Antworten auf alle meine Fragen bekommen.«

»Du hast ausgesehen, als würdest du sterben.«

Sie biss sich auf die Lippe. »Ich glaub, so war es auch.«

»Und dein Freund hat dich gerettet.«

»Er ist nicht …« Sie verstummte. »Ja, stimmt.«

Unter dem Schatten der Mütze blitzten seine blauen Augen auf. »Ihr beiden habt Glück.«

Sefia zeichnete das  mit dem Finger auf die Reling. »*Glück* würde ich das nicht gerade nennen.«

Schweigend starrte Lees auf das stahlgraue Meer. »Du hast gesagt, ihr wollt nach Jahara«, sagte er schließlich.

»Das ist Habichts Ziel. Ich hab mir gedacht, wenn wir erst mal da sind, können wir das Emblem wiederfinden.«

Lees schaute sie forschend an. »Bist du schon mal in Jahara gewesen, Kleine?«

Sie schüttelte den Kopf. »Nein. Meine Tante Nin hat immer gesagt, es ist zu gefährlich.«

»Da hatte sie Recht.« Er sah auf die Wellen und klopfte sich auf die Brust. »Schlag dir das lieber aus dem Kopf. Habicht ist eine Sache, aber mit Serakeen willst du dich ganz bestimmt nicht anlegen.«

Der Wind peitschte ihr Haar, brannte am Hals und an den Wangen. »Ich muss Nin retten.«

»Wenn sie noch lebt.«

»Ja.«

»Und dann?«

»Muss ich diese Leute aufhalten. Für immer.« Sie sah zurück zu der Hauptluke, unter der das Lazarett lag. »Sonst sind alle in Gefahr, die mir wichtig sind.«

Lees trommelte mit den Fingern. »Und wenn du scheiterst?«

Sefia wandte sich zu der Kiste und grub die Fingernägel in die Buchstaben, pulte Splitter heraus und schnippte sie ins Meer. »Ich bin schon gescheitert«, sagte sie.

Er zeichnete den freien Fleck an seinem Handgelenk nach. Am Ellbogen war ein Mahlstrom, daneben ein Skelett, das seine Knochen aß, und ein Schildkrötenpanzer mit Bäumen darauf: alle Geschichten darüber, wie sie zum westlichen Rand der Welt gelangt waren, doch keine Geschichten über den Rand selbst.

»Manchmal kriegt man das, was man haben will«, murmelte er. »Und manchmal wünscht man sich, man hätte es nicht gekriegt.«

»Vielleicht«, sagte sie nur. In dem Moment stach sie sich an einem Holzsplitter. Auf ihrer Fingerspitze bildete sich ein Blutstropfen, sie saugte ihn weg und spuckte ihn in den Ozean. »Ich muss es trotzdem versuchen.«

27. KAPITEL

IM NETZ AUS LICHT UND SCHATTEN

Der Schein der Lampe flackerte in den Bullaugen, und die Wände der winzigen Kabine schienen immer näher zu rücken. In dem Netz aus Licht und Schatten kauerte Tanin über dem Schreibtisch und strich die Ränder des Blatts immer wieder glatt, bis ihre Fingerspitzen rot und rau waren. In den letzten Stunden hatte sie so viel geweint, bis keine Tränen mehr übrig waren.

Wieder zuckte der Schmerz über ihr Gesicht.

Einen letzten Brief musste sie noch schreiben.

Sie tauchte die Feder in das Tintenfass, und jede Bewegung fiel ihr schwer, als wären ihre Glieder aus Stein und als könnten ihre Knochen, wenn sich die Gelenke nur ein bisschen verschöben, explodieren und zu Staub zerfallen. Oben auf die Seite schrieb sie in brüchiger Schrift: *Lieber Erastis,*

Sie wischte sich über die Augen und spritzte dabei schwarze Tinte auf ihre Bluse. Sie fluchte und tauchte die Feder erneut ein. Die Worte verschwammen auf der Seite, während sie schrieb:

Die Zweite ist tot.

Sie hielt inne und ließ den Blick über die vier versiegelten Briefe schweifen, die sie bereits verfasst hatte: einen für jeden Meister, um sie über die Ereignisse der vergangenen Nacht und über ihr Versagen zu informieren. Fünfmal hatte sie die Worte jetzt zu Papier gebracht und noch immer reichten sie nicht aus. Sie konnten nicht beschreiben, um wie viel *ärmer* die Welt jetzt war. Mit dem Tod der Jägerin schienen alle Lichter in allen Städten Kelannas erloschen zu sein und die Gegenstände, die eben noch scharf und fest gewesen waren, wirkten jetzt matt, schemenhaft und selbst im Begriff zu verschwinden.

Sie schrieb weiter und dachte an ihre Wut, nachdem Schiffsleutnant Escalia ihr gesagt hatte, dass die Jägerin vermisst wurde. Die eilige Durchsuchung der Decks, ihr Ärger, der sich in Sorge und schließlich in Panik verwandelte, als ihr klar wurde, dass sich die Jägerin nicht mehr an Bord befand. Das Knirschen der Seile, als die Matrosen Tanin in ihrem Beiboot über die Seite des Schiffes hochzogen.

Schwarz und grau war die Nacht gewesen, während der Nebel über das Ruderboot kroch, sich um ihre Arme schlängelte und sie sich in die Riemen legte. Sie bekam Blasen an den Händen.

Dann hörte sie den Schuss, rasch gefolgt von einem weiteren, wie Donner in der Finsternis.

Sie erstarrte.

Die nächtliche Kälte streifte ihre Zehenspitzen und Finger, kroch ihr die Arme hinauf bis zur Brust. Sie fing an zu zittern.

Dann das Platschen.

Jemand fiel ins Wasser.

Irgendwo im Nebel hörte sie undeutliches Stimmengemurmel und halbgeformte Worte. Tanin in ihrem kleinen Boot hielt sich den Bauch und schaukelte vor und zurück. Tränen liefen ihr über die Wangen, an ihrem offenen Mund vorbei, der die Worte formte, ohne sie auszusprechen.

Nein, nein, nein, nein, nein …

Sie hatten sie getötet.

Sie hatten sie getötet.

Und sie, Tanin, war schuld.

Hätte sie der Jägerin doch nur früher erlaubt zu handeln … Wäre sie doch nicht so ruppig zu ihr gewesen … Hätte sie sich von dem Mädchen nur nicht so aus dem Konzept bringen lassen …

Es klopfte an der Tür.

Mit feuchten Augen sah Tanin von ihrem Blatt auf. Was hatte sie geschrieben? Sie konnte ihre eigene Schrift kaum lesen. Sie wischte die Tränen weg, klappte den geschnitzten Deckel über den Schreibtisch und verbarg ihre Schreibutensilien.

Sie räusperte sich. »Herein.«

Die Tür ging auf und Schiffsleutnant Escalia kam herein. Sie war eine beeindruckende Frau, mit Schultern und einer Brust so breit wie die eines Mannes. Sie hatte eine derart aufrechte Haltung, dass sie jeden Raum schrumpfen ließ, sobald sie eintrat.

Sie salutierte kurz. »Das everikanische Schiff ist in den Nebel abgetaucht und spurlos verschwunden.« Ihre Stimme war kräftig und rau vom Wetter, hatte sich jedoch einen gewissen Glanz bewahrt.

Tanin nickte. »Danke, Leutnant.«

»Sollen wir eine Suchaktion starten?« Escalias goldene Zähne blitzten im Laternenlicht.

Tanin hatte geahnt, dass es eines Tages zum Konflikt mit Darions Blauer Marine und ihr kommen würde – sein Steinkönigreich befand sich im Krieg mit Oxszini und ihr Schiff war auf offener See erwischt worden wie das eines Gesetzlosen. Dennoch war es ein Ärgernis. Sie machte Jagd auf die *Strömung der Zuversicht* und hatte keine Zeit, gegen die Blaue Marine zu kämpfen. »Nein«, sagte sie. »Wir nehmen weiter Kurs auf Jahara.«

»Zu Befehl.«

Tanin sah sie einen Augenblick an. »Ist das alles?«

Leutnant Escalia legte den Kopf schief. »Wie meinen Sie das?«

»Sie wollen mir nicht widersprechen?«

»Nein.«

»Na, das ist erfrischend«, sagte Tanin müde.

Escalia zuckte die Achseln. »Ich befolge Befehle. Ich stelle keine Fragen.«

»Und was ist mit Ihrer Meinung?«

»Ich bin eine einfache Frau. Die Meinungen überlasse ich klügeren Köpfen.« Sie schwieg kurz und fuhr mit dem Daumen unter eins der Metallbänder an ihrem Oberarm. »Es gibt immer einen Grund für das, was Sie tun. Das weiß ich. Am Ende fügt sich immer alles.«

Tanin drückte die Fingerkuppen auf die Stellen, wo sie sich am Papier geschnitten hatte. »Ist das so?«

»Ja, das glaube ich. Selbst eine Tragödie wie diese.«

»Danke, Leutnant. Sie können gehen.«

Escalia salutierte noch einmal, dann zwängte sie sich aus der Kabine und schloss die Tür mit einem Klicken hinter sich.

Tanin starrte auf die Spiegeltür mit dem silbernen Rahmen aus Wellen und Schaum, Brandung und Strudeln – so fein gearbeitet, dass er aus flüssigem Metall zu bestehen schien.

Sie hatte immer geglaubt, dass es keinen Zufall gab, dass alles, was geschah, einen Grund hatte. Aber welchen Grund sollte es für den Tod der Jägerin geben?

Sie hätten sich das Buch in der Hütte in Kambali holen können. Die Jägerin hatte es gewollt, doch Tanin hatte sie zurückgehalten. Wegen des Mädchens.

Tanin wandte sich wieder dem Brief auf dem Schreibtisch zu, ihr Blick haftete an den Worten:

Die Zweite ist tot.

Doch jetzt fühlte sie sich taub, als wären die Felsen ihrer Trauer, nachdem sie sich nun zum fünften Mal dagegen geworfen hatte, schließlich erodiert und hätten nur glatte kalte Leere hinterlassen. Kurz entschlossen faltete sie das Blatt zusammen und strich die Kanten glatt.

Alle Fäden führten zu dem Mädchen. Sie hatte das Buch. Sie kannte sich mit Illumination aus. Es war ihr irgendwie gelungen einen Kandidaten zu befreien und gemeinsam hatten sie herausgefunden, dass in Jahara die letzte Prüfung auf sie wartete.

Und sie war eine Mörderin.

Mit einem Zündholz erhitzte Tanin einen Wachsstab, bis die flüssigen Perlen eine nach der anderen auf das Papier tropften und eine tiefschwarze Pfütze bildeten. Sie feuchtete mit der Zunge ein Messingsiegel an und drückte es fest in das Wachs.

Eine Leserin und eine Mörderin.

Der Gedanke durchströmte sie, während das Wachs abkühlte und unter dem Druck des Siegels fest wurde.

War die Jägerin *deshalb* gestorben?

Damit sich eine Lücke in ihren Reihen auftat?

Mit rauen Fingerspitzen fuhr Tanin über den Abdruck, den das Siegel hinterlassen hatte. Ein Kreis mit vier Linien darin, der ihr so vertraut war wie die Form ihres Gesichts.

Es passte. Es war fast perfekt. Das Mädchen war ein bisschen zu alt, um eingeführt zu werden, doch man konnte eine Ausnahme machen. Und sie hatte jetzt schon niemanden mehr. Keine Familie. Keine Bindungen.

Sie würde eine hervorragende Jägerin abgeben.

Alles unter der Sonne fügte sich auf vollkommene Weise – die Jahreszeiten, die Sterne, der Lebenszyklus. Es war wie Poesie.

Vorsichtig nahm Tanin die fünf Briefe, ordnete sie in ihrer Hand und ging zum Spiegel. Ihr Gesicht, für gewöhnlich blass und glatt wie Kreide, war vom Weinen rot und verquollen. Angewidert betrachtete sie ihr Spiegelbild.

Sie war die Direktorin – die Anführerin des Ordens, diejenige, von der alle Meister und Lehrlinge Schutz und Hilfe erwarteten. Die Direktorin zeigte keine Schwäche.

Edmon war schwach gewesen. Und seine Schwäche hatte ihnen allen geschadet.

Sie starrte in ihre grauen Augen und strich eine schwarze Haarsträhne hinter das Ohr, während sie die Worte ihres Gelübdes zitierte wie eine schützende Zauberformel:

»Einst lebte ich in Finsternis, doch jetzt trage ich die Flamme«, flüsterte sie. »Ich werde sie tragen, bis die Finsternis wieder zu mir kommt …«

Sie richtete den Kragen ihrer elfenbeinfarbenen Bluse, knöpfte die Weste zu und fand so ihre Entschlossenheit wieder.

»Es soll meine Pflicht sein, das Buch vor Entdeckung und Missbrauch zu schützen und Beständigkeit und Frieden für die Bewohner Kelannas zu sichern.«

Sie fuhr sich über die Haut unter den Augen, um die letzten Spuren ihrer Tränen zu verwischen, schniefte ein paarmal und hob das Kinn.

»Ich werde keine Herausforderung scheuen. Ich werde kein Opfer scheuen. Bei all meinen Taten werde ich über jeden Tadel erhaben sein.«

Tanin ließ den Blick erneut über ihr Spiegelbild schweifen. »Ich bin der Schatten in der Wüste«, murmelte sie. »Ich bin der Leuchtturm auf dem Felsen. Ich bin das Rad, das den Himmel in Bewegung setzt.« Mit jedem Satz wurde ihre Stimme kräftiger, bis sie klang wie Stahl und glitzerte wie Eis. Jeder, der sie hörte, würde wissen, dass sie hart und undurchdringlich wie ein Harnisch und nicht von ihrem Kurs abzubringen war.

KALLINAGO RETTET DAS GROSS-ROYALSEGEL

»Mit Geschichten ist es wie mit manchen Leuten«, sagte Lind, und seine braunen Augen glänzten in dem verblassenden Licht des Sonnenuntergangs. »Sie werden mit dem Alter immer besser. Aber nicht an jede Geschichte erinnert man sich und nicht alle Leute werden alt.

Zweiunddreißig Tage waren vergangen, seit wir die Schildkröteninsel verlassen hatten, und die Nacht war still wie der Tod. Ich weiß noch, dass die Sterne ganz besonders funkelten, wie Schneeflocken auf einem schwarzen Tisch. Der ganze verdammte Himmel spiegelte sich im Wasser und wir uns auch, alle Segel und die Lichter der Wache, als wären wir an zwei Stellen gleichzeitig: auf dem Meer an Bord der *Strömung* und unter der Wasseroberfläche, kopfüber und um Luft ringend.

Wir spürten die Brise zuerst und kletterten nach oben, um die Segel einzuholen. Aber wir waren zu langsam. Der Wind donnerte aus Nordosten auf uns zu, die Wellen schwappten über den

Bug und schlugen gegen den Schiffsrumpf wie die Hände eines Riesen, die aus dem Meer aufsteigen.

Dann riss der Himmel plötzlich auf und taghelles Licht drang durch einen gigantischen Spalt. Was für ein Getöse! Wir waren auf den Rahen und der Wind peitschte uns hin und her wie Blätter an den Bäumen. Wir hatten keine Zeit, in das Loch im Himmel zu gucken wie Käpt'n Cat und ihre Kannibalenmannschaft, sonst wären all unsere Segel in Fetzen gerissen und die Masten entzweigebrochen.

Dann kam der Donnerschlag und die Welt wurde dunkel. Der Lärm machte uns auf einen Schlag taub und wir arbeiteten in vollkommener Stille – konnten den Wind nicht hören und auch nicht den Käpt'n oder Jules oder Theo, die uns riefen. Wir hörten rein gar nichts.

Das Schiff stürzte in Wellentäler, der Wind zerriss die Segel. Das Stagsegel wurde zerfetzt, das Toppsegel riss von Bändsel zu Bändsel auf. Wir kletterten alle zum Bugspriet oder den Hauptmast hoch, der Wind prügelte uns und brüllte, wenn wir ihn auch nicht hören konnten. Ich war mir sicher, dass das ganze vermaledeite Schiff auseinanderfliegt und uns in die Wellen wirft wie Fischköder.

Dann löste sich das Groß-Royal aus den Zeisingen, flatterte im Sturm und ließ den Mast zittern wie eine Bohnenstange.

Der Käpt'n rief Befehle. Ich sah seinen wilden Blick und den weit geöffneten Mund. Wenn nicht bald jemand das Groß-Royalsegel einholte oder losmachte, würde der Hauptmast zerbrechen.

Irgendwo in dem ganzen Chaos war Kallinago der Einzige, der wusste, was zu tun war. Er rannte übers Deck und packte das Segel mit seinen langen Armen. Der Wind brauste so heftig, dass Kallinago fast vom Mast geschleudert wurde, aber er hielt sich tapfer in den schlagenden Wellen und der unglaublich lautlosen Nacht. Mutterseelenallein ließ er die Rah runter. Rettete den Hauptmast – rettete das Schiff –, er ganz allein.

Es waren mutige Taten wie diese, die uns durch die Nacht brachten, bis der Wind an Bosheit verlor und das Wasser sich beruhigte. In den nächsten Wochen hatten wir alle Hände voll damit zu tun, den Schaden zu beheben. Aber dank Kallinago hatten wir die paar Wochen noch.

In dieser Nacht hat sich der Junge seinen Platz bei uns wahrlich verdient.«

28. KAPITEL

ES STEHT GESCHRIEBEN

Es sah gut aus.

Die Sonne brannte auf das Schiff herab und die Wolken waren Wattebäusche am Himmel. Unglaublich schnell und geschmeidig wie Seide sauste die *Strömung der Zuversicht* durch das Wasser. Wenn sie so weitermachten, waren sie in zehn Tagen in Jahara.

Im Gegenzug für die Hilfe bei den Problemen mit der Frau in Schwarz, für die erstaunliche Geschichte, die sie offen und ehrlich erzählt hatten, und für das Versprechen, an Bord auch weiterhin zu Diensten zu sein, war Sefia und Archer die Überfahrt nach Jahara zugesichert worden. Sie hatten vereinbart, dass Sefias Buch und die Dietriche in einem Tresor verwahrt wurden. Bis sie von Bord gingen, durfte sie zu bestimmten Zeiten außerhalb ihrer Wache lesen. Am Ende der Reise sollte sie alles wohlbehalten zurückbekommen.

Bis jetzt war sie noch nicht zum Lesen gekommen. Die Aufgaben, die sie und Archer zu erledigen hatten, nahmen kein

Ende – sie mussten die Decks schrubben, Töpfe scheuern, Artischocken für Cooky putzen, der sie anbrüllte, wenn sie nicht schnell genug waren –, und wenn Sefia doch einmal eine freie Minute hatte, sank sie erschöpft in ihre Hängematte und schlief bis zur nächsten Wache.

Doch nach drei Tagen Knochenarbeit gewöhnte sie sich allmählich an das Leben auf See, und heute wollte sie das Buch wiedersehen. Sie pulte an den Schwielen, die sich an ihren Händen bildeten, und wartete auf dem Achterdeck.

Ross und Archer standen mit kleinen Eimern auf den Rahen und labsalbten die Takelage. Ihre Hände fuhren an den Leinen entlang, es tropfte von den Pinseln mit den harten Borsten. Hin und wieder wehte der beißende Teergeruch über das Schiff.

In diesen letzten Tagen sah Archer glücklicher und entspannter aus, als sie ihn je erlebt hatte. Sein Lächeln war breiter und er lachte häufiger – ein leises, raues Lachen, das seine Augen funkeln ließ.

Als ob er spürte, dass sie ihn beobachtete, schaute er zu ihr herunter. Mit dem Profil zum blauen Himmel stand er auf der Rah, lässig und sicher wie eine Katze. Obwohl sie seine Augen aus dieser Entfernung nicht deutlich erkennen konnte, spürte sie seinen Blick prüfend und fragend auf ihren Augen, Lippen, ihrem Gesicht. Sie wurde rot und schaute weg. Aus irgendeinem Grund konnte sie nicht aufhören zu lächeln.

Schritte auf der Treppe schreckten sie auf. Der Erste Steuermann ging mit dem Buch in den Händen über das Achterdeck und hielt es dabei weit von sich weg, als wäre es eine Giftschlange. Er ließ es in ihre Hände fallen und sie lachte.

Sefia drückte das Buch an die Brust, atmete seinen vertrauten Geruch ein, spürte die Kanten an ihren Armen. »Warum halten Sie es so?«, fragte sie.

Der Steuermann schüttelte sich wie ein nasser Hund und kreuzte die Hände hinter dem Rücken. »Ich weiß nicht, was da drin ist«, sagte er. »Je weiter weg ich es halte, umso unwahrscheinlicher ist es, dass mich das erwischt, was da womöglich rauskrabbelt.«

»Es sind nur Wörter darin«, sagte sie.

»Hast du schon alles gesehen, was drin ist?«

Sie schüttelte den Kopf.

»Woher willst du das dann so genau wissen?«, fragte er ganz ruhig und sachlich.

Sefia sah zu ihm auf. Mit dem kräftigen Kinn und dem breiten Mund war er ein gut aussehender Mann, auch wenn er tiefe Furchen im Gesicht hatte und die Haut am Hals schon etwas schlaff wurde. Während sie ihn betrachtete – die grauen Haare, die Narbe über der Nasenwurzel –, sah sie am Rand ihres Blickfelds die Welt aus Licht und Gold wirbeln.

»Du bist ganz schön neugierig, was?«

Ihre Vision verblasste und sie setzte sich abrupt hin. »Ich wollte nicht …«

»Klar wolltest du.«

Sefia schluckte. »Tut mir leid.«

»Mach das nicht noch mal.«

»Nein, bestimmt nicht.«

Er seufzte. »Ich sehe auch Dinge. Alles, was auf diesem Schiff vor sich geht.« Als sie nickte, fuhr er fort: »Kam mir bekannt vor, was dir neulich passiert ist. Du hättest dich fast verloren.«

»Ja.« Sie beugte sich vor. »Obwohl ich glaube, dass meine Visionen anders funktionieren. Ich kann nicht die Gegenwart sehen, so wie Sie. Ich erhasche nur manchmal einen Blick in die Vergangenheit.« Obwohl sie jetzt Archer hatte, war sie mit dieser Sache allein gewesen. Sie kämpfte mit den Worten, versuchte mit aller Kraft, die Visionen in den Griff zu bekommen. Niemand konnte ihr dabei helfen zu verstehen, was da mit ihr geschah und was es bedeutete. »Und die Vergangenheit ist gewaltig«, fügte sie schwach hinzu.

»Als ich zur Mannschaft stieß, wurde ich regelmäßig seekrank – aber nicht vom Wellengang, sondern von den überstarken Sinneseindrücken. Ich spüre alles auf der *Strömung*, auch die Fracht. Und die Ratten.« Er verzog das Gesicht. »Der Mensch ist nicht dafür geschaffen, so viel aufzunehmen.«

»Wie haben Sie gelernt, es zu beherrschen?«

Er zuckte die Achseln. »So wie man auch alles andere zu beherrschen lernt. Durch Übung.«

»Aber Sie sehen nur das Schiff, sonst nichts?«

Bedauern spiegelte sich auf seinem Gesicht. »Sonst nichts.«

Sefia sah ihn an. »Wie kommt das?«

»Es sind die Bäume«, murmelte er. »Die Bäume erzählen mir alles.«

Sie schwiegen, lauschten den Balken, die sich dehnten und ächzten, dem pfeifenden Wind in den Segeln. Sefia legte das Buch in eine Seilrolle, stand auf und klopfte die Hände an der Hose ab. »Bringen Sie es mir bei?«

Er sah sie mit seinen leblosen grauen Augen an und es kam ihr vor, als könnte er in sie hineinblicken. Was sah er? War sie so mutig und so gut, wie sie hoffte? Oder sah er ein dummes, leichtsinniges Mädchen, das Nin nicht gerettet und Palo Kanta getötet hatte? Sie straffte die Schultern und erwiderte seinen beunruhigenden Blick.

Schließlich nickte er. »Na gut, Mädchen. Pass genau auf und tu, was ich dir sage.«

Sie grinste. Normalerweise konnte sie es nicht leiden, wenn die Leute sie »Mädchen« nannten. Doch die Art, wie er es sagte, erinnerte sie an Nin, die sie nur selten mit Namen angesprochen hatte. Jedes Mal, wenn Nin »Mädchen« gesagt hatte, bedeutete es, dass jemand sich um sie sorgte. Dass sie nicht im Stich gelassen wurde.

»Wie wär's, wenn wir mit dieser Narbe hier anfangen?« Der Steuermann deutete auf seine Nase.

Sie nickte.

»Du darfst nicht auf das Ganze gucken. Sonst wird dir schlecht, und wenn du platt auf dem Rücken liegst und damit beschäftigt bist, dein Frühstück nicht auszuspucken, kannst du nichts mehr sehen. Konzentrier dich nur auf die Narbe. Alles andere musst du ausblenden.«

Sie blinzelte und die Welt füllte sich mit Gold. Es floss über das kantige Gesicht des Steuermanns wie glitzernde Flüsse. Sie sah seine Kindheit, bevor er das Augenlicht verlor: die Felsküste von Everika, eine lachende alte Frau, da waren der würzige Geruch nach Erde und Bäume, Bäume, Bäume, die flüsterten, knarrten, lachten und redeten. Die Bilder, Klänge und Düfte umwogten sie, verschwammen zu einem blutigen Strahl aus Erinnerungen.

»Es ist, als würde man jemanden aus einer Menschenmenge herauspicken.« Die Worte des Steuermanns drangen durch das Wirrwarr. »Eine Stimme. Nur dieser einen darfst du lauschen. Alles andere muss zum Hintergrundrauschen werden.«

Die Narbe auf seiner Nase. Alle Fäden seiner Vergangenheit spannen sich um Sefia herum, immer schneller, je länger sie hinsah. Doch ein einziger leuchtete heller als alle anderen.

»Hast du's?«, fragte er.

Seine Großmutter konnte mit den Bäumen sprechen. Ihr ganzes Leben hatte sie mit ihnen verbracht, umgeben von dem goldgrünen Licht und dem minzigen Duft der Rinde. Nachdem seine Eltern bei einem Bergwerksunglück ums Leben gekommen waren, war der Steuermann zu der Großmutter in den kleinen Wald gezogen. Dort lernte er die jungen Bäume zu hegen und zu pflegen, bis sie zu Riesen mit raschelnden fächerförmigen Blättern wurden.

Als er elf war, kamen die Männer. Sie kamen mit Sägen und Äxten, Gewehren und Wagen, begleitet von Soldaten in blauer Uniform mit silbernen Schulterstücken. Die Marine brauche Schiffe, sagten sie, und sosehr seine Großmutter auch flehte und bettelte, die Bäume wurden gefällt. Das Schlagen und Hacken der Äxte. Der Steuermann sah einen der ältesten Bäume des Waldes fallen, sah, wie er ächzte und mit den Ästen nach denen seines Nachbarn griff, als könnte er sich daran festhalten.

Seine Großmutter bespuckte und verfluchte die Soldaten. Sie grub ihnen die Fingernägel tief in die Haut. Doch sie waren unerbittlich. Sie sperrten sie in ihrem Haus ein und zündeten es an. Das Knistern und Zischen von verbranntem Holz. Der Geruch von versengter Haut und brennendem Fleisch.

Der Steuermann rannte ihr nach, doch die Soldaten packten ihn, bevor er das Haus erreichte. Er schlug mit den Fäusten nach ihnen. Einer erhob das Gewehr. Das Kolbenende schlug ihm ins Gesicht, Explosionen hinter seinen Augen. Blut. Rauch.

Als er erwachte, war er blind und die Bäume waren fort. Er hörte nicht mehr das Flüstern der Blätter und roch nicht mehr den minzigen, heilenden Duft der Rinde. Er roch nur noch Asche und aufgewühlte Erde.

Irgendjemand – ein Mann mit einer Stimme wie Wildleder – richtete die Verbände über seinen Augen und seiner Nase. »Sie hätten dir nicht das Augenlicht nehmen müssen«, sagte er traurig. »Aber die Menschen sind grausam.«

Der Steuermann nickte. Sein Gesicht brannte und er versuchte nicht zu weinen.

»Du hast die Wahl«, sagte der Mann. »Komm mit mir, dann bist du in Sicherheit. In der Bibliothek wirst du ein gutes Leben haben.« Er erklärte, was die Bibliothek zu einem guten Zuhause für Blinde machte – die Routine, die immer gleichen Möbel, die geriffelten Griffe und Schränke in der Küche. Er könnte dortbleiben und müsste nicht mehr tun, als sich ein wenig darum zu kümmern. Die Tische abwischen. Den Garten pflegen. Ein einfaches Leben, fern von der Grausamkeit der Menschen. »Du kannst dich auch allein durchschlagen«, sagte der Mann schließlich. »Aber die Welt wird kein Mitleid mit einem blinden Jungen haben.«

»Jetzt weißt du es«, sagte der Steuermann.

Sefia blinzelte und die Lichter verschmolzen zu einem Strudel und verschwanden. Sie schluckte vorsichtig, wartete auf die Übelkeit, den Kopfschmerz, aber es kam nichts. Sie strahlte. »Wer war der Mann? Sind Sie mit ihm gegangen?« Die Fragen sprudelten aus ihr heraus. »Zu der Bibliothek? Was ist eine Bibliothek?«

Der Erste Steuermann zuckte die Schultern. »Das hab ich nie herausgefunden.«

»Sie haben abgelehnt? Wieso das?«

Er rieb über die glatte Maserung der Reling. »Zu der Zeit war ich nicht in der Verfassung, ihn zu begleiten. Deshalb ließ er mich während meiner Genesung bei einer Familie in einem nahe gelegenen Dorf. Ich weiß nicht, ob er zurückgekommen ist, denn sobald ich wieder halbwegs fit war, bin ich fortgegangen.«

»Warum?«

»Nach dem Tod meiner Großmutter konnte ich plötzlich hören, wie ihre Bäume mich riefen. Über das ganze Königreich hinweg riefen sie meinen Namen.« Der Steuermann schloss die Augen und Sefia spürte, dass er auf das Schiff lauschte, die Balken, aus denen es erbaut war. »Und ich musste zu ihnen. Ich hatte sie schon einmal im Stich gelassen, und ich konnte nicht zulassen, dass sie mir noch einmal weggenommen wurden.«

Die Magie des Steuermanns war nicht dasselbe wie ihre Visionen, aber näher dran als alles, was ihr bisher begegnet war. Vielleicht konnte er ihr helfen, ihre Gabe zu beherrschen, so dass sie beim nächsten Mal gut genug wäre, um die Antworten auf ihre drängendsten Fragen zu finden.

Sefia drehte eine Haarsträhne zwischen den Fingern und sah zu dem Buch, das in dem Nest aus Seil lag wie ein Ei, aus dem bald ein Vogel schlüpfen würde. »Legen wir los«, sagte sie.

Der Erste Steuermann ließ sie stundenlang üben: Sie musste in die Vision hineinsinken und sich wieder herausdrehen, die Ankerwinde erforschen, die Jagdgewehre, den Bernsteinring, den er am kleinen Finger der rechten Hand trug. Sie brauchte einen Bezugspunkt. Eine Narbe, einen Kratzer oder eine Kerbe. Etwas, worauf sie sich konzentrieren konnte, damit die Vision sie nicht mitriss. Als die Glasenuhr viermal schlug, war Sefia erschöpft, doch sie konnte ihre Vision so präzise wie mit einem Filetiermesser ausüben. Sie hätte die Geschichte der Sechzehnpfünder an den Stückpforten sehen können, die des Schiffs, vielleicht sogar die des Himmels, des Meeres, der Luft, die um sie herumpeitschte!

»Noch nicht, Mädchen«, brummte der Steuermann. »Noch lange nicht.«

Sie lachte.

»Jetzt verschwinde. Geh jemand anders auf die Nerven.« Mit einem Fingerschnippen schickte er sie weg. Sie nahm das Buch und lief hinunter aufs Hauptdeck.

Auf der letzten Stufe stolperte sie ein wenig. Sie winkte Jubi zu. Der Rudergänger, ein hagerer Mann von fünfzig Jahren, war immer an Deck. Bei Wind und Wetter war er in Fellen und Wachsmantel draußen. Nur nachts verließ er seinen Posten für ein paar Stunden, um in einer winzigen Kammer auf dem

Achterdeck zu schlafen, wenige Schritte vom Steuerrad entfernt. Auf ihren Gruß hatte er noch nie mehr als ein Grunzen erwidert. Niemand aus der Mannschaft gab sich gern mit ihm ab, aber ein Schiff konnte er steuern wie kein Zweiter in Kelanna.

Auf dem Hauptdeck sank sie zwischen den Seilen und Teereimern nieder, die Ross und Archer stehengelassen hatten. Sie drückte das sonnenwarme Buch an die Brust und lehnte sich zurück.

Archer war auf dem Hauptmast und die Sonne schien durch sein sprödes Haar, ließ es golden leuchten wie Weizengarben. Sie schaute ihm eine Weile zu, wie er den Pinsel mit der schwarzen Farbe schnell und sicher über die Seile bewegte, während Schatten über seinen Arm wanderten.

Sie fragte sich, warum ihr bisher nicht aufgefallen war, wie anmutig er sich bewegte.

Lächelnd schlug sie das Buch auf.

All ihre Lesezeichen steckten an einer Stelle zwischen den Seiten, die Geschichten waren verloren. Sie nahm Archers Feder, die grün und fuchsienfarbig schillerte, strich sich damit über die Wange und steckte sie dann ins Haar.

Die Buchstaben knisterten verheißungsvoll. Was würde sie als Nächstes lesen? Welchem Abenteuer würde sie begegnen? Sie beugte sich über das Buch und fing an zu lesen.

Während sie zwischen den Zeilen versank, in die Worte eintauchte, sah sie zunächst nur Nebel – dichten Nebel wie Schnee, in dem die Geräusche des Alltags verstummten – der Wind und die Wellen um sie herum wurden leiser.

Sie bebte vor Freude, als die Wörter Bilder im Nebel entstehen ließen. Zaunpfähle. Die vagen Schatten von Fässern und Schubkarren. Sie stellte sich taunasses Gras vor, das ihre Schuhe und Hosenbeine streifte.

Während sie las und immer tiefer in die stille Welt des Buchs versank, verblasste das Sonnenlicht. Vor ihr tauchte ein Haus auf und es kroch ihr kalt den Rücken hoch. Erst sah sie nur einen Schatten im Nebel, doch als sie näher kam, erkannte sie undeutlich die Form eines grasbedeckten Hügels, ein Fundament aus Stein und weißen Mauern. Auf beiden Seiten des Hauses erhob sich ein Schornstein vom schrägen Dach.

Sefia stockte der Atem. Sie wusste, wo sie war, wohin das Buch sie geführt hatte. Und sie wusste, was sie in dem Haus erwartete. Sie wusste, was sie sehen würde, und in dem Moment, als die Tür aufging und sie der zerbrechlichen Stille gegenüberstand, wurde ihr eiskalt.

Doch tief im Innern wollte sie es unbedingt sehen. Sie wollte ihn wiedersehen, auch wenn es nicht wirklich er sein würde, der auf dem Küchenfußboden lag.

Sie las weiter. Sie konnte nicht aufhören. Sie sah, wie das Haus in winzige Teilchen zerbrach und verschwand. Sie sah, wie das Mädchen im Buch zitternd eintrat und mit ihren nassen Schuhen eine Spur aus Erde und Gras auf dem Teppich hinterließ. Sie sah, wie sie durch das Wohnzimmer und das Esszimmer ging – die Teppiche zerfaserten, der Tisch zersplitterte, die Bilder an den Wänden zerfielen zu Staub.

Sie kam in die Küche und alles sah genauso aus wie in ihrer Erinnerung: die weiß getünchten Möbel, die an den Ecken angeschlagen waren, die geflieste Küchentheke, das Schneidebrett aus Holz mit Kerben und Rissen. Selbst die Krümel zwischen den Dielen waren dieselben, von der Gemüse-Quiche, die sie am Abend zuvor gegessen hatten.

Sie war da. Sie war auf der Buchseite und gleichzeitig war sie in ihrer Erinnerung, sie sah alles doppelt, alles noch mal. Sie wollte weggucken und musste doch unbedingt weiterlesen, musste ihn noch einmal sehen. Doch sie wusste, dass er es war. Sie konnte nicht genau hinsehen. Sie erkannte ihn an den Pantoffeln aus Schaffell, am Schnitt seiner Hose, an dem übergroßen abgenutzten Pullover. Sie erkannte ihn,ohne sein Gesicht zu sehen, denn sie konnte sein Gesicht nicht mehr sehen. Da war …

Sefia nahm einen Teereimer, der neben ihr stand. Sie konnte kaum etwas sehen. Tränen standen ihr in den Augen. Sie nahm den Pinsel.

… kein Gesicht mehr.

Sie fuhr mit dem Pinsel über die Seite und übermalte die Worte.

Die Mörder ihres Vaters hatten ihn nicht nur ermordet.

Jedes einzelne Wort.

Sie hatten ihn zerstört.

Jedes Bild.

Sie hatten ihm die Fingernägel genommen, die Kniescheiben, die Ohrläppchen, die Augen und die Zunge.

Jede Erinnerung.

Unter ihrem Pinsel wurden die Sätze dunkel und unlesbar. Der Geruch nach Rauch erfüllte ihren Körper. Sie warf den Eimer von sich und die schwarze, klebrige Farbe ergoss sich über das Deck. Sie ließ den Pinsel sinken. Sie hatte Teerflecken auf den Kleidern, an den Händen und Armen, am Kinn.

Waren da Schritte? Ging sie zurück ins Wohnzimmer, zum Kamin und zu ihrem geheimen Treppenhaus?

Jemand packte sie. Sie hatten sie gefunden! Aber so war es nicht gewesen. Sie wand sich in ihrem Griff. Sie hatte es nicht rechtzeitig in den Tunnel geschafft. Sie würden sie mitnehmen und töten. Sie hatten ihren Vater getötet und jetzt wollten sie auch sie töten. Sie schrie.

»Was ist los, Sef?« Eine Stimme wie das Gebläse einer Schmiede. Arme und Hände so groß wie Schaufeln hielten sie von hinten. »Was ist passiert?«

Jemand kniete vor ihr, seine Hände auf ihren. Zwei miteinander verflochtene Finger. Stark wie Schnur. Sie blinzelte. Langsam erschien Archers Gesicht vor ihr. Ja, Archer. Sie war mit Archer zusammen und Ross stand hinter ihr und fragte sie, was los sei. Sie war auf dem Schiff. Sie war im Wind. An jenem Tag war es nicht windig gewesen. Ganz sanft strich Archer ihr eine Haarsträhne aus der Stirn, an der Schläfe entlang, hinter das Ohr. Archer. Sie umklammerte seine Arme.

»Ich bin im Buch«, flüsterte sie.

Sie schaute auf die verunstaltete Seite mit der hässlichen schwarzen Farbe, und die Worte sprangen ihr mit leeren Augen und aufgerissenem Maul entgegen. Sie war gefangen. Sie wurde mit ihnen in das Buch gesaugt, hinab in die Dunkelheit, in den kalten finsteren Käfig ihres Kellerzimmers, wo sie auf dem kalten Lehmboden kauerte und schluchzte.

Ihr Vater war tot. Er war tot. Und für immer fort.

29. KAPITEL

HEUTE EIN KUSS, MORGEN EIN GANZES LEBEN

Lon schlich durch die Flure, der eiskalte Marmor schmerzte an seinen nackten Füßen. Er biss die Zähne zusammen und ging so leise wie möglich unter den Mosaikbogen hindurch. So leise und unheimlich, wie die Zweite sich anpirschte, würde er nie sein. Er hörte seinen flachen Atem und das Schlurfen seiner Schritte in den Gewölbehallen.

Die Blicke der früheren Direktoren schienen ihn von den Wänden zu verfolgen, strenge Gesichter, unbewegte Lippen. Die Porträts wirkten so echt, dass er manchmal überzeugt war, die Direktoren würden nachts mit grapschenden Händen und flatternden Gewändern aus ihren Rahmen springen.

Die langen gebogenen Tische in der Bibliothek waren leer, die Leselampen ausgeschaltet. Im Schatten schlummerten die Regale mit den ordentlich aufgereihten Handschriften, während blasses Mondlicht durch die bunten Glasfenster hereinfiel und die Bronzestatuen früherer Bibliothekare beschien, die auf den Emporen Wache standen.

An der Türschwelle hielt Lon einen Moment inne, doch es war alles still. Ihm blieben noch mindestens zwei Stunden, bis der Meisterbibliothekar aus seinem unruhigen Schlaf erwachen und angetapst kommen würde, um in den Regalen einen Querverweis zu überprüfen, eine Fußnote, eine Randbemerkung. Lon schlüpfte in die Bibliothek, drückte sich an die Wände, wie die Zweite es ihm beigebracht hatte, stellte sich vor, auch er könnte mit Lichtflecken auf dem Marmorboden verschmelzen.

Er ging an dem Tresor vorbei, strich mit der Hand über die Speichen aus Stahl, die Schlüssellöcher wie Windrosen, und presste das Ohr an die Tür, als könnte er im Innern die Seiten rascheln hören. Doch wie immer hörte er nichts und er ging weiter zu den Regalen. Er tippte mit den Fingern auf jeden einzelnen Lederrücken und ließ eins der Bücher in seine Arme gleiten. Der Geruch nach Leder, nach Papier und Leim umgab ihn. Er lächelte. Es gab nur einen Geruch, den er noch mehr liebte als den eines Buchs.

Wie üblich war die Zweite vor ihm da und der schwache Metallgeruch hing noch in der Luft. Sie hatte die Tür zum Gewächshaus gerade so weit offen gelassen, dass er hindurchschlüpfen konnte. Er atmete tief ein und trat in den Garten.

Schneeflocken schwebten vom schwarzen Himmel, landeten auf den Glaswänden und schmolzen augenblicklich, doch die Luft im Gewächshaus war warm und feucht und roch nach Erde. Leise trat Lon auf die Wiese und sah sich um. Weiße Pfingstrosen kauerten unter den Bäumen und Alpenveilchen mit grünen und silbernen Blättern wuchsen zwischen den Hecken und Steinen wie sonderbare Schneekelche.

»Du bist zu spät.« Die vertraute Stimme der Zweiten klang aus dem Schatten.

Lon grinste sie schief an. Sie bewegte sich so lautlos, dass er nie genau wusste, wo sie auftauchen würde – wie ein Fisch, der die Oberfläche eines schwarzen Teichs durchbricht. Und jedes Mal, wenn er sie sah, kam er sich vor, als beobachtete er ein seltenes Wesen, das wieder verschwinden würde, sobald er blinzelte.

»Aber nur ein bisschen.« Er reichte ihr das Buch.

Die Zweite trug einen dunkelgrünen Schlafanzug, das schwarze Haar fiel ihr offen auf Schultern und Rücken. Sie war barfuß und der Saum ihrer Schlafanzughose rutschte ihr über die Knöchel, als sie sich ins Gras setzte und das Buch auf den Schoß legte. Sie fuhr mit den Fingern über die Kanten und sah zu ihm auf. »Was ist das?«

Lon ließ sich neben sie fallen. »Ein Handbuch über die Verwandlung von Wasser in Eis. Das wird dir bestimmt gefallen. Im Winter der Nordischen Kriege ging Generälin Varissa die Munition aus, deshalb machte sie Speere aus Eis, um sie auf feindliche Schiffe abzufeuern. Du bist kein Soldat, aber ich dachte mir, du könntest das Prinzip vielleicht auf etwas anderes übertragen.«

Die Zweite lächelte. »Etwas Unauffindbares.«

»Ja.«

Die Zweite holte ein paar Wurfsterne aus ihren Taschen. Sie bestanden aus einem eigenartigen Metall, das nicht glänzte, und waren speziell für die Jägerinnen entwickelt. Sie hielt sie hoch und grinste. »Findest du Jonglieren jetzt immer noch langweilig?«

Lon war fast siebzehn. Drei Jahre nach seiner Einführung hatte er endlich die zweite Stufe der Illumination erreicht: die Manipulation, eine kompliziertere Form der Magie. Dabei bewegte man Gegenstände von einem Ort an einen anderen, indem man die Lichtströme in der illuminierten Welt lenkte.

Nach vier Wochen quälend langsamer Übungen im Trainingsraum erlaubte Erastis ihm immer nur einen einzigen Gegenstand zu verschieben. Die Übungen waren unendlich öde. Deshalb traf er sich seit einiger Zeit heimlich mit der Zweiten. Obwohl sie deutlich seltener in der Bibliothek war und der Unterricht nur unregelmäßig stattfinden konnte, machte er unter ihrer Anleitung endlich die Fortschritte, die er sich wünschte.

Doch beim Anblick der Wurfsterne verzog er das Gesicht. Er hatte mit ihr schon mal Jonglieren geübt, allerdings mit handgroßen Lederbällen, die er im Zweifelsfall auffangen konnte. Heute Abend kam Auffangen nicht in Frage. Er fand Papierschnitte unangenehm genug und mochte sich gar nicht vorstellen, wie weh es tun würde, von einem Wurfstern gestochen zu werden.

»Stell dich dort drüben hin.« Sie deutete auf die Wiese. »Du kannst mit einem anfangen und ich werfe dann die anderen ein, wenn ich das Gefühl habe, dass du so weit bist.«

Lon holte tief Luft, ging zu der Stelle, die sie ihm gezeigt hatte, und begab sich in den Tiefenblick. Als er blinzelte, war das ganze Gewächshaus von leuchtend goldenen Lichtfäden durchzogen, die wirbelten und sich verschoben, während die Bäume langsam wuchsen und die Blumen sich nach oben reckten.

»Achtung …«

Ein Wurfstern sauste durch die Dunkelheit auf ihn zu. Er sah ihn kaum. In letzter Sekunde fand er den goldenen Faden seiner Flugbahn und bewegte die Hände in der Luft. Kreiselnd stieg der Stern höher.

»Nicht so hoch«, sagte die Zweite streng.

Der Stern flog fast bis zur Glasdecke. Bevor er anstieß, hob Lon die Hände und winkte ihn wieder zu sich. Eine Sekunde lang blieb er in der Luft schweben, dann segelte er spiralförmig herunter. Auf und ab bewegte Lon den Stern, er lenkte die goldenen Ströme, als wären sie kleine Bäche. Währenddessen brütete die Zweite über dem Handbuch, das er ihr mitgebracht hatte. Ihre Haare fielen über das Buch, sie fuhr mit den Fingern durch die Luft, als sie die Techniken übte, die im Buch beschrieben waren.

Kaum hatte er die Bewegungen verinnerlicht, warf sie ihm einen zweiten Stern zu. Instinktiv wich er aus, doch der Stern streifte ihn an der Schulter.

»Gut, dass ich nicht auf dich gezielt hab«, sagte die Zweite, ohne den Kopf zu heben.

Er hatte keine Zeit, zu antworten. Der Stern flog auf die Glaswand zu. Lon hatte Mühe, den ersten in der Luft zu halten, suchte die leuchtende Flugbahn des zweiten Sterns und zog ihn zu sich zurück. Der Schmerz in der Schulter hielt noch lange an, nachdem er beide Wurfsterne unter Kontrolle hatte. Er versuchte sie beisammenzuhalten, ließ seinen Tiefenblick schweifen und bewegte die Hände unaufhörlich auf und ab.

Schließlich half die Zweite ihm alle fünf Wurfsterne gleichzeitig durch die Luft kreisen zu lassen. Wie Fledermäuse schwirrten sie herum. Dann lockte sie die Sterne langsam wieder aus ihren Flugbahnen und lenkte sie in ihre Hände. Er verstand nicht, wie sie es schaffte, sich dabei nicht zu verletzen – das musste eine besondere Gabe der Jägerinnen sein.

Keuchend und schwitzend vor Anstrengung ließ Lon sich neben die Zweite ins Gras sinken. Aus dem Augenwinkel sah er, wie sie das Buch zuklappte und die Haare über die Schultern strich.

»Erastis denkt, ich bin noch nicht so weit, aber guck dir an, was ich schon kann!«, rief er.

Die Zweite zog skeptisch die Augenbrauen hoch. »Mit meiner Hilfe.«

»Natürlich.« Er lächelte sie an und machte eine wegwerfende Geste zu der dunklen Bibliothek. »Wenn ich erst mal Meisterbibliothekar bin, werde ich nicht so viel Zeit da drin verbringen. Um wirklich etwas zu verändern, muss man hinaus in die Welt. Ich hab von Bibliothekaren gelesen, die durch ganz Kelanna gereist sind und Streitigkeiten an den Grenzen geschlichtet haben. Andere haben die Natur erforscht und Bahnbrechendes in der Wissenschaft erreicht. Wusstest du, dass wir so Elektrizität bekommen haben? Nicht aus dem Buch, sondern aus der Welt.«

»Hast du noch nie daran gedacht, dass Erastis gerade dadurch seinen Beitrag zur Sache leistet? Indem er in der Bibliothek bleibt und das Buch studiert?«

»Natürlich hab ich daran gedacht. Aber das reicht nicht. Mir jedenfalls nicht.« Lon schaute durch die Glasdecke. »Wenn ich erst mal Bibliothekar bin, werde ich große Taten vollbringen. Taten, die allen anderen unvorstellbar erscheinen.«

Das Lachen der Zweiten wirbelte um ihn herum wie Ascheflocken. »Jetzt verstehe ich. Du wirst derjenige sein, der den Weg für den langen Frieden ebnet, von dem Edmon immer redet.«

»Ja. Warum nicht?«

»Weil du schlampig bist.« Sie deutete mit dem Finger auf seinen zerrissenen Ärmel, die kleine verkrustete Wunde darunter.

»Ich werde mich bessern.« Er kicherte. »Erastis geht nirgendwohin; ich hab Zeit.«

Die Zweite steckte die Haare hinter die perfekt geformten Ohren zurück.

»Gefällt dir das Buch?«, fragte er.

Sie nickte. »Sieh her.«

Lon setzte sich auf und sie hob die Hand. Vom Gras stiegen Wassertropfen empor, sie glänzten wie Perlen, als die Zweite sie in Eiskugeln verwandelte. Sie ließ sie eine Weile durch die Luft wirbeln und machte dann eine Bewegung mit den Fingern, als wollte sie Murmeln schnippen. Die Eiskugeln flogen davon und verschwanden in der Dunkelheit des Gewächshauses.

»Na schön, und …?«, fragte er.

Die Zweite sah ihn an und legte das Buch beiseite. Sie erhob sich anmutig, lief über das Gras und kam mit einem winzigen Veilchen zwischen Daumen und Zeigefinger zurück. Sie setzte sich wieder und reichte es Lon. Er lachte leise.

Jedes einzelne Blütenblatt war von einem kleinen Eispfeil durchbohrt worden. Die kleinen Löcher blinkten im Licht wie Glühwürmchen.

»Du bist unglaublich«, sagte er.

Sofort verblasste ihr Lächeln und sie wandte den Blick ab.

Sie waren gute Freunde, wenn sie zusammenarbeiteten – wenn wie ihm etwas beibrachte oder wenn er Fragmente fand, die sie studieren konnte. Doch sobald er sie fragte, wer sie war, wie es ihr ging, wie sie dieses oder jenes empfand, verschloss sie sich. Sie konnte nichts dafür. Sie wurde zur Jägerin ausgebildet, man kannte sie nur als die Zweite. Darüber hinaus durfte sie keine Identität haben, keine Meinung, keine Gefühle.

»Entschuldige«, sagte er, obwohl er wusste, dass sie das nicht leiden konnte. Eine Entschuldigung machte es nur noch schlimmer.

Die Zweite schwieg. In der dunklen Nacht im Gewächshaus schien sie mit dem Hintergrund zu verschmelzen.

Und so sollte es auch sein, dachte Lon. Das war schließlich ihre Aufgabe: zu töten und dann zu verschwinden, als wäre sie nie da gewesen. *Da sein* – eine Familie oder Freunde zu haben, menschliche Verbindungen zu schmieden, die dem Leben Bedeutung verliehen – war ein Privileg für andere, nicht für sie. Erastis hatte ihm erklärt, dass das von allen Jägerinnen verlangt wurde, die ihre Kunst beherrschen wollten. Um perfekt zu töten, konnte man nicht wirklich existieren.

»Lon?«, sagte sie. Sein Name schwebte durch die Dunkelheit.

»Ja?«

»Ich möchte, dass du mich liest.«

»Was?«

Sie drehte sich um: die Wölbung ihrer Augenbraue und die Rundung ihrer Wange, der feuchte Glanz ihrer Augen, ihre Nasenspitze. »Lies mich.«

Bei dem Gedanken erbleichte er. Man las keinen anderen

Menschen. Das hatte er zusammen mit dem Tiefenblick gelernt. Es war sehr unhöflich, jemanden zu lesen. Man drang damit in sein Innerstes ein, tiefer als jede Nadel und jeder Speer es vermocht hätten. Das machte man vielleicht bei einem Feind, niemals jedoch bei den eigenen Leuten.

»Aber …«

»Ich will, dass du mich siehst.«

Lon schluckte. Die Vorstellung stieß ihn gleichermaßen ab, wie sie ihn anzog. Sie zu lesen, die ihn so verzauberte, erfreute, herausforderte? Sie *wirklich* zu sehen?

Er versuchte sich auf ihr Gesicht zu konzentrieren, auf ihre Haare, auf ihre messerscharfen Bewegungen. Doch seine Vision schien von ihr abzuperlen wie Wassertropfen an einer Feder. Schirmten die Jägerinnen sich so ab? Blieben sie undurchschaubar, sogar für den Tiefenblick?

Er betrachtete ihre Hand. Sie war mit Narben bedeckt. Kerben in ihrer Haut. Striemen. Schnittwunden und rosa Stiche. Die Vergangenheit glitzerte darin. Er blinzelte und plötzlich sah er sie üben, ihre Bewegungen wie die einer Tänzerin auf dem glänzenden Holzfußboden. Die Risse an ihren Fingerknöcheln. Rotes Blut, das aus den Wunden quoll.

Er sah ihre Kindheit. Ihre Mutter, die sie mit Schwung in die Arme nahm, kicherte und mit Spinnenfingern über ihren Bauch krabbelte. Ihr kieksendes Lachen in der Küche mit dem Holztisch und den gusseisernen Töpfen und ihr Vater, der grinsend am Herd stand, den Pfannenwender über der brutzelnden Pfanne erhoben.

Sie schaute ihren Eltern häufig dabei zu, wie sie im Vorderzimmer Patienten versorgten. Minenunfälle. Brandwunden. Fleckige Laken und durchsichtige Glasflaschen. Manchmal hielt sich der Geruch von Alkohol und Blut tagelang.

Ihre Eltern freuten sich darüber, dass ihre Arbeit sie unbeeindruckt ließ. *Kein Wunder!*, sagten sie. Beim Anblick von Blut wurde ihr nicht übel, und das war ein Zeichen. Sie würde Ärztin werden, genau wie Mama und Papa!

Die Lichtströme verschoben sich und Lon sah ihre Initiationszeremonie. Die feierliche Vereidigung. Das Auslöschen ihres Namens, als pustete ein heulender Nordwind die Silben ins Nichts.

Er sah ihre Opfer, eines nach dem anderen, wie das Licht aus ihnen wich, wie sie zusammenbrachen.

Er sah sie mit achtzehn Jahren, wie sie den Griff ihres neuen Blutschwerts fasste und die Steintreppe zu einem kleinen Haus hinaufschlich. Sie ging ins Vorderzimmer, die Erinnerung an den Raum übermannte sie. Derselbe Operationstisch, dieselben Glasspritzen.

Ihr Elternhaus.

Sie zog das Blutschwert und die Klinge blitzte auf. Blut bedeckte den Stahl.

Zuerst ihren Vater.

Dann ihre Mutter, die noch im Sterben die weinende Tochter in den Armen wiegte und ihr leise ins Haar flüsterte: »Mareah. Mareah. Meine kleine Mareah.«

Lon blinzelte und die Lichter der illuminierten Welt erstarben. Die Zweite beobachtete ihn, blickte ihm direkt ins Gesicht.

Sie hatte ihre Eltern getötet.

Das war das Erste, was sie mit ihrem Blutschwert getan hatte?

Das hatte ihre Meisterin von ihr verlangt?

Alle Bande mit Familie und Königreich brechen. Um sich ihrer Loyalität zu versichern und sie auf die Probe zu stellen. Es war undenkbar grausam. Und doch hatte es sich jemand ausgedacht. Ihr Orden hatte es sich ausgedacht.

Er hob die Hand. Legte sie sacht an ihr Gesicht, streifte mit dem Daumen ganz zart ihr Kinn. »Mareah«, flüsterte er.

Das Wort strömte in ihre Augen. Sie lächelte – ein verzerrtes Lächeln mit einem schmerzenden Knoten in der Mitte. Sie hatte einen Namen.

Und dann hielt er sie. Er streifte ihren Mund mit seinem, ganz vorsichtig erst und dann, als sie näher kam, fester, als könnte der Druck seiner Lippen sie für einen Moment ihren Kummer, den Schrecken und die Reue vergessen lassen. Ihr Haar verfing sich in seinen Fingern. Ihr Mund war weich – weicher als er es sich hätte vorstellen können –, und als er blinzelte, sah er Funken aus Feuer und Gold sprühen. Ein Aufblitzen ihrer umschlungenen Leben. Gestohlene Küsse. Heißer Atem. Die *Zukunft.* Sie würden Großes zusammen vollbringen. Magie, von der niemand je zu träumen gewagt hatte.

Und dann löste er sich aus dem Tiefenblick, so dass er nur noch die Bewegungen ihrer Lippen spürte, nur noch den Wind und das Kupfer ihrer Haut roch. Und als er die Augen öffnete, sah er nichts weiter als die Schatten ihrer Wangen, ihre Wimpern wie Sensenblätter und die schneegesprenkelte Glasdecke.

30. KAPITEL

DAS BUCH VON ALLEM

Sefia erwachte in einem Bett. Es war so lange her, dass sie irgendwo anders als auf dem Boden geschlafen hatte, in Bäumen, in einer Hängematte im Schiffsinnern. Eine ganze Minute lang prägte sie sich das Gefühl ein, die feste Matratze, das Piksen des Federkissens. Wenn sie die Augen geschlossen hielt, konnte sie sich vorstellen, sie wäre wieder neun Jahre alt und läge mit ihrem Stoffkrokodil neben sich in ihr Bett gekuschelt.

Tränen liefen ihr über die Wangen.

Ihr Vater.

Sie schlug die Augen auf und blinzelte in das Licht, das durch die Bullaugen hereinschien. An den Wänden waren Arzneifläschchen, Döschen mit Salbe und halb geflickte Segel. Von der Decke hingen Bündel getrockneter Kräuter herab, es duftete nach Mutterkraut und Bitterorange.

»Na, sieh mal an, wer da aufgewacht ist.«

Sefia hörte Lees' Stimme und setzte sich auf. Ihr Körper fühlte sich schwer und kalt an, als hätte sie im Schnee geschlafen. Sie wischte sich mit den Handrücken über die Wangen. »Was ist los?«

»Das frage ich dich.« Er saß auf einem Hocker am Fußende der Koje, einen Arm um das Knie geschlungen. Er reichte ihr eine Blechtasse. »Doc hat gesagt, du sollst das trinken, wenn du aufwachst.«

Sefia führte die Tasse an die Lippen. Die Flüssigkeit schmeckte scharf und nach Zitrone, doch kaum hatte sie davon getrunken, fühlte sie sich nicht mehr so leer und innerlich vereist.

Der Käpt'n lehnte sich an die Wand und zeichnete zwei Kreise auf seinem Knie, wie ineinander verschlungene Schlangen. »Dein Freund schiebt Wache, aber wenn es achtmal schlägt, kommt er runter. Der Junge ist kaum von deiner Seite gewichen.«

Sefia neigte die Blechtasse in den tauben Händen. »Wie lange war ich bewusstlos?«

»Einen halben Tag. Was auch immer du da gesehen hast, es hat dich ganz schön umgehauen.«

Sie wandte sich ab und bemerkte das Buch auf dem Schränkchen. Jemand hatte es zugeklappt und die vielen Jahre zwischen zwei goldene Schnallen gebannt. Es war ein Wunder, dass es das Schiff nicht zum Sinken brachte und sie alle auf den Meeresgrund riss.

»Ich hab mich gesehen«, murmelte sie. »An dem Tag, als mein Vater ermordet wurde.«

Käpt'n Lees beugte sich vor, seine blauen Augen leuchteten. »Du bist in dem Buch?«

Sefia nickte. »Wir sind alle im Buch. Deshalb wollen sie es wohl auch unbedingt haben – die Leute, die das getan haben. Ich glaube, in dem Buch steht alles, was bisher geschehen ist und was noch geschehen wird. Das gesamte Wissen. Einfach alles.«

Lees zog die Augenbrauen bis zur Krempe seiner Mütze hoch. »Du hattest doch gesagt, es stehen nur Geschichten drin.«

»Das dachte ich auch.« Sie trank noch einen Schluck. »Aber jetzt glaube ich, es sind Aufzeichnungen. Von allem, was wir getan haben und noch tun müssen.«

»Ich auch?«

»Sie. Ich. Alle.«

»Ich bin in dem Buch.« Er blinzelte ein paarmal, fuhr sich mit der Hand über das Gesicht und wiederholte: »Ich bin in dem Buch. Kannst du's mir zeigen?«

Sefia stellte die Tasse ab, beugte sich zum Schränkchen und zog das Buch zu sich herüber. Es fühlte sich so vertraut in ihren Armen an und gleichzeitig völlig fremd. Wenn sie sich jetzt auf ihre Vision konzentrieren würde, wüsste sie, was sie erwartete: ein Lichtstrahl so dicht, als würde sie in die Sonne blicken, alle blendenden Ströme der Vergangenheit ineinander verschlungen.

Auch dieser Moment war in dem Buch. Eine Sekunde lang zögerte sie aus Angst, sie würde, sobald sie es aufschlüge, sich selbst sehen, wie sie in dem Buch las. Als säße sie zwischen zwei Spiegeln und sähe sich in einer unendlichen Reihe von Spiegelbildern.

Wie sie sich selbst im Buch las.

Wie sie sich selbst las, wie sie sich selbst las.

Wie sie sich selbst las, wie sie sich selbst las, wie sie sich selbst las …

Vielleicht las ein anderer sie in diesem Moment und wenn sie aufblickte, guckte jemand sie an und verfolgte jede ihrer Bewegungen. Vielleicht las jemand die Leserin.

Sie schauderte.

Doch als sie die Schnallen öffnete, geschah nichts Besonderes. Sie blätterte durch die Seiten, suchte nach Lees' Namen zwischen einzelnen Wörtern und staubigen Absätzen, doch die Geschichten waren verschwunden. »Tut mir leid. Es ist zu groß. Ich könnte mein Leben lang suchen, ohne Sie zu finden.«

Der Käpt'n seufzte und lehnte sich zurück. »Wär wohl auch zu schön, um wahr zu sein.«

»Wie meinen Sie das?«

»Wenn ich in dem Buch wär – für immer, meine ich – und es einen Ort gäbe, wo ich mich ausruhen und auch nach dem Tod existieren könnte … vielleicht müsste ich das alles dann gar nicht machen.«

»Was alles?«

»Na, alles.« Er zuckte die Achseln. »Diese Schatzsuche, zu der Dimarion mich überredet hat. Der Hort des Königs.«

Goldhaufen so hoch, dass man sie wie Berge erklimmen und wieder hinunterrutschen konnte. Eine Spur aus Geklimper und leuchtenden Blitzen, die man hinter sich herzog.

»Deshalb wollen Sie also nach Jahara«, sagte sie.

Er lächelte traurig. »Mir wurde eine gute Geschichte versprochen.«

Sefia klappte das Buch zu. Das  auf dem Einband blinkte sie an wie ein trübes Auge. »Herausfinden, wofür das Buch gut ist«, murmelte sie. »Nin retten.« Sie hielt inne, ihr Finger ruhte auf dem Scheitelpunkt des Kreises. »Ich hatte die Antworten, nach denen ich die ganze Zeit gesucht habe.«

»Sef…«

»Wenn man nur wüsste, wie man es benutzt! Dann könnte man herauskriegen, was jemand tun wird, bevor derjenige selbst eine Ahnung davon hat. Man könnte Schätze finden und die Geheimnisse der Könige aufspüren. Man könnte sogar herausfinden, wo die Feinde sich aufhalten und wie man sie töten kann.« Verzweifelt blickte sie auf. »Sie sind irgendwo hier drin. Und wenn ich sie finde, weiß ich, wer sie sind. Ich weiß, wo sie sein werden, und dann kann ich …«

»Sefia.«

»Was ist?«

»Du hast selbst gesagt, du könntest dein Leben lang suchen.«

Sefia sah sich über das Buch gebeugt, wie sie grau und gebrechlich wurde und ihre Augen nachließen, während die Jahre verrannen und ihr Lebenslicht herunterbrannte. Sie krallte die Finger in die Seiten, als könnte sie die Wahrheit aus ihnen herauspressen.

»Nach dem Mahlstrom …« Der Käpt'n sah gedankenverloren auf das Buch, auch wenn er keine Anstalten machte, es zu nehmen. »Nachdem ich erfahren hab, wie ich sterben werde, hätte ich mit der Seefahrt Schluss machen können«, sagte er und zeichnete immer noch ineinander verschlungene Kreise auf sein Knie. »Ich weiß, dass es auf See passieren wird. Könnte für immer weiterleben, wenn ich an Land geblieben wär.«

»Warum haben Sie das nicht gemacht?«

»Der feinen Gesellschaft Treue schwören? Mein Dasein mit Hilfe von Bäumen und Steinen fristen? Da verfaule ich noch lieber in der Erde.« Käpt'n Lees betrachtete sie ruhig. »Du hast die Wahl, Sefia. Lenk deine Zukunft oder lass dich von der Zukunft lenken.«

Über ihnen begann die Schiffsglocke zu schlagen. Einmal, zweimal … achtmal. Der Klang hallte in Sefias eisiger Brust wider.

Da erschien Archer an der Tür, der Schweiß stand ihm auf der Stirn, seine Haare und Kleider waren feucht. Sefia lächelte – ein echtes Lächeln. Er schien Hitze auszustrahlen.

Und er merkte nicht, dass Sefia das Buch über seine Schulter weiterreichte, wie die glänzenden goldenen Schnallen darum baten, geöffnet zu werden.

Beinahe hätte sie es wieder an sich genommen.

Doch Lees nahm es ihr sanft aus der Hand und während er damit davonging, wurde die Anziehungskraft, die das Buch auf sie hatte, immer schwächer, bis sie kaum noch zu spüren war.

Archer kniete neben ihr und strich mit den Fingerspitzen über ihr Gesicht.

Jede Stelle, die er berührte, glühte vor Wärme, und die trostlose Kälte ihres Herzens bekam Risse. Sie nahm seine Hand und hielt sie an ihre Wange, Haut an Haut. »Ich habe meinen Vater gesehen«, flüsterte sie.

DER JUNGE AUS DEM MEER

Kallinagos Lieblingslied

In einer Sommernacht vor vielen Jahren
Kam der Junge aus dem Meer
Mit blauer Haut und weißen Haaren
Und er liebte mich so sehr.
Er war wild und weich und ich wusste gleich
Er liebte mich so sehr.

Wir segelten ungehindert und frei
Jahrelang über das Meer
Und immer lebte er für uns zwei
Denn er liebte mich so sehr.
Ich dachte, das vergeht, hielt ihn für überdreht,
Obwohl er mich liebte, so sehr.

Eines Tages rissen ihn die Wellen vom Schiff
Und warfen ins Blau ihn hinein.
Seine Haut wurde zu Wasser, seine Haare zu Fisch
Und er fragte mich: »Ist dein Herz mein?«
Zu spät rief ich durch Wind und Wasser:
»Immer habe ich dich geliebt.«
Immer habe ich dich geliebt.

31. KAPITEL

DER ROTE KRIEG

Später am Abend, während Sefia sich noch ausruhen sollte, trafen sich Lind, Ross und ein paar andere Matrosen der Steuerbordwache im Lazarett, um Narrenschiff zu spielen. Sie brachten Münzen, Würfelbecher und einen Spieltisch mit, den Lind und Theo in die enge Kajüte zwängten.

Theo mit den Sommersprossen, der Brille und den ungekämmten zimtfarbenen Haaren war so etwas wie ein Hobby-Biologe. Er hatte Kallinagos Lori adoptiert, einen kleinen roten Papagei mit blau geränderten Flügeln, der jetzt oft auf seiner Schulter saß. Manchmal sang er dem Papagei mit seiner schönen Baritonstimme etwas vor und der Papagei pfiff zurück. Als er mit dem Tisch kämpfte, schwankte der Vogel leicht, spreizte die Flügel, um das Gleichgewicht zu halten, und zwitscherte ärgerlich.

Archer setzte sich neben Sefia auf die Koje, sein Knie an ihrem. Er hob die Hand und berührte die grüne Feder in ihrem

Haar, und sein Lächeln war so strahlend wie Kerzenschein in der Nacht.

»Hier, Sefia. Mach dich nützlich.« Lind warf ihr ein Stück Segeltuch zu und Theo stellte ein kleines Glas mit schwarzer Farbe auf den Tisch, dazu einen Pinsel.

»He!« Sie lachte. »Ihr habt gesagt, ihr kommt zum Spielen!«

Lind grinste, so dass sein abgebrochener Zahn zu sehen war. »Ja, ja. Wir sind hier, um zu spielen. Aber wir haben auch gehört, was du heute Nachmittag dem Käpt'n erzählt hast. Dass wir alle in dem Buch sind und so.«

»Und?«

»Und wir haben uns gedacht, du könntest ja vielleicht unsere Namen aufschreiben.«

Marmelade quetschte sich in die Lücke am Kopfende der Koje und strich sich das honigrote Haar hinter die Ohren. Das Schiffsmädchen, kaum älter als Archer, war Kallinagos Gegenstück auf der Steuerbordwache. Sie lächelte hoffnungsvoll und mit Grübchen in den Wangen.

»Gern«, sagte Sefia.

»Toll!« Lind klatschte in die Hände. »Schreib zuerst Kallinago.«

Sie nickte. Nachdem sie tagelang von Kallinago gehört hatte, konnte sie endlich helfen sein Gedenken zu bewahren und etwas schaffen, das die Worte und Erinnerungen seiner Kameraden überdauerte.

Ross, der zu groß für das winzige Lazarett war, zog sich einen Hocker heran und zwängte sich in den Eingang, seine prallen Muskeln an die Wand gedrückt. Er zwinkerte Sefia zu, als sie den Deckel von dem Glas abschraubte und den Pinsel in die Farbe tauchte.

Während sie schrieb, beugten die anderen sich zu ihr, sahen zu, wie sie die Buchstaben formte, jeder einzelne ein zittriges Gebilde aus Strichen und Bogen. Als sie fertig war, zeigte sie das Stück Stoff Marmelade zu ihrer Linken, bevor sie es an Archer zu ihrer Rechten weiterreichte. Archer gab es nach einer Weile an Theo weiter, der gab es Lind, und Lind starrte lange darauf, ehe er es Ross reichte.

Der Zimmermann hielt den Namen zwischen seinen dicken teerverschmierten Fingern und murmelte: »Wie sehr man einen Mann vermisst.«

Die anderen nickten.

Wie sehr man einen Mann vermisst.

»Jetzt meinen Namen!«, schrie Lind.

Archer zwinkerte Sefia zu. Ihre Wangen wurden heiß.

Marmelade verdrehte die Augen, zog einen Stapel Segeltuch aus einer Tasche ihrer weiten Flickenjacke und knallte ihn auf den Tisch.

Sefia machte sich an die Arbeit, während die anderen unterschiedlich große und unterschiedlich saubere Münzen setzten: Loys aus Delienne, Caspers und Angs aus Everika. Jemand hatte sogar eine einzelne Squint-Münze aus Roku. An dieser Münze zeigte sich, wie tief die Verbindung des kleinsten Königreichs mit den Kolonisatoren in Oxszini verwurzelt war: Bis auf das quadratische Loch in der Mitte sah sie genauso aus wie eine Kupferkispe. Archer wühlte in seiner Tasche und legte auch ein paar Münzen dazu.

»Woher hast du die?«, fragte Sefia.

»Von mir! Die hat er gestern Abend gewonnen!«, rief Theo so laut, dass der Papagei auf seiner Schulter ganz aufgeregt mit den Flügeln flatterte. »Am Anfang hab ich ihm ein bisschen was geliehen, aber Mensch, das war ein Fehler. Der ist fast so gut wie Marmelade.«

Archer grinste.

Die anderen schüttelten die Holzwürfel und drehten dann die Becher um. Narrenschiff war ein einfaches Spiel, das von Seefahrern in ganz Kelanna gespielt wurde. Jeder Spieler hatte fünf Würfel und konnte in drei Runden Punkte sammeln. Vor jeder Runde wurden Wetten abgeschlossen.

Als Erstes musste man versuchen eine Sechs, eine Fünf und eine Vier in absteigender Reihenfolge zu werfen. Jede Zahl stand für etwas anderes: die Sechs für ein Schiff, die Fünf für den Kapitän und die Vier für die Mannschaft. Ohne Kapitän konnte man keine Mannschaft haben und ohne Schiff keinen Kapitän – das war der Gedanke dahinter.

Archer legte zwei Würfel beiseite – eine Sechs und eine Fünf – und fegte die übrigen drei vom Tisch. Sefia betrachtete die feinen Härchen auf seinen Unterarmen, die im Schein der Lampe glänzten. Jedes einzelne Haar zeigte genau in dieselbe Richtung, und einen Augenblick lang hätte sie nichts lieber getan, als mit den Fingern über seinen Arm zu streichen und die Muskeln unter seiner Haut zu spüren.

Ihre Hand rutschte ab und am Ende von Linds Namen bildete sich ein dicker Klecks. Sefia wurde rot, knüllte den Stoff zusammen und nahm sich ein neues Stück.

Ross beugte sich über den Tisch. »Wie geht's dir, Sef? Nach dem, was heute passiert ist?«

Sie zuckte die Schultern, und die anderen wetteten und würfelten aufs Neue. Wenn man ein Schiff, einen Kapitän und eine Mannschaft hatte, würfelte man um die Fracht: eine Drei für eine Kiste, eine Zwei für ein kleines Fass und eine Eins für einen Jutesack. Je größer die Fracht, desto mehr Punkte gab es. Das Beste, was man erzielen konnte, waren zwei Kisten, also sechs Punkte. Es kam darauf an, zum richtigen Zeitpunkt aufzuhören und sich mit einem Wurf zufriedenzugeben, sonst konnte es passieren, dass man am Ende gar nichts hatte. Archer wählte einen Würfel mit vier Augen, warf die letzten beiden wieder in den Becher und legte eine Kupfermünze in den Topf.

»Ganz gut eigentlich.«

Lind schüttelte den Kopf. »Muss schon komisch sein, die eigene Vergangenheit zu sehen.«

»Ja …« Sie vollendete das D am Ende seines Namens mit einem Schnörkel und legte den Stoff beiseite.

»Hast du in dem Buch schon mal deine Zukunft gesehen?«

»Was? Nein.«

Sie würfelten zum dritten Mal. Ross verzog nach seinem Wurf das Gesicht und warf alle Würfel zurück in den Becher. Theo fluchte und tat es ihm gleich. Der Vogel zwitscherte. Marmelade reihte eine Sechs, eine Fünf, eine Vier, eine Drei und eine Eins nebeneinander auf, schaute zu Archer und lachte schadenfroh. Dann nahm sie die Münzen aus dem Topf und stapelte sie ordentlich vor sich auf.

»Aber der Käpt'n hat gesagt, in dem Buch steht die Geschichte von allem drin«, sagte Lind und kratzte sich am Kopf.

»Ja, aber ich hab noch nicht alles gesehen.«

»Dann ist der Käpt'n also der Einzige, den ich kenne, der über seine Zukunft Bescheid weiß.« Er schüttelte ungläubig den Kopf. Dann sagte er zu Archer: »Außer dir natürlich.«

Archer fasste sich überrascht an den weißen Ring um seinen Hals.

»Ja. Du weißt schon – der Junge mit der Narbe.«

Theo und Marmelade blickten unbehaglich von Lind zu Archer und wieder zurück.

»Die Geschichte kennen wir«, sagte Sefia gelangweilt. »Serakeen will, dass er eine große Armee anführt oder irgend so ein Quatsch.«

Verwundert setzte Lind sich auf und legte den Kopf schief. »Und was ist mit dem Rest?«

»Lass stecken, Lind«, sagte Ross warnend.

»Wovon redet ihr?«, fragte Sefia.

Der Zweite Steuermann runzelte die Stirn. »Die Geschichte geht noch weiter, Sef.«

Theo rückte nervös seine Brille zurecht. »Aber das ist bloß eine Geschichte. Wenn du nix davon gehört hast, brauchen wir sie auch nicht zu erzählen.«

»Genau«, knurrte Ross.

Der Vogel wackelte mit dem Kopf.

Sefia sah zu Archer und der nickte. »Wir wollen sie aber hören.«

Lind seufzte tief und strich sich die Rastalocken aus dem

Gesicht. »Es heißt, er wird eine große Armee anführen und viele Feinde besiegen. Er wird der größte Heerführer sein, den die Welt je gesehen hat, und in einem blutigen Streit, der als der Rote Krieg bekannt ist, wird er alle fünf Inseln erobern.« Seine Stimme wurde immer leiser und der letzte Satz war nur mehr ein Flüstern. »Er wird es noch in seinen jungen Jahren tun, aber …«

Archer war grüngrau im Gesicht geworden. Von der Sache mit der Armee hatten sie gehört, von allem anderen jedoch nicht. *Der Rote Krieg.* Würde der Krieg zwischen Oxszini und Everika eskalieren? Oder war ein neues Grauen gemeint? Davon wussten sie nichts. Archer beugte sich vor, hielt sich mit einer Hand den Bauch und trommelte mit der anderen auf seiner Narbe.

»Aber was?«, fragte Sefia.

Die Augen des Zweiten Steuermanns leuchteten traurig im Licht der Laterne. »Aber kurz nach seinem letzten Feldzug wird er sterben … allein.«

In der Kabine war es still.

»Tut mir leid, Archer.« Lind wollte Archer die Hand reichen, doch Sefia schlug seine Hand weg. Farbe spritzte auf den Spieltisch.

»Das glaube ich nicht und ihr solltet es auch nicht glauben«, sagte sie wütend. »Er ist nicht dieser Junge. Und sag so was nie wieder.«

Wäre Lind nicht bereits an den Behandlungstisch der Ärztin gepresst gewesen, wäre er zurückgewichen. So nickte er nur kläglich. »Tut mir leid«, sagte er noch mal.

Sefia warf den Pinsel wieder in die Farbe und verflocht die

Finger miteinander. »Es war mein Ernst, als ich gesagt habe, dass du nie wieder kämpfen musst«, sagte sie zu Archer. »Nie wieder.«

Er strich ihr über die Finger und nickte.

Sie nahm seine Hand und drückte sie, dann wandte sie sich erneut zu Lind. »Woher willst du das überhaupt so genau wissen?«

Der Zweite Steuermann zog verlegen an seinen Rastalocken. »Ich sammle Geschichten.«

Ross beugte sich zu Archer und dabei neigte sich der Tisch so, dass die Münzen und Würfel zu ihm herüberrutschten. Die anderen sprangen schnell herbei, um sie aufzuhalten. »Du bist es nicht, oder?« Seine Stimme war leise, tief und drängend. »Du bist es nicht.«

»Ich will auch nicht, dass es Archer ist, Sef. Aber ich müsste lügen, wenn ich sagen würde, dass ich bei der Geschichte nicht gern dabei wäre.« Lind betrachtete den Stoff mit seinem Namen darauf. »Wir haben nicht viel Zeit auf der Erde, weißt du? Und die wird sogar noch verkürzt durch die verfluchte Dummheit der Menschen. Schlägereien in Kneipen, Rivalitäten zwischen Gesetzlosen, Kriege, in denen Tausende ihr Leben lassen. Unser Leben ist so klein, die meisten von uns sind nur für eine Handvoll Leute wichtig: den Käpt'n, die Mannschaft, vielleicht noch ein paar andere. Aber Teil so einer Geschichte zu sein? Die so großartig ist, dass sie alle andern in den Schatten stellt? Auch wenn ich dadurch keine Zeit auf Erden gewonnen hätte – vielleicht wär mein Leben dann doch nicht so klein. Vielleicht könnt ich was bewirken, bevor meine Zeit um ist. Vielleicht wär ich dann irgendwie wichtig.«

Sefia wollte weiter wütend auf ihn sein, doch in seinen Worten lag eine traurige Verzweiflung. Dieselbe Verzweiflung, die sie bei Käpt'n Lees gespürt hatte, als er sich selbst in dem Buch sehen wollte. Dieselbe Verzweiflung, die sie gehört hatte, als sie für den toten Kallinago gesungen hatten. Ihr Zorn beruhigte sich wie aufgewühltes Wasser. Sie nahm wieder den Pinsel und sah Lind über den Tisch hinweg an.

Er lächelte traurig.

»Und Serakeen wird in der Prophezeiung nicht erwähnt?«, fragte sie.

Lind schüttelte den Kopf. »Nur der Junge.«

»Aber wenn er den Jungen in seiner Gewalt hat, gewinnt er den Krieg«, sagte sie.

»Früher hatten die Gesetzlosen ihre Prinzipien«, sagte Theo empört. »Man konnte ein Schiff fordern, man konnte die Beute fordern. Aber der Ozean war für uns alle da.«

»Serakeen will mehr als den Ozean«, sagte Sefia. »Warum sonst sollte er so viele Jungen entführen? Er will die Königreiche genauso wie die Meere.«

Zu ihrer Überraschung lachten die anderen.

»Da würde keiner mitspielen«, sagte Marmelade. »Nie und nimmer.«

Theo nickte so heftig, dass der kleine Lori die Flügel ausbreitete und seinen Arm hinuntertrippelte. »Da würden sogar Oxszini und Everika das Kriegsbeil begraben, nur um ihn in die Schranken zu weisen«, sagte er.

Der Vogel kletterte von Theos Arm auf den Tisch und sprang auf Archers Hand. Archer richtete sich überrascht auf.

»Aber all die Jungen …«, sagte Sefia.

»Das sind nicht mal annähernd so viele, wie die anderen Königreiche haben«, sagte Theo.

»Ja«, sagte Lind. »Und wenn du meinst, der Käpt'n oder irgendein anderer Gesetzloser, der was auf sich hält, würde sich *irgendwem* unterwerfen, dann bist du aber schiefgewickelt.«

Theo rückte seine Brille zurecht. »Du brauchst dir keine Sorgen zu machen, Archer. Wie Marmelade schon sagt, da würde keiner mitspielen. Der Rote Krieg ist ein Mythos.«

Ross nickte. »Kapiert, Lind? Ein *Mythos*.«

Der Zweite Steuermann hob die Hände. »Ich hab's gehört, Ross. Aber Serakeen glaubt daran. Der hört nicht plötzlich auf, bloß weil ihm einer sagt, dass er einer fixen Idee nachjagt.«

Marmelade klapperte ungeduldig mit dem Würfelbecher. »Spielen wir jetzt weiter?«

Während sie würfelten, sah Sefia zu Archer und er erwiderte ihren Blick. Ein Muskel zuckte an seiner Wange.

»Nein«, murmelte sie. »Aber irgendwer muss ihn aufhalten.«

32. KAPITEL

GESETZLOSE

Jubis strohblondes Haar guckte an den Ohren und unter der Krempe seiner Mütze heraus wie trockene Grasbüschel. Er kratzte sich am Kinn und fuhr mit den Fingernägeln über die ungleichmäßigen Bartstoppeln. Die Schatten seines faltigen, windgegerbten Gesichts waren dunkel in der Nachmittagssonne.

Käpt'n Lees stand lang und schlaksig neben ihm, die Mütze schützte seine Augen vor der Sonne. Tiefe Furchen waren um den großzügigen Mund gegraben, Zeichen seines Humors, auch wenn er jetzt ohne ein Lächeln auf das Meer sah.

Archer betrachtete sie beide, während er auf dem leise schaukelnden Schiff schwankte. Auf den vierstündigen Wachen sprach Jubi nie viel mit ihm, und wenn der Käpt'n zu ihnen kam, trug der auch nicht viel zur Unterhaltung bei, aber das war in Ordnung. Stille machte Archer nichts aus.

Er ließ seinen Blick über das Deck schweifen, wie er es alle paar Minuten tat, und sah Sefia, die über das Buch gebeugt am Rand des Achterdecks hockte. Sie trug die langen schwarzen Haare zu einem Pferdeschwanz gebunden, doch der Wind wehte ihr immer wieder eine Strähne ins Gesicht und über die Augen. Sie hielt sie mit einer Hand zurück, aber sie war so vertieft, dass ihre Hand immer wieder auf das Buch sank und die Haare sich erneut losrissen und im Wind flatterten. Archer lächelte.

Jubi drehte das Steuer um drei Speichen zur Hafenseite, wobei er mit einer Hand über die andere griff. Kurz darauf nahm der Wind zu und erfüllte die Segel mit den gewaltigen Geräuschen von sich dehnendem Leinen. Immer schneller sauste das Schiff über das Meer.

Der alte Rudergänger zwinkerte Archer zu.

»Ist jetzt schon eine Woche her, dass wir die Frau in Schwarz hier hatten. Das Schiff, von dem sie gekommen ist, haben wir immer noch nicht gefunden«, sagte der Käpt'n unvermittelt. Seine Stimme war rau wie Sandpapier. »Findest du das nicht auch seltsam?«

Archer nickte. Irgendwas hätte inzwischen passieren müssen. Wer so verzweifelt war, jemanden zum Töten auf die *Strömung der Zuversicht* zu schicken, dürfte nicht so schnell aufgeben.

»Bringt einen ins Grübeln, was?«, sagte Käpt'n Lees. »Meinst du, du hast ihnen Angst eingejagt?«

Archer zuckte die Schultern.

Jubi lachte. Sogar sein Lachen klang schroff, eher wie ein Bellen.

Der Käpt'n kicherte. »Sei mal nicht so bescheiden, Junge. Ross meinte, du hast die Frau mit dem Messer zwischen den Treppenstufen hindurch direkt in den Arm getroffen.«

Archer klopfte sich unsicher auf den Rand der Narbe, zupfte an der unebenen Haut.

»Ich hab gehört, dass Lind so dumm war dir von dem Roten Krieg zu erzählen.«

Archer nickte.

Käpt'n Lees schnalzte verärgert. »Hast du davon gewusst, bevor er es erzählt hat?«

Archer schüttelte den Kopf. Seine Erinnerung reichte nur bis zu der Nacht zurück, als Sefia die Kiste geöffnet hatte. Er erinnerte sich an das Licht auf dem Boden, die kühle schneidende Luft und ihre Stimme: *Komm mit. Bitte komm mit.* Alles davor ... nur einzelne Fetzen. Verschiedene Varianten von Schmerz. Rufen. Finsternis. Was auch immer sein Leben gewesen war, bevor sie ihn gerettet hatte, lohnte die Erinnerung nicht.

»Glaubst du, die haben's auf dich abgesehen?«, fragte der Käpt'n.

Archer rieb sich den Arm und zählte die Brandwunden. Fünfzehn. Außerdem hatte er die Männer im Wald getötet und noch zwei im Hafen. Er hatte Angst, dass es noch mehr waren. Er war zu gut darin. Aber es gefiel ihm nicht. Er tat es nur, weil er musste.

»Ich hab dich auf dem Wildschwein-Pier kämpfen sehen. Da hättest du sie alle umbringen können.«

Jubi grunzte zustimmend, doch Archer schüttelte den Kopf. Dann wäre er nicht schnell genug gewesen, um Sefia zu retten und zu verhindern, dass Habicht sie tötete. Er hatte das Messer fallen lassen.

Er steckte die Hand in die Tasche und suchte nach dem Quarz, den Sefia ihm geschenkt hatte. Langsam strich er mit dem Daumen darüber, einmal über jede Seite, dann drehte er ihn um und begann wieder von vorn.

Käpt'n Lees sah ihn nachdenklich an. »Ich hab mir mein ganzes Leben um die Geschichten herum aufgebaut, die man über mich erzählt. Weißt du, was ich gelernt hab?«

Archer schüttelte den Kopf.

»Die Taten entscheiden, was einer ist. Wer immer nur mordet, ist ein Mörder.«

Archer nickte und zeigte auf seinen Hals.

Der Käpt'n schnaubte. »Du hast mehr getan als das, Junge, das hab ich doch gesehen. Du hast Ross gerettet. Du hast deine Freundin beschützt. Ein Mörder hätte sie im Hafen verrecken lassen und wär auf seine Feinde losgegangen. Das hast du nicht getan.«

Archer wandte sich zum Achterdeck, wo Sefia saß. Sie hatte sich kaum bewegt – ihre Hand lag jetzt am Rand der Seite und noch mehr Haarsträhnen hatten sich gelöst. Doch sie hatte immer noch dasselbe vertraute Stirnrunzeln, die Lippen so, wie er sie schon so oft gesehen hatte: in den Mundwinkeln leicht zusammengepresst und in der Mitte ein wenig gerundet. Langsam ließ er den Sorgenstein los, spürte, wie der Stein nach unten glitt, als er die Hand aus der Tasche nahm.

»Ich bin mit sechzehn von zu Hause abgehauen«, sagte der Käpt'n. Er schaute aufs Wasser, und die Falten auf seiner Stirn und unter den Augen vertieften sich. »Schätze, du hast davon gehört.«

Archer nickte. Jubi griff das Steuer um und streckte den Zeigefinger in die Luft, um den Wind zu prüfen.

»Ich war nur ein dummer Junge«, fuhr Käpt'n Lees fort. »Ich hatte keinen wie Sefia, der auf mich aufgepasst hätte. Und kaum dass ich Delienne verlassen hatte, haben sie mich geschnappt. Der Teil kommt in den Geschichten nicht vor.« Er seufzte. »Keine Ahnung, wer mich da geschnappt hat … Die haben mich nicht sehr lange festgehalten, aber sie haben Sachen mit mir gemacht … fiese, gemeine Sachen … und bis heute weiß ich nicht, warum. Das macht es irgendwie schlimmer, wenn man das nicht weiß.« Er kratzte sich die Brust und sein Baumwollhemd raschelte ein wenig. »Ich weiß auch nicht, warum sie mich freigelassen haben. Aber danach hab ich mir geschworen, dass ich eher sterbe, als noch mal meine Freiheit aufzugeben. Deshalb bin ich ein Gesetzloser geworden.«

Archer tippte sich mit den Fingern an die Stirn, seine Art, eine Frage zu stellen.

Das Lachen des Kapitäns klang hart wie Stacheldraht. »Unser König ist der Wind, das Wasser unser Gesetz.«

Jubi nickte.

Archer runzelte die Stirn und Käpt'n Lees nahm die Mütze ab und fuhr sich mit der Hand durchs Haar. »Was ich damit sagen will, ist: Wir sind frei. Wir bestimmen, was wir tun und wer wir sein wollen. Manchmal muss man hart dafür kämpfen, aber das ist es wert.«

Jubi verzog die Lippen zu einem schiefen Grinsen und entblößte dabei ein paar fleckige Zähne. »Dafür muss man aber kein Gesetzloser sein«, sagte er.

Käpt'n Lees nickte und setzte die Mütze wieder auf. Das Gespräch war beendet. Er und der Rudergänger machten sich wieder daran, das Wasser zu beobachten.

Aber Archer war noch nicht fertig. Seit Sefia ihn damals aus der Kiste befreit hatte, war er halb Mensch, der einfachste Dinge, wie essen und sich anziehen, wieder lernen musste; und er war halb Tier, das ohne einen Gedanken und ohne Reue tötete. Er spürte in seinem Innern das wütende stinkende Wesen, das nach Blut dürstete, seine hohlen Wangen unter der Haut. Aber vielleicht musste es nicht so sein. Vielleicht konnte er sich dafür entscheiden, ein ganzer Mensch zu sein: Archer, Jäger, Beschützer, Artischockenputzer, Spieler, Schiffsjunge, Quarzbesitzer, Freund. Dieser Gedanke begann in ihm zu reifen, langsam zunächst, dann jedoch schneller und heftiger, bis er heiß in ihm brodelte.

Vielleicht hatte er eine Wahl.

Sefia saß immer noch über das Buch gebeugt, die nackten Schultern schlank und sonnengebräunt. Mit wenigen schnellen Schritten war er bei ihr und setzte sich neben sie.

Als sie aufblickte, wehte der Wind ihr eine Haarsträhne ins Gesicht, sie strich sie zurück und sagte lächelnd: »Hallo.«

Sein Herz schlug schneller. Er beugte sich vor und wagte es, mit den Fingerspitzen ihre Stirn zu berühren. Er fürchtete schon, sie würde zurückweichen, doch das tat sie nicht. Er lächelte und strich ihr die Haarsträhne hinter das Ohr.

»Danke«, sagte sie und sah ihn an.

Jetzt hätte er sie so gern geküsst – er konnte sich nicht erinnern, dass er je etwas so sehr gewollt hätte. Ihr ganz nah sein, Mund an Mund, ihre Lippen spüren. Es war, als hätte er eigentlich noch nie irgendetwas richtig gewollt und als flammte dieses Wollen plötzlich in ihm auf, ein Licht, das nach außen strahlte wie der Schein eines Leuchtturms.

Aber er traute sich nicht.

Er schlang die Arme um die Reling und machte das Zeichen für das Buch.

Und Sefia las ihm vor, ihre Stimme klar und stark im Wind, und das war genug. Es war egal, was das Buch und die Legenden sagten. Nur dass er mit Sefia hier war, zählte, die Beine träge vom Rand des Achterdecks baumelnd, die Brise und die helle Nachmittagssonne auf der Haut. Nur dass sie zusammen waren, darauf kam es an … Und er war glücklich.

Und sie hatten noch zwei Stunden bis zur nächsten Wache.

33. KAPITEL

JAHARA

Jahara war ein weitgehend neutrales Gebiet, das von einem Rat aus Vertretern jedes der fünf Königreiche regiert wurde. Nur die Stimme des Abgeordneten von Delienne hatte wegen der Nähe zur Südküste doppeltes Gewicht. Vom Nördlichen Königreich war Jahara durch die schmale Straße von Kallid getrennt und mit seiner Lage im Inneren Meer ein idealer Handelshafen. Alle möglichen Leute – von Kriminellen über Gesetzlose bis hin zu Botschaftern des Königreichs – wurden mit dem Versprechen willkommen geheißen, dass in Jahara niemand für ein Verbrechen bestraft oder getötet werden dürfe, das er anderswo begangen hatte. Aus Respekt vor der Neutralität der Stadt hielt sich sogar die Zivilbevölkerung von Oxszini und Everika an diese grundsätzliche Regel. In letzter Zeit hatte es jedoch so viele Schießereien, Messerstechereien und Fälle von Brandstiftung gegeben, dass die Rote und Blaue Marine nicht mehr nach Jahara einreisen durften.

Die *Strömung der Zuversicht* erreichte die Stadt in der Abenddämmerung, als die Sonne wie eine geschmolzene Glaskugel im schwarzen Wasser versank. Die Laternenanzünder waren schon bei der Arbeit und auf den Hügeln funkelten Hunderte kleiner zitternder Flammen. Die langen Piers waren von Lampen gesäumt und kreuzten sich in einem Irrgarten aus Schiffen und Docks. Im Zwielicht wirkte die Stadt wie ein glitzerndes Labyrinth, das von Leben nur so wimmelte. Als die Stelling an den Pier stieß, jubelten ein paar der Männer. Sie zählten ihre Münzen, sammelten ihre Siebensachen zusammen und planten den Abend an Land.

Sefia sah auf das Hafenbecken und kam sich sehr klein vor. Sie waren immer noch weit vom Land entfernt. Eine Reihe von Schiffen aus allen Ecken Kelannas trennte sie vom festen Boden. Schaluppen und Kutter, Briggs und Barken mit roten, blauen und grünen Segeln.

»Ich bin in Delienne aufgewachsen«, murmelte Sefia. »In der Provinz Shinjai.« Delienne bestand aus insgesamt fünf Provinzen: Corabelli im Süden; das Herz des Landes mit hügeligen Weiden und Obstwiesen, das durch den langen Kamm des Reiterwalls in die Provinzen Ken und Alissar geteilt wurde; die Bergregion Shinjai, die Delienne das meiste Holz lieferte, und Gorman hoch im Norden, ein Land aus felsigen Inseln und eisigem Wasser.

Archer sah sie erstaunt an.

Sie zuckte die Schultern. »Aber das ist nicht mehr mein Zuhause.«

Bevor sie von Bord gingen, versammelte sich die Mannschaft der *Strömung* zum Abschied. Sefia und Archer wurden umarmt, schüttelten Hände und wurden eingeladen wiederzukommen, wenn sie ihre Mission erfüllt hatten. Ein paar Mitglieder der Mannschaft überreichten ihnen sogar Geschenke.

Cooky und Aly gaben ihnen so viel Proviant mit, dass ihre Rucksäcke überquollen: geräuchertes Fleisch, Trockenfrüchte mit weichem Fruchtfleisch und genug Schiffszwieback für die nächsten Wochen. »Ist ein Spezialrezept«, sagte Cooky. »Schmeckt besser und hält länger als jedes Brötchen, das ihr an Land finden werdet.«

Lind gab ihnen Geld.

Jubi nickte ihnen kurz zu, und einen herzlicheren Abschiedsgruß hatte noch nie jemand von ihm bekommen.

»Wo ist Archer?« Ross zwängte sich zwischen Jules und Theo hindurch, die ihm freundlich Platz machten. »Komm her, Junge.«

Unsicher trat Archer vor. Obwohl er alles andere als klein war, verschwand er fast neben dem riesigen Zimmermann.

»Dieser Junge hat mir das Leben gerettet«, verkündete Ross. Dabei streckte er die Hände mit den Handflächen nach oben aus – Archers Zeichen für Hilfe. »Ich bin ihm eine Bluttat schuldig, und eines Tages werde ich die Schuld begleichen.« Er klopfte Archer auf den Rücken. »Bis dahin hab ich hier was für dich.«

Theo, Lind und Marmelade grinsten, stießen einander mit den Ellbogen an und tuschelten. Gemeinsam reichten sie Ross ein Schwert in einer abgenutzten Holzscheide und einen Revolver. Ross nahm beides feierlich entgegen und neigte kurz den Kopf, ehe er sagte: »Diese beiden Waffen haben Kallinago gehört. Er hätte garantiert nichts dagegen, dass ich sie dir gebe.«

Archer nahm den Revolver aus dem Holster und wog ihn in den Händen. Er hatte einen Griff aus Nussholz, einfach, aber gut.

»Den Revolver hat ihm sein Vater geschenkt«, sagte Lind.

Archer nickte und steckte ihn sorgfältig zurück ins Holster. Dann zog er das Schwert aus der Scheide. Wie der Revolver war es eine schlichte Waffe, aber scharf und gut gepflegt. Er ließ es eine Weile im Hafenlicht leuchten, dann steckte er es zurück. Andächtig nahm er die Waffen und verbeugte sich kurz vor Ross, der ihm wieder auf den Rücken klopfte.

Schließlich trat der Erste Steuermann vor und überreichte Sefia einen dünnen Stab aus glattem Holz.

»So einen bekommt nicht jeder von uns.«

Die Mannschaft murmelte zustimmend.

Sefia nahm den Stab und fuhr mit den Fingern darüber. Er roch nach Minze und anderen Kräutern. »Was ist das?«

»Ein Zauberstab. Sein Holz stammt von denselben Bäumen wie die *Strömung*. Damit kannst du uns rufen. Wann auch immer du Hilfe brauchst, eilen wir herbei.« Er erklärte, dass die Magie der Bäume ihn nicht nur an das Schiff, sondern auch an den Zauberstab band. Und wenn Sefia und Archer zu dem Stab sprächen, würde der Steuermann sie so deutlich hören, als stünden sie neben ihm. »Benutzt ihn aber nur, wenn ihr wirklich in Schwierigkeiten steckt. Wir sind Gesetzlose, keine Kindermädchen.«

Sefia nickte und steckte den Zauberstab wie ein Schwert in ihren Gürtel. »Vielen Dank.«

Er klopfte ihr auf die Schulter. »Gutes Mädchen.«

Sie blinzelte die Tränen weg. Abgesehen von Archer waren die Leute von der *Strömung* die besten Freunde, die sie je gehabt hatte. Die Vorstellung, sie nicht mehr jeden Tag zu sehen, tat überraschend weh. Sie sah von einem zum anderen und rang nach Worten, doch sie brachte nur ein gequältes Lächeln zu Stande.

Archer verneigte sich noch einmal förmlich, und die anderen nickten beifällig.

Dann kam Käpt'n Lees im Mantel über das Deck, die Mütze tief ins Gesicht gezogen. Mit einer Hand warf er ein kleines Lederetui hoch und fing es wieder auf, in der anderen Hand hielt er das Buch.

Sefia spürte seinen Blick auf sich ruhen. »Viel Glück bei der Schatzsuche, Käpt'n«, sagte sie. »Ich rechne jetzt jeden Tag damit, Geschichten über Sie und den Hort des Königs zu lesen.«

Seine blauen Augen funkelten. »Der Tag wird kommen, Kleine, aber bis es so weit ist, wird's noch ein bisschen Ärger geben.«

»Das macht eine gute Geschichte ja aus.«

Er lachte leise und gab ihr die Dietriche zurück. Sie verstaute sie in ihrer Weste. Dann reichte er ihr das Buch. Bedächtig nahm sie es entgegen und drückte es an die Brust.

»Es tut mir leid, dass ich die Stellen mit Ihnen nicht wiedergefunden habe«, sagte sie.

Er zwinkerte und klopfte auf die Tasche, wo er das Stück Segeltuch verwahrte, das Sefia ihm eine Woche zuvor gegeben hatte. »Meinen Namen hab ich immerhin, oder? Du hast uns allen ein Geschenk gemacht, Sef. Das werden wir nicht vergessen.«

Die anderen nickten. Ein Fieber brannte in ihren Augen und

ihren Herzen, und es brannte so heiß, dass sie nie lange rasten konnten. Für sie war das Leben nur so gut wie das nächste Abenteuer, und den wildesten jagten sie hinterher wie der Walfänger dem Meeresriesen.

Der Wind von der See zauste ihnen das Haar und zerrte an ihren Kleidern. Käpt'n Lees hob den Kopf und schnupperte die Luft. »Passt auf euch auf. Was ihr an dem Ort, den Habicht erwähnt hat, auch zu finden glaubt – wenn es irgendwas mit Serakeen zu tun hat, lasst die Finger davon.«

»Wir müssen trotzdem hin.«

»Ihr seid jetzt Gesetzlose, Mädchen. Müssen tut ihr gar nichts.«

Sefia lächelte grimmig. »Wir müssen ihn finden. Wir müssen es rauskriegen.«

Lees sah sie an, die Augen unter der Krempe seiner Mütze waren sehr blau und sehr traurig. Er sah zum Landungssteg und stampfte mit den Stiefeln auf die Bretter. »Manchmal findet man etwas und bereut es hinterher«, sagte er leise. »Manchmal wäre es besser, es wäre gar nicht erst aufgetaucht.«

Nachdem Lees mit den schnellsten Läufern des Schiffs, Jules und Marmelade, im Hafen verschwunden war und die anderen sich zu ihren Besorgungen und nächtlichen Abenteuern aufgemacht hatten, standen Sefia und Archer nur noch mit Ross und Lind auf dem Pier. Sie hatten ihnen einen Wegweiser besorgt: einen kleinen frettchenhaften Kerl im schmutzig grünen Mantel.

»Das hier ist Gerry«, sagte der Zweite Steuermann stolz. »Einen besseren Stadtführer findet man in ganz Jahara nicht.«

Ross guckte skeptisch, aber Gerry nickte säuerlich und zupfte an seinem ausgefransten Ärmel.

»Also, wo geht's hin, Sefia?«, fragte Lind.

Sie schaute zu Archer und erinnerte sich an ihre erste gemeinsame Nacht: wie Habichts Männer durch den Dschungel gezogen waren, an den Geruch von gebratenem Fleisch und das Geschwätz seiner Leute. Die Hälfte von ihnen war jetzt tot – Patar und Tambor auf der Lichtung, Landin und Einauge, dessen Namen sie nie erfahren hatte; Palo Kanta an der Hütte; mindestens zwei Männer auf dem Pier. Doch Archer und sie waren immer noch da.

»Der Käfig«, sagte sie. »Sie haben von einem Ort geredet, den sie den Käfig nannten.«

Gerry sah sie kurz von der Seite an. »Bezahlt wird im Voraus.«

Lind drohte ihm mit dem Finger. »Die Hälfte jetzt, die andere Hälfte hinterher.«

Der Führer murrte und ging den Pier entlang, die anderen folgten ihm.

Lind zufolge eröffneten alle möglichen Leute ihre Geschäfte im Haupthafen, wobei sie klapprige Holzbretter als Laufplanken nutzten, um ihre Kähne und schmalen Boote miteinander zu verbinden. Man sagte, man könne eine Meile in jede Richtung laufen, ohne einen Fuß an Land zu setzen. Reiche Kaufleute errichteten breite Gehwege zu ihren Geschäften, während die ärmeren sich irgendwo dazwischenquetschten. Das Netz aus Läden, Schiffen und modrigen Brücken veränderte sich so häufig, dass der Hafen innerhalb eines Monats zu einem völlig neuen Labyrinth wurde.

»Und deshalb nimmt man sich immer einen Wegweiser!«, erklärte Lind, als sie an dem letzten großen Schiff im Hafen vorbeikamen. »Ich kann euch gar nicht sagen, wie oft ich schon in eine Rauferei geraten bin, weil ich allein unterwegs war.«

Gerry vor ihnen schnaubte.

»Der Käpt'n hat sich aber keinen Wegweiser genommen«, sagte Sefia.

»Ja, aber er ist auch Käpt'n Lees, oder? Der braucht keinen.«

»Der Rest der Mannschaft auch nicht.«

»Na gut, wenn man's genau nimmt. Aber du hast es kapiert, nicht wahr? Ist ein gefährliches Pflaster hier.«

Gerry führte sie an den äußeren Piers vorbei auf den schwimmenden Markt. Tagsüber gab es dort bunte Zelte und alle möglichen Händler, doch nachts waren die Kähne verlassen, Abfall lag herum und Obstschalen verfaulten. Riesige Wanderratten flitzten in den Schatten hin und her.

Je weiter sie in das Labyrinth vordrangen, desto rarer wurden die Gaslampen, bis nur noch die ein oder andere Fackel oder eine kleine Funzel auf einem winzigen Boot die mordrigen Bretter erleuchtete. Archer und Ross waren leise und wachsam und achteten auf Bewegungen im Schatten. Der Himmel über ihnen war gelb und blau.

Sie kamen an baufälligen Hütten vorbei und an Piers, die unvermittelt in schmutzigen Wasserpfützen endeten. Unter den schmuddeligen Vordächern lauerten zahnlose alte Frauen in schäbigen Kleidern, dicke paffende Männer, die Passanten mit Blicken folgten, Hunde, die knurrten und an ihren Ketten zerrten und so mager waren, dass man ihre Rippen zählen konnte.

»In der Gegend hier kannst du Geschäfte machen, aber ebenso gut umgebracht werden«, flüsterte Lind. »Also nehmt euch in Acht.«

Archer nickte und zeigte auf seine Augen. Er passte schon die ganze Zeit auf.

»Weißt du noch, was ich über Raufereien gesagt hab, Sef?«

»Ja, weiß ich noch.«

Schließlich machten sie auf einer schmalen Laufplanke mit schäbigen Wirtshäusern halt. Unter ein paar gelben Funzeln torkelten Gäste lachend die Straße entlang. Gerry deutete auf eine verlassen wirkende Schenke. Sie hatte keine Fenster, nur grüngraue, von Schimmel und Salz verkrustete Wände. Ein Vogelkäfig über der Tür quietschte klagend im Wind.

»Ist ja witzig.« Ross fasste mit seiner rauen Hand an die Hauswand und betrachtete den Schmutz an seinen Fingern. »Ich war schon so oft in dieser Straße, aber das Haus hier ist mir noch nie aufgefallen.«

Lind nickte weise. »Ja, ja, so ist das im Haupthafen.«

»Halt die Klappe, Lind. Du hast es auch noch nicht gesehen.« Er wandte sich zu Gerry, der vor seinem riesigen Schatten zurückwich. »Bist du sicher, dass wir hier richtig sind?««

Gerry nickte. »Da könnt ihr jeden fragen. Der Käfig ist der einzige Laden, in dem Habicht sich seine Drinks genehmigt.« Der Blick seiner schmalen Augen huschte nervös die Straße auf und ab.

Ross klopfte an die Wand. »Sieht nicht so aus, als ob es geöffnet wäre.«

Der kleine Mann zuckte die Achseln und zupfte an seinem fadenscheinigen Kragen. »Ihr wolltet zum Käfig, ich hab euch hergeführt.« Er räusperte sich, sah Lind an und rieb Daumen und Zeigefinger aneinander.

»Ja, ja.« Der Zweite Steuermann steckte Gerry einen Silberloy zu. Der Mann schlich durch die Gasse davon und ließ sie vor der Schenke zurück.

»Du brauchst das nicht zu machen, Sef«, sagte Ross. »Kannst mit uns kommen.«

»Wird eine tolle Geschichte«, fügte Lind hinzu.

Da standen sie, Ross mit den weit auseinanderstehenden Augen und dem Lächeln, die Grübchen wie Klammern um den Mund. Lind mit der breiten Nase und dem abgebrochenen Zahn. Eine Sekunde lang zögerte sie.

Doch dann schaute sie auf und im Boden des Vogelkäfigs entdeckte sie wie eine Spinne in ihrem Netz das Symbol, nach dem sie gesucht hatte.

Es war so klein, dass es niemandem auffallen würde, der nicht danach suchte. Doch Sefia kannte es so gut, dass sie es noch mit geschlossenen Augen sah.

Zwei gebogene Linien für ihre Eltern, eine für Nin. Die gerade Linie für sie selbst. Der Kreis für das, was sie zu tun hatte:

Herausfinden, wofür das Buch da war. Nin vor den Leuten retten, die Sefias Vater ermordet hatten. Und Rache üben.

»Guckt mal«, sagte sie und deutete darauf.

»Ich werd nicht mehr«, murmelte Ross. Er zog sie beide an seine massige Brust. »Wenn ihr Serakeen seht, wenn ihr auch nur von irgendjemandem hört, dass er in der Nähe ist, dann nehmt die Beine in die Hand, klar?« Seine Stimme grollte an ihrer Wange. »Dann rennt, so schnell und so weit ihr könnt.«

Sie umarmte ihn ganz fest.

»Sag es. Sag, dass du dich nicht mit Serakeen anlegst.«

»Ist gut, Ross.«

Ross ließ sie los und klopfte ihnen auf den Rücken. Lind musterte sie ängstlich. »Hast du den Zauberstab, den der Steuermann dir gegeben hat?«

Sefia klopfte auf ihren Gürtel.

Lind umarmte erst Archer, dann Sefia. »Ich weiß, dass du nach Antworten suchst, Sef«, flüsterte er ihr ins Ohr. »Du bist genauso scharf auf Geschichten wie ich, und wenn du auch so ähnlich tickst wie ich, dann wirst du alles tun, um sie zu kriegen.«

Sie nickte.

»Nimm den Zauberstab, wenn du uns brauchst. Auch wenn es heute Nacht sein muss.«

Als Lind und Ross durch die Gasse davongingen, drehten sie sich immer wieder nach Sefia und Archer um, bis sie schließlich um die Ecke bogen und fort waren.

Sefia betastete den Zauberstab. »Ich glaube, es ist so weit.«

Archer nickte und drückte gegen die Tür, doch sie ließ sich nicht öffnen.

»Abgeschlossen?« Sefia nahm die Dietriche aus der Westentasche und machte sich an die Arbeit. Kurz darauf klickte es und die Tür sprang auf. Drinnen war wenig Licht. Runde Tische, ein schmutziger Fußboden, rechts an der Wand reihenweise staubige braune Flaschen. Ein Wirt war nirgends zu sehen.

Sie schlichen hinein, machten sich auf einen Hinterhalt gefasst, doch es war niemand da. Sefia atmete die muffige Luft ein und ihr wurde schwindlig. Sie kannte diesen Laden.

»Palo Kanta sollte auch hierherkommen«, flüsterte sie.

Archer sah sie prüfend an.

»Hier.« Sie stand an der Ecke der Bar, dann ging sie einen Schritt zurück. »Und hier.« Überall im Raum sah sie flüchtig den großen Mann mit der Narbe an der Unterlippe. Wie er mit offenem Mund lachte, so dass man seine Backenzähne sah. Wie er über einen Goldmai strich. Seine dreckigen Fingernägel.

Sie ging zwischen den Tischen umher und hatte das Gefühl, in seinen Schritten zu wandeln. Am Ende des Raums blieb sie stehen. Sie meinte fernes Rufen zu hören. »Und hier«, murmelte sie.

Archer kam zu ihr.

»Hier sollte er sein … und hier drunter.« Sie kniete sich hin und tastete den Fußboden ab, bis sie einen runden Metallgriff in der Form des 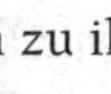 fand.

»Ich dachte, die Schenke liegt auf einem schwimmenden Kahn wie alle anderen«, flüsterte sie.

Mit Archers Hilfe hievte sie die Falltür hoch. Darunter lag eine schmale Steintreppe, die von unten beleuchtet wurde. Das ferne Rufen war jetzt deutlich zu hören – aufgeregt und hitzig.

»Palo Kanta hätte hier runtergehen sollen.« Aus dem Rucksack nahm Sefia einen Pinsel und das kleine Glas mit Farbe, das Ross ihr zum Abschied geschenkt hatte. Sorgfältig schrieb sie Palo Kantas Namen neben dem Scharnier auf die Unterseite der Falltür. Sie pustete auf die Worte, damit sie trockneten, und flüsterte: »Wie sehr man einen Mann vermisst.«

In dem schwachen Licht wirkten Archers Augen groß und hell. Als Sefia das Glas zuschraubte und es zusammen mit dem Pinsel im Rucksack verstaute, fiel ihr wieder ein, was Habichts Männer über Archer gesagt hatten: *wie eine Katze, so eine große, mit goldenen Augen.*

Gemeinsam gingen sie die Treppe hinunter. Mit jedem Schritt wurde es heller und lauter und Sefia spürte Aschers Anspannung.

»Was hast du?« Sie streckte die Hand nach ihm aus, ohne ihn zu berühren, als könnte er sonst zerbrechen.

Er schüttelte den Kopf.

Unten angekommen, standen sie in einem niedrigen Raum, in dem eine laute, stinkende Menschenmenge versammelt war. Alle riefen wild durcheinander – Zahlen, Wetten, Quoten – und lachten dröhnend. Schwitzwasser lief von den Wänden, die feuchte Luft roch nach Schweiß, Eisen und Alkohol.

Archers Atem ging schneller. Er schüttelte wieder den Kopf und umfasste den Griff seines Schwerts so fest, dass seine Knöchel weiß wurden. Irgendwo in der Mitte des Raums ertönte ein klirrendes Geräusch, Metall auf Holz. Archer fuhr zusammen.

»O nein …« Sefias Herz krampfte sich zusammen. »Das ist ein Kampfring.«

34. KAPITEL

DER KÄFIG

Keuchend drückte Archer sich an die Wand. Seine Augen waren schreckgeweitet. Sefia zog ihn zur Treppe. »Lass uns gehen. Wir kommen ein andermal wieder.«

Aber es war zu spät. Ein alter Mann mit Glatze löste sich aus der Menge und kam auf sie zu. Er stützte sich schwer auf einen Besen. »Was habt ihr hier zu suchen?«

Sefia war erschrocken darüber, wie dünn er war – als wäre er hier unten verkümmert und nur dieser Besen, den er umklammerte wie einen Gehstock, hielte ihn noch aufrecht. Seine Hände waren glatt und hart wie Flusssteine.

»Wer ist das?«, rief jemand aus der Menge. Nach und nach drehten sich alle zu ihnen um. Sie hatten einen gierigen Glanz in den Augen. Schnittwunden an den Händen. Pistolen, Schwerter und verborgene Messer. Menschen, die an Gewalt gewöhnt waren, die sie sich einverleibten wie Bier.

Archer schauderte, blieb jedoch an ihrer Seite.

»Ich bin Sefia und das ist Archer.«

»Ich bin hier der Schiedsrichter«, sagte der Mann mit dem Besen. »Was wollt ihr?«

Schiedsrichter. Das Wort hatte sie schon mal gehört. Schiedsrichter waren die Männer, die die Kämpfe ausrichteten, die für Serakeen arbeiteten. Sie räusperte sich. »Wir haben das Zeichen unter dem Käfig gesehen.«

Der Schiedsrichter musterte Archer von oben bis unten, sein Blick blieb kurz an der Narbe hängen. Archer schluckte so schwer, dass sein ganzer Körper bebte. »Für heute Nacht haben wir schon zwei Kandidaten«, sagte der Mann.

»Jungen?« Sie sah zu der Menschenmenge. Waren das Impressoren? Mordgesellen und Entführer wie Habicht? Archer war hier nicht sicher. Sie hakte sich bei ihm unter.

»Kandidaten.« Der Schiedsrichter drehte sich zu den anderen um. »Alles klar. Er hat den Zählerstand.« Er winkte Sefia und Archer hinüber. »Na dann kommt. Deswegen seid ihr doch hier, oder?« Ohne auf sie zu warten, schlurfte er zurück in die Menge, die sich vor ihm teilte.

Die Treppe hinter ihnen führte als schwarze Spirale nach oben. Sie konnten immer noch weglaufen.

Sefia sah zu Archer. Er musste entscheiden, ob sie bleiben sollten.

Er nickte.

Sefia nahm seine Hand und sie mischten sich ins Gedränge.

Die Menge hatte sich hinter dem Schiedsrichter wieder geschlossen und die Leute schubsten Sefia, als sie sich der breiten Vertiefung in der Mitte näherte. Manche lachten höhnisch. Sie sah anzügliches Grinsen und Schlitzaugen. Hinter der Menge, auf der gegenüberliegenden Seite des Raums, war ein Tunnel. Vielleicht ein weiterer möglicher Fluchtweg, für den Fall, dass sie entkommen mussten.

Als sie den Ring erreichten, zitterte Archer neben ihr immer noch. Es ging etwa drei Meter in die Tiefe, und unten war der Boden mit Stroh und Sägemehl bestreut. An den gegenüberliegenden Seiten der Grube waren zwei Holztore mit angetrockneten Blutspritzern darauf, hinter den Toren standen in schmalen Gängen zwei Jungen.

Der eine war groß und gertenschlank, dichtes dunkles Haar fiel ihm in die Augen. Er stand reglos auf einen Speer gelehnt und betrachtete den anderen Jungen durch die Bretter des Tors.

Sein Gegner war kleiner und dicker, von einer Statur wie ein Ochse, mit niedriger Stirn und breiten Wangen. Er hackte mit dem Schwert auf die Tür ein, dass sie wackelte. Jedes Mal, wenn er zuschlug, zuckte Archer zusammen und umfasste sein Schwert noch fester.

Beide waren barfuß und mit nacktem Oberkörper, wie Archer, als Sefia ihn gefunden hatte. Auf den Armen hatten auch sie fünfzehn Brandmale – eins für jeden Kampf, den sie bereits gewonnen hatten.

Fünfundvierzig Kämpfe.

Insgesamt hatten die drei fünfundvierzig andere Jungen getötet. Mindestens.

Sefia ließ die Hand zum Messer gleiten. Dass Menschen so etwas tun konnten. Immer und immer wieder. Mit einer solchen Tollheit.

Sie musste herausfinden, wo Serakeen war. Und was mit Nin passiert war. Und dann …

»Hat er den Zählerstand?« Eine grauhaarige Frau schob sich durch die Menge, sie hatte eine Hakennase und eine Narbe auf der Wange. Um den Hals trug sie eine Kette mit einem Walzahn, wie sie im Norden von Delienne beliebt waren.

»Ja, Lavinia, er hat das Zeichen.« Der Schiedsrichter grinste.

»Wenn er die fünfzehn nicht hat, kann er nicht hier sein«, sagte ein Mann. Die alte blaue Militärmütze gab ihn als ehemaliges Mitglied der Marine von Everika zu erkennen.

Sefia betrachtete die Leute in der Menge. Am einen Ende der Grube stand eine Gruppe von Leuten, die vermutlich Impressoren aus dem Steinkönigreich Everika waren. Von oben feuerten sie den kleineren Jungen an, der zur Antwort weiter mit dem Schwert auf die Tür einschlug. Gegenüber warteten die Impressoren von Delienne, während ihr Junge schweigend in dem Gang darunter stand.

Die Übrigen waren wohl Zuschauer, Leute, die auf die Kämpfer wetteten. Bei der Vorstellung wurde Sefia übel.

Auf den Besen gestützt sah der Schiedsrichter Sefia und Archer an. »Woher seid ihr?«

»Aus Oxszini«, sagte sie. Sie drückte Archers Hand. Er zitterte wie ein Blatt, das sich an seinen Zweig klammert.

»Ist er einer von Garula?«

Sefia schüttelte den Kopf.

»Berstrom?«

»Nein.«

»Fengweg?«

Wie viele Impressoren gab es? Wieder schüttelte sie den Kopf. »Er gehört sich selbst.«

»Dann seid ihr Schwachköpfe, hierherzukommen.« Der Schiedsrichter kratzte sich an der Stirn. »Wisst ihr überhaupt, wo ihr hier reingeraten seid?«

Sefia holte tief Luft. »Wo ist Serakeen?«

Aus dem Gang hallten Schwerthiebe.

»Aber hat er die fünfzehn?«, fragte der Mann mit der blauen Mütze.

Sefia sah ihn wütend an. »Wen interessiert es, ob er die fünfzehn hat?«

»Du bist wirklich dumm, was? Serakeen überprüft damit die Kandidaten. In jedem Königreich außer Roku hat er Impressoren, die für ihn arbeiten. Die Kandidaten kämpfen fünfzehnmal in ihrem eigenen Revier, und wenn sie damit durch sind, kommen sie zum Käfig. Ich arrangiere einen Kampf und wer gewinnt, wird zu Serakeen geschickt.« Der Schiedsrichter zuckte die Achseln. »Keiner weiß, was danach mit ihnen passiert.«

»Hauptsache, wir sehen unser Geld!«, rief jemand. Um sie herum ertönte höhnisches Gelächter.

Sefia drückte Archer die Hand. »Wir wollen nicht kämpfen.«

Noch mehr Gelächter aus der Menge. »Wenn ihr zu Serakeen wollt, bleibt ihm nichts anderes übrig«, erklärte der Schiedsrichter. »Ohne Kampf geht es hier nicht weiter.«

Archer sackte in den Knien ein und strauchelte. Die anderen lachten.

»Einen Dreierkampf hatten wir noch nie«, sagte Lavinia und sah den Schiedsrichter eindringlich an.

»Wenn er die fünfzehn nicht hat, spielt das keine Rolle«, sagte der Mann mit der blauen Mütze. »Dann kann er sowieso nicht kämpfen.«

»Weiß ich doch, Goj«, sagte der Schiedsrichter schroff. »Krieg dich mal wieder ein.«

»Schluss damit!«, rief Sefia. »Er wird nicht kämpfen!«

»Dann kriegt ihr Serakeen nicht zu sehen.«

Sie fischte nach ihrer Börse. »Ich zahle …«

Lavinia grinste und zeigte ihre spitzen Eckzähne. »Dem Letzten, der versucht hat einen Schiedsrichter zu bestechen, haben sie die Zunge rausgeschnitten.«

»Wie wär's dann mit …«

»Zeigt uns die fünfzehn oder verschwindet«, sagte Goj.

»Er hat meine Tante! Ich muss rausfinden …«

»Wenn er keinen umlegt, findest du hier gar nichts raus.« Der Schiedsrichter zeigte auf Archer, doch der schüttelte wieder den Kopf. »Und es sieht nicht so aus, als ob er bereit dafür ist. Kämpft oder zischt ab. Ihr habt die Wahl.«

Sefia sah den Schiedsrichter wütend an, aber sein Blick war kalt, sein Kiefer hart und sie brauchte keine Vision, um zu wissen, dass er nicht nachgeben würde. Und da wandte sie sich zu Archer.

Die Menge hatte sich um ihn herum geteilt und er stand da ganz allein. Der Schein der Lampe ließ sein Haar und seine Augen schimmern, er sah sie an. Noch nie im Leben hatte jemand sie so genau gesehen, ihre besten und ihre schlimmsten Eigenschaften, und sie hatte sich noch nie so sehr gewünscht, alles wäre anders.

Serakeen war der einzige Schlüssel zum Symbol auf ihrem

Buch. Ihre einzige Chance herauszufinden, wer Nin entführt hatte. Und ob sie noch lebte.

Doch das würde sie Archer kosten. Sie hatte ihm versprochen, dass er nie wieder kämpfen müsste, und jetzt musste er es doch tun.

Sie hatte die ganze Zeit Recht gehabt.

Alle, die sie liebte, waren in Gefahr.

Sie hätte ihn so gern in die Arme genommen und ihm gesagt, dass er es nicht tun musste. Dass er nicht kämpfen musste. Aber sie stand nur da, die Worte wollten nicht kommen, und während sie zögerte, legte er den Kopf schief, eine Bewegung, die so vertraut war, dass sie sich wie eine Schlinge um ihr Herz legte und zuzog.

Um seine Mundwinkel zuckte es.

Er ließ den Rucksack fallen.

Die Menge um sie herum johlte. Das Geräusch aus all den Kehlen war wie ein Orkan. Und sie begriff, was er getan hatte.

»Nein …!« Sie hob den Rucksack auf und wollte ihn Archer zurückgeben, aber zu spät. Er zog bereits das Hemd über den Kopf.

Die Leute drängten sich vor, um die Brandwunden auf seinem Arm zu sehen.

»Er hat sie! Er hat die fünfzehn!«

»Aber kriegen wir Geld für jeden Toten?«, fragte Lavinia. Die Narbe auf ihrer Wange zuckte.

Der Schiedsrichter seufzte. »Ja.«

»Sieht so aus, als ob wir heute Nacht zwei Tote sehen!«, brüllte jemand.

Eifriges Gerede erfüllte den Raum. Es wurde gezählt und gerechnet. Chancen wurden abgewogen. Münzen klimperten in den Händen. Geld gegen Blut.

»Fünfzig Peschel auf den Neuen!«

»Zwanzig!«

»Noch mal zehn auf Haku!«

Sefia schüttelte den Kopf. Was hatte sie getan? Wie konnte sie das zulassen? Archer reichte ihr seine Kleider, und sie versuchte vergeblich sie ihm wieder in die Hände zu drücken. Er hatte sich noch nicht ganz von dem Kampf auf der *Strömung* erholt – die Wunden waren noch nicht vollständig verheilt, seine Rippen immer noch verbunden. Sie hatte es ihm *versprochen*. »Nein, nein! Du darfst nicht …«

Die Rufe und das Klimpern der Münzen hallten in dem niedrigen Raum. Wetten wurden abgeschlossen, Geld von einer Hand zur anderen gereicht, spöttische Zwischenrufe ertönten, gieriges Johlen.

Archer schnallte sein Holster ab und löste die Scheide des Schwerts, als der Schiedsrichter ihn zurückhielt. »Bei diesem Kampf dürfen die Jungen die Waffe ihrer Wahl nehmen«, sagte er. Mit einem Blick auf Archers Revolver fügte er hinzu: »Ausgenommen Schusswaffen.«

Archer starrte den Schiedsrichter eine Sekunde lang an, bevor er Sefia sein Schwert übergab. Er würde kämpfen, nicht wild, sondern bereitwillig. Als er selbst und zu seinen Bedingungen.

Er stand am Rand der Grube, die aufgewühlte Menge hinter ihm zischend, spottend und bissig.

Unbeholfen stand Sefia mit den Kleidern in den Armen da. »Archer.« Ihre Lippen streiften beinahe sein Ohr.

Er schaute zu ihr herunter, und sie sah ihm an, wie viel Angst er hatte. Seine Angst war ein verzweifeltes, rohes Etwas: der Junge in der Kiste, unterernährt und mit Narben bedeckt, ein verwildertes Wesen, das sich nicht selber ernähren und waschen konnte, das nichts kannte als Angst, Schmerz und Töten. Das, was er gewesen war und wieder zu werden fürchtete.

»Tu das nicht«, flüsterte sie. »Wir finden eine andere Lösung.«

Sie waren sich so nah, dass sie die Sommersprossen auf seinen Wangen hätte zählen können. Er blinzelte, seine langen Wimpern senkten sich, und einen kurzen Moment dachte sie, er würde nicken. Würde zustimmen und es wirklich nicht tun. Hätte einen anderen Plan im Hinterkopf.

Stattdessen zog er sie an sich und nahm sie in die Arme. Seine Haut war warm unter ihrer Wange, und zum ersten Mal, seit sie das Haus auf dem Hügel über dem Meer verlassen hatte, spürte sie, dass sie *angekommen* war … als könnten all die flatternden Teile ihrer selbst hier, in seinen Armen, endlich zur Ruhe kommen. In der plötzlichen Stille hörte sie seinen Atem schneller gehen, sein Herz rauschen, und ohne Worte oder Zeichen verstand sie, dass er kämpfen würde – er tat es für sie, ganz gleich, was es aus ihm machte – und dass sie nichts tun oder sagen konnte, um ihn davon abzubringen.

Buhrufe stiegen wie Flammen um sie herum auf, die Stimmen prasselten und knackten, und Archer gab sie frei. Sie erschrak, als ihre Körper sich trennten.

Er drehte sich um …

Sie versuchte ihn festzuhalten, doch ihre Hände griffen ins Leere.

»Nein, warte! Nicht!«

Er sprang in die Grube, Sägemehl und Staub wirbelten auf.

»Archer!«

Ein Tosen. Die Menge brüllte. Der Lärm umgab sie wie ein Wirbelsturm.

Lavinia beugte sich vor und ihre Walzahnkette baumelte vor Sefias Gesicht. »Er ist verletzt, stimmt's, Püppchen?« Ihre Stimme bahnte sich einen Weg durch den Krach. Lavinia zeigte auf den schwarzhaarigen Jungen mit dem Speer, der kalt durch sein Tor blickte. »Gregor wird ihn aufspießen.«

Ein saurer Geschmack stieg in Sefias Kehle auf. Der andere Junge, Haku, rüttelte an seinem Tor und schlug mit dem Schwert darauf ein. Die Menge schrie nach Blut, ihre Stimmen und ihr Stampfen füllten den Raum mit einem fürchterlichen Getrommel. Sefia versuchte zu atmen. *Stirb nicht. Stirb nicht. Verlass mich nicht. Stirb nicht.*

Archer nahm den Quarz aus der Hosentasche und stand da, rieb den Daumen über die funkelnden Seiten und wartete darauf, dass der Kampf begann.

35. KAPITEL

DER PREIS DER UNSTERBLICHKEIT

Käpt'n Lees betrachtete wieder einmal das Stück Segeltuch und tippte mit dem Finger auf jeden einzelnen Buchstaben:

LEES

Dann kratzte er sich die Brust, über dem Herzen.

Er hatte früher schon einmal Worte gesehen.

Es waren seine ersten Tattoos gewesen, vor denen, die er sich selbst gemacht hatte.

Lange Zeit hatten sie für ihn nichts anderes bedeutet als Entführung: auf den Rücken gezwungen und gefangen gehalten werden, unfähig zu kämpfen, hilflos und voller Schmerzen. Sobald er konnte, hatte er sie mit seinen eigenen Geschichten übermalt und unter vielen Schichten Tinte begraben, damit er sie nicht bei jedem Blick in den Spiegel sehen musste. Und jetzt hatte er zwar jemanden gefunden, der die Zeichen entziffern konnte, doch er würde nicht mehr erfahren, was sie bedeuteten. Die Worte waren in den Tiefen seiner Haut verloren, unter jahrzehntealter Tinte versteckt.

Lees faltete den Stoff zusammen und steckte ihn wieder in die Tasche.

»Sind Sie so weit, Käpt'n?«, fragte Marmelade. Ihr rundes Gesicht war wie ein Mond im Dämmerlicht.

Er nickte. »Ist es hier?«

Der Kahn vor ihnen hatte zwei gekreuzte Spieren über der Tür, genau wie Dimarion es beschrieben hatte, als sie den Bund zwischen der *Crux* und der *Strömung* besiegelt hatten.

Irgendwo da drin befand sich ein alter bronzener Klöppel, der zu der Glocke der *Wüstengold* gehörte. Das war das Schiff, das auf der Rückreise vom Hort zusammen mit König Feldspar gesunken war. Der nächste Hinweis.

»Ich hoffe nur, er liegt irgendwo offen rum«, sagte Jules. »Damit wir ihn schnell finden.«

Marmelade nickte. »Sorgen Sie nur für eine gute Gelegenheit, Käpt'n. Ich klau ihn für Sie.« Sie war immer eifrig, hilfsbereit – und flink. Flinke Beine, flinke Finger. Bevor sie zu der Mannschaft gestoßen war, war sie eine erstklassige Taschendiebin gewesen.

Käpt'n Lees spürte das vertraute Kribbeln im Bauch – die Spannung vor einem neuen Abenteuer.

Er öffnete die Tür.

Die Wände waren mit Nippes und Plunder bedeckt, Souvenirs und Kinkerlitzchen bis unter die Decke, ein wildes Durcheinander von Krimskrams. Schwarze Samtbänder, juwelenbesetzte Broschen in Drachenform, zerbeulte Zinnbecher, rostige Schwerter, Kronleuchter, Porträts, Stiefel, Knöpfe, Ahlen, Alabasterskulpturen von Bären und Schwertwalen, zerbrochene Scheren, Messer mit Elfenbeingriff, eine verblichene Skizze von einer Frau im Bärenfellmantel.

Eine Kellnerin im langen Kleid mit einer Klappe über dem rechten Auge winkte ihnen zu. »Willkommen in der Sonderbar! Mit wem haben wir heute das Vergnügen?«

»Ich bin Lees. Das sind Jules und Marmelade. Sie gehören zu meiner Mannschaft.«

»Natürlich.« Die Frau zwinkerte ihm mit dem gesunden Auge zu. »Ich bin Adeline. Schön Sie wiederzusehen, Käpt'n. Setzen Sie sich, wo Sie wollen.«

Lees sah Jules an, die zuckte die Achseln. Normalerweise schüttelten die Leute ihm die Hand, baten um eine Geschichte oder lachten ungläubig, wenn er sich vorstellte. Doch diese Fremde, die genauso hieß wie eine alte Freundin, grüßte ihn, als würden sie einander seit Jahren kennen.

Am größten Tisch saßen sechs ungepflegte Männer und stießen mit alten Frauen in zerknitterten Kleidern mit verblichener Spitze an.

»Auf den Reichtum«, rief ein Mann und hob seinen Krug.

»Auf die Jugend!« Die alte Frau neben ihm kicherte.

Lees, Jules und Marmelade nahmen auf den Barhockern Platz und sahen sich im Raum um. Holzeimer, Laternen und geknotete Seile hingen von der Decke.

Jules zuckte wieder die Achseln. »So viel zum Thema leicht zu finden.«

Sie suchten die Wände nach dem Klöppel ab. Da waren Silberglocken und Glasperlen, Tamburine und getrocknete Blumensträuße – so viel Krempel, dass man wochenlang suchen könnte. Wenn die *Schöne* ihnen nicht sowieso schon zuvorgekommen war. Lees fluchte leise.

»He … Käpt'n? Ist das nicht Ihre Geschichte?« Marmelade zeigte auf einen Tisch, wo ein gewöhnlicher Mann mit dünnen blonden Haaren und einer Lücke zwischen den Vorderzähnen seine Tischgenossen mit einer Geschichte über Lady Delune unterhielt.

»Die Frau war verrückt wie ein zweiköpfiges Huhn, kreischte rum und schlug um sich. Ihre schwarzen Unterröcke flatterten ihr in Fetzen um die Beine, als sie durch ihr großes einsames Haus tobte.« Spucke flog ihm aus dem Mund. »Ich konnte sie gerade noch aufhalten, bevor sie vom Balkon sprang … Nicht, dass der Sturz sie umgebracht hätte. Sie hatte in ihrem langen Leben schon Schlimmeres überlebt …«

Marmelade beugte sich vor und flüsterte: »So war es doch gar nicht, oder?«

»Nein.« Lees zeichnete ineinander verschlungene Kreise auf den Tresen. Als er die Lady kennenlernte, hatte sie reglos wie ein Stein in ihrem verwüsteten Garten gesessen. Zwischen all den wuchernden Sträuchern und heruntergefallenem Laub hielt er sie für eine Statue, denn sie war von Moos und Ranken bedeckt. Ihr Gesicht war traurig und ihr Blick stumpf, und trotz ihrer vollkommenen Kurven und ihrer ebenmäßigen Gesichtszüge waren die Juwelen ihrer Kette das Einzige an ihr, das strahlte. Während die Sonne unterging und die Sterne trübweiß am blauen Himmel erschienen, unterhielten sie sich lange. Als schließlich der Morgen blassrosa im Osten dämmerte, nahm er ihr die Diamanten ab und mit einem kaum merklichen Schaudern löste sie sich auf und zerfiel zu Staub.

Lees machte Anstalten aufzustehen. Der Mann erzählte die Geschichte verkehrt. *Die Verfluchten Diamanten der Lady Delune* war eine Geschichte über den Preis der Unsterblichkeit, nicht über den hysterischen Anfall einer zweihundertjährigen Frau.

Ehe er etwas sagen konnte, kam Adeline und brachte ihnen ihre Krüge. »Gute Geschichte, was? Manchmal kriegen wir drei- oder viermal an einem Abend Käpt'n Lees geboten. Ich kann euch nicht sagen, wie oft ich diese Legende schon gehört hab. Sie ist immer ein bisschen anders.«

Lees stapelte acht Kupferzens auf dem Tresen. »Er erzählt sie verkehrt.«

»Halt den Mund!« Sie beugte sich weiter vor und ihm fiel auf, dass ihre Schminke verschmiert war. Die wahre Adeline, die Barmherzige Lady, die ursprüngliche Besitzerin seines legendären Revolvers, schminkte sich nicht und hätte niemals ein Kleid getragen. »Wisst ihr denn nicht Bescheid? Wieso kommt ihr dann her?«

Marmelade kippte ihren Drink herunter. »Worüber sollen wir Bescheid wissen?«

Jules nippte an ihrem Krug und schaute sich über den Rand mit scharfem Blick im Raum um.

»Keiner von den Leuten hier ist wirklich das, was er zu sein vorgibt«, flüsterte Adeline.

»Was du nicht sagst.«

Sie lachte und stieß ihm scherzhaft gegen die Schulter. »Verrat keinem, dass ich das gesagt hab – schon gar nicht Clarian, dem Wirt.« Sie zeigte auf einen teigigen Mann mittleren Alters, der hinter dem Tresen stand und Getränke einschenkte. »Aber die Sonderbar ist eine Kneipe voller Lügner. Die Leute kommen her und erzählen die Geschichte von jemand anders, als wär's ihre eigene, und man glaubt ihnen. Niemand widerspricht hier. Das ist die Regel.«

Lees rieb an einem Fleck auf dem Tresen. Wenn man mit seinem eigenen Leben nicht zufrieden war, änderte man es. Man haute ab. Man machte irgendwas Aufsehenerregendes. Aber man stahl nicht die Geschichte eines anderen und verkaufte sie als die eigene.

An einem Ecktisch faselte eine alte Frau, die sich als der Einsame König Edouar ausgab, fortwährend von den saftigen, köstlichen Mahlzeiten, die im Schloss von Corabel serviert wurden.

Ein Mann mit mehreren Zahnlücken, der so tat, als wäre er der alte Eremit der Szythischen Berge in der Provinz Shinjai, lobte das hervorragende Schuhwerk seiner Nachbarn und ließ die Finger über ihre Schnallen flattern.

Adeline zog zwei Fantasiepistolen aus zwei Fantasieholstern, tat so, als ob sie abdrückte, und machte mit ihrem rot geschminkten Mund »Piupiu!«.

Lees schauderte. Es war, als spielten all seine guten und wahren Taten überhaupt keine Rolle und als löste sich sein Vermächtnis, an dem er so hart gearbeitet hatte, mit jeder ihrer Lügen in nichts auf.

»Lady«, begann er, »ich sage es Ihnen nur ungern, aber …«

»Käpt'n.« Jules drehte den Krug in den Händen und deutete verstohlen zur Wand hinter dem Tresen.

Er schluckte die Beleidigung hinunter, grinste und streckte Adeline die Hand hin. »Es ist so lange her, ich hab dich in dem Licht erst gar nicht erkannt. Wie schön, dich wiederzusehen. Richte Isabella meine Grüße aus.«

Kichernd schüttelte sie ihm die Hand und rauschte davon, der Saum ihres Kleides säuselte über den Boden.

»Links«, murmelte Jules in ihren Krug hinein.

Hinter dem Tresen befanden sich ein Spiegel und ein Glasregal mit Flaschen. Die Wand war zu beiden Seiten voller gebrauchter Instrumente: Schlagzeugfelle und Schlägel, Gitarren ohne Saiten, Panflöten, Querflöten und Geigen. Doch vor allem hingen dort Glocken: große Messingglocken, alte angelaufene Handglocken, kleine bimmelnde Glöckchen an Silberketten und dazwischen Gongs und Glockenspiele. Und dort an einem Haken hing ein alter Messingklöppel mit einem eingravierten Sonnenaufgang über einer Wüste, halb verdeckt von Patina.

Das Zeichen der *Wüstengold*.

Jetzt musste nur jemand hinter den Tresen schleichen und den Klöppel vom Haken schnappen. Dann waren es bloß noch ein paar Schritte bis zur Tür. Lees warf Marmelade einen Blick zu und sie nickte. Sie kippte ihr Bier hinunter und bestellte ein zweites.

Clarian, der Wirt, füllte noch einen Krug mit der goldenen Flüssigkeit und sprach dabei mit der hübschen jungen Frau, die ihm gegenüber am Tresen saß. »Wie klingen die denn?«

Sie legte den Kopf schief und schloss die Augen. »Also«, sagte sie. »Sie klangen wie Bäume und waren doch mehr als Bäume. Ich kannte sie so gut, dass ich hörte, wie sich die Blätter aneinander rieben. Ich wusste immer genau, welcher Baum gerade zu mir sprach. Manchmal führten wir lange Gespräche nur mit dem Rascheln der Blätter und dem Klappern der Zweige. Jetzt vermisse ich sogar ihr Knarren, das Trippeln der Eichhörnchen über die Rinde.«

Der Wirt sah sie fasziniert an, sein Blick blieb noch lange, nachdem er das Bier eingeschenkt hatte, an ihren Lippen hängen. »Ich gehe gern in die Berge«, sagte er schließlich. »Die Wälder sind nicht magisch, aber sie sprechen immer noch: die Äste, die im Winter schaben, und das Rascheln des Windes. Ich mag das Knarren der Blätter und die Vögel, wenn sie ihre Flügel trippeln.« Es war merkwürdig, wie er die Worte der Frau durcheinanderbrachte, doch während er sprach, leuchtete er von innen, als wären seine Haut und sein Knochengerüst nur ein Lampenschirm über seinem glühenden Herzen. Er schob schwungvoll Marmelades Bier über die abgenutzte Holztheke, und Marmelade fing es auf, ohne einen Tropfen zu verschütten.

Lees legte noch einmal vier Zens auf die Theke. »Kennt ihr die Geschichte von der Glocke der *Wüstengold*?«

Clarian achtete nicht weiter auf ihn, weshalb Lees sich lautstark räusperte. Erst als die junge Frau den Wirt auf Lees aufmerksam machte, wandte er sich um und sah ihn mit seinen hellblauen Augen an.

»Was soll das sein?«, fragte er.

»Die Glocke der *Wüstengold.*«

»Nein, nie gehört.« Er ließ Lees nicht aus den Augen.

Jules schüttelte kaum merklich den Kopf. Der Mann hatte nicht zu dem Klöppel geguckt. Entweder wusste er nicht, zu welcher Glocke er gehörte, oder er war ein sehr guter Lügner. In dieser Kneipe war beides möglich.

Lees fuhr fort und hielt nach einer Regung in Clarians bleichem Gesicht Ausschau. »Diese Geschichte erzählt man sich in Likkaro, wenn die Sonne am trüben Himmel untergeht. Als das Schiff von König Feldspar mitten in der Ephygischen Bucht versank, war alles an Bord verloren – auch die Seemänner und Offiziere und das Geheimnis, wo er all seine schönen Schätze versteckt hatte. Doch der Legende zufolge kann man an manchen Tagen draußen in der Bucht noch immer das Läuten der Schiffsglocke auf dem Meeresgrund hören. Diesen traurigen Klang, als würde ganz Likkaro um sein Königreich weinen. Die Leute schreien nach Gerechtigkeit gegen die Herrschenden. Sie weinen, weil sie alles verloren haben, weil sie arm sind und ihre Tage lang und heiß und nutzlos.«

Clarian saugte die Geschichte auf, er ergötzte sich an den Worten und sein Blick verfolgte jede noch so kleine Bewegung von Lees' Lippen mit derselben Faszination, mit der Sefia das Buch gelesen hatte. Und da begriff der Käpt'n auf einmal, dass der Mann taub war. Seine Gäste taten so, als wären sie berühmt und wichtig und Clarian tat so, als könnte er hören. Und an diesem Ort, wo niemand ein Wort darüber verlor oder ihn anders behandelte, war das in gewisser Weise eindrucksvoll. Seine wässrigen Augen verschlangen die Beschreibung der Glocke, als könnte er ihre tiefen Schläge und die wehklagenden Stimmen unter Wasser wirklich hören.

»Es tut mir leid«, sagte Lees zu dem Wirt, »was hier gleich passieren wird.«

»Was meinen Sie?«

Der Mann mit dem dünnen Haar beendete seine Geschichte über Lady Delune mit einem Zungenschlag und einem Hüftstoß.

»So war das nicht!« Lees wirbelte auf seinem Barhocker herum und stand auf.

Der Mann hatte Schweißflecken unter den Achseln und sein Hemd war am Bauch klatschnass. »Ach ja?«

»Meinen Sie, das Töten einer Frau ist etwas, womit man sich brüsten kann? Wenn Sie Lady Delune je begegnet wären, dann wüssten Sie, dass sie zehnmal schöner war, als Sie sie beschrieben haben. Und mit einem bleichgesichtigen Zwerg wie Ihnen hätte sie höchstens den Boden gewischt.« Er fing Marmelades Blick auf und zwinkerte ihr zu. Sie schlürfte ihr Bier und mopste sich ein Glas Whisky von einem Tisch. Ihre Wangen waren rosig und ihre Augen glitzerten. Sie war bereit.

Die Leute um den Mann herum lachten. Sie versuchten es zu verbergen, indem sie die Hand vor den Mund hielten, aber das Lachen schlüpfte ihnen durch die Finger und fiel klirrend auf den Tisch.

»Ich versteh das nicht.« Lees lachte jetzt auch. »Warum lügt ihr euch so in die Tasche? Ihr seid nichts Besonderes. Keiner wird sich an euch erinnern. Warum zum Teufel hängt ihr hier rum und erfindet Geschichten, anstatt draußen in der Welt zu sein und Geschichten zu *erleben*?«

Die Leute starrten ihn an. Sie waren angespannt, harte Gesichter, schmale Augen. Jules neben ihm nippte an ihrem Drink und verdrehte bei seiner Predigt die Augen.

»Wer bist du, dass du so mit uns redest?«, fragte der Mann mit dem schütteren Haar und ging auf Lees los. »Wir sind hier alle gleich.«

Clarian kam mit verschränkten Armen hinter der Theke hervor, sein Blick war wie versteinert.

Die Wut schwoll an wie eine Sturmwolke. Lees spürte das Grollen der anderen. Sie hatten die Fäuste geballt und die Zähne zusammengebissen und jederzeit konnte das Unwetter losbrechen.

»Ich bin Käpt'n Lees«, sagte er gedehnt. Er schlug den Mantel zurück und zeigte die Revolver, die in den Holstern an seiner Hüfte steckten: einer mit Elfenbeingriff, der andere schwarz. Die Leute hielten die Luft an.

»Hört mal«, sagte er. »Wir arbeiten hart für unsere Geschichten. Sie sind das, was von uns bleibt, wenn wir nicht mehr sind. Und sie sind nicht dafür da, dass ein Haufen Nullen in einer schäbigen Kneipe sie nach Belieben verdreht. Also tut was. Verschwindet von hier. Macht irgendetwas, das ihr hinterher weitererzählen könnt, anstatt Leuten wie mir ihre Geschichten zu klauen.«

Als er sich umdrehte, verpasste ihm der Hochstapler-Lees einen Kinnhaken.

Grinsend stand der echte Käpt'n Lees wieder auf. »Gut so. Na kommt schon!«

Jetzt brach das Unwetter in dem kleinen Raum los. Marmelade trat einem der Bettler an dem großen Tisch den Stuhl unter dem Hintern weg und er plumpste auf den Boden. Lees lachte. Jemand haute ihm einen Krug über den Kopf. Glas und Bier liefen ihm über die Ohren. Jules prügelte sich mit dem Hochstapler-Eremiten. Wieder lachte Lees. Eine richtige Keilerei! Sie mussten nur weiter beschäftigt sein. Mit ihm kämpfen. Miteinander kämpfen. Die ganze Kneipe war ein einziges Durcheinander von Blut und Flüchen, kaputten Stühlen und fliegenden Fäusten. Clarian boxte ihm in den Magen. Er krümmte sich, röchelte und lachte zugleich. Die alte Frau, die sich als Einsamer König ausgab, schlug dem Wirt mitten ins Gesicht.

Aus dem Augenwinkel sah Lees, wie Marmelade den Klöppel von der Wand nahm, ihn in den Mantel steckte und zum Ausgang flitzte. Sie war so klein und schnell, dass keiner sie in dem Handgemenge bemerkte.

Käpt'n Lees stieß einen schrillen Pfiff aus.

»Käpt'n?«, rief Jules durch den Raum.

»Lass uns abhauen!«

Sofort war sie an seiner Seite, und obwohl sich auf ihrer Wange ein rotblauer Fleck bildete, grinste sie. Er warf seinen Beutel mit Münzen hinter den Tresen und sie liefen zur Tür, kassierten unterwegs noch ein paar Schläge und teilten ein paar aus, dann stürmten sie hinaus in die Nacht.

In der Kneipe ging die Schlägerei noch weiter. Glas splitterte. Tische zerbrachen. Leute riefen und johlten. Ihr wildes Gelächter wehte durch die kaputten Fenster und dampfte in der kalten Luft.

Ein paar Anleger weiter wartete Marmelade auf sie. Sie saß auf der Reling eines Hausboots und ließ die Beine über das

Wasser baumeln. Sowie sie kamen, sprang sie auf die Füße und schwenkte den Klöppel wie einen Zauberstab. »Ta-da!«

Jules klopfte ihr herzlich auf die Schulter. »Flinke Finger, Marmelade. Ich war mir nicht sicher, ob du das schaffst, so viel Bier, wie du intus hast.«

Das Schiffsmädchen grinste schelmisch. »Der Käpt'n hat gezahlt. Da konnte ich nicht widerstehen.« Sie überreichte den Klöppel Lees. Er fuhr mit dem Fingernagel über die eingravierte Sonne. Die *Wüstengold* war noch immer in der Ephygischen Bucht verschollen. Wenn sie nah genug waren, wurde der Legende zufolge jeder Ton, den der Klöppel machte, von der Schiffsglocke beantwortet. Lees schwang ihn hart gegen einen Holzpfahl. Der Pfahl bekam eine Macke und der Klöppel gab ein dumpfes Summen von sich.

Jules berührte ihn mit der Fingerspitze und der Klang erstarb. »Ist es der richtige?«

»Er müsste es sein.« Lees steckte ihn in eine Innentasche seiner Jacke.

Sie gingen den Pier hinunter zurück zur *Strömung*, und Marmelade musste immer wieder leise kichern. »Habt ihr ihre Gesichter gesehen, als der Käpt'n von den Geschichten angefangen hat?«

Lees grinste. Er roch das Meer, hörte es gegen die Piers und die weit entfernten Ufer schwappen. Es rief zu wilderen Wassern, größeren Monstern, zu Geschichten, die noch verdient werden mussten. Er gluckste. »Jetzt haben sie was, worüber sie reden können.«

36. KAPITEL

TÖTEN ODER STERBEN

Sefia stand am Rand der Steingrube. Sie war immer noch verwirrt von Archers Umarmung, dem Gefühl von seiner Brust an ihrer. Ihr Herz klopfte wild wie ein gefangener Vogel, dessen flatternde Flügel an die Gitterstäbe schlugen, doch Archer im Ring war so ruhig wie immer. Er war bereit und er wartete.

Das Grölen der Menge stieg bis zur Decke – ein fürchterlicher Lärm aus Rufen, Stampfen und wildem Gelächter – und brach dann los wie eine Flut. Männer und Frauen wuselten um sie herum, heiß und verschwitzt wie Tiere. Ihre Augen und Zähne leuchteten blutdurstig. Die Tore zu den schmalen Gängen öffneten sich. Die Kämpfer wurden losgelassen.

Archer und der Junge mit dem Speer trafen als Erste aufeinander. Sie kämpften wie zwei Jaguare, die sich im Unterholz aufeinander stürzten, mit Muskeln, Zähnen und messerscharfen Klauen. Fäuste, eine aufblitzende Spitze der Klinge, Staubwolken an ihren Füßen. Sie waren so schnell, dass Sefia immer nur einen flüchtigen Blick erhaschte: wie Archer den Speer am Schaft packte, dann der andere Junge, Gregor, ausgestreckt am Boden, neben ihm Krater aus Sägemehl.

Haku, der dritte Junge, griff mit dem Schwert an, aber jetzt hatte Archer den Speer. Der Klang von Metall auf Holz hallte von den Steinwänden wider. Splitter vom Speerschaft lösten sich unter dem Schwert.

Archer traf immer wieder. Dumpfe Schläge, knackende Knochen. Gregor kam taumelnd auf die Füße und griff wieder an, doch Archers Bewegungen waren mühelos – schön und schrecklich in ihrer Perfektion. Als könnte er jede Volte, jede Finte und jede Parade erkennen wie einzelne Fäden im Teppich des Kampfes und sie nach Belieben verdrehen, verflechten und abschneiden.

Sefia war gleichermaßen fasziniert und entsetzt, weil es bei ihm so *einfach* aussah.

Als wäre er damit geboren.

Als wäre er *dafür* geboren.

Archer schwang den Speer. Er schwirrte durch die Luft, ein Geräusch, das abrupt abbrach, als der Holzschaft gegen Hakus Hals schlug.

Es floss kein Blut. Die Spitze hatte nicht getroffen.

Nein, Archer hatte ihn verschont.

Stöhnend sank Haku zusammen.

Während die Menge brüllte, murmelte Lavinia: »Das war die Gelegenheit. Warum hat dein Freund ihn nicht getötet?«

Sefia hielt sich die Ohren zu.

Gregor hob Hakus Schwert auf und griff Archer an. Der Speer

spaltete sich in zwei Teile, es regnete Holzsplitter. Archer war getroffen. Jubel ertönte. Blut verklebte ihm die Haare, tropfte an der Schläfe herunter, leuchtend rot. Gregor schwenkte das Schwert vor und zurück, prüfte sein Gewicht.

Dann ging Archer blitzschnell zum Gegenangriff über, die zerbrochenen Enden des Speers schlugen in einem abgehackten Rhythmus auf Gregors lange Arme ein, auf seine Schultern, Beine und seinen Kopf. *Knack!* Archer hatte die Handknochen des Jungen zertrümmert.

Das Schwert fiel zu Boden.

Die Menge schrie auf.

Noch ein Schlag. Gregor wurden die Füße weggerissen und nun lag er auf dem Rücken.

Die Speerspitze schwebte über seiner Kehle.

Archer hatte keine zwei Minuten gebraucht, um einen Jungen bewusstlos zu schlagen und den anderen am Boden festzunageln. Und er war noch nicht mal außer Atem.

Die Menge raste und brüllte. Blutdurst pochte ihnen in der Kehle, stand ihnen in den Augen. Sie schrien begierig nach Mord.

Gregor hielt die verletzte Hand an die Brust und blickte zu Archer hoch. Der Junge am Boden sah nicht ängstlich aus. Er wirkte … bereit.

Die Männer und Frauen um Sefia herum riefen, Adern traten ihnen am Hals und auf der Stirn hervor, ihre Augen waren weit aufgerissen. Sefia versuchte die Geräusche auszublenden, doch die Schreie überfluteten sie, drangen ihr unter die Haut.

Archer hob den Speer. Der Lärm schwoll an. Ein Tosen in

seinem Blut. Und auf einmal sah er nicht mehr aus wie Archer. Er sah aus wie der Junge in der Kiste. Ein Tier mit blutunterlaufenen Augen. Ein Mörder. Der Geruch nach Staub, Stein und Schweiß wurde stärker.

Die Menge tobte. Sie verlangten nach einem Mord, sie dürsteten danach.

Sefia beobachtete ihn, wollte ihn zwingen sie anzusehen. Sie blinzelte, und der Raum zerstob zu feinem funkelnden Goldstaub, mittendrin Archer mit dem Speer und der Junge. All ihre Lebenslinien liefen in diesem Augenblick zusammen: töten oder sterben. Eine Entscheidung, die sich nicht rückgängig machen ließ. Sefia hatte Angst zu atmen, Angst, die leuchtenden Ströme zu zerreißen, doch sie sah hin und hoffte. *Nein, du willst das nicht tun. Du willst das nicht sein. Sieh her. Bitte sieh her.*

Und da geschah es. Er sah sie an. Sein wilder Blick beruhigte sich. Er wurde wieder Archer.

Und er ging weg.

Die Menge grölte. Entsetzen. Abscheu. Sefia blinzelte, sie wurde geschubst und angeschrien, Hände grapschten nach ihr. Doch gleich darauf kippte die Stimmung. Gierige Spannung lag in der Luft.

Gregor war aufgesprungen und hatte sich mit der unverletzten Hand das Schwert geschnappt. Mit blitzenden schwarzen Augen und gefletschten Zähnen raste er auf Archer zu.

»Archer!«, entfuhr es ihr.

Als er ihre Stimme hörte, wich er aus – zu spät. Das Schwert traf ihn an der Seite. Er wankte nicht, er schien gar nichts zu spüren. Stattdessen schlug er Gregor mit dem zerbrochenen

Gewalt. Lavinia zog ihre Pistole, ein fieses Ding mit einem Griff aus Knochen.

Goj, der Impressor aus Everika, nahm die blaue Mütze ab und schüttelte sie wütend vor dem Gesicht des Schiedsrichters. »Was gibt dir das Recht …«

Doch die harte Stimme des Schiedsrichters hallte von den Steinwänden wider. »Tut, was ich sage, sonst wird Serakeen davon erfahren.«

Dieser Name ließ alle verstummen und eine Weile sahen sie sich unbehaglich um, als könnte aus den Ritzen der Mauern eine finstere böse Macht herauskriechen. Dann spuckte Lavinia aus und die Zuschauer holten sich murrend ihre Wetteinsätze zurück, Geldbeutel wechselten die Besitzer, Goldmai und Silberangs wurden gezählt.

»Der Pförtner erwartet euch«, sagte der Schiedsrichter.

Ein Pförtner. Der würde ihnen sagen können, wo Serakeen war. Und ob er Nin gesehen hatte.

Sefia und Archer schlichen um die Grube herum zum Tunnel. Sefia nahm eine Laterne von der Wand und Archer zog seine Kleider über. Er ließ den Geruch nach Blut und das leise Wimmern der Verletzten hinter sich.

Als der Lärm und der Dunst des Kampfrings weit genug entfernt waren, stellte Sefia die Laterne ab und schlang die Arme um Archer. Erst taumelte er ein wenig zurück, dann zog er sie an sich.

»Danke«, sagte sie mit dem Gesicht an seiner Brust.

Er strich ihr über das Haar, einmal nur, dann legte er ihr die Hand auf die Schulter.

»Ich hatte solche Angst, du würdest …« Sie verstummte. Sein Herz klopfte unter ihrer Wange und sie dachte an die Wärme seiner Haut, daran, wie seine Narben ihr Kinn und ihre Lippen berührt hatten. »Aber es ist nicht passiert.« Sie drückte ihn noch einmal und ließ ihn dann los.

Er nickte und fuhr über seine Narbe. Die Jungen waren so gewesen wie er.

»Ab jetzt wird es noch gefährlicher.« Sie berührte den Zauberstab. »Sollen wir sie rufen? Sie haben gesagt, sie helfen uns.« *Und das wird vielleicht auch nötig sein,* dachte sie grimmig.

Er schüttelte den Kopf und verflocht Mittelfinger und Zeigefinger miteinander.

»Du hast Recht.« Sefia steckte den Zauberstab weg. »Das müssen wir allein schaffen. Wir sehen uns um und falls wir Hilfe brauchen, rufen wir sie.«

Der Tunnel schien endlos lang zu sein. Sie stellten sich vor, wie sie unter dem Laden des Schusters hergingen, unter der Bäckerei, den Schmieden mit den schwarz gefleckten Wänden. Es kam ihr vor, als wären Archer und sie unter der Welt mit den Menschen und ihren Streitigkeiten, Häusern, Läden und Straßen verschwunden. Ganz kurz konnten sie sich beinahe aus ihrem eigenen Leben davonstehlen, von Serakeen, toten Vätern, Büchern und Gewalt. Und wenn sie aus dem Tunnel wieder heraustraten, dann kamen sie sozusagen aus dem Nichts, ohne Vergangenheit und ohne Kurs.

Doch als sie eine breite Treppe hochgingen und eine Tür mit dem  erreichten, wusste Sefia, dass sie ihre Vergangenheit mit sich herumschleppten und dass die mit jedem Tag schwerer wurde.

Archer nahm ihre Hand.

Sie öffnete die Tür und die beiden gelangten auf einen kleinen Steg mit Fässern und leeren Kisten. Von Osten her drangen die Geräusche nächtlicher Geschäftigkeit am Haupthafen zu ihnen, doch hier am Stadtrand war die Nacht weich und blau, und die Laternen der Boote glommen wie bernsteinfarbene Glühwürmchen auf dem schwarzen Wasser. Auf der anderen Seite der Straße von Kallid sahen sie verschwommen die funkelnde Silhouette von Corabel.

Sefia zuckte zusammen, als sich auf dem Steg jemand bewegte. Ein Mann im Wachsmantel hockte wie ein riesiger Geier auf einem Haufen. Alte Narben verliefen kreuz und quer über seine rissigen Lippen. Er sagte nichts, stieg nur ins Boot und winkte sie zu sich.

»Sind Sie der Pförtner?«, flüsterte Sefia.

Der Mann nickte. Die Schatten tanzten auf seinem Gesicht. Sie verspürte den Drang, ihm eine Hand auf den Arm zu legen, vielleicht um sich selbst und ihn davon zu überzeugen, dass er aus Fleisch und Blut war und nicht bei der ersten Berührung zerfiel.

»Ist Serakeen hier in Jahara?«, fragte sie.

Der Pförtner zeigte über das Wasser zum Festland. Nach Corabel.

Dafür hatte Serakeen sein Revier um Likkaro verlassen? Vielleicht war das die einzige Chance, ihn zu finden, bevor der nächste Kampf im Käfig ausgetragen wurde.

»Wo genau in Corabel? Wenn Sie uns sagen, wo er ist, finden wir allein hin.«

Der Pförtner sagte nichts. Er deutete nur auf das Boot.

Archer klopfte sich mit vier Fingern auf die Wange. Er wollte, dass sie den Pförtner las, so wie den Wirt in Epidram.

Sefia holte Luft und suchte nach einem Bezugspunkt für ihre Vision – die Narben am Mund des Pförtners. Sie blinzelte. Die Lichtströme überfluteten sie, und sie sah, dass der Pförtner nicht sprechen konnte. Er hatte keine Zunge. Sie war ihm vor Jahren herausgeschnitten worden, vor einer Ewigkeit, so schien es. Er hatte sogar vergessen, wie man stöhnte.

Früher einmal war er Impressor in Likkaro gewesen. Dann war er zum Käfig gekommen und hatte versucht den Schiedsrichter zu bestechen. Der Schiedsrichter hatte ihn zu Serakeen geschickt und der hatte ihm die Zunge herausgeschnitten.

Jetzt war er der namenlose Pförtner, der kam, wenn man ihn rief, und das Einzige tat, was man von ihm verlangte: Kandidaten von Jahara nach Corabel übersetzen. Er stellte keine Fragen und beantwortete auch keine.

Vielleicht hatte er es so verdient. Sefia wusste es nicht.

Sie blinzelte wieder. »Es tut mir leid.«

Doch sie war die Einzige von ihnen, die sprechen konnte, und niemand erwiderte etwas. Auf diese Weise würde sie keine Antworten bekommen.

Behände stieg sie ins Boot und setzte sich in die Mitte, den Rucksack zwischen den Knien. »Er bringt uns zum Hafen von Corabel«, sagte sie. »Dort ist eine Lagerhalle. Da bringt er alle hin.«

Falls der Pförtner überrascht war, ließ er es sich nicht anmerken.

Archer setzte sich ihr gegenüber. So hatte er den Pförtner im Blick, auch wenn nichts Bedrohliches an dem Mann war, der gerade die Laterne aufhängte – nur eine Silhouette vor dem Sternenhimmel. Der Pförtner setzte die Segel.

Während sie Jahara hinter sich ließen, säuberte und verband Sefia Archers Wunden. Sie tupfte seine Seite mit einem feuchten Tuch ab und wischte vorsichtig das Blut weg.

Als sie fertig war, ruhten ihre Hände noch eine Weile auf seinem Gesicht. Sie hätte gern mit den Daumen über seine Brauen gestrichen, mit den Lippen seine Sommersprossen um die Augenwinkel gestreift. Ihre Wangen wurden heiß, sie lehnte sich zurück und verstaute die Flasche und das schmutzige Tuch im Rucksack.

»Wir werden die Leute finden, die dir das angetan haben. Ihnen und uns allen.« Sie sagte nicht, was sie danach tun würden. Herausfinden, wofür das Buch gut war. Nin retten … Und dann …

Sie wusste es nicht. Sie wusste nur, dass sich vieles verändert hatte, seit sie vor einem Jahr mit diesem Ziel vor Augen losgezogen war. Sie hatte sich verändert. Sie wollte niemandem mehr das Leben nehmen. Sie musste einen anderen Weg finden.

Schweigend fuhren sie über die schmale Straße von Kallid, und das einzige Geräusch kam vom Wasser, das gegen das Boot schwappte. Der violette Himmel über Jahara verblasste und vor ihnen lag Corabel bei Nacht.

An der Felsküste nahmen drei gewundene Leuchttürme Gestalt an, die Segler vor den tückischen Klippen und den reißenden Strömungen an der Küste von Delienne warnten. Die gewaltigen Türme mit ihrer Spitze aus Glas und Spiegeln sandten Lichtstrahlen über das dunkle Wasser und leiteten Schiffe in den ruhigen Hafen der Hauptstadt.

Sieben Jahre war es her, seit Sefia Delienne verlassen und von einem schwankenden alten Handelsschiff aus zugesehen hatte, wie die schneebedeckten Berge in der Ferne verschwanden. Sie hatte geweint, die Tränen eisig auf den Wangen, die Nase rot vor Kälte, und Nin hatte hinter ihr gestanden und den Bärenfellmantel um sie beide geschlungen.

»Kommen wir irgendwann wieder nach Hause, Tante Nin?«, hatte sie gefragt.

Die alte Frau drückte ihr die Schultern. »Es gibt kein Zurück, Mädchen. Nicht für uns.«

Sefia hielt ein Schluchzen zurück.

»Ein Zuhause ist das, was du dazu machst.« Nin zuckte die Achseln. »Es kann ein Schiff sein. Oder das, was du Tag für Tag auf dem Rücken trägst. Oder deine Familie. Oder vielleicht nur ein Mensch, den du über alles liebst. Das ist zu Hause.«

Der Pförtner brachte Sefia und Archer zu einem abgelegenen Pier im Westen des Hafenbeckens, im langen, großen Arm der Klippe. Laternen flackerten in der Mitte des Hafens, dort, wo die Straße den Hügel hinauf in die Stadt führte. Hier jedoch spendeten nur die Sterne ein wenig Licht.

Stumm führte der Pförtner sie um den Hafen herum zu einer riesigen Lagerhalle, die in die Felsen gehauen war.

»Danke«, sagte Sefia. »Von hier an kommen wir zurecht.«

Er schüttelte nur den Kopf und öffnete die Tür. Sefia und Archer machten sich darauf gefasst loszurennen, aber drinnen regte sich nichts. Es war eine Art Höhle mit stapelweise Kisten und riesigen Seilspulen. Vorsichtig folgten sie dem Pförtner ins Innere.

Er fuhr mit der Hand über die Wände und eine Steinplatte glitt zur Seite. Eine versteckte Tür, die auf Druck reagierte. Es erinnerte Sefia an ihr altes Zimmer, vor langer Zeit.

Sie sah sich in der Lagerhalle um. »Gibt es noch einen anderen Eingang?«

Der Pförtner fasste in die Öffnung, fand eine versteckte Fackel und zündete sie an. Ein Tunnel aus Bruchstein wurde sichtbar.

Im Licht wurde Sefia bewusst, dass der Pförtner aussah wie der Bäcker, der Schneider, der Mann, der in der Dämmerung die Straße fegt, wie ein Vater oder Onkel.

Schnell drehte er sich um und zog den schwarzen Hut über den Kopf. Dann machte er einen Schritt in den Tunnel und wartete auf sie.

Archer lief an der Wand entlang und suchte nach einem anderen Eingang. Sefia schlich in das Lagerbüro und tastete dort den Boden nach Unebenheiten ab.

Der Pförtner wartete immer noch.

Schließlich kam Archer zurück, die Handflächen nach oben, um zu zeigen, dass er nichts gefunden hatte.

»Das kann doch nicht der einzige Eingang sein«, sagte sie zu dem Pförtner. »Haben Sie noch eine Tür gesehen?«

Er schüttelte den Kopf. Er kam immer nur auf diesem Weg hinein und wieder hinaus. Das wusste sie schon aus ihrer Vision. Es war nur ein Hoffnungsschimmer gewesen.

»Ich glaube, wir kommen morgen früh zurück. Wir können die Halle ja bewachen.«

Archer fasste sie am Ellbogen.

»Es ist zu gefährlich. Wir wissen nicht, was uns da unten erwartet.«

Er schüttelte den Kopf. Er wusste genau, was sie da unten erwartete. Der Mann, den sie die ganze Zeit gesucht hatten. Gleich hinter der Schwelle.

Sefia schluckte schwer. Deswegen waren sie hergekommen. Sie könnten gerade so weit hineingehen wie nötig, bis sie einen anderen Ausgang fanden. Dann könnten sie umkehren. Einen Plan schmieden.

Sie ging in den Tunnel, Archer folgte ihr.

Der Pförtner schloss die Tür hinter ihnen und führte sie durch den schmalen Gang. Sie hörten nur ihren Atem, ihre Schritte und das Knistern des Feuers.

Nach einer Weile kamen sie an eine Kreuzung. Links und rechts führte der Tunnel in die Dunkelheit, doch vor ihnen befand sich eine Eisentür. Sie leuchtete schwach im Schein der Fackel, und mitten darauf prangte ein großer Kreis mit vier Linien, drei gebogen und eine gerade:

Das Emblem stand verkehrt herum, war jedoch unverkennbar. Sefia berührte das Metall mit den Fingerspitzen. »Serakeen?«, fragte sie.

Der Pförtner schaute verstohlen nach links, und aus dem Schatten sagte jemand leise: »Gleich hinter der Tür, Schätzchen.«

Sefia zuckte zusammen. Ein Wachmann lehnte mit verschränkten Armen lässig an der Wand, als warte er jede Nacht auf Serakeens Opfer. Er musterte sie flüchtig.

»Sorgen Sie dafür, dass wir auch wirklich reingehen?«, fragte sie.

»Ich sorge nur dafür, dass ihr hier nicht rumschnüffelt.« Mit langsamen Bewegungen strich er sich eine rote Locke aus den Augen. »Ihr könnt gern wieder gehen. Allerdings wurde uns gesagt, dass ihr das nicht tun würdet.«

»Uns?«, sagte sie und spürte, wie Archer sich hinter ihr rührte.

Ein zweiter Wächter.

Sie starrte den Pförtner an. »Sie hätten uns warnen können.«

Als er den Mund aufmachte und das vernarbte Fleisch zeigte, lachten die Wächter.

Bisher hatte sie Mitleid mit ihm gehabt, jetzt nicht mehr. »Es hätte auch einen anderen Weg gegeben«, sagte sie unfreundlich.

Er senkte den Kopf und zog sich zurück. Der glatte Schein seines Wachsmantels verschwand im Tunnel und wurde schließlich von der Dunkelheit verschluckt.

Archer hatte sie im Blick. Seine Augen waren noch goldener als sonst, schienen fast zu brennen.

»Tja, sie haben uns also erwartet«, sagte sie. Sie schaute kurz zu dem Rothaarigen, der hämisch grinste. »Bist du bereit?«

Archer nickte.

Sie wandten sich zur Tür, zu dem Symbol, das sie verfolgt hatten, und zu dem, was sich dahinter verbarg.

ROTE WASSER

Vor der Sonderbar, vor Sefia und Archer und noch vor der Suche nach dem Hort des Königs waren Käpt'n Lees und die *Strömung der Zuversicht* auf der Reise zum westlichen Rand der Welt gewesen. Sie waren an dem Riss im Himmel vorbeigesegelt, der Cat und ihrer Mannschaft zum Verhängnis geworden war, doch kurz darauf hatte sich der Wind gelegt. Das Schiff kam kaum vorwärts. Wie fleckige Vorhänge hingen die Segel von den Rahen. Nur Käpt'n Lees hielt sie bei der Stange. Er machte schwache Strömungen im reglosen Wasser ausfindig und hielt trotz des blendenden Lichts und der sengenden Hitze des Westens den Kurs.

Die Sonne hatte fast den ganzen Himmel überstrahlt und alle Farben weggebrannt. Lees strich sich über die trockene Stirn. Die Hitze drückte ihn nieder, presste ihn aus, obwohl nichts mehr in ihm war, das er hätte ausschwitzen können.

Die ganze Nacht war er die Schiffsräume auf und ab gelaufen, hatte der Reihe nach alle Fässer und Kisten berührt. Die Luken rauf und runter. Um die schwindenden Vorräte herum. *Eins, zwei, drei, vier* … Immer wieder hatte er sie gezählt, als könnte er damit die leeren Wasserfässer und die wenigen Scheiben Pökelfleisch aufstocken.

Doch am nächsten Morgen war alles unverändert. Die Mannschaft bekam ein karges Mahl aus Schiffszwieback, einem Streifen Trockenfleisch und einem viertel Liter Wasser. Nur wenige hatten noch genug Energie, um sich zu beklagen. Ihre Körper verzehrten sich allmählich selbst, dörrten aus, bis sie ausgemergelt und trocken wie Rosinen waren, nur noch Haut und Knochen.

Käpt'n Lees lehnte sich an den Bugspriet, er konnte sich kaum aufrecht halten. Stundenlang stand er schon da, zeichnete ineinander verschlungene Kreise auf die Galionsfigur. Wie er es auch drehte und wendete, das Ergebnis blieb immer dasselbe: Sie hatten gerade genug Vorräte für die Rückreise – falls die Ratten sie nicht holten und alles glatt verlief. Wenn sie heute umkehrten, hatten sie eine Chance zu überleben.

Die Sonne versank im Meer und erleuchtete es wie eine Lampe. Sie waren nah dran. Aber wie nah? Das Licht war ein tückisches, launenhaftes Etwas. Sie konnten den Rand der Welt heute, morgen oder nächste Woche erreichen.

Oder niemals.

Vielleicht war der Ozean endlos und es gab nichts, was man dort draußen finden könnte. Nichts als ewiges leeres Wasser.

Lind neben ihm schaute mit zusammengekniffenen Augen in die Ferne und suchte nach leisen Veränderungen im Wasser. Tiefe Schatten lagen um seine Augen. Sie alle sahen einander immer ähnlicher: wandelnde Gerippe mit gruseligen Masken wie Käpt'n Cat und der letzte Seemann der *Sieben Glocken*.

Lees rieb sich die wunden Augen. »Warum bist du mir gefolgt, Lind?«

Der Zweite Steuermann verzog das Gesicht. »Wissen Sie noch, was Cat gesagt hat, bevor sie starb?«

Er wusste es noch. Diese sieben Worte kamen ihm immer wieder in den Sinn, umkreisten ihn in der Nacht. »Wer wird sich an deine Mannschaft erinnern?«, sagte er.

»Sie hatte Recht, oder? Alles, was wir machen, die Abenteuer, die wir erleben, werden die Leute eines Tages vergessen. Sie wird man nicht vergessen, denn Sie sind der Käpt'n. Aber die Mannschaft? Früher oder später werden die Leute unsere Namen nicht mehr erwähnen. Sie werden vergessen, dass es uns überhaupt gegeben hat.«

»Warum bist du dann ...?«

»Weil Sie uns nicht vergessen werden.« Lind grinste ihn an, und seine rauen Lippen sprangen auf. »Ich hab gesehen, wie Sie auf der Schwimmenden Insel ins Feuer gelaufen sind. Wie Sie auf Ihre Mahlzeiten verzichtet haben, damit die Mannschaft mehr zu essen hat. Manche gehen vielleicht auf Nummer sicher, wenn sie wissen, wann sie den Löffel abgeben müssen. Sie nicht. Sie setzen sich noch mehr für die ein, die sterben könnten.«

Lees legte dem Zweiten Steuermann eine Hand auf die schmale Schulter und drückte sie. Vielleicht würde ihm das gelingen, was Käpt'n Cat vergeblich versucht hatte: die Mannschaft retten – und zwar nicht nur ihre Körper, sondern auch ihren Geist, so dass das Erlebte, wenn sie hier herauskamen, anders als bei Käpt'n Cat nicht für immer in sie eingebrannt war. Sie sollten sich von dieser verfluchten unendlichen Helligkeit befreien können und nie mehr daran denken müssen.

Worte regten sich tief in seinem Herzen: *Wir fahren nach*

Hause. Sie schwollen an, kringelten sich wie Rauch empor, bis in seine Kehle. *Wir fahren nach Hause.*

Worte, die Niederlage bedeuteten. Und Versagen.

Und Überleben.

»Käpt'n …« Lind hielt sich die Fäuste auf die Augen und bleckte die Zähne.

Lees sah in das verzerrte Gesicht des Zweiten Steuermanns und fluchte. »Doc hat uns davor gewarnt.«

Deformationen. Blinde Flecken. Schmerzen.

Lind versuchte zu blinzeln, doch er konnte die Augen nicht mehr öffnen. »Tut mir leid, Käpt'n. Ich wollte helfen.«

»Komm, wir bringen dich zum Doc.« Käpt'n Lees nahm den Zweiten Steuermann bei der Hand und führte ihn zur Hauptluke. Was würde ihnen vor dem Ende noch alles genommen werden? Wenn es denn ein Ende gab? Das Wasser um sie herum verschmolz mit der weiß strahlenden Sonne.

Eine gedämpfte Explosion, wie Pulver, erschütterte den Bugspriet. Lees drehte sich um. Teile der Sonne rissen ab und schwebten auf sie zu, zogen lange Lichtbänder hinter sich her. Wann immer sie auf etwas stießen, zischten sie, zerplatzten wie Staubwolken und besprühten den Schiffsrumpf mit Lichtflecken.

Die *Strömung* glitt in den Sonnenuntergang.

Erschrockene Rufe ertönten aus der Mannschaft.

»Das ist nicht richtig!«, schrie jemand. »Wir fahren nicht weiter!«

Lind riss den Kopf in die Richtung, aus der die Stimme kam. Er tastete nach seinen Pistolen. »Camey, dieser verdammte …«

Eine Lichtexplosion besprenkelte Lees' Hals und Wange. Es fühlte sich nach nichts an – noch leichter und luftiger als Schneeflocken. Er wischte sich den Hemdkragen ab, aber da war das Licht schon erloschen.

Sie hatten es geschafft. Wäre er nicht so heiser gewesen, hätte er gejubelt.

Er stieß Lind hinter dem Fockmast an. »Bleib hier, bis ich Bescheid gebe. Ich lass dich nicht im Stich.«

»Aber Käpt'n …«

»Tu, was ich dir sage.« Ohne eine Antwort abzuwarten, wankte er über das Deck und zog die Barmherzige Lady. Er war so schwach, dass es ihm vorkam, als würden sich die Planken unter ihm drehen.

»Hat einer Aly gesehen?« Cooky steckte den Kopf aus der Kombüse und rief nach der Kellnerin. Lees stolperte an ihm vorbei und blieb kurz vor der Hauptluke stehen.

Hinter dem Hauptmast hielt Jubi das Steuerrad umklammert, während Greta ihn mit einer dicken Hand im Nacken festhielt. Mit der anderen Hand drückte sie ihm einen Revolver an die Schläfe. Daneben Camey, er hatte die Pistolen auf den Ersten Steuermann gerichtet, der im Eingang der Kapitänskabine stand.

»Keinen Schritt weiter, Käpt'n.« Camey machte eine Kopfbewegung zu der Barmherzigen Lady. »Werfen Sie das Ding weg.«

Um seinen Worten Nachdruck zu verleihen, verpasste Greta Jubi einen Stoß mit dem Revolver. Der Rudergänger hustete und versuchte auszuspucken, aber es kam nichts heraus.

Greta hatte schuppige, kahle Stellen am Kopf, die Haare fielen ihr büschelweise aus. Sie und Camey hatten sich seit Wochen nicht beklagt, nicht mal Witze über ihre Misere gerissen. Das hätte Lees misstrauisch machen müssen. Aber er war so darauf aus gewesen, an den Rand der Welt zu gelangen, dass er nicht darauf geachtet hatte. Oder vielleicht war es ihm egal gewesen.

Jetzt hatte sie Jubi in ihrer Gewalt, auch wenn sie ein bisschen wacklig auf den Füßen war und Arme und Beine nicht mehr richtig im Griff hatte. Lees konnte schneller ziehen als Camey, ihn vielleicht sogar töten, ehe er einen Schuss abfeuerte. Aber nicht, wenn es ihn seine Mannschaft kostete.

Lees ließ die Barmherzige Lady sinken. In dem Augenblick, als Ross und Doc aus der Hauptluke kletterten, fiel der silberne Revolver aufs Deck.

Die Backbordwache kam aus dem Schutz des Vorschiffs gestolpert und blinzelte ins Licht.

Jules sprang nach vorn. »Camey, was …«

Er schoss auf ihre Füße. Splitter flogen vom Deck. Der Erste Steuermann zuckte zusammen.

»So«, sagte Camey. »Und jetzt schnallen Sie mal schön Ihren Pistolengurt ab und werfen den auch weg.«

Camey hielt den Revolver unerbittlich auf Lees gerichtet. Lees dachte an das Wildschwein von der Schwimmenden Insel, das einen Schuss direkt zwischen die Augen bekommen hatte, und gehorchte. Er schnallte die Holster los und ließ sie mit dem Henker und allem Drum und Dran neben die Barmherzige Lady fallen.

»Wende das Schiff«, befahl Greta.

Der Rudergänger grunzte und bewegte die Hände am Steuer, drehte es jedoch nicht herum.

Lichtstöße trafen die Segel und schwebten auf das Deck. Gedämpfte Schreie waren von der Mannschaft zu hören. Majestätisch ragte die Sonne vor dem Schiff auf, während ein Lichtgestöber auf die Masten und die Takelage niederging.

»Camey, das ist nicht gefährlich …«, setzte Lees an.

»Sie haben doch keine Ahnung. Sie wissen nicht, was da draußen ist. Sie haben uns auf dieser verdammten Fahrt von einer Katastrophe in die nächste gesteuert, und das ist nicht richtig. Uns reicht es jetzt.«

»Und wenn du dieses Theater eine Minute früher veranstaltet hättest, dann wäre ich vielleicht auf deiner Seite gewesen«, sagte Lees. »Aber jetzt nicht mehr. Spürst du es nicht?« Der Rand der Welt, der direkt hinter dem Sonnenkreis auf sie wartete. Er tippte die Finger gegeneinander. Eine Geschichte, die es wirklich wert war, erzählt zu werden.

Camey schüttelte den Kopf. »Ich komm nicht mit.«

Greta spannte den Hahn des Revolvers. »Mit deiner Hilfe wär's leichter, Jubi, aber wenn's sein muss, schaffen wir das auch ohne dich«, sagte sie.

»Nein!« Ross stürzte nach vorn.

Camey drückte ab. Die Kugel drang durch Ross' fleischige Schulter. Er fiel zu Boden. Doc lief zu ihm.

Die anderen wurden unruhig. Einer nach dem anderen hoben sie die Hände und wichen vor Lees zurück. Keiner von ihnen, nicht einmal Jules, Doc oder Goro, sah ihn an.

Auf Cameys Gesicht breitete sich ein Grinsen aus. »Kallinago, nimm seine Revolver.«

Der vordere Teil des Schiffs glitt in die Sonne, von Lichtwolken eingehüllt. Heller Rauch überzog den Bugspriet. Lees fluchte. Lind war oben auf dem Bug.

Der Schiffsjunge sah zwischen Camey und Lees hin und her. Er schüttelte den Kopf.

»Na los, Kallinago«, sagte Greta. »Bist doch einer von uns.« Das Licht war so grell, dass sie die Augen fast geschlossen hatte. Lees beobachtete sie ganz genau. Sie wusste nicht, wo Kallinago war und in welche Richtung sie sprechen musste. Sie sah ebenso wenig wie Lind, auch wenn sie sich alle Mühe gab, es zu verbergen. »Du bist weit weg von zu Hause«, sagte sie.

»Nein«, sagte Kallinago und taumelte über das Deck. »Ich bin zu Hause.«

Während Greta sich blind umschaute, schwand ihre Entschlossenheit. Sie war sich so sicher gewesen, dass er ihnen helfen würde. So sicher. Lees hatte fast Mitleid mit ihr.

Licht durchflutete die fliegende Fock, die Stagfock.

Cameys gelb verfärbte Augen traten hervor, als er brüllte: »Dreh um!«

Jubi bleckte die Zähne. »Kräh du nur hier rum, das nützt dir auch nix.«

Das Licht schwebte jetzt über das Deck und schwappte über die Reling. Sie waren fast zu einem Drittel hindurch.

»Helft mir!«, rief Camey den anderen zu. »Sonst werden wir alle krepieren!«

Jules und Theo traten unsicher vor, die Arme vor sich ausgestreckt.

Lees spürte, wie das Licht an seinen Schultern und seinem Hinterkopf leckte. »Nicht heute«, murmelte er.

Das Licht holte ihn ein. Es wirbelte flüsternd um ihn herum und zerplatzte in Staubwolken, wo es seine Haut berührte. Es war so hell, dass er dachte, er würde durch die Berührung abgestrahlt.

Die anderen riefen. Jemand wimmerte.

Ein Schuss hallte durch die Luft.

Lees duckte sich, blinzelte ins Licht, doch er sah nichts als Helligkeit.

Jemand stolperte über ihn. Ein anderer weinte. Er hörte sie kämpfen, hörte ihr Grunzen, Scharren, Fluchen, Schläge von Ellbogen und Knien gegen Holz, das Klatschen von Fleisch auf Fleisch.

Eine Pistole fiel zu Boden.

Er tastete nach seinen abgelegten Revolvern. Nach seinem Gürtel. Nach irgendwas. Doch seine Hände griffen ins Leere.

»Käpt'n?« Kallinagos Stimme an seiner Schulter.

»Bleib unten«, murmelte Lees.

Das Licht verschwand so plötzlich, dass es ihm vorkam, als hätte ihn jemand in einen Brunnen geworfen. Dunkelheit. Alles war schwarz. Und kalt. Nach der sengenden Hitze von der anderen Seite der Sonne ging ihm diese knirschende Kälte durch und durch.

Schließlich fand er seinen Gürtel und schnallte ihn um. Als er wieder sehen konnte, nahm er den schwarzen Himmel und die weiße Scheibe der Sonne wahr, die wenig Licht und keine Wärme spendete. Sein Atem gefror in der Luft.

Greta lag auf dem Boden, hielt sich die Brust und atmete schnell und schmerzhaft. Blut sickerte durch ihre Bluse, lief ihr über die Hände. Jubi über ihr umklammerte das Steuerrad, sein Hemd war mit Blut bespritzt.

Kallinago kniete neben dem leeren Schweinestall. Lees packte ihn am Ellbogen und zog ihn hoch. »Lind ist hinter dem Fockmast.« Die Kälte verschluckte seine Worte.

Der Schiffsjunge nickte und lief schnell davon. Er wäre fast gegen Cooky gestoßen, der aus der Kombüse kam und nach Aly rief.

Die Matrosen kauerten auf Händen und Knien oder umklammerten die Reling, sie zitterten in der plötzlichen Kälte. Ross beugte sich schützend über Doc, die versuchte seine Blutung zu stillen.

Der Erste Steuermann kämpfte mit Camey, sie rauften und grunzten, jeder wollte die Oberhand gewinnen. Einer von Cameys Revolvern war übers Deck geschleudert worden, doch den anderen hielt er mit wilder Entschlossenheit fest. Der Steuermann packte sein Handgelenk und schlug seine Hand immer wieder gegen die Reling, damit er ihn losließ, aber keiner von beiden gab nach.

Da stolperte Camey. Er konnte nichts sehen. Er ruderte mit den Armen.

Der Erste Steuermann jedoch war auf der *Strömung der Zuversicht* niemals blind.

Er entwand Camey die Waffe, richtete sie auf ihn und drückte ab. Blut spritzte über das Deck. Camey ging zu Boden.

Auf dem Schiff war es still und allmählich konnten alle

wieder sehen. Der Himmel war pechschwarz, nicht mal die winzigen Sterne funkelten, und das Licht von der anderen Seite der Sonne war trüb und kalt wie Nebel.

In der plötzlichen Stille kletterte Aly vom Fockmast, ihr Gewehr schwang an ihrem Rücken. Neben der toten Greta blieb sie stehen. Ihr Atem bildete kleine Wolken.

Hinter der Kombüse tauchte Kallinago auf, er führte Lind an der Hand. »Was ist passiert?«, fragte der Zweite Steuermann, und seine Stimme klang laut in der Stille. »Klär mich auf, Kallinago.«

Der Schiffsjunge beugte sich zu ihm und flüsterte ihm etwas ins Ohr.

Lees spähte zum Krähennest und ging zu Aly. »Ich hab mich schon gefragt, wo du steckst.«

Sie fröstelte. »Ich konnte doch nicht zulassen, dass sie die *Strömung* übernehmen, Käpt'n.«

Die Kälte kroch ihnen in die Knochen. Jeder Atemzug tat weh. Lees legte Aly einen Arm um die Schultern und drückte sie. Sie zitterte am ganzen Körper. Die anderen standen an der Reling zusammen und zeigten auf die dunkle Leere hinter dem Schiff.

Das Wasser war so schwarz wie der Himmel. Das war ungewöhnlich. Normalerweise versank Licht, sobald es auf das Wasser fiel, unter der Oberfläche und wurde von der Finsternis verschlungen. Selbst das Klatschen der Wellen gegen das Schiff klang verkehrt – wie Zähneklappern.

Lees spürte ein Brennen hinter den Augen. Der Atem blieb ihm in der Kehle stecken. Die Eiseskälte ließ etwas tief in seinem Innern aufheulen, es schrie danach, hinauszudringen.

Die anderen spürten es anscheinend auch, denn Aly fing an zu weinen.

Auch Ross wimmerte wie ein kleines Kind.

Rote Lichter erschienen in der Tiefe, doch sie verschluckten mehr Licht, als sie spendeten.

Tausende und Abertausende dieser Lichter, mehr und mehr, so weit das Auge in der trüben Welt hinter der Sonne reichte.

Der Erste Steuermann drehte sich um, aber er konnte die roten Lichter nicht sehen. Er spürte nur die Kälte, das verstörende Unbehagen, das sich in Bauch, Herz und Lunge bohrte.

Dann kam aus der Dunkelheit ein Geräusch näher.

Es zog über sie hinweg wie Nebel über Berggipfel, senkte sich zwischen sie und wurde zu einem Heulen – oder war es ein Stöhnen? Flüstern, Schnattern und verrücktes Gelächter. Stimmen oder Glockenschläge, zerspringende Gletscher oder bröselnde Klippen. Der letzte rasselnde Atemzug der Sterbenden. Es war das schrecklichste Geräusch in einer Welt schrecklicher Geräusche. Ein Geräusch, wie es dich in den späten Abendstunden heimsucht, wenn die Dunkelheit dich einschließt und die Kälte dir in die Glieder kriecht. Wenn dich auf einmal die Gewissheit packt, dass du bereits tot bist – und für immer fort.

Sie hatten die Roten Wasser am Rand der Welt erreicht. Den Ort der Fleischlosen.

37. KAPITEL

ANTWORTEN

Sefia berührte das Emblem in der Tür und sah Archer an. Das Eisen war kalt unter ihren Händen. Zwei gebogene Linien für ihre Eltern, eine für Nin. Die gerade Linie für sie selbst. Der Kreis für das, was sie zu tun hatte.

Archer nickte. Sie waren hier, um Antworten zu bekommen. Um der Sache ein Ende zu bereiten.

Ohne auf die Wächter zu achten, die sie aus dem Schatten beobachteten, holte Sefia tief Luft, schluckte ihre Zweifel herunter und drehte das Symbol. In der Tür bewegten sich große klackende Eisenzähne, bis das Symbol richtig herum stand.

Das Schloss klickte und die schwere Tür öffnete sich leise nach innen.

Sefia kniff die Augen zusammen. Im Kontrast zu den dunklen Gängen wirkte der Raum dahinter blendend hell. Schlanke weiße Kerzen brannten in den Wandleuchtern und dem Kronleuchter unter der Decke. Ihr Schein erhellte die rauen Wände, die mit Teppichen und alten Porträts behangen waren. Wie Glasscherben leuchteten die Augen auf den Bildern.

Gegenüber, nahe der Mitte des Raums, stand ein auf Hochglanz polierter Schreibtisch. Darauf türmten sich Papier, Tintenfässer und Federhalter, von denen Sefia nicht mal zu träumen gewagt hätte. Sie verspürte das plötzliche Verlangen, all die Schubladen mit den silbernen Griffen zu öffnen und darin zu stöbern, noch weicheres Pergament zu suchen, kleinere Bücher und Federmesser, die sich in ihre Hand schmiegen würden.

Doch an dem Schreibtisch, die Hände ordentlich vor sich gefaltet, saß eine Frau mit silberschwarzen Haaren, Augen wie Schmelzwasser und einer Haut so glatt und hell wie eine sonnengebleichte Muschel.

Sie war ein wenig blasser und ihr Kinn und ihre Schultern waren etwas breiter, aber von weitem hätte Sefia sie mit ihrer Mutter verwechseln können.

Die Frau erhob sich erwartungsvoll, als hätte sie schon mit ihnen gerechnet. »Willkommen.« Ihre Stimme war so fein und präzise wie filigranes Metall. »Ich freue mich, dass ihr hergefunden habt.«

Beim Eintreten hinterließen Sefias und Archers Schritte weiche Abdrücke in einem dicken rotgoldenen Teppich. Ein Mann in einem schmutzigen auberginefarbenen Mantel schloss die Tür hinter ihnen. Er war groß und schlank, mit Stoppeln am

Kinn. Ein dicker Bart umrahmte seinen Mund. Auf der linken Wange hatte er eine bläuliche Narbe, die seinen Augenwinkel nach unten zog.

Sefias Hand fuhr zum Messer. Neben ihr fasste Archer an die abgenutzte Holzscheide seines Schwerts.

Der Mann versuchte zu lächeln, aber um seinen Mund und im Glanz seiner Augen lag etwas Trauriges. »Keine Angst«, sagte er. »Ich will euch nichts tun.« Wie zum Beweis hob er die Hände und ging einige Schritte zurück bis zu der Anrichte an der Wand rechts von ihnen. Dabei ließ er Sefia nicht aus den Augen. Archer schien er gar nicht wahrzunehmen.

»Setzt euch bitte«, sagte die Frau am Schreibtisch. Sie deutete auf zwei Ledersessel ihr gegenüber.

Sefia und Archer blieben stehen.

»Wer von Ihnen ist Serakeen?«, fragte Sefia. Sie guckte von der Frau zu dem Mann und wieder zurück. Keinen von beiden erkannte sie aus ihren Visionen.

»Ich heiße Tanin und das ist mein Kollege Rajar.« Während sie sprach, ging die Frau zu einem silbernen Teeservice auf einem Tischchen links im Raum. Ein Luftzug kräuselte ihr gewelltes Haar und die bestickte Seidenbluse. »Der Mann, den ihr als Serakeen kennt – der blutrünstige Kriegsherr, die Plage des Ostens –, ist ein Hirngespinst. Ein nützlicher Mythos, den wir erfunden haben. Doch es gibt ihn leider nicht.«

»Was soll das heißen, es gibt ihn nicht? Wer greift dann die Schiffe in der Ephygischen Bucht an?«, fragte Sefia. »Wer hat die Städte in Likkaro geplündert? Wer hat den Jungen mit einer Narbe am Hals gesucht?«

»Das war ich«, flüsterte Rajar. Er drückte die Spitzen seines Barts mit Daumen und Zeigefinger herunter und wich ihrem Blick aus.

»Erzählen Sie mir nicht, dass Serakeen nicht echt ist. Ein falscher Name ändert nichts daran, dass Sie für Ihre Taten verantwortlich sind.«

»Ich wollte das nicht.« Er sagte es fast flehend. »Das musst du mir glauben. Ich wollte es nicht.«

»Sie haben es aber getan.«

Rajar sah hilflos zu Tanin, die schweigend Tee in eine elfenbeinfarbene Tasse goss. Sefia kam es so vor, als ob alles, was die Frau tat, die Welt um sie herum veränderte. Als könne sie mit dem Fächeln ihrer Hand über der zerbrechlichen Tasse Wochen später Wirbelstürme über einem fernen südlichen Ozean erzeugen.

»Rajar handelt im Interesse des großen Ganzen. Es gibt weitaus niedrigere Beweggründe, jemandem das Leben zu nehmen«, sagte sie schließlich. »Wenn man zum Beispiel nur die eigene Haut retten will. Diese Lektion habt ihr auf eurer langen Reise doch sicherlich gelernt.«

Sefia taumelte bei der Erinnerung an die Lichtung, das orangefarbene Licht aus der Hütte und Palo Kanta mit dem schiefen Mund – wie sein Leben durch ihre mörderischen Hände rann.

»Und jetzt«, sagte Tanin, »setzt euch.«

Als die letzten beiden Worte zu Sefia durchdrangen, gaben ihre Knie nach. Der Rucksack glitt von ihren Schultern und sie sank in den Sessel hinter ihr. Auch Archer setzte sich und sprang sogleich wieder auf. Er war sichtlich erschüttert.

Diese Stimme war mächtig. Nicht magisch, aber bestechend und gefährlich.

»Trinkt ihr euren Tee mit Milch oder Zucker?«, fuhr die Frau fort, als wäre an der Situation nichts ungewöhnlich.

Sefia nestelte an den Riemen des Rucksacks zu ihren Füßen. »Wer *sind* Sie?«, fragte sie.

Tanin ließ Zuckerstücke in zwei der Tassen fallen und drehte sich um. »Ich bin die Direktorin einer Organisation, die wenigen Auserwählten als die Wache bekannt ist.«

Die Wache. Sefia formte stumm die Worte. Sie passten wie ein Schlüssel ins Schloss, fügten sich ein und öffneten Türen tief in ihrem Innern.

»Und Serakeen arbeitet für Sie?« Sefia schaute zu dem Mann an der Anrichte. Er verschränkte die Arme und ließ sie wieder sinken. Sein Ledermantel knirschte.

»*Rajar* ist einer von uns«, sagte Tanin knapp. »Er tut, was getan werden muss.«

»Für das große Ganze.«

»Ja.«

Als Tanin ihr eine Tasse samt Untertasse reichte, strich sie mit ihren kühlen, tintenbefleckten Fingern über Sefias. Sefia schauderte. Der Löffel klapperte gegen das Porzellan. »Und das wäre?«

»Frieden.« Tanin bot die zweite Tasse Archer an, doch er nahm sie nicht.

Sefia lachte. Das war absurd. Mörder, die ein Loblied auf die Tugend der Barmherzigkeit sangen. Schlächter, die Zurückhaltung predigten. Archer sah sie überrascht an.

Ungerührt setzte Tanin sich wieder an den Schreibtisch und

pustete in ihren Tee. »Krieg kann Frieden schaffen, wenn die Richtigen siegen«, sagte sie.

»Und Sie sind die Richtigen?«

»Das müssen wir sein.«

»Das ist Wahnsinn.«

»Nur für die Unwissenden.«

»Dann weihen Sie mich ein.« Sefia stellte ihre Tasse auf das Tischchen neben ihrem Sessel und verschränkte die Arme.

»Du kennst uns vielleicht nicht, doch du kennst die Früchte unserer Arbeit. Wir haben die Blutfehde in Delienne beendet. Wir haben Roku von Oxszini befreit. Wir haben Everika vereint.«

»Im Krieg gegen Oxszini.«

»Ja, Oxszini hat uns immer Probleme gemacht. Aber nicht mehr lange.«

»Wieso?«

»So vielen kann man sich nicht widersetzen.« Tanin lächelte.

Sefia sah zu Archer, dann wieder zu Tanin. »Der Rote Krieg«, flüsterte sie, als sie endlich begriff. »Sie haben es im Buch gesehen, nicht wahr? Daher wissen Sie auch, dass ein Junge wie Archer dabei eine Rolle spielt. Deshalb wollen Sie, dass er Ihre Armee anführt. Und deshalb brauchen Sie auch das Buch. Sie wollen sichergehen, dass alles genau so eintrifft.«

»Was geschrieben steht, trifft *immer* ein«, sagte Tanin. »Wir kennen nicht alle Einzelheiten. Aber wir haben genug gesehen, um zu wissen, dass der Rote Krieg kommen wird. Ein Junge mit einer Narbe um den Hals – einer genau wie bei deinem Freund hier – wird eine Armee anführen, und seine Feinde werden vor ihm fallen wie Weizen vor einer Sense. Es wird Leben kosten, doch am Ende des Krieges werden die Königreiche ihre kleinlichen Auseinandersetzungen beilegen. Mit diesem Krieg werden wir *dauerhaften* Frieden für alle Bewohner von Kelanna schaffen.«

Einen Moment lang glitzerte die Idee vor Sefias Augen wie eine ihrer Visionen. Die fünf Inseln in Eintracht, alle verfeindeten Königreiche vereint, die unruhige Geschichte mit einem einzigen entscheidenden Sieg wieder im Lot. Der Preis würde hoch sein. Aber der Frieden wäre es wert.

Archer berührte die Narbe an seinem Hals. Er würde den Preis des Friedens ein Leben lang zahlen.

»Für alle Bewohner von Kelanna«, sagte Sefia langsam. »Und was ist mit Archer? Nennen Sie das *Frieden*, was Sie ihm angetan haben? Was Sie mir angetan haben? Meiner Familie? Der Frau, die uns das Buch wegnehmen sollte – glauben Sie, dass sie Frieden gefunden hat, als sie …«

»Sprich nicht von Dingen, die du nicht verstehst«, sagte Tanin, und ihre Stimme traf Sefia wie ein Peitschenhieb. »Wir alle bringen Opfer für das große Ganze. Auch deine Eltern wussten das.«

Sefia blieb die Luft weg. Es dauerte einen Moment, bis sie wieder sprechen konnte, und dann waren ihre Worte kaum mehr als ein Hauchen. »Sie kannten meine Eltern?«

»Haben sie dir das nicht erzählt?« Tanin wirkte überrascht und stellte ihre Tasse beiseite. »Sie waren Mitglieder der Wache.«

Sefia sagte nichts, doch sie spürte, wie Zweifel sich in ihrem Innern regten.

Ihre Eltern? Sie waren *Helden*. Sie hatten sich Leuten wie Serakeen widersetzt. Sie hatten das Buch vor ihm versteckt. Niemals hätten sie …

Aber wie hatten sie eigentlich lesen gelernt?

»Dein Vater war mein bester Freund«, fügte Rajar leise hinzu. »Vor langer Zeit.«

Sefias Mund wurde trocken. War das die Verbindung zwischen dem Emblem und Serakeen, der Jägerin und dem Buch?

»Mein Vater?«, flüsterte sie.

»Er war der Bibliothekslehrling«, sagte Tanin und ihre Stimme wurde hart. »Es war seine *Pflicht,* das Buch zu beschützen. Aber er brach jeden Eid, den er je abgelegt hatte. Er und deine Mutter haben Direktor Edmon ermordet und uns das Buch gestohlen.«

Sefia schüttelte den Kopf, doch sie konnte die Flut der Gedanken, die nun über sie hereinbrach, nicht aufhalten. Wenn sie sich nun täuschte? All ihre Erinnerungen an die Eltern, ihre anmutige Mutter, bronzefarben und dunkel, mit dem vertrauten Geruch nach Erde; ihr Vater, der sie sanft am Kinn fasste, wenn er sie zu Nin brachte – was, wenn die auch nur ein Hirngespinst waren? Eine ausgefeilte Maskerade, mit der sie ihre wahre Identität geheim gehalten hatten?

Waren sie Mitglieder der Wache gewesen?

Warum hatten sie dann ihre Meinung geändert?

Warum hatten sie das Buch gestohlen?

»Also wurde ich Direktorin«, fuhr Tanin fort, »und bekam den Auftrag, das Buch wiederzubeschaffen und einen Verrat zu rächen, der uns um Jahrzehnte zurückgeworfen hat.«

»Nein, das kann nicht sein. Das hätten sie mir erzählt.«

»Ach Sefia, du hast wirklich keine Ahnung.« Tanin schüttelte den Kopf. Sie hob jeden Gegenstand auf ihrem Schreibtisch hoch, als suchte sie mit den Fingern nach den richtigen Worten. »Mar… Deine Mutter war eine Jägerin. Sie hatte mehr Geheimnisse als irgendjemand sonst.«

»Meine Mutter hätte nie …«

»Und ob. Deine Mutter war *außergewöhnlich*. Sie konnte jemandem aus zwanzig Metern Entfernung das Leben nehmen. Sie war so mächtig, sie hätte ganze Städte vernichten können.«

Sefia schüttelte den Kopf und starrte auf den Boden. Aus den Mustern des Teppichs unter ihren Füßen entstanden unglaubliche Raster aus komplizierten Knoten, doch sie konnte ihnen ebenso wenig folgen wie Tanins Worten.

Es stimmte nicht. Es konnte nicht stimmen.

Doch da fielen ihr die Narben an den Händen ihrer Mutter ein. Und wie sie mit dem Messer umgehen konnte.

Tanin sprach immer noch, aber verwirrt, wie Sefia war, drangen nur ein paar Worte zu ihr durch, bis zu dem Satz »Dein Vater war auch nicht gerade ein Dilettant …«.

Bei diesen Worten, diesen harmlosen Worten stieg die Wut in Sefia hoch. *Mein Vater.* Sie kniff die Augen zusammen. In ihrem Innern sprühten Funken.

»… mit einem Fingerschnippen …«

Ihre Haut brannte. Sie war wie ein Vulkan kurz vor dem Ausbruch. Eine Lawine aus Schwarzstein, die jeden Moment Feuer fängt. Tanins höfliche Art, Rajars mürrische Reue und die Wahrheit über ihre Eltern hatten sie aus dem Gleichgewicht gebracht. Doch jetzt wusste sie wieder, was sie hier zu suchen hatte. Sie wusste wieder, weshalb sie gekommen war.

»… konnte Seen binnen Sekunden trockenlegen …«

Langsam hob Sefia den Kopf. Glühend weiß verschwamm der Raum und sie sah nur noch Tanin, wie sie gelassen am Schreibtisch saß, die Lippen bewegte und Worte in die Luft sandte wie süßen giftigen Rauch. »Sie durften sich nicht ineinander verlieben, aber sie haben schon immer gern gegen die Regeln verstoßen.«

Ganz kurz huschte ein Anflug von Trauer über Tanins Gesicht wie eine Wolke, die sich am Mond vorbeischiebt. »Und dann brachen sie das Gelübde. Sie stahlen das Buch. Sie verrieten alles, wofür wir so hart gearbeitet hatten. Deine Mutter starb, bevor wir sie erwischen konnten, aber dein Vater …«

Sefia stand auf. Sie umfasste den Griff ihres Messers. »Sie haben ihn ermordet«, sagte sie.

»Ich hätte alles dafür gegeben, das nicht tun zu müssen«, murmelte Tanin. »Aber wir brauchten das Buch.«

Wie eine Revolverkugel, wie eine Explosion aus Schießpulver und Trauer, Schuld und Wut stürzte Sefia sich über den Schreibtisch. Ihr Messer blitzte auf. Papier flatterte hoch wie aufgescheuchte Vögel.

Sie riss Tanin mit sich zu Boden und hielt ihr das Messer an die Kehle. »Sie haben ihn gefoltert. Genau wie Sie Nin gefoltert haben.« Sie drückte die Klinge in die sahneweiße Haut der Frau. »Wo ist sie? Lebt sie noch?«

Tanin lächelte, doch ihre Stimme bebte vor Bedauern. »Du bist ganz die Tochter deiner Mutter, nicht wahr?«

Sefia hörte ein Geräusch hinter sich und fuhr herum. Sie nahm das Messer ein wenig zurück, als sie Rajar sah, der seinen dunklen Mantel ausbreitete, die Arme hob und mit den Händen herumfuchtelte.

Wie von Zauberhand war Archer entwaffnet worden. Sein Schwert und der Revolver segelten durch die Luft.

Mit einer schnellen Bewegung seines Handgelenks schleuderte Rajar Archer auf einen Sessel und fing die Waffen, ehe sie auf dem Boden landeten.

Entsetzt drehte Sefia sich wieder zu Tanin um und sah, wie sie die Augen aufschlug. Ihre Pupillen waren zwei kleine schwarze Punkte in zwei silbernen Teichen.

Die Vision. »Nein!«, schrie Sefia.

Es war zu spät. Mit einem Wink warf die Frau Sefia zur Seite. Sefia stieß mit dem Rücken gegen den Schreibtisch, das Messer flog ihr aus der Hand. Ein stechender Schmerz fuhr ihr durch die Wirbelsäule und sie fiel stöhnend zu Boden.

Tanin strich sich die Kleider glatt und stand auf. Sie zog Sefia vom Teppich hoch, als hinge sie an unsichtbaren Fäden, und ließ sie unsanft auf den Sessel neben Archer fallen.

Sefia versuchte sich zu wehren, doch ihre Arme und Beine waren wie festgenagelt.

Der Rucksack zu ihren Füßen wurde von unsichtbaren Händen geöffnet. All ihr Hab und Gut fiel heraus – Töpfe und Kerzen und der Zwieback von Cooky – und dann stieg das Buch aus der Tiefe empor, schüttelte den Lederumschlag ab und schwebte Tanin in die ausgestreckten Arme.

Die Frau drückte es an die Brust wie ein verlorenes Kind und seufzte voller Genugtuung. »Was geschrieben steht, trifft immer ein«, flüsterte sie.

… die Schulter …

… trat einen Schritt von der Anrichte vor …

Tanin hatte … nahe Mitleid mit ihnen, sie waren ihr so unter- … legen.

Auf Rajars Befehl fuhr das Schwert des Jungen aus d… Der Revolver entwand sich seiner Hand. In hohem Bo… ten die glänzenden Waffen durch die Luft und der Soldaten… schleuderte den Jungen in einen Sessel.

Mit einer schwungvollen Bewegung fing er das Schwert am Griff und schnappte den Revolver aus der Luft.

Tanin, die am Boden lag, blinzelte und konzentrierte sich auf die illuminierte … ihre groß…

„Nein! …

Doch gegen … Tanin hob die Hand und befreite sich so beiläufig von Setia, als ob sie einen Fussel vom Ärmel fegte. Das Mädchen schlug gegen den Tisch und brach … se stöhnend zusammen.

Während Tanin aufstand, empfand sie eine Spur von Bedauern. … hatte gewusst, dass es so kommen würde und spürte, wie die …nzelteile ihre… …fügten, doch nach allem, was sie erfa… …rieben vor, dem Mädchen wehzutu…

A… … die Lichtfäden und zog einma… … sich vom Boden und Tanin schleud… …sel.

[illegible] Mädchen wehrte sich [illegible] nichts.
[illegible]minierten Welt [illegible]

Da war er. Der Momen[illegible] hatte.

Der Moment, der ihr ver[illegible] war.

Die Spannung war kaum [illegible]en.

Mit zitternden Händen öffnete sie Sefias Rucksack, ohne sich von ihrem Platz am Schreibtisch zu erheben. Sie wühlte sich durch [illegible]beulte Töpfe, zerkrümeltes Brot, Kerzenstummel und fade[illegible] [illegible]ige Kleider, bis sie schließlich das Buch fand. [illegible] es [illegible] Gerümpel, riss die Hüllen ab, bis sie den [illegible] Ecken, die mit den Jahren fleckig geworden [illegible] die all seine Geheimnisse verschlo[illegible]

Tanin streckte die Hand aus [illegible]

Es schien eine Ewigkeit zu dauern, [illegible] sie sein Gewicht in den Armen hielt, [illegible] vollständig zu sein. Als wäre der Verrat von Kön und Mareah ein kaputtes Glied in einer Kette, die sich durch alle Jahre ihres Lebens [illegible] zusammenlöten konnte, wenn sie das [illegible] Ein Seufzer entfuhr ihr und sie flüsterte die Wo[illegible] Augenblicken des größten Zweifels so oft [illegible]schrieben steht, trifft immer ein.“

AUF DER FLUCHT

Bevor sie ein Kind bekamen, waren Lon und Mareah immer auf der Flucht gewesen. Sie flohen, als sie das Buch stahlen und zwischen Feuer, Trümmern und verkohlten Papierschnipseln aus dem Gebäude mit Spiegeln und Marmorhallen rannten. Der eine drückte das Buch mit verschränkten Armen an sich, als wollte er es so fest an die Brust pressen, bis sich seine Lunge mit Buchstaben füllte und sein Herz ein pochender Satz wurde. Die andere hatte die Hand an seinem Ellbogen, damit sie ihn auffangen konnte, falls er stolperte, und damit sie ihn antreiben konnte, weiter und immer weiter.

Sie waren auf der Flucht, als sie über die Schwelle traten, hinaus in die frische Nachtluft.

Sie wurden von Männern, Frauen und Hunden durch Wasser und Wald gehetzt.

Sie flohen durch Königreiche, über Berge und Küsten. Selbst wenn sie gezwungen wurden einen Unterschlupf zu suchen, waren sie rastlos. Sie atmeten schnell. Die Jagd gab ihnen etwas Wildes und Lauerndes. Und wenn sie schliefen – falls sie schliefen –, dann schliefen sie unruhig und immer abwechselnd, mit dem Buch in ihrer Mitte. Immer auf dem Sprung. Immer bereit zur Flucht.

Und dann, eines Tages, als sie dachten, sie wären vielleicht weit genug und lange genug geflohen, denn sie hörten ihre Verfolger nicht mehr und spürten die Jagd nicht mehr im Nacken – da bauten sie das Haus auf dem Hügel über dem Meer.

38. KAPITEL

DER JUNGE MIT DER NARBE

Archer stemmte sich gegen die unsichtbaren Fesseln, versuchte die Füße und jeden einzelnen Finger zu bewegen, doch er konnte gerade noch seinen Kopf drehen. Er saß in der Falle.

Es war so schnell gegangen.

»Bist du verletzt?«, fragte Sefia. Ihr selbst war nichts weiter passiert, nur ein paar Haarsträhnen hatten sich gelöst und ihre Kleider waren zerknittert. Die grüne Feder steckte noch hinter ihrem Ohr.

Er schüttelte den Kopf. Rajar legte das Schwert und den Revolver auf die Anrichte und verschränkte unglücklich seine Arme. Archer kannte diesen Blick. Schuld. Selbstverachtung. Dasselbe hatte er auch empfunden, immer wieder.

So hatte er sich Serakeen ganz bestimmt nicht vorgestellt. Er hätte nie gedacht, dass er etwas mit ihm gemeinsam haben könnte.

Tanin zog eine Schublade auf, nahm etwas Löschpapier heraus und tupfte damit ihren Hals ab, doch sie blutete kaum. Sie zerknüllte das Papier und warf es weg. Dann legte sie das Buch auf den Tisch und fuhr über den abgenutzten Einband, strich mit eleganten tintenbefleckten Fingern über das verblichene Leder. Auf Archer wirkte sie traurig … und wütend.

Nach einer Weile setzte sie sich und legte die Hände übereinander. »Bringen wir es hinter uns. Sieh ihn dir an.«

Rajar kam durch den Raum auf Archer zu, lief einmal um den Sessel herum und zupfte an seinem Bart. Er ging in die Hocke und legte Archer eine Hand aufs Knie.

»Es tut mir leid«, sagte er. Sein Atem roch leicht nach Rauch, Nelken und Alkohol. Er stand auf und zog ein Taschenmesser.

Archer wand sich vergebens im Sessel. Sein Jagdmesser war am Schultergurt des Rucksacks befestigt, so nah und doch unerreichbar.

»Lassen Sie ihn in Ruhe!«, schrie Sefia.

Rajar schüttelte den Kopf. »Wir müssen es wissen.« Er packte Archer am Ärmel, schnitt den Stoff auf und starrte auf die fünfzehn Brandnarben. Die Pupillen in seinen blauen Augen wurden klein wie Nadelstiche.

Archer duckte sich, doch es kam kein Schlag.

Kurz darauf klappte Rajar das Messer zusammen und steckte es wieder ein. »Töten kann er, auch wenn er die letzte Prüfung im Käfig nicht vollendet hat.«

»Sie haben kein Recht dazu!«, fauchte Sefia.

Rajar achtete nicht auf sie. Er lief wieder um Archer herum. »Wer bist du, Junge?«, flüsterte er. »Bist du der, den wir suchen?«

Archer hatte das Gefühl, als würde der Mann ihn hochheben

und schütteln, damit alles, was er schon so lange ausblendete, was er zu vergessen suchte, aus ihm herausfiel.

»Na? Was meinst du?« Tanin spielte mit einem silbernen Federmesser, sie drehte es ungeduldig zwischen den Fingern. »Ist er für die Akademie geeignet?«

»Er wollte Leuchtturmwärter werden.« Rajar rieb sich die Wange. »Er wollte Menschen beschützen.«

Archer fühlte sich schwach.

Die Erinnerungen lösten sich wie Eisschollen.

Ein Leuchtturm auf einem Felsvorsprung.

Die Klänge einer Mandoline, die wie Seifenblasen aus einem erleuchteten Fenster schwebten.

Ein Mädchen mit Locken wie Sonnenlicht, das durch gelbe Blätter scheint.

Er erinnerte sich. Nach all den Jahren.

Archer schwirrte der Kopf. Es war, als würde etwas in ihm aufreißen, als würden alle Schutzwälle, die er errichtet hatte, einstürzen und Blut und Galle ihn überschwemmen.

Die Decke war auf einmal zu niedrig, der Raum zu eng. Er war wieder in der Kiste. Der saure Gestank seines eigenen Urins. Kratzspuren. Das Piksen der Holzsplitter unter den Fingernägeln. Dunkelheit. Kein Licht, bis die Kiste geöffnet wurde, und dann Angst und Schmerz. Hässliches Gelächter und Mord und dann Essen, wenn jemand tot war.

Jedes Mal, wenn sie ihn freiließen, erwarteten ihn Angst und Schmerz.

Der Junge, den Habicht vor seinen Augen tötete, nur damit Archer eine Waffe in die Hand nahm.

Das Training mit Habichts Jungs – das Reißen der Haut über den Knöcheln, das Erheben des Schwerts –, bis nur noch er übrig war.

Dann die Kämpfe.

Er machte die Augen zu, doch er sah sie alle, spürte jeden Schlag, hörte jeden letzten Atemzug, sah jeden toten Jungen mit leerem Blick am Boden. Jeden einzelnen.

Archer keuchte. Der Quarz ruhte wohlbehalten in seiner Hosentasche, aber er kam nicht heran. Er konnte sich nicht rühren.

»Archer?« Sefias Stimme war gedämpft, als spräche sie unter Wasser zu ihm.

Er sah sie nicht an. Er konnte nicht.

»Er ist nicht fürs Töten gemacht, Tanin«, sagte Rajar. »Er hat es nicht verdient, hier zu sein.«

Tanin lächelte kalt. »Du erkennst dich in ihm wieder, was?«

»Ja.« Die dünne Narbe in Rajars Gesicht verzog sich.

In diesem Moment empfand Archer ihm gegenüber ebenso viel Mitleid wie Hass und Furcht.

»Das Schicksal hat einen grausamen Sinn für Humor«, sagte Tanin. »Doch es fordert seinen Tribut.«

Archer schluckte, die Narbe um seinen Hals spannte.

»Sie hat auch Visionen«, sagte Sefia.

»Wir nennen es den Tiefenblick.« Rajar schaute noch einmal zu Archer, dann seufzte er und ging wieder zu der Anrichte. Er schlang den Mantel um seinen Körper, obwohl es im Raum nicht kalt war.

»Deshalb haben Sie ihn gebrandmarkt«, sagte Sefia überrascht. »Sie brauchen einen Bezugspunkt, um sich nicht in der Vision zu verlieren.«

»Wir müssen sicherstellen, dass die Kandidaten alle Prüfungen durchlaufen.«

»Aber das hat er nicht getan. Er ist vor Habicht geflohen, oder? Und im Käfig hat er die Jungen nicht getötet. Er ist nicht der, den ihr haben wollt.«

Archers Erinnerungen überschlugen sich. Wer war er eigentlich, nachdem er diese Leben gelebt und so viele Leben genommen hatte?

Ein Sohn?

Ein Leuchtturmwärter?

Ein Tier? Ein Mörder?

Der Junge mit der Narbe, den die Wache suchte?

»Aber er ist bei dir«, sagte Tanin. »Und du bist eine Leserin. Die Tochter der beiden mächtigsten Menschen, die ich je gekannt habe. Du, Sefia, machst ihn zu etwas Besonderem. Natürlich wollen wir ihn haben.«

39. KAPITEL

ENTSCHEIDUNGEN

Sefia drehte sich der Magen um. »Ich wollte nicht …«

Doch es spielte keine Rolle, was sie wollte. Sie hatte ihm versprochen, sie sei seine Freundin und würde ihn beschützen. Doch mit jedem Mal, da sie das Symbol berührt, aus dem Buch vorgelesen oder ihren Schwur wiederholt hatte, hatte sie ihn langsam und unaufhaltsam zu den Leuten geführt, vor denen er hätte weglaufen sollen.

Er sah sie immer noch nicht an. Sie hörte den unregelmäßigen Atem in seiner Brust.

»Wir suchen seit Jahrzehnten nach dem Buch. Und du bringst es uns nicht nur zurück, sondern hast auch noch einen Kandidaten im Gepäck.« Tanin fuhr mit den Fingerspitzen über das  auf dem Einband, so wie Sefia es selbst Hunderte Male getan hatte. »Es gibt keinen Zufall.«

Sollte alles von Anfang an auf diesen Moment hinauslaufen? Ihre Eltern, die Wache, die Suche nach Antworten und was die

Impressoren Archer angetan hatten? Waren sie nur Geschichten, deren Ende bereits geschrieben war? Und stand ihr Todestag zusammen mit all den anderen bereits in dem Buch?

Tanin fummelte am Rand ihrer Weste, der Stelle über dem Herzen. »Du bist außergewöhnlich, Sefia, sogar noch außergewöhnlicher als deine Eltern, wenn du deine Macht ganz allein entdeckt hast.«

Ganz kurz flammten Stolz und Neugier in ihr auf, doch im nächsten Moment empfand sie nichts als Schmerz und Verwirrung. »Das habe ich. Sie haben mir nichts erzählt.«

Warum haben sie mir nichts erzählt?

»Es tut mir leid.« Tanins Stimme wurde weicher. »Ich wünschte auch, es wäre anders gekommen.«

Tränen stiegen Sefia in die Augen. Sie blinzelte und schüttelte den Kopf.

»Ich weiß, dass du es nicht glauben willst«, fuhr Tanin fort. »Aber ich hatte sie beide sehr gern. Deine Mutter war für mich wie eine große Schwester … Familie. Wäre es anders gekommen, könnten du und ich …«

»Sie hatten sie *gern*? Sie haben meinen Vater umgebracht«, unterbrach Sefia sie.

Tanin presste die Lippen zusammen, als könnte sie ihre Trauer und ihr Bedauern einschließen. »Ja.«

»Haben Sie Nin auch umgebracht?«

»Die Schmiedin?«, fragte Tanin. »Nein, Sefia, wir haben sie in Gewahrsam genommen.«

Sefia wollte aufspringen, doch die unsichtbaren Fesseln hinderten sie daran. »Nin lebt?«

»Möchtest du sie sehen?«

»Ja!«, platzte es aus ihr heraus, ehe sie sich zurückhalten konnte.

Rajar strich seinen Bart glatt. »Meinst du, das ist eine gute Idee?«

»Wenn sie uns nicht glaubt, dass ihre Eltern uns verraten haben, dann glaubt sie vielleicht der Schmiedin.«

Seufzend schlang er den Mantel um sich und rauschte durch eine Hintertür, die von einem Wandteppich halb verborgen war, hinaus. Archer hatte die Augen geschlossen. Sein Gesicht war tränennass.

»Archer?«

In der Stille öffnete Tanin die Schnallen des Buchs und schloss sie wieder. Öffnete und schloss sie. Zwischen ihren Brauen stand jetzt wieder die Falte und sie starrte auf das Emblem, als wollte sie es mit ihrem Blick durchbohren.

Nach einer Weile beugte sie sich vor und flüsterte, als spräche sie zu dem Buch: »Zeig mir, wo das letzte Teil vom Amulett der Auferstehung versteckt ist.«

Sie schlug das Buch auf. Die Seiten flatterten. Mit gierigem Blick verschlang sie die Worte und dann … sah sie auf und blinzelte. Sie schien vergessen zu haben, wo sie war.

Sefias Atem ging schneller. War es so einfach, in dem Buch das zu finden, wonach man suchte?

Tanin befeuchtete die Fingerspitzen und blätterte durch die Seiten. Dann schaute sie wieder auf und richtete den Blick auf Sefia. »Was hast du …? Hat Lon das gemacht?«

»Was soll er gemacht haben? Was suchen Sie?«

Tanin ging nicht auf sie ein. Halbherzig blätterte sie weiter, dann klappte sie das Buch zu und ließ sich in den Stuhl sinken.

Sefias Blick blieb an dem rissigen Buchrücken hängen. Sie konnte das Buch durchsuchen. All ihre Fragen nach ihren Eltern könnten beantwortet werden, wenn sie nur …

Die Hintertür ging auf und jemand wurde in den Raum gestoßen. Jemand in einem Bärenfellmantel. Jemand, der aussah wie ein Lehmhügel. Jemand mit Wunderhänden.

»Tante Nin!« Sefia hätte so gern die Arme um sie geschlungen, aber sie saß noch immer wie festgenagelt im Sessel. »Es tut mir leid. Es tut mir so leid. Es ist meine Schuld.« Die Worte sprudelten aus ihr heraus. »Ich hätte nicht zulassen dürfen, dass sie dich mitnehmen. Ich hätte sie aufhalten müssen.«

Es dauerte ein paar quälende Sekunden, bis Nin aufsah. Ihre buckligen Schultern, die zuckenden Finger wirkten unsicher, ihr Blick verschwommen. »Bist du das?«, murmelte sie.

»Ja, ich bin's, Sefia!«

Ein Lächeln brach durch die tiefen Falten in Nins Gesicht. »Mädchen«, murmelte sie. Sie war dünner, als Sefia sie in Erinnerung hatte, ihre Bewegungen vorsichtiger. Doch in diesem Moment sah sie fast so aus wie immer.

Nur dass sie Sefia nicht in die Augen schaute.

Sefia funkelte Tanin an. »Was haben Sie mit ihr gemacht?«

»Sie hatte wichtige Informationen.«

Sie warf Nin einen Blick zu. Sie hatte gewusst, dass die Jägerin nur so von ihr und dem Buch erfahren haben konnte. Sie hatte es nur nicht glauben wollen. »Oh«, sagte sie.

Nin bewegte den Mund, doch es kam kein Ton heraus. Rajar

nahm wieder seinen Posten an der Anrichte ein und verschränkte die Arme.

»Fahr fort«, drängte Tanin. »Erzähl ihr von ihren Eltern.«

Wie auf Kommando begann Nin zu reden. »Was willst du wissen, Mädchen? Ob sie es gestohlen haben? Ob ich ihnen geholfen habe? Ja und ja.«

Sie sprach anders als früher. Die Worte schienen einfach so von ihrer Zunge zu gleiten, als könnte sie nichts dagegen tun.

»Was sind das für Leute?«, fragte Sefia.

»Die Wache ist gut.« Nins Worte klangen hölzern. »Die Wache beschützt uns alle.«

»Haben meine Eltern sie verraten?«

»Ja. Sie waren nicht die, für die du sie gehalten hast, Mädchen.«

Nein, das waren sie nicht. Ihr entfuhr ein Schluchzen. Sie konnte Nin nicht mehr ansehen. Ihre Eltern waren keine Helden gewesen. Sie waren Verräter gewesen. Lügner. Sogar ihre eigene Tochter hatten sie angelogen.

»Wir brauchten das Buch«, sagte Tanin sanft. »Etwas so Mächtiges darf nicht frei sein.«

»Frei sein?«, wiederholte Sefia. Als wäre das Buch ein Tier, das man einsperren musste.

»Die Menschen sind schwach. Man kann ihnen nicht vertrauen. Kannst du dir vorstellen, was in Kelanna los wäre, wenn alle solche Fähigkeiten hätten wie wir? Menschen würden in Hunde verwandelt und nie wieder erlöst. Schlösser würden auf einen Wink hin zerfallen. Diebe und Mörder, Sklavenhändler und Kriegsherren, die schlimmsten Menschen würden Kelanna regieren, denn sie würden das Wort für das Böse missbrauchen. Chaos würde ausbrechen.«

Archer in seinem Sessel hob den Kopf, seine Augen glänzten vor Tränen.

Tanin beugte sich über den Schreibtisch, sie sprach leise und drängend. »Wenn wir alle Königreiche vereinen und beherrschen, können wir dafür sorgen, dass es nie so weit kommen wird. Wir sorgen dafür, dass nie wieder jemand durch die Macht des Buchs verdorben wird.«

»Das, glauben Sie, ist passiert? Dass meine Eltern verdorben wurden? Tante Nin?«

Doch Nin sah sie immer noch nicht an.

Archer kämpfte gegen die unsichtbaren Fesseln. Die Adern an seinen Armen und seinem Hals schwollen an. Aber er konnte sich nicht bewegen.

»Du könntest unserem Orden beitreten.« Tanin drehte das Federmesser noch einmal in den Fingern und legte es dann auf den Schreibtisch. »Wir könnten dir beibringen deine Fähigkeiten zu beherrschen. Du könntest den Menschen *helfen*. Sie beschützen. So wie deine Eltern es hätten tun sollen.«

Ihre Eltern. Die Bilder, die sie von ihnen im Kopf hatte, verblassten schon, ihre Gesichter bekamen Risse, die Farbe blätterte ab und darunter war nur Dunkelheit. Sie hatten Tanin verraten. Und sie hatten auch Sefia verraten, indem sie ihr all das verheimlicht hatten.

»Sefia …« Das Wort war so klein, dass sie nicht wusste, ob sie es wirklich gehört hatte.

Archer starrte sie an, Schweiß glänzte auf seiner Stirn. Er öffnete die Lippen, doch es kam kein Laut heraus. Aber gerade eben hatte er gesprochen. Seine Stimme war heiser und tief und sang in ihrem Blut.

»Dem Orden beitreten?«, sagte Sefia wütend. »Dass ich nicht lache.«

Tanin schüttelte den Kopf. »Sefia, ich glaube nicht, dass dir klar ist, was ich dir anbiete …«

»Nein«, sagte sie. »Wir werden dem Orden nie beitreten.«

Zum ersten Mal trat ein Lächeln auf Rajars trauriges Gesicht.

Nin neben ihm blinzelte. Ihr Blick wurde klarer. Sie wippte auf den Fersen vor und zurück und bewegte die Finger.

»Nicht nach allem, was Sie den Menschen angetan haben, die ich liebe.«

Während Sefia sprach, wechselte Tanins Gesichtsausdruck von Belustigung über Zweifel, Verwirrung und Kränkung schließlich zu Wut. Sie richtete sich zu ihrer vollen Größe auf. »Die du liebst? Deine Eltern haben dich angelogen. Deine Tante hat dich geopfert.« Ihre Stimme war kalt und knackte wie Eis, doch tief unter der Oberfläche lag ein Schmerz verborgen, der ihre Wut nach oben spülte.

Nin wurde rot im Gesicht. Sie kaute auf den Lippen. Biss die Zähne zusammen. Und dann platzte es aus ihr heraus. »Ich hab es ihnen gesagt, Mädchen. Ich konnte nicht anders. Deinen Namen hab ich ihnen gesagt. Das Ding, das du mit dir rumschleppst. Ich hab ihnen alles gesagt. Es tut mir l…«

Doch Tanins Stimme durchschnitt Nins Worte, bohrte sich in Sefias Kopf. »*Ich* hätte dich mit offenen Armen empfangen. Ich hätte dir alles gegeben, was deine Eltern dir nie gegeben haben.«

»Sefia, hör auf mich«, fuhr Nin fort. »Die Wache ist mächtig. Mächtiger als du ahnst. Sie beherrschen Everika, Likkaro. In Delienne haben sie auch jemanden. Sie wollen …«

»Macht. Wissen. Sinn. Immer wieder habe *ich* dich am Leben gelassen, Sefia. Du musst dich für mich entscheiden.«

»Lauf, Sefia.« Nins Stimme klang wie eine kaputte Glocke. »Lauf!«

Tanin hob die Finger und Sefia warf sich gegen ihre Fesseln. Sie kannte diesen Blick. Wie die Pupillen ganz klein wurden. Der verletzte Ausdruck und der Wunsch nach Rache.

Ohne Nin auch nur zu berühren, drehte Tanin ihr den Hals um.

Es knackte.

Ein Schrei stieg in Sefias Kehle auf. Nin brach zusammen, sie schien zu zerfallen, zu verblassen und dann … war sie nicht mehr, ihre Hände schlaff wie Lederhandschuhe.

Sie war tot.

40. KAPITEL

IN JEDER WEISE, AUF DIE ES ANKOMMT

»Nin!« Das Wort brach aus ihr heraus und wurde zu einer strahlenden Lichtwolke.

Sefia hob die Arme. Die magischen Seile, mit denen Tanin sie gefesselt hatte, fielen von ihr ab und lösten sich in Luft auf.

Sie stand auf und ihre Vision wirbelte funkelnd um sie herum wie Schneeböen.

Auch Archer war frei. Er tastete nach seinen Waffen, als Rajar den Mantel zurückschlug und seine Pistolen zeigte.

Sefia hob die Hand. Das silberne Federmesser schwebte vom Tisch.

Tanin öffnete den Mund, um etwas zu sagen.

Aber Sefia hatte genug gehört. Mit der Hand durchschnitt sie die Luft.

Die Klinge sauste über Tanins Kehle. Ihre Haut platzte auf, rot und heiß. Überrascht fuhr Tanin sich an den Hals.

Rajar war sofort bei ihr, er murmelte etwas, nahm sie in die Arme, als sie zu Boden glitt. Ihre Lippen bewegten sich, doch ihre ungewöhnliche Stimme war verstummt. Blut rann ihr durch die Finger.

Das Licht in ihren Augen erlosch.

Archer zog Sefia am Arm und sie schaute auf. Er hatte ihre Rucksäcke geschultert und das Buch in den Händen. Im Kerzenlicht glänzte der Ledereinband, von den Berührungen in Hunderten Jahren poliert.

Das Buch ihrer Eltern.

Das Buch von Palo Kanta.

Von Tanin.

Von allem.

Undeutlich hörte sie, wie Rajar nach Verstärkung rief. Sie wagte noch einen letzten Blick zu Nin.

Lauf.

Dann hatte sie das Buch in den Armen und sie flohen – zur Tür hinaus und in den Tunnel, wo sie kurz innehalten mussten, als Archer den rothaarigen Wärter bewusstlos schlug und dem anderen ins Bein schoss.

Ihre Schritte hallten von den Wänden wider.

Ihr Atem ging keuchend in der Brust.

Das Licht der Fackeln flackerte an der Decke, und sie hörten das Echo von Rajars Stimme hinter sich.

Sie erreichten die Lagerhalle, das Licht der Sterne warf ein Tupfenmuster auf den Boden.

Und dann waren sie draußen im Hafenbecken, die Schatten der Boote auf dem Wasser. Sie rannten zur erstbesten Segeljolle, warfen ihre Sachen hinein, machten die Leinen los und hissten die Segel.

Hinter ihnen hörten sie ihre Verfolger. Rufe. Schnelle Schritte.

Atemlos stießen Sefia und Archer sich vom Anleger ab. Eine Brise füllte die Segel.

Schüsse ertönten.

Sie duckten sich.

Holzsplitter wirbelten durch die Luft.

Menschen mit Pistolen strömten auf die Piers. Einige rannten herum und suchten nach einem Boot. Andere knieten sich auf den Boden und zielten erneut.

Orangefarbene Flammen stiegen auf.

Und Gewehrschüsse hallten.

Sefia blinzelte. Sie sah, wie die Kugeln auf sie zukamen und eine Spur aus Lichtstrahlen hinter sich herzogen. Mit einer Handbewegung ließ sie sie harmlos ins Wasser fallen.

Archer starrte sie an.

Ihre Verfolger im Hafen hatten ein Boot gefunden, aber sie konnten sie nicht mehr einholen. Sefia und Archer sausten aufs offene Meer zu, das schwarze Wasser riss sie an den Leuchttürmen vorbei in die schnelle Strömung der Straße von Kallid.

Sefia klammerte sich an die Reling, sah in den wolkenlosen Himmel, ohne etwas zu erkennen. Das Mondlicht jagte über die Wellen.

Nin.

Ach, Nin.

Gischt spritzte auf das Deck und Sefia wurde nass. Sie wischte sich Salzwasser aus den Wimpern. Sie waren jetzt allein, kalt und nass, und der Wind zwickte sie im Gesicht und an den Ohrläppchen.

Den Kopf in die Hände gestützt ließ sie sich auf das Schandeck sinken.

Archer setzte sich zu ihr. »Sefia?«, sagte er leise.

Sie vergrub das Gesicht in den Armen. Tanin war tot.

Aber Nin war auch tot.

»Es tut mir leid.«

Da sah sie ihn an. Hier auf dem Wasser war sein Gesicht von blauem Licht eingerahmt, als wäre er eine Gewitterwolke zum Bersten voll mit Blitzen. »Das war der zweite Mensch, den ich getötet habe …« Ihre Stimme versagte.

Eine Weile sagte Archer nichts. Dann fuhr er sich mit der Hand an den Hals. »Ich habe vierundzwanzig getötet.«

Sie wollte etwas sagen, aber welche Worte hätten ausdrücken können, was sie durchgemacht hatten? All ihre schrecklichen Taten, alle Antworten, die sie gefunden hatten, und alle Fragen, die sie noch stellen mussten.

Sie hob die Hand, fasste sich an die Stirn und hielt in der Dunkelheit zwei miteinander verflochtene Finger hoch.

Dafür brauchte sie keine Worte.

Archer strich ihr über die Hand, fuhr mit den Fingerspitzen an den Innenseiten ihrer Finger entlang, bis sie mit seinen verschlungen waren.

»Ja«, sagte er.

Er war bei ihr.

Sie waren zusammen.

In jeder Weise, auf die es ankam.

Ich habe es schon einmal gesagt und ich wiederhole es gern: Ohne Renée Ahdieh wäre ich nicht hier. Wäre das hier ein Märchenbuch, dann wärst du darin eine wundersame Mischung aus guter Fee, Ritter ohne Furcht und Tadel und bester Freundin, die mir immer zur rechten Zeit in den Hintern tritt. Deine Zuversicht, deine Ratschläge und deine Freundschaft sind unersetzlich. Danke, danke, danke.

Danke an meine Mitdebütantinnen bei den Sweet Sixteens und dem Kurs von 2016, ganz besonders den Zauberwesen Jessica Cluess und Tara Sim, deren Freundschaft ein wertvollerer Quell war als jeder Blog-Eintrag, jedes Arbeitsblatt und jeder Ratgeber zum Thema »Wie überlebe ich mein Debüt-Jahr«. Ihr beiden seid echt die Besten.

Und schließlich ein Dankeschön an alle Studenten und Teilnehmer am Sommercamp, die je mit mir über Bücher, Fernsehen, Kino oder Computerspiele gesprochen haben, die ein Schiff, eine Figur oder ein Königreich benannt haben – eure Fantasie ist *inspirierend.* Hoffentlich verfolgt ihr eure Träume mit Leidenschaft, Hartnäckigkeit und Herzensgüte. Ich glaube an eure Geschichten. Schreibt sie gut.

dafür, dass du immer das Beste aus mir herausholst. Durch deinen Einfluss ist *Ein Meer aus Tinte und Gold* ein besseres Buch und bin ich eine bessere Autorin geworden.

Ganz großen Dank an Jennifer Besser und all die tollen Leute von Putnam und Penguin, die diese Geschichte auf ihrem Weg in die Welt begleitet haben: David Briggs, Emily Rodriguez, Elizabeth Lunn, Wendy Pitts und Cindy Howle. Dazu ein besonderer Applaus für Marisa Russell, meine hervorragende PR-Agentin, und Kate Meltzer, die all meine Fragen so freundlich beantwortet und immer ein offenes Ohr hat.

Große Bewunderung und Dankbarkeit für Chandra Wohleber und Janet Rosenberg mit ihrem genauen Augenmerk auf stilistische Feinheiten. Ihr habt aus jedem Satz die beste Variante seiner selbst gemacht.

Ihr alle, die ihr meine Worte in ein echtes Buch zum Anfassen verwandelt habt: Ihr seid wahre Zauberkünstler. Danke an Cecilia Yung, Marikka Tamura und David Kopka, die sich meine Ideen für verborgene Botschaften und Rätsel angehört und umgesetzt haben. Ich danke euch. Ihr habt aus diesem Buch mehr als ein Buch gemacht.

Heather Baror-Shapiro danke ich dafür, dass sie die Segel gehisst und Sefia, Archer und Lees auf zahllose neue Abenteuer um die Welt geschickt hat.

Unendliche Liebe und Dankbarkeit für meine Familie, die dafür gesorgt hat, dass ich auf dieser Reise nie allein war. Für Mom und Chris, die immer an mich geglaubt haben – ihr habt mich darin unterstützt, das zu tun, was ich am meisten liebe. Und mir beigebracht, dass Erfolg bedeutet, Stunde um Stunde und

Minute um Minute daran zu arbeiten. Ohne euch wäre dieses Buch nie geschrieben worden. Tante Kats, dir danke ich für all die kleinen Dinge: dafür, dass ich deine Comics lesen durfte, für Fernsehabende und Wanderungen und dafür, dass ich in deinem Wandschrank Drachen malen durfte. Es ist so ein Glück, deine Nichte zu sein. Ein Dank an Dad, der jeden einzelnen Tag in eine Geschichte verwandelt hat, jeden Ausflug in den Park in ein gewaltiges Abenteuer. Du fehlst mir.

Cole, dir danke ich dafür, dass du meine Unsicherheiten und Stimmungsschwankungen erträgst, dass du kochst und einkaufst und die Hunde badest, wenn ich in Überarbeitungen versinke, dass du nie ein Geheimnis daraus machst, wie stolz du auf mich bist. Alle Worte dieses Romans könnten nicht ausreichen, um dir für deine Ermutigung und Unterstützung zu danken. Ich liebe dich.

Ich danke meiner Freundin Diane Glazman, der schärfsten Kritikerin und genauesten Leserin, die mir je begegnet ist, dafür, dass sie meine ersten Entwürfe erbarmungslos niedergemacht und den Plot in seine jetzige Form gegossen hat.

Danke, Matthew Tucker – alles hat damit angefangen, dass du eine Fantasygeschichte von mir haben wolltest. Voilà!

Ein großes Dankeschön an die unerschrockene Brenda Drake, die den allerbesten Schreibwettbewerb im Internet veranstaltet, und Umarmungen und High Fives für meine Mitstreiter von 2014, insbesondere meine Freundin und Kollegin Kirsten Squires. Durch deine Unterstützung habe ich gelernt, wie wichtig Gemeinschaft in einem oft einsamen Beruf ist. Es ist ein großes Glück, diesen Weg mit dir gemeinsam zu gehen.